中国当代文学中的
历史叙事
海德堡讲稿

Historical Narration in Contemporary
Chinese Literature: Zhang Qinghua's
Heidelberg Lectures

张清华 著

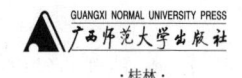

广西师范大学出版社
·桂林·

中国当代文学中的历史叙事：海德堡讲稿
ZHONGGUO DANGDAI WENXUE ZHONG DE LISHI XUSHI: HAIDEBAO JIANGGAO

图书在版编目（CIP）数据

中国当代文学中的历史叙事：海德堡讲稿 / 张清华著. -- 桂林：广西师范大学出版社，2024.6
（张清华作品系列）
ISBN 978-7-5598-6846-6

Ⅰ.①中… Ⅱ.①张… Ⅲ.①中国文学－当代文学－文学研究 Ⅳ.①I206.7

中国国家版本馆 CIP 数据核字（2024）第 062826 号

广西师范大学出版社出版发行
　广西桂林市五里店路 9 号　邮政编码：541004
　　网址：http://www.bbtpress.com
出版人：黄轩庄
全国新华书店经销
湛江南华印务有限公司印刷
　广东省湛江市霞山区绿塘路 61 号　邮政编码：524002
开本：880 mm × 1 230 mm　1/32
印张：13.75　　　字数：248 千
2024 年 6 月第 1 版　　2024 年 6 月第 1 次印刷
印数：0 001~6 000 册　　定价：68.00 元

如发现印装质量问题，影响阅读，请与出版社发行部门联系调换。

特别鸣谢：

Thanks Formally:

苏姗妮·魏格林教授
Prof. Dr. Susanne Weigelin-Schwiedrzik

安德丽娅·雷曼施乃特教授
Prof. Dr. Andrea M. Riemenschnitter

引言

一 关于题目

苏姗妮·魏格林（Susanne Weigelin-Schwiedrzik）教授和安德丽娅·雷曼施乃特（Andrea M. Riemenschnitter）研究员为我出的课程题目，叫作"新历史主义文学在中国"，我想这种理解角度可能是比较"西方化"了一些。它的含义应该是——当代中国具有某种"新历史主义"倾向的文学，或者更委婉一点，可以理解为"当代中国文学中的历史叙事，及新历史主义意识"。我非常喜欢这样一个题目，不仅因为它包含了丰富的文学与历史文化的内容，更因为中国是一个历史理念特别发达的国度，文学中的历史因素特别强大，而且当代文学中也同样蕴含着丰富的历史要素。了解这一题目，不但有助于了解当代中国的文学特征，而且还有助于理解中国的历史、文化、诗学和美学，更有助于理解当代中国的历史。

中国当代文学中能够与"新历史主义"发生关系的，大约有这样两类：一是比较明显地瓦解和拆除"旧历史主义"（指政治化、意识形态化的历史叙事）的文学；二是吸收了存在主义、精神分析学、结构主义和解构主义等方法与观念的历史叙事的文学。前者是因为对旧式历史叙事的拆解，而不自觉地变成了一种"新历史主义"的解构实践，因为实际上在中国，更"旧"的传统的历史叙事观念中，反而蕴含了更多与当代西方的新历史主义相沟通的东西，这是一种"暗合"；后者更容易理解些，存在主义、结构主义这些东西从80年代就开始陆续进入中国并产生影响了，像诗歌中的"非非主义"就是一个例证。非非主义在1986年前后，就已经是非常成熟和典范的结构主义文学实践，但那时在中国的学界，结构主义还是让人感到很陌生的"知识"。像非非主义一样，当代中国的新历史主义文学实践，很可能就在学界还不知其为何物的情况下，提前在中国当代的文学叙事中"自动"生成了。这也并非令人不可思议。

这一题目所指涉的文学现象主要有：寻根小说、寻根诗歌——这是新历史主义意识萌发的源头，我把产生这些文学现象的时期，即80年代中期，叫作"启蒙历史主义阶段"；新潮小说、先锋小说、第三代诗歌中有关历史叙事的部分——这是新历史主义写作的核心部分，产生和持续发生的时间是从80年代后期到90年代前期，我称之为"新历史主义时期"；再者是先锋小说的末流——这种说法比较牵强，因为原来觉得它已经是"末流"了，可还是有新的优秀作品出现，只是不那么集中而已，这或许可以看作一个"新历史主义的衰变期或余绪期"。另外，在一些并未"划归"到先锋文学范围之内的作家作品中，也隐含了某些解构原有的陈旧历史叙事的因素，也接近于一种历史叙述中的解构主义。上述它们共同汇成了当代中国的一股"新历史主义文学思潮"[①]。

二 相关概念

新历史主义来源于结构/后结构主义对历史研究的启示，这已属常识，它本身是一种"文本理论"，但正像萨特曾强调"存在主义是一种人道主义"一样，结构主义的历史主义对历史"文本"的怀疑、对历史主体的追问、对"边缘化""个人性""民间化""反宏大叙事"的历史叙述的追求，也同样是一种新的人文思想的闪耀——形象一点说，它是在历史领域的一种真正的"人本主义"和"民主化思想"的体现。我正是基于这样一个意义上确立我们这一学术课题的。

在任何一个时代，对历史的重新叙述，都是对现实的一种重新命名和改造的努力，克罗齐所说的"一切历史都是当代史"的真正用意，应该是在这里。虽然不能肯定在当代中国，新历史主

[①] 我个人在《中国当代先锋文学思潮论》（江苏文艺出版社1997年6月版）一文中首先提出了这一概念。

义的思想和意识一定是首先出现在文学叙事中的,但可以肯定地说,不是在历史学和社会学领域,而是在文学的叙事中,首先出现了"新历史主义"的叙事实践。或者也可以说,是文学的叙述最先承担了"变革历史意识"的重任,体现出强烈的人文主义与启蒙主义的思想倾向。

我试图从根部来解释中国当代文学中所体现出的新的历史意识。在20世纪,中国的历史叙事发生了几度大的转折,这些转折都敏感地反映在文学的叙事中。这当然不奇怪,在中国漫长的历史中,一直存在着"文史一家",文与史互为评价的参照尺度(用"史诗"来评价文学叙事;用"诗史"来评价历史叙事)的传统,所以历史意识的变革往往最先,也最彻底地体现在文学的历史叙述中。中国人本来就有特别敏感和强烈的历史意识——比如在汉语词汇中"历史"即有许多不同的叙述结构与风格:"官史""正史""稗史""野史""外史""史话""演义"……在中国古代的小说中又有专门的"讲史小说";再加上20世纪的"革命"所带来的历史新观念——马克思、恩格斯对巴尔扎克的小说、列宁对托尔斯泰的小说的称赞,都体现着"历史"作为一种评价要素的重要性,俄苏文学中的"史诗结构"也对中国现代小说的构思模式产生深刻影响;再者就是由革命带来的理想主义、民粹主义与小资热情等因素,结合派生出了一个"关于历史的形而上学"的概念,并由此派生出"人民创造历史""人民是历史的主体"一类历史信念。但事实上，正像德里达所反对的那些"关于存在的形而上学"一样，所谓"历史""人民""真理"……一类宏大的词汇，究其实质不过都是一些"没有所指的能指"罢了，人民是历史的主体，这应该是一句真理，但"人民"又应该在具体的时空里体现为某一个具体的"单个的人"，如果不是这样，那"人民"可能就只是一个空洞而无所指的词语而已，在这方面，倒是存在主义真正体现了人文主义的思想，除了单个的个人——克尔凯郭尔所说的"that individual"以外，根本不存在作为"群众"的主体，因为这种集合概念往往是"虚妄"。

所以我们所习惯的宏伟历史模式在很多情况下可能正是真正"剔除了人民"的模式，它的汪洋恣肆和冠冕堂皇的历史叙事中的所有生命体的个人经验都被删除了，剩下的只是对权力政治和伟人意志的膜拜。也许我在这里可以引用20世纪40年代诗人冯至曾讲过的一个故事：在1750年左右，瑞典中部一个叫作法隆的地方有一个青年矿工，他与一个少女相恋，约好了白头偕老，但有一天这青年却突然不见了。少女日夜思念，期待她的未婚夫的归来，从少女等到中年，最后变成了一个白发的老处女。直到1809年改造坑道的工人从地下挖出了一具年轻人的尸体。这尸体完好如初，看起来就像一小时之前刚刚死去一样——这正是那失踪的青年，原来他意外地被一种含有防腐性的液体浸泡了，所以不曾有半点腐烂。这件事轰动了远远近近，那白发苍苍的老处女也赶来了,她一眼就认出这正是她五十多年前失踪的爱人。这个让人震惊的戏剧性的故事后来传遍欧洲,有许多作家还把它写成了小说和戏剧。一位叫作彼得·赫贝德(Peter Hebeld)的作者在他的一篇题为《意外的重逢》的小说中,用他的神来之笔填补了那青年从失踪到重新被发现的五十年间的空白,他写道:

> 在这中间,葡萄牙的里斯本城被地震摧毁了,七年战争过去了,……耶稣会被解散了,波兰被瓜分了……美国独立了,法国和西班牙的联军没有能够占领直布罗陀……瑞典的国王古斯塔夫征服了芬兰,法国革命和长期的战争也开始了……拿破仑击败了普鲁士,英国人炮轰了丹麦京城,农夫们播种又收割,磨面的人在磨面,铁匠去打铁,矿工们不断地挖掘……[①]

但是这一切对那青年来说都已经停止,这一切对那个少女来说也已经完全没有意义,人们记住了这些重要的历史,但却各自活在自己的内心里,有谁知道少女的内心?历史能否展示她所经历的一切?原来历史就是这样一个东西,它不是完成人们对历史的记忆,而是完成对它的遗忘,各自对生命的封闭。这又使我想

---

① 冯至:《这中间……》,《冯至选集》第二卷,四川文艺出版社1985年版。

到了王蒙在 20 世纪 80 年代之初的小说《蝴蝶》中写的那位张思远，他用他的无比"革命"的叙事口吻和宏伟话语，来掩饰自己作为父亲的过失——他年轻的妻子海云刚生下不久的儿子因为肺炎而死，而这与张思远忙于他的"国家大事"而耽搁了给孩子治疗有直接关系——他用了看起来无比高尚的逻辑，篡改了孩子母亲的揪心之痛，他说："你不能只想到你自己，海云！我们不是一般的人，我们是共产党员，是布尔什维克！就在这一刻，美国的 B29 飞机正在轰炸平壤，成千上万的朝鲜儿童死在燃烧弹和子母弹的下面……"这真是奇怪的逻辑，难道儿子的死，相对于远在千里之外的朝鲜儿童的死，一定是某种必要和必然的代价吗？

历史是什么——德里达启示人们反对的那些"关于存在的形而上学"当然也包含了"历史"，离开了单个人的主体，所谓宏大的历史就可能是一种无关痛痒的虚构，就像上面那个感人的爱情故事中所揭示的，对于那一对生死两界的恋人——苍老的活人和死去的青年来说，那些宏大的国家大事与他们又有什么关系？对那位一直等到耄耋之年的女性来说，那是一个怎样的五十年？那些按照宏伟事件构建起来的"历史"，何曾反映过他们的内心世界？那么文学需要做的又是什么？正是要写出这些被忽略的人，写出他们的内心与所经历的苦难。对于历史而言，它要更加接近"真实"而不只是某种"宏伟的修辞活动"的话，只有更加亲近每一个血肉之躯的生命，他们个人的经验本身。我之所以肯定"新历史主义"的基本叙事原则,是从这个价值方面出发的,它体现了历史领域中最大可能的生命关怀与人文倾向。

美国的新历史主义理论家海登·怀特在他的一篇题为《作为文学虚构的历史本文》的文章中,曾经有一个极有深意的追问:历史上"到底发生了什么"[①]?这样的追问当然首先是一个哲学的追问,一个关于"存在"的命题——在"历史的存在"与"历史的文本"之间,究竟存在不存在一种对等的关系?换句话说,谁能够通过文本"再现"历史?因为"作为存在的历史"不可能是"自明"的,它必须要以一定的文本形式来呈现。也就是说,实际上根本不存在"先验的历史"和绝对客体的历史,而只存在"作为文本的历史"和"被解释的历史",而任何"文本的历史"又不免都是一个"叙述的结构"和一个"关于历史的修辞想象"。所以,所谓"历史"在其本质上只是一种话语活动,一种关于历史的修辞,一个有限的文本对无限的历史客体的比喻或者隐喻。这也就意味着不存在一个独立于文本解释之外的永恒和终极真实意义上的历史,而只有不断被做出新的解释的历史——克罗齐也正是在这样的认识基础上,说出了他的那句名言——"一切历史都是当代史"。因此,历史也成了一种"诗学",对历史的叙述本身包含了"类似文学"的东西,不同的人依据不同的历

---

① 张京媛主编:《新历史主义与文学批评》,北京大学出版社1993年版,第163页。

史观念与文本风格、修辞方式,不断对历史进行新的改写,这正是新历史主义者对历史的认识起点。这和以往的"旧历史主义"认为历史具有某种绝对的客观性、历史必然性的观念,就构成了鲜明的区别。而这实际上也就提出了一个新的命题:所谓"历史"是靠不住的。因为很明显,即使是一个人的"记忆"也是靠不住的,每一个人的记忆实际上都是按照"对自己有利"的原则来实现的,精神分析学的理论告诉我们,人们每一次对记忆的唤起,实际上都是一次对记忆的修改,而当记忆被叙述——被写出的时候,它也就又一次被叙述本身限制和修改了,美国的解构主义理论家保罗·德曼正是从这个意义上对卢梭的《忏悔录》进行了解构主义的解读,指出其不是真正的忏悔而是"辩解"的实质。[①] 这样,一个"关于历史的形而上学",在精神分析学、存在主义、结构主义、解构主义等理论的渗透参与下,便很自然地被瓦解了。

但结构主义的立场只是新历史主义的起点,它的人文主义性质随后就显示出来:对原有历史文本的怀疑,使它构成了一种对原有"历史解释权"的挑战,米歇尔·福柯的新的"历史编纂学"正是在这样的意义上诞生的,它基于结构主义的形式主义,但却指向了知识分子的人文主义,它是历史领域里面的"民主革

[①] 保罗·德曼:《解构之图》,中国社会科学出版社1998年版。

命"。为什么对历史的叙述一定要由宏大的事件来构成,一定要成为一种"国家叙事""皇权的叙事""上流社会的大事记""英雄和伟人的大事记"?为什么不能变成一种"小人物的历史""私人空间的叙事""边缘化的事件""碎片化的历史修辞"?历史的无限的被以往的权威主义历史叙事省略了的丰富性,为什么不能通过一种反权威的、民间的、异端的和边缘化的编纂方式呈现出来?

显然,新历史主义在西方是一种"左派"的理论,然而在东方就有点奇怪——变成了对"旧左派"的历史观念的一种矫正与反驳。这种情形非常有意思,许多在西方是"左派"的东西,在东方恰恰就变成了相反的东西。在我们这里,从80年代以来,在人文学科的各个领域也发生了许多变革,但关于历史理念的变革,迄今却并未真正发生在主流的历史研究领域,而是发生在文学领域里。这并非夸张。

三 一个问题

前面已经提到了,但仍需强调,当代中国的新历史主义和西方的新历史主义之间是不能画等号的,尽管它们有共同的桥梁——结构主义与后结构主义,因为即使是结构主义的理念也并非只有西方才有,在中国古代的文献中,早就孕育着久远深厚的结构主义思想,《老子》就是例子。就文学而言,"寄生性的写作"在中国传统文学中可以说比比皆是,在新文学中,也早有典范例证,富含解构主义理念的经典作品有《围城》;富含"对历史的戏拟"意味的则有鲁迅的《故事新编》,还有施蛰存的《将军的头》《石秀》,等等。这些显然与西方的新历史主义之间没有任何的干系。所以某种意义上,我们用西方的新历史主义理论来解释中国当代的许多文学现象,只是说明问题和沟通对话的需要。西方文化中的许多观念无疑对当代中国作家产生了影响,但这种影响是渗透性、综合性和潜移默化的,是启示而不是直接的引导。因为就许多作家的"知识背景"而言,他们和西方的"新历史主义"根本就没有什么关联。

所以说,我们必须避免一个陷阱,即对当代中国文学中的"新历史主义"问题做一种非常西方化的"对照式"的理解,那样将会使我们陷入被动,像中国古代成语中所讲的"削足适履"的笑话一样。

目 录

I

第一章
中国文学中的历史叙事传统
003

第二章
当代红色叙事中的历史观
023

第三章
启蒙历史叙事的重现与转型
057

第四章
新历史主义叙事的现象与特征
097

II

第五章
余华的历史叙事
139

第六章
苏童小说中的新历史主义意识
171

第七章
格非小说中的新历史主义意识
199

第八章
莫言的新历史主义叙事
223

第九章
作为新历史主义叙事的《长恨歌》
251

III

第十章
由语言通向历史：王朔的意义
279

第十一章
当代小说的精神分析学解读
307

第十二章
民间理念在当代的流变及其形态
339

第十三章
历史的回声：关于张炜的《家族》
375

第十四章
《乡村温柔》中的乡村历史叙事
391

后记
411

又版后记
415

参考文献
417

I

中国文学中的历史叙事传统

一 中国文学的"历史叙事"渊源

(一)历史与小说的产生

中国的小说和其他民族的小说在发源上有所差异,一般民族的小说主要源自神话、寓言和民间故事,而对中国的小说而言,还有另一个重要的源头,就是历史。中国最早的"小说"是从历史中分离出来的。"史"—"传"—"小说",这是一个基本的脱胎发展的轨迹。南朝齐梁间的著名文艺批评家刘勰(约465—约532)在《文心雕龙·史传》中曾详论"史"的起源。"《曲礼》曰:'史载笔。'史者,使也。执笔左右,使之记也。古者左史记事者,右史记言者。言经则《尚书》,事经则《春秋》也。"这段话把中国的历史传统说得再清楚不过了。"史"即"使"也，使用之意。用现代的话说，即所谓历史，不过是被朝廷使用的文牍和文案之人。这应了现代人的一句话，所谓历史不过是一个任人打扮的奴婢罢了，它必须服从权力的意志。但这也只是说法的一种，更早的东汉许慎的《说文解字》中则说，"史，记事者也，从又持中"。这个"持中"很重要，"中，正也"。也就是公正，求真，所以"良史"和"良史之笔"又是中国历史学中常见的佳话。历史在中国发源甚早，轩辕黄帝时即开始设立"史官"，史官里有仓颉，主管文字的职务，遂有了传说中仓颉造字，乃有文字记事的说法。《礼记·曲礼上》中的"史载笔"，意即"史官带着笔杆"，他们是供奉君王左右的记录者，其分工为：左史记事，右史记言。记言的书成为"经书"，如《尚书》，记事的书便成为"史书"，如《春秋》。至周时，周公旦制定了历法，国家大事更得以纪年的形式连贯地编写出来。这样就有了完整和系统的史书，东周春秋时，史官"太师"（太史）作了《春秋》。各国都有自己的史官，如司马迁就叫太史令。

有了"史"以后，又有了"传"。传，转也，流转、流传之意。按刘勰的《文心雕龙·史传》中的说法，先前的史书都过于简练，"睿旨幽隐，经文婉约"，所以从《左传》开始，就有了为史作传的做法，从史籍出发，据实发微，综合各种原始材料，使历史的讲述更加详细具体，"丘明同时，实得微言。乃原始要终，创为传体。"随后刘勰总结说,"传者,转也;转受经旨,以授于后",即传者对史书又加了自己的研究和理解、阐释和想象,以便于后人理解和记忆。

显然,为史作传,意味着对"春秋笔法"的拓展,意味着在简洁"幽隐"的史笔之中,开始出现了"描写""刻画""引语""连缀",甚至"曲笔"等叙事因素,这样小说的诸多叙事功能就开始借助史传得以发育。在与孔子同时代的左丘明氏的《春秋左氏传》中,历史叙述已展现了很强的文学魅力。现在我们通常所讲的"先秦文学",除了《诗经》和《楚辞》之外,主要就是指"诸子"的哲学或历史著作,他们同时也是中国最早的经典的文学文本。

现代研究中国小说史的大家鲁迅认为,小说的出现,乃是"史的末流"。他在《中国小说史略》中说"自唐人始有意为小说",唐传奇是真正意义上的小说的开端。但小说的原始胚胎的发育却很早,在先秦诸子的多数著作中都有很多"寓言",这些"寓言"在文体特点上,很接近原始的故事和小说。"小说"一词最早出现于庄子笔下,《庄子·外物》中说,"饰小说以干县令,其于大达亦远矣",意思是说,以浅陋的言辞和小道理去谋求高远的前途名声,距离太远了。在这里,"小说"的意思是"小道理"和浅陋之见。这离后来的"小说"本意,显然有一定差距。可是它也"暗示"出中国人对"小说"这一文类的原发性的"歧视"。真正将"小说"视为文体,始于东汉史家班固,他在《汉书·艺文志》中列出了"小说"一类文体,还专就"小说家"的概念做了阐释:"小说家者流,盖出于稗官(下层官员),街谈巷语,道听途说者之所造也。"其中一是强调了写小说的主体地位之"低",二是强调了小说本身作为"街谈巷语"的传言性质。这样的界定当然不能说不准确,但其与"正史"的权威性相比,它的可信度与真实性就受到大大的质疑。这显然降低了其"历史"的价值,却也表明了其更接近于"虚构"(fiction)的"文学"的特性。而且班固还引用了子夏的话,"虽小道,必有可观者焉。"[①]

粗略来说,中国古代的小说叙事有四个大类:一是"神魔小说",它的出现大约最早,从远古的"神话"演变为六朝的"志怪",后又和佛道宗教题材产生密切关系,最典型的例子是《西游记》。在"唐传奇"和明清的"笔记小说"中,又有与世情生活相接近的趋势,《聊斋志异》是这种结合的产物,还有与历史小说结合的产物,如《封神演义》之类。顺便说一句,中国古代文人的主流观念里一般不太认同"白话小说",而认同文言"笔记小说","笔记小说"大都与神怪题材有关。二是"世情小说",这类可能成就最大,它的出现比较晚,典型的例子是话本与白话

---

① 参见《论语·子张》。

小说,最早大约出现于宋代,以明代拟话本小说为最典型,长篇小说的成就可谓最高,先有"第一奇书"《金瓶梅》,后有中国文学的集大成者《红楼梦》,这似乎也是中国小说传统中和世界其他民族文学最接近的部分。三是"侠义小说",这一类比较难说清楚,它似乎比较"边缘化",和历史小说有密切的关系,其代表性的例子是《水浒传》,晚近些的有《七侠五义》一类,至当代又有"新武侠小说",如金庸、古龙等。但《水浒传》似乎也可以归到历史小说中,鲁迅在《流氓的变迁》一文中,曾戏谈及"侠"的源流,认为源自墨子之徒,最早的侠是"墨者的末流",其忠诚勇敢乃至"以死为终极的目的",但后来则慢慢沦落到"盗匪"和"流氓"的边缘,变成了"奴才"。[1] 侠义小说在中国也是长盛不衰的一个种类,这同样很值得研究。四是"讲史小说",它同样起源很早,而且就数量而言无疑是最多的。如前文所述,班固的《汉书·艺文志》中所记的"稗官"所作的"小说",即属于中国人习惯上讲的"稗史"一类。宋元以后,随着"说话"这种大众文艺传播形式在城市的流行,讲史小说渐渐成为一种都市的日常文化消费,《三国演义》和《水浒传》都是在这样的传播背景下渐渐成熟并产生的,他们是文人和一般市民阶层共同创造的产物。随后在明清之际,讲史小说大量出现,以至

---

[1] 鲁迅:《三闲集》,《鲁迅全集》第四卷,人民文学出版社1981年版。

于所有的中国古代的"二十四史"都出现了"演义"之作。"历史的消费",可以说是中国文化中的一个特殊的现象,它说明,中国人的历史意识是特别强烈、发达和丰富的,其中所蕴含的"历史美学"也是特别丰富和复杂的。另外,即便是《红楼梦》这样的世情小说,也可以看作是另一类型的历史小说——它和现代意义上的"家族历史叙事"之间有很多相通之处,当然也可以属于广义的历史叙事。

(二)历史小说的各种典范类型

上述几个大的小说类型,如果从语言与叙述特征上看,又有"文言"和"白话"两种不同形式,当然更多的时候,很难将二者严格区分开来。从时间上看,白话小说产生比较晚,宋元话本和明代拟话本以及明代而下出现的大量长篇小说,是比较典范的白话小说。但一直到清代,文言小说仍然是文人小说的主流,因为它看起来似乎更接近"正统"的文学,而白话小说就比较"民间"了。

关于"讲史小说",在中国的小说传统中是最为复杂丰富的,它的类型之多,足以见出中国人在历史美学和史传文学方面意识的丰富与概念的发达:一是"演义",如《三国演义》《封神演义》《二十四史演义》等;二是"外史",如《儒林外史》;三是"全传",如《说岳全传》;四是"后传",如《水浒后传》;

五是"遗事",如《大宋宣和遗事》;五是"艳史",如《隋炀艳史》。另外特别常见的还有"记"和"志"之类。这还是比较"主流"的,而民间的,就更有各种"秘史""野史""稗史""小史""志异""外传""别传"……不一而足。这也进而证明了中国传统小说兼具历史和文学两种品质的特点,所谓"文史一家"即是这个意思。中国人正是在对历史的"叙述"中,发现了"诗"的东西,从中感受到严肃意义上的"良史"——也即由于对"历史伦理"的终极价值的追求而产生的神圣情怀;同时也感受到一种"人生"的经验处境,感慨生命意义上的历史的经验内容;还可以获得一种一般意义上的"娱乐",茶余饭后的消费谈资。某种意义上,对历史的消费,这种行为背后所隐含的潜意识,是一种"我说我在"的情境,这在本质上也是中国人的一种"存在意识","江山留胜迹,我辈复登临",它在中国人的诗歌中表达得尤为强烈。

巴赫金和欧洲的其他学者曾经对"历史诗学"的概念做过非常精彩的讨论,历史诗学的理念应该也是当代"新历史主义"理论的基础,但所有这些,我以为都不难在中国人传统的历史概念中找到。上述很多类型都有着与西方新历史主义理念相通的东西,比如"野史"和"稗史"中所隐含的非主流或反正统的历史构造的理念,在"演义""外史""志异""秘史""别传"等中所包含的完全"文学化"了的虚构和想象对"正史"的补充;还比如在"仿写"和"续写"的"寄生性写作"习惯中所蕴含的"解构主义"理念,包括俞万春改《荡寇志》、金圣叹"腰斩"《水浒》;还有在四大奇书和《红楼梦》之后产生的大量仿作、伪作、续作;等等,它们本身就构成了一种"解构主义"的活动。所有这些,都同当代的新历史主义理念构成了内在和"巧合性"的联系。

(三)诗歌中的历史(时间)

诗歌是中国传统文学的"核心",因此,了解诗歌中的历史观,有助于我们理解中国人的历史诗学。

中国人的历史观与西方人的历史观的最根本的不同在于,其"历史纪年"不是一以贯之的,而是经常"重复开始"的,这不是一个一般的小问题。每个朝代都要换一个"国号",而每一个皇帝上台都要换一个"年号",甚至一个皇帝还会三番五次地换来换去。每换一次,都是一次重新开始的循环。直到中华人民共和国成立之后,才采用了世界通用的公元纪年,看起来仅仅是使用了一个世界通行的"年号",但其中包含的潜在意义却十分深远,它表明,中国人在经过对传统历史与近代悲剧的反思之后,决心加入现代世界共同的"时间叙事"的链环之中——特别是,它也是对西方"进化论时间观"的再次认同。

"进化论"是源自西方的一种时间观,它从生物学界演化到社会学领域，产生了现代世界的基本价值观念——所谓"现代化""现代性"。包括中国人相信的马克思主义历史唯物论，也是进化论思想的产物。这一点我们在后面将详细讨论。但中国人原产的时间观，却是一种以人的个体生命为本位的"循环论"，它以个人的存在为价值起点，生命呈现为一个断裂又重复的"圆"。

中国人传统的时间概念，主要呈现两种解释特点：一方面，时间和历史是无始无终的，另一方面又是循环论的，而且与人生还是同构的。这两种解释，在整个民族的历史中几乎是一直存在的，但又大致以秦汉为界，发生过前后不同的重大改变。在秦汉之前，中国人基本上是有限论（人生）与无限论（宇宙）的结合，有限顺从而不是对抗于无限，因而人们能够实现对有限人生的从容接受，对宇宙大道规律的认同。一如老子所说，"天长地久，天地所以能长且久者，以其不自生，故能长生。是以圣人后其身而身先，外其身而身存。"[1]庄子也说，"朝菌不知晦朔，蟪蛄不知春秋"，而"楚之南有冥灵者，以五百岁为春，五百岁为秋；上古有大椿者，以八千岁为春，八千岁为秋""众人匹之，不亦悲呼？"[2]这都是告诫人们，不要以个体生命的尺度来丈量无

---

[1] 参见《老子·七章》。
[2] 参见《庄子·逍遥游》。

限，自寻烦恼，而要以认同自然的态度取得宽解，这才是明智的选择。

先秦时代的个体生命的时间观，大抵不离这样一种乐观而朴素的认识，这就使先秦时代的思想者在写作中，绝少流露其个人的生命忧虑，多是以自信和宏大的个体形象，做关于宇宙、存在、历史、哲学、伦理、社会等问题的思考，而对个人的存在问题，则保持了谨慎的回避。如孔子对学生的关于"死"的问题的回答是"未知生，焉知死"，其自述人生情趣为"乐以忘忧，不知老之将至"云云。尽管庄子也曾经因为做了一个关于蝴蝶的梦，而引发了近似"我是谁，我从哪里来"之类的追问，但他们与西方哲学家对于存在的思索，特别是海德格尔式的"存在是提前到来的死亡"的认识，仍然有着根本的不同，因为这里并没有关于死亡与生命的焦虑。

然而在此之后，另一种为"生命本体论"的时间观出现了，这种观念大约始表现于汉末（如果把秦始皇求"长生不死之药"看作是一个标志，也许要从秦时算起，但从文学中看，对个人生命的忧虑却是始显于汉代）。对比汉末以前和以后的诗歌，就可以看出，先秦时期虽然也有《楚辞》的浪漫悲怆，有《诗经》的世俗咏叹，但就主题内涵来看，却没有感伤主义的个体生命观。屈原之愤而投江，非是出于对个体人生的绝望，而是出于对国家命运的悲悼，他的死是一种以身殉国的英雄壮举，而无关个人的生命感恨。在《楚辞》中，根本找不到对个人生命的忧虑，相反，对献身理想的英雄壮举的赞美，倒是随处可见。这种情形至汉代初年，也还没有特别明显的改变，在汉高祖的《大风歌》和武帝的《秋风辞》中，虽隐约可以看出一种苍凉凄美之韵，但仍看不到明显的生命感伤论的主题。而到东汉无名氏的《古诗十九首》中，情况即陡然为之一变，人生短促的焦虑和绝望，几乎成为一个最核心的主题："生年不满百，常怀千岁忧。"人的一生作为宇宙间基本的时间单元，开始成为人们衡量一切价值的核心尺度。这种观念到魏晋南北朝时期，成为普遍的意识，即便在雄才大略更兼"梗概多气"的曹操那里，也毫不掩饰地表达了他对个人生命短促的忧心与焦灼——"对酒当歌，人生几何？"成为他著名的追问。这种由于个体人生概念的突然彰显所带来的美学与价值观的变化，在初唐诗人陈子昂笔下，可谓发挥到了极致，他的"前不见古人，后不见来者。念天地之悠悠，独怆然而涕下"，令古往今来多少文人墨客百感交集！生命的感伤主义体验，由此成为中国人生命哲学的基点与原点，人生的短暂与宇宙的无限之间无望的悬殊对比，也成为中国诗人们永恒的生命情结，成了他们观照历史、追问宇宙的认识基点。

究竟是什么原因，导致了汉末之前与之后如此迥然不同，这里不拟展开讨论。然而单个生命的丈量尺度，由此成为中国人基本的宇宙观、价值观，并促成了他们的美学观和历史诗学，却是一个不争的事实。就像张若虚的一首《春江花月夜》中所表达的，有限对无限的遥望，个体人生的脆弱对永恒自然的追慕，成了文学中最普遍的母题："江畔何人初见月？江月何年初照人？人生代代无穷已，江月年年只相似。"无论是"伤春""问月"，还是"饮酒""悼物"，所有的主题，最终都归于一个，人生的无常、个体存在的倏忽，变成了他们感受并解释一切的基本标尺——一个生命本体论的感伤主义。

顺便说一句，这种生命本体论的时间观念，把中国的诗人都提升成为"诗哲"。在某种意义上，一个三流的中国诗人，也不失为一个诗哲，因为他的命题似乎永远也离不开这样一个角度——以自身的生命经验与生命历程，对自然和历史予以投射，也就是说，他们理解自然和丈量历史，往往是以个体生命为标尺和刻度的。这样的时间观，注定要将中国人的历史叙事变成他们生命意识的折射，并成为他们评价历史的出发点。

二 传统小说中的历史观

（一）人本主义与生命本体论

上述生命本体论的时间尺度与价值理念，必然也在唐代以后逐渐发达的小说叙事中表现出来，并成为一种特定的"历史中的时间修辞"。首先一个表现是，从"史传"到"演义"历史小说，其历史与美学观念，经历了从一个以永恒时间为内在理念的正统的"良史之直笔"的观念的形而上学，到一种人本主义的人生体验与"笑谈"式的生命审美论的转变。试比较一下刘勰与罗贯中的历史观的微妙不同：

  盖文疑则阙，贵信史也。然俗皆爱奇，莫顾实理。传闻而欲伟其事，录远而欲详其迹。于是弃同即异，穿凿傍说……析理居正，唯素臣呼！……然史之为任，乃弥纶一代，负海内之责，而赢是非之尤。……若任情失正，文其殆哉！①

  滚滚长江东逝水，浪花淘尽英雄。是非成败转头空。青山依旧在，几度夕阳红。白发渔樵江渚上，惯看秋月春风。一壶浊酒喜相逢。古今多少事，都付笑谈中。②

  前者，显然是一种"身在其外"的客观历史意识，强调史家的"信史"与"良史"态度，历史的某种终极客观性，认识方法

---

① 参见《文心雕龙·史传》。
② 参见《三国演义》开篇之《西江月》词。

的终极真理性，它的尺度显然是时间的"永恒维度"，时间本身在这里即具有抽象的"正义性"。然而，在后者那里，历史就变成了纯粹审美的对象，它所强调的，不再是历史的终极意义与价值，而是一种人生的折光与生命的体验，它的时间维度是"单个人"的一生。离开了个体生命经验这样一个认识与价值的角度，所有的关于历史的研究、认识、叙述，都难以获得意义。是因为人生的短暂，才导致了历史所谓的永恒意义的消解，导致了"是非成败转头空""不以成败论英雄"的认识角度与价值理念，才有了"青山依旧在，几度夕阳红"的感伤与喟叹。在这里，真实与"笑谈"已经失去了界限，因此，所谓历史的"必然论"与终极性（即绝对性），在中国人这里是不存在的。作者也因此才有了一份物外的超然。毕竟，单个人的时间与绵延的历史、永恒的宇宙时间之间，只是一种无望的伤怀与绝望的超然交相混杂的情境与体验。但反过来，也毕竟只有个人才是历史的真正主体，舍此还有其他的抽象的和形而上学的"主体"吗？现代中国人喜欢以"人民"作为历史的主体，不错，"人民"是历史的创造者，但"人民"最终还需要落实为"具体的个人"，否则它就是抽象的，当代中国的伪历史叙事，以及过于政治化的历史模型，常常是以抽空主体的名义，使历史的叙述抽象化了，从而失去了其真实性。在这点上，正是中国人的传统历史叙述才更接近真实，正是中国人的这种以个体生命为本位的历史观，才使得他们能够更深邃地触及历史的深处与经验的神髓，也正是这样一种历史观，才更加接近一种"历史的诗学"，使中国成为一个历史文学与历史观念特别发达的民族。而且——顺便说一句，这种个体生命的主体意识，似乎同当代西方的"新历史主义"之间，也有着一种天然的亲和关系。关于这一点，在后文讨论历史意识的章节中还将涉及。

（二）悲剧本质的历史诗学与美学理念

以个体生命为本位的时间观，在小说叙事中表现的另一个特征，是一个悲剧化的结构理念，即所谓"没有不散的筵席"的叙事观念。个体生命的短暂，以及由此引发的生命焦虑与悲剧意识，个体时间的"寄蜉蝣于天地"一般的迅疾的"生—死"对立模型，在叙述的过程中，便演绎为一个"盛极而衰"的修辞与结构模式。当然，它可以是"大江东去，浪淘尽，千古风流人物"的悲壮，也可以是"人面不知何处去，桃花依旧笑春风"的感伤，还可以是"好一片白茫茫大地真干净"的悲呼的绝望，但很明显，个人生命的经验角度，是他们结构历史和完成叙事的基本视角，如同一个人的生命从被给予（从"无"到"有"），到经过少年的蓬勃和盛年的极顶，最终又归于衰老和死亡的"无"一样，所有的时间概念，实际上不是一条没有止境和尽头的"线"，而是无数个独立又连环在一起的"圆"。"天下之物生于有，有生于无。"① 所以"无—有—无",便成了宇宙大道的基本规律,这样的理念,构成了中国传统小说基本的叙事框架与结构模式,《红楼梦》中的"盛"与"衰"、《金瓶梅》中的"富"与"败",甚至《水浒传》中的"聚"与"散",其在整体上都是"无—有—无"式的结构,一个近乎"梦"的经验过程,一支"曲终人散""天下没有不散的筵席"的悲歌旋律。题目在叙述风格甚至审美特征上是如此不同,但在叙事的基本结构上却是如此一致,在美学的神韵上是如此接近。

"梦",可以说是中国传统小说的一个最形象和最具有美学意义的命名,也难怪《红楼梦》这样的作品,会成为中国古典小说的一个最高典范,它是一个人生经验的形象比喻。"人生如梦"典型地表现着中国文人的生命观念与价值意识,而历史,作为"人化"的生命经验的对应物,当然也折射和隐含了人生。

(三)"中性"立场与非主流道德的历史循环论

上述时间概念还引申和表现为一种历史的循环论。中国古典小说中的历史观,与文人的生命意识是同构的,因而历史从未呈现为一种"进化论"形态,而总是一种重复,"人生代代无穷已,江月年年只相似","江山留胜迹,我辈复登临","人世有代谢,

---

① 参见《老子·四十章》。

往来成古今"。时间和历史本身,并没有目的和意志,它只是在一种自在状态中进行着自身的矛盾循环。如同《三国演义》开篇第一句所说的"话说天下大势,分久必合,合久必分";《水浒传》开篇序词中所说的"兴亡如脆柳,身世类虚舟""霎时新月下长川,沧海桑田变古路"一样,这是一种"中性"的时间观。它像历史中的个体存在一样,也只是按照一定的节奏繁衍代谢而已。这也决定了中国传统小说的"历史美学"的重要特点:它不是仅仅指向"未来"一极的,也不是以所谓"新"为价值指归的,在时间的纵向坐标上,不存在一个伦理化的二元尺度,没有"过去与未来""进步与反动"的二元对立,而所有的是与非、成与败,也都将随着时间的推移、人世的代谢,化为乌有,成为笑谈。循环论使得许多古典小说作品在结构与美学理想上,都呈现了近似的特征,每一个作品都呈现了一个完整和自闭的由"兴"而"衰"、由"始"而"末"的时间结构,一个与人生轨迹同构的"圆"。

上述"中性"的道德判断,当然不意味着主流历史价值完全被排除在外。以《三国演义》和《水浒传》为例,两者都刻意突出了"正统"和"主流"的道德观,即"忠"的思想。在《三国演义》中表现为"扬刘抑曹",在《水浒传》中则表现为将"聚义厅"改为"忠义堂"。突出"忠"字,是要体现"官史"的历史观,体现孔子所说的"君君臣臣父父子子"的礼制秩序。"忠"

的关系是垂直的,这是使小说从官方那里获得合法性认可的必要条件。但在这同时,小说家所真正张扬的,却是另一种非主流的民间的东西,即"义"。"义"中和了"忠",因为它所要体现的,是一种"平行"的尺度、"平等"的关系,正如《水浒传》英雄所梦想的"四海之内,皆兄弟也""大碗喝酒,大块吃肉,论秤分金银,整套穿衣服",以"义"的名义,大家就可以不分你我,甚至不论道德,矮脚虎王英是一个卑鄙的好色之徒,但在意气的名义下也被宋江收为兄弟。"义"还几近成为一种神话,李逵每次都免不了好人干坏事,抡着两把板斧,"所砍的尽是看客",但谁还会因为他错杀了几个人而对他兴师问罪呢?《三国演义》应该说比之《水浒传》要更"主流"一些,但它也同样张扬了作为民间道德的"义",它甚至把刘备与关羽、张飞的"君臣"关系改造成了"兄弟"关系,试图在表现对正统皇权思想尊重的同时,更张扬民间式的"桃园结义"的神话。如开篇第一回的题目,即是"宴桃园豪杰三结义,斩黄巾英雄首立功",前一半讲的是"义",后一半讲的是"忠",两相中和,小说最终所呈现的历史观,便具有了双重的合法性,并巧妙地民间化了。

　　中国人的上述的时间观与历史意识,当然也存在着巨大的陷阱,即在一种时间维度上的价值空缺,最终导致了其在另一种空间维度上的伦理判断——即对"忠"与"奸"的对立模式的无限夸张,这种模式,构成了中国小说美学的另一个基本构架。不过，这里我们的目的不是对这种美学观念做什么评判，而只是为了提供一个背景和参照，来观察当代中国小说中时间观念的变化，以及它给小说的修辞方式、结构方式与美学特征带来的变化。

第二章

当代红色叙事中的历史观

美国的新历史主义理论家海登·怀特，在他的一篇题为《作为文学虚构的历史本文》的文章中，曾经有一句耐人寻味的追问，即"历史上究竟发生了什么？"[①]在他看来，任何"历史"不过都是一种文本的修辞活动，是一种"修辞想象"，因为在"历史的存在"和"历史的本文"之间，永远不存在一种真正的对应关系，更不可能是对等关系。我们所有能够看到的历史，实际都是作为文本的历史，而"文本"不但取决于客观的历史，更是取决于写作者的修辞态度，取决于他的解释方式、解释角度与价值立场。同样一个事件，可能因为立场的不同，所做出的解释就是完全不一样的。

所以，"历史上究竟发生了什么？"，这不是一个一般的追

[①] 张京媛主编：《新历史主义与文学批评》，北京大学出版社1993年版，第163页。

问，而是一个带有根本性的哲学的命题。它延伸出两个方面的问题：一是，任何文本都不是完全可靠的，它必然是一定的主体的修辞想象的产物，都是有缺陷的，它与真正的历史存在之间，都只是一种"隐喻"的修辞关系。二是，它又从另一个方面承认了历史文本的修辞想象的"合法性"，既然历史本身在本质上是无法企及的，那么，某种更合理的隐喻，或者想象，就不只是无法避免，而且是很有必要的。历史就这样处在了不会停止的"重写"的过程中，意大利的哲学家克罗齐，也是从这个意义上说出了那句很有名的话，"一切历史都是当代史"；法国的哲学家米歇尔·福柯的边缘化和反主流正统的"历史编纂学"，也是在这样的认识基础上诞生的。

一 "红色历史编纂学"的由来

"红色历史编纂学"在其产生的最早时期，也可以视为一种特别"新"的历史主义，它和革命的暴力是一同产生的，其目的显然也是为革命的行为本身寻找合法解释。

抛开题材内容和主题的差异不论，单从叙事方式与结构模式看，当代中国的小说与传统小说之间，即发生了巨大的变化。这种变化在很大程度上，是源于时间观念的改变。古典叙事中永恒与循环的理念、人本主义与生命感伤主义的时间尺度,均被革命进化论、政治历史阶段论的理念所替代。粗略地看,构成当代红色叙事的历史模型的时间理念的主要来源有两个:一个是西方近代的进化论观念,以及在这种观念基础上产生的"现实主义"作家的历史理念,特别是又被俄苏作家强化了的"划时代"、"分水岭"以及"多部曲"的时间概念;另一个则是来源于革命政治叙事本身"创造历史"的时间观,作为对革命政治的合法性阐释最重要的理论逻辑,时间必然被按照新与旧、黑暗与光明、过去与现在、反动与革命等"伦理化"的对立模态,分割成若干份,时间的"纵向维度"被前所未有地夸张出来,并被赋予了鲜明的政治色调与方向感、目的性。比起前者来,这种叙事的规定与裹挟力量,显得更加强大而不可违拗。在这样两个观念影响下,当代小说的结构与美学形态,便发生了根本性的变化。

首先是时间的区段化。在 19 世纪的作家那里,这种意识就已经相当明显了,如巴尔扎克在谈到英国作家司各特的小说意义与局限时就说,一个伟大的作家,应该将自己的作品"联系起来,编写成为一部完整的历史,其中每一章都是一部小说,每一部小说都描写一个时代"。[①] 司各特没有做到,而现在他自己

---

① 巴尔扎克:《〈人间喜剧〉前言》,见伍蠡甫主编《西方文论选·下卷》,上海译文出版社 1979 年版,第 167 页。

要力图这样做。很明显,在历史与人生之间、在"历史的美学"和"小说的美学"这两类概念之间,现实主义作家完全倾向了前者。这种"时代观",大大强化了政治学或社会学意义上的区段时间在小说叙事中的作用。列宁对托尔斯泰作品的最高评价"俄国革命的一面镜子"的"镜子说",其核心意思也在于肯定其小说的时代感。随后列宁大致又说,在最近的十年中,属于托尔斯泰这样的特别的荣誉就不再存在了,因为历史的那一页已经翻过去了。由于这样的理念,苏联的作家纷纷效仿《战争与和平》那样的多卷本模式,并竭力造成对"一个时代"的"史诗"性的修辞效果。这种结构形式深刻地影响了当代中国作家的艺术趣味与结构观念,像梁斌的《红旗谱》《播火记》《烽烟图》三部曲,柳青的《创业史》,欧阳山的《一代风流》五部曲(《三家巷》《苦斗》《柳暗花明》《圣地》《万年春》),周而复的《上海的早晨》(四卷本),李云德的《沸腾的群山》(四卷本),等等,基本上都是按照时间的顺序区段来结构的。

上述理念的另一个依据,是政治历史叙事对文学叙事的规定性作用。这方面的最高的典范,应该是来源于一篇经典的革命叙事——毛泽东的《新民主主义论》。在这篇文章中,毛泽东以其革命家的巨笔,将现代中国的历史划分成了断裂又联系的几个区段:一九一九年"五四运动"以前,是资产阶级领导的旧民主主义革命,而在这之后,便是由无产阶级领导的新民主主义革命时期了。由中国的现实所决定,"中国革命必须分为两个步骤:第一步,改变这个殖民地、半殖民地、半封建的社会形态,使之变成一个独立的民主主义的社会。第二步,使革命向前发展,建立一个社会主义的社会。中国现时的革命,是走在第一步"。之后,文章又依据其政治内涵,划分了更细的四个时期:"第一个时期是一九一九年到一九二一年的两年,第二个时期是一九二一年到一九二七年的六年,第三个时期是一九二七年到一九三七年的十年,第四个时期是一九三七年到现在的三年"(即一九四〇年)……这些划分的概念,泾渭分明地区分出了现代中国历史的阶段性内涵,也成为此后所有当代中国政治、历史与文学叙事的权威性的划分界限(当然,他的这些观念也是来源于他在此文中征引的斯大林的纪念十月革命和论民族问题的文章)。这种规定性十分典型地体现在《红旗谱》一类"史诗性"结构的小说中,它的"楔子"和三部曲式结构,分别对应着中国共产党诞生以前农民的自发斗争、第一次国内革命战争,共产党独立领导的土地革命战争,以及日本入侵中国、民族危机爆发这样几个时期。由此使小说叙事,变成了政治叙事的别一表现形式和其中的一部分。正如作者自己所说,因为他"亲身经历"和"亲眼看到""党自从诞生以来……领导我们在各个时期贯彻了阶级斗争,领导我们从一个胜利走向另一个胜利",他要将这样一个过程"深刻地反映"出来①,必然要遵照上述时间区段的划分,并使之成为自己的结构、修辞与美学的唯一参照尺度。

红色叙事第二个重要的时间模型是"断裂式"。同上述"区段性"观念相联系,断裂式时间观更加强调各个时间区段的差异性,它找出了许多标志式和分水岭式的政治事件。这样的事件,成为历史和人的观念的分界点,就像胡风献给新中国的颂诗《时间开始了》一样,一个重大事件的意义,总是首先体现在它对一个"新纪元"的开辟上,所有的叙事都被纳入这样一个框架中,新的时间区段同旧的时间区段,表现出截然对立的价值指向与美学性质,正像周扬代表新政权所指示的,"作家必须站在人民的先进的行列,和人民一道,为拥护新事物和反对旧事物而斗争。他不能置身于这个斗争之外,对这个斗争采取中立和旁观的态度。他必须抱有争取新事物必胜的决心,对新事物具有敏锐的感觉和高度的热爱,而对于旧的落后的事物则绝不调和妥协……"②在这里,以一个时间临界点为分野的"新"与"旧",被赋予了水与火一样不能相容的关系,成为提醒和警示一个作家确立其写作原则的标志性符号。其实,这类关于时间的叙事,不只是出现在政府的公文中,在中华人民共和国初期作家们的言论中,它几

---

① 梁斌:《红旗谱·代序》,中国青年出版社1958年版。
② 周扬:《1953年9月24日在中国文学艺术工作者第二次代表大会上的报告》,引自《文艺报》1953年第19期。

乎也是随处可见的,请看早在1950年丁玲的一段话:"由于时代的不同,战斗的时代,新生的时代,由于文艺工作者思想的进步,与广大群众有了联系,因此新的人物,新的生活,新的矛盾,新的胜利,也就是新的主题不断地涌现于新的作品中……这正是新的作品的特点,这正是高于过去作品的地方。"① 在这里,时间的"新"与"旧",显然已经变成了修辞的中心,在类似的时间分界点之前与之后的叙事,被赋予了完全不同的美学与政治内涵。它控制了小说的叙事节奏、发展进程,也规定了小说的艺术氛围的风格基调,比如说,在该写得比较灰暗的时段里,如果写得明朗了,那就不仅仅是一个艺术节奏把握不准确的问题,而是一个政治觉悟与立场的问题;相反,如果在应该写得比较光明乐观的时段,你还写得十分暗淡的话,那同样是对革命或对党的一种恶意诋毁与犯罪。中华人民共和国成立后的小说叙事中,所有批评与暴露的主题、所有表现人性和抒情的主题、所有多样化的艺术风格都逐渐被批判和剔除,与此是有直接关系的,因为时代已然是新的时代,那么新的时代还能够允许与此"不相称"的东西存在吗?

断裂性的时间修辞,给小说叙事的美学特征带来了深刻的

---

① 丁玲:《跨到新的时代来——谈知识分子的旧兴趣与工农兵文艺》,见《文艺报》1950年2卷第11期。

规定性。比如，所有革命历史叙事的作品，还有包括反映"合作化"进程的作品，其叙述的终结点，都是革命的胜利或者阶段性任务的完成。这样，就使得作品呈现了强烈的喜剧化、壮剧化的风格。这种叙述结构与美学倾向，其实早在新中国成立以前就已经现出端倪了，像周立波的《暴风骤雨》就是如此，这部作品分了一、二两部，第一部写的是土改的初步胜利，第二部写的是农会权力被坏人篡夺、土改成果几乎丧失之后，经过广泛发动群众，取得了最后胜利，结尾是农民真正分到了土地，并且踊跃参军，在解放全国的革命高潮马上就要到来的时刻结束。这样的结尾，显然是在高点的终止，它决定了小说的美学特征必然是明朗的。《红岩》也一样，尽管这部小说所写的内容，是革命志士在监狱中与即将崩溃的国民党政权之间的斗争，情节十分惨烈，但由于作者是按照"黎明前的黑暗"这一概念来叙述的，同样是以全国解放这样一个壮剧的时间背景作为叙事环境，所以它不但不是悲伤和残酷的，反而是壮观和激情高扬的。

但"革命叙事"本身并非一种"简单的叙事"，这样说有两层意思：一是革命叙事不是凭空出现的，它很暴力地改造了传统叙事，但又自觉和不自觉地承接了来自传统叙事、西方文学叙事、中国现代启蒙主义叙事的诸多因素，是一个各种叙事因素还没有来得及融合的"夹生"着的混合体；二是革命叙事在小说中很多时候只是一种合法"伪装"，它真正兜售的还是文学本身的东西,因此它对各种"旧式"的叙事因素,有时是一种出于本能和潜意识的借用。这种情形在《青春之歌》《红旗谱》《林海雪原》《烈火金钢》,甚至在《红岩》中,都有着生动而丰富的表现。不过从整体上来说,其内部的矛盾也很突出,比如,它的叙事的时间观念的原型,是来自西方的(可参见巴赫金对希腊古代叙事模型的分析),却声称是"民族主义"的;在美学上是讲"中国做派"的,但骨子里却是反对中国的美学与话语传统的(就像林道静在最初是喜欢吟诵唐诗的,"革命"以后则喜欢上了现代体诗);看上去是比较"青春"和"现代"的,但骨子里的趣味却是非常陈旧的……总之研究它是非常有意思的。

二 红色历史叙事的一般特征

由于是按照主流历史观念构造的叙事,我们可以把出现在五六十年代的有关历史题材的小说称为"红色官史小说"。这些小说的一些一般性的特征是非常近似的,比如都是表现了革命意识形态的主题:历史就是阶级斗争史,是进步与倒退、革命和反革命的斗争史;具有强烈的"观念的形而上学"色彩,"历史"具有了先验的目的性、必然性,构造出了大量的伦理化和终极性的词语,如类似于被德里达所质疑的那类词语——"人民""革命""解放""进步""真理""阶级""牺牲""幸福",等等。这些特征都是普遍性的。

但有一些特征是需要讨论的,比如一个很常见的情形是,"把个人叙事改装为革命叙事",这个问题是两方面的:一方面,作家是有"私心"的,他要把自己个人或家族的故事"合法化";另一方面,这又是革命的需要,作家是不得已的,如果他不把这样的故事提升和改装为革命叙事,他的作品将不能得到承认。因此,我们就看到了一些非常有意思的现象,比如写《红旗谱》的梁斌就是一个例子,他从早年的一个短篇小说《夜之交流》,到后来的剧本《千里堤》,再到后来的长篇小说《红旗谱》,都是他自己所身历的"高蠡暴动"的同一个题材的延展。梁斌的一生其实也就只是写了这一个题材,是对同一个记忆的不断加工和深化,产生了这部被称为"史诗"的作品。这与其说是作者写作能力上的局限,还不如说是他一生的一个"情结"——只有在叙事上充分拔升了自己家族的历史,才能证明他自己人生历史的正确。小说中的江涛,无疑是作者自己的影子,小说对这一人物的"美化",当然有着明显的潜意识动机。另一条农民与地主之间的阶级斗争的线索,则也同样有"把家族矛盾斗争装饰为阶级斗争"的嫌疑。稍有乡村生活经验的人都知道,在这个小农社会中,农民之间的利益纠纷是极为常见的,解决这些纠纷的手段极为有限,只能靠宗法关系来抗衡和调解,有的则成为世代相传的家族仇恨。了解这一情形的读者，不难从中察觉到朱严两家农民与地主冯家父子之间矛盾的底色，这其实也很可能就是一个平常的家族矛盾，却被作者在描写的时候做了"道德化"的改装，冯家父子被妖魔化了，而朱老忠则庶几被神化。连作者本人也说，"书中的故事即使有现实根据，也决不等于生活中原来事件的再现。……是经过集中、概括、突出和提高了的。"[①]

如果上述说法有"猜测"之嫌的话，另一种预设了正确方向的"历史写作"，则可以来揭示一种"现实主义"叙事的生成秘密。柳青为了写合作化题材的《创业史》，自愿从北京来到陕西长安县的皇甫村安家落户，从1952年开始一住就是十四年，这样的例子恐怕在古今中外也是绝无仅有的，谁也不能说柳青的心不诚，不能说他的文学能力不强——至少《创业史》部分地表现了很高的艺术功力，但在整体上，我们却不能完全认同其真实性，尽管他遵奉了"现实主义"方法，也灌注了大量"真实"的生活体验，但因为他完全采用了概念化的历史叙述模型，所有人物都是按照阶级论概念来归类的，其阶级的属性决定了其在现实中的表现：贫雇农最革命，中农有时候动摇，富裕中农自私自利，富农兴风作浪，地主最阴险，总是躲在暗处煽风点火。

[①] 梁斌：《漫谈〈红旗谱〉的创作》，《作家谈创作经验》，中国青年出版社1959年版。

从这样的概念出发，人物就不免成为类型化的典型，而很难成为有血有肉的个性化形象。这样的作品比起上一种情况来，更令人扼腕，因为它消耗甚至靡费了作家的才华、时间，还有投入的真诚。

不过，红色历史小说亦非一无是处，有些作品还是很有魅力的。但考察其中的活力所在与成功要素，却不难发现，起作用的其实是非常出人意料的因素：它可能是非常"旧式"或老套的东西，比如《林海雪原》中的"传奇性"叙事因素，其实是包含了中国传统小说中的某种关于侠义小说，特别是关于"匪盗"传奇叙事的内核，还有《红旗谱》《红岩》《铁道游击队》《烈火金钢》等小说中的"好汉"性格、"洞窟"叙事，还有《青春之歌》中的"才子佳人"与"英雄美人"故事。关于这些复杂的叙事因素在红色历史叙事中所起的作用，我们也许会在下面的这个个案的例证中，得以进一步认识。

三 《青春之歌》：一个个案的分析

红色叙事中最典型的，要数一部表现知识分子命运的小说——《青春之歌》。因为别的作品，大都因为题材内容的关系，不得不受到外在因素的许多制约，因而有时似不能说明问题，而这部作品的整个故事结构，基本上是围绕着一个核心的女性人物展开的，其题材相对较"小"一些，个案一些。它在结构上可以和一些古典世情或爱情小说对照起来看，因为它从整体上来看是对一段人生历程的较为完整的叙述，是一个比较完整的结构。但与传统叙事的时间修辞不同的是，它不是按照那种经典的"无—有—无"的结构，按照一个"梦"的经验方式，一个完整的人生的概念，去进行那种悲剧性的，将终点落于衰败、死亡和"食尽鸟投林"的、"天下没有不散的筵席"式的叙事，相反，而是将终点戛然截止在阶段性的"胜利"之时，终结于林道静尚未终结的"青春"时代。这样，小说呈现出来的，当然就是一个充满生机、浪漫和活力的"青春叙事"，而不是一个充满衰败与感伤的"死亡叙事"或"末日叙事"。试想，如果作者沿着林道静的人生轨迹一直写下去，写到她后来的婚姻生活，写到革命成功，再写到新中国成立以后，那时她已人到中年，还可能由于她的"小资产阶级"出身，而在后来的历次运动中受到冲击、批判，说不定还会落一个很悲惨的下场，那还会是一部高昂激扬的"青春之歌"吗？

当然，那时这一切都还没有来得及发生，但是如果小说不是截至30年代，而是继续向前延伸到40年代，甚至50年代，延伸到主人公变成一个中年女性，小说的美学风格也会根本改变。显然，时间在这部小说中扮演了重要的角色，时间的断裂，使得叙事忽略和删掉了后来的一切,一切都停止在尚且年轻的时代——这就像《红楼梦》中所写的宝黛爱情一样,它终结在"黛玉之死"这一时间点上,林黛玉作为一个青春少女的死亡,使得她与贾宝玉的爱情,成为永恒的憾恨,让人哀婉痛惜。然而假定林黛玉不是这么早地弃世而去,如果她与贾宝玉成了婚,而且还一直勉强地活了下来,直至人到中年、老年,那时读者看到的,将不再是一个冰清玉洁的林黛玉,而是一个气喘吁吁、痨病缠身的黄脸婆的林黛玉,那他们的爱情,还是那个令人羡慕的千古绝唱般的爱情吗?《红楼梦》还是《红楼梦》吗?在这部作品里,作者所使用的时间修辞方式,与白居易的长诗《长恨歌》一样,是两个时间概念,其中一个"时间"结束了,另一个"被抛弃的时间"仍然孤独地勉力前行,这样就造成了"上穷碧落下黄泉,两处茫茫皆不见"的感人悲剧。而革命的红色叙事全部是在一个高点上截止,胜利和成功,同时终结了"当事人"和"追忆者"的存在的必要,这是使得它们完全脱离了古典小说的叙事模型与美学传统的根本原因。

(一)从一个"精神分析"的例证开始

之所以要把《青春之歌》当作"文学作品"来读,是因为它比较多地蕴含了故事的因素,特别是暗含了许多来自传统叙事模型的叙述形式。这也正是它能够在革命或红色叙事的众多文本中，能够保持相当的文学魅力的原因。即便在革命的年代，对于一般读者来说，他阅读小说不是受其"革命动机"的支配，而是受"无意识动机"的支配。《青春之歌》为什么吸引他们？不是因为它突出了多么高大的主题，而是因为它写了浪漫动人的爱情故事，甚至是特别抓人的"三角恋爱"的故事。事实上，无论是在过去，还是现在，对于读者来说，这部小说的魅力正是来自它讲述林道静、余永泽、卢嘉川之间的"三角关系"的部分，这绝不是偶然的。这里的冲突，表面上看是"进步与落后的冲突""革命与不革命的冲突"，但内里实际上却是"感情与道德的冲突"，是林道静在"丈夫"和"情人"之间何去何从的矛盾。为了达到她摆脱丈夫而重新选择的目的，同时又摆脱由此带来的道德上的犯罪感、心理上的自我谴责，她就在"丈夫"和"情人"身上，分别打上了"守旧派"和"革命者"的记号。换句话说，她是借了革命的名义，来满足自己的私念的，用了革命的动机，来掩盖自己的情欲动机的。这样一个掩盖看起来是很巧妙的，但这看起来天衣无缝的掩饰，却在"无意识"中显露出来。

这就是林道静那个非常有意思的"梦"[①]。虽然杨沫在小说的《后记》中曾表白说，卢嘉川这一人物"完全是""想象出来的"，这样她就可以避开一种嫌疑——即在现实中不存在这样的事件原

[①] 杨沫：《青春之歌》，人民文学出版社 1962 年 12 月"北京新 1 版"，第 176 页。

型,也就没有一个私人的动机,之所以这样安排故事,完全是"革命形势"所支配的。然而她为什么要刻意这样"避嫌"?这表明,在写作的过程中作者的确承受了"道德良知"的压力。她需要找到一个充分的理由,来"背叛"林道静初始时的选择——因为毕竟余永泽曾对她有过救助之恩。这样她就需要一个"假定",即假定余永泽是有过错的,假定他没有对林道静有过什么帮助。在这样的"道德焦虑"压迫下,女主人公用心设计了种种摩擦,包括在对待讨饭的魏三大伯的态度上不同"阶级立场"的根本分歧(余永泽给了他一块钱,而林道静却给了他十块钱——不过那还是余永泽的钱),来夸张他们之间的根本裂隙和阶级对立。但这一切都还不够,她还要通过彻底的"修改记忆",来解脱自我,于是就有了这个象征着"愿望的达成"的梦。

请注意,"做梦"之前,林道静有一个心理背景和准备:"刚一睡下,她就被许多混沌的噩梦惊醒来。在黑暗中她回过身来望望睡在身边的男子,这难道是那个她曾经敬仰、曾经热爱过的青年吗?他救她,帮助她,爱她,哪一样不是为他自己呢?……蓦然,白莉苹的话跳上心来。——卢……革命、勇敢……'他,这才是真正的人。'想到这儿她笑了。"这个动机是再明确不过的,她正经历着见异思迁的自我谴责和自我宽恕的思想斗争,因而在潜意识中,她就要试图了结这一矛盾,以缓解自己的精神压力,所以——

这夜里她做了一个奇怪的梦。

在阴黑的天穹下,她摇着一叶小船,漂荡在白茫茫的波浪滔天的海上。风雨、波浪、天上浓黑的云,全向这小船压下来,紧紧地压下来。她怕,怕极了。……她惊叫着、战栗着。小船颠簸着就要倾覆到海里去了。她挣扎着摇着橹,猛一回头,一个男人——她非常熟悉的,可是又认不清楚的男人穿着长衫坐在船头上向她安闲地微笑着。她恼怒、着急,"见死不救的坏蛋!"她向他怒骂,但是那个人依然安闲地坐着。她暴怒了,放下橹向那个人冲过去。但是当她扼住他的脖子的时候,她才看出:这是一个多么英俊而健壮的男子呵,他向她微笑,黑眼睛多情地充满了魅惑的力量。她放松了手。这时天仿佛也晴了,海水也变成蔚蓝色了,他们默默地对坐着,互相凝视着。这不是卢嘉川吗?她吃了一惊,手中的橹忽然掉到水中,卢嘉川立刻扑通跳到海里去捞橹。可是黑水吞没了他,天又霎时变成浓黑了。她哭着、喊叫着,纵身扑向海水……

这毫无疑问是一个不经意的告白。它完完全全地袒露了林道静的潜意识,即,她宁可希望余永泽是一个"见死不救的坏蛋",她在难以摆脱这个人的同时,早已喜欢上了更加"英俊而健壮"

的卢嘉川，但这种背叛的动机，使她充满了犯罪感，所谓惊涛骇浪即是这种心态的隐喻。这个梦的实际作用是，她可以使得自己对余永泽充满感恩色彩的记忆被修改——它改变了人的经验，这就像当代法国女作家玛格丽特·杜拉斯在她的一篇访谈中所谈到的，她在一次昏迷的梦境中同她的本来"彼此欣赏的好朋友"克罗德·雷吉"闹翻了"，因为她梦里依稀听到他在说她的"坏话"，她醒来再三打电话逼问他的时候，她的朋友当然感到莫名其妙，可她却坚持认为"他们之间是完了"，"这种幻觉根深蒂固，我整整六个月都沉浸在被侵犯的感觉里"。[1] 同理，林道静要在感情上真正产生对余永泽的"恨"，这个可以帮助她修改记忆的梦无疑是非常有效的。

无独有偶，还有一个"白日梦"也不可忽视，林道静在去定县农村后，有一段非常酸涩的"墓地抒情"。背景是江华来到她在乡村的住处，林道静此时已经在盘算着怎么才能"忘记过去"，与另一个革命青年江华"开辟未来"了。不要说所爱的人还尸骨未寒，此时她连卢嘉川已经牺牲的消息也根本不知晓，如何才能"忘记过去"，越过这一道新的心理与道德屏障？如果说抛弃余永泽她还可以容易地找到理由，那面对卢嘉川呢？她这时

---

[1] 杜拉斯：《我把真实当作神话——杜拉斯访谈录》，《杜拉斯文集·写作》，曹德明译，春风文艺出版社2000年版，第170页。

内心斗争的激烈可想而知。虽说与江华之间的感情，不像她与卢嘉川的爱情那样如火如荼，刻骨铭心，但她也不愿意为了一个已经看来没有什么希望的虚渺爱情再苦等下去了，她决定要再次弃旧图新，舍理想中的卢嘉川，而取现实的江华了。然而在潜意识中，这种再次背叛的罪恶感又在折磨着她，怎么办？她不由自主地来到了田野的一座坟墓面前——我相信这绝不是巧合，我们的前辈女作家还是比较淳朴的，她没有意识到，恰恰是这个细节把林道静的潜意识暴露无遗——她实际上是将这座无名的坟墓，在潜意识中当成了卢嘉川的墓地，她试图在心理上提前确认：卢嘉川已经死了，我现在把一束鲜花放在坟前，也算是举行一个简短的"告别"或"了结"的仪式了，这仪式一过，她就又获得了自由。

……走到一座孤坟前，她低声唱起了《五月的鲜花》。因为这时她想起了卢嘉川——自从江华来到后，不知怎的，她总是把他们两个人放在一起来相比。为这个，她那久久埋藏在心底的忧念又被掀动了。为了驱走心上的忧伤，她伸手在道边摘起野花来。在春天的原野上，清晨刮着带有寒意的小风，空气清新、凉爽，仿佛还有一股沁人心脾的香气在飘荡。她一边采着一丛丛的二月兰，一边想着江华的到来给她的生活带来许多新的可贵的东西，渐渐她的心情又快活了。

这实在是一个精神分析的绝佳例证。"愿望的达成"在林道静这里甚至已经变成了典型的白日梦，读者自会体味其中的妙处，我想我已无须再饶舌了。林道静的许多"小资"伎俩可以瞒得过五六十年代质朴的人们，但却实在经不起现今人们轻轻地这么一碰——这不是要刻意在道德上贬低林道静和《青春之歌》这部小说，相反，这样的分析实际上是要表明这部作品所达到的那个年代文学所能够具有的最大的心理与精神深度。毫无疑问，没有哪一部"十七年"小说能像《青春之歌》这样，有着几乎挖掘不尽的潜在意蕴，以及关于一个时代政治、语言与意识形态的广泛辐射力。

（二）小布尔乔亚叙事怎样写成了革命叙事

有了上面的分析，脱去《青春之歌》原有的叙事装饰，也就变得简便而顺理成章。仅仅两个梦，足以暴露了林道静在"革命"名义和理由下所隐含的个人动机，表明它的"革命叙事"的合法伪装，实际上完全经不起检验和剖析。

但这样说还不够，要完整地解读《青春之歌》，找出之所以有这样奇怪的叙事改装的深层政治与文化动因，必须还要进行更客观和"本体"的分析，要有耐心对其文本的显在和潜在的几个叙事层面和叙述模型，做逐层的解剖。这将是一个十分有趣的过程。

就叙事的内部结构而言,《青春之歌》显然具有这样几个基本的层次:

A. 最基本的层面,是非常传统的"才子佳人加英雄美人"的叙事,简单点也可以说,是"一个女人和几个男人的悲欢离合",这是小说真正具有原始的叙述动力和阅读魅力的基本原因。

B. 比较接近写作者自身经验的,是一个女性自我的个人生活叙事,或者也可以称之为一个"小布尔乔亚的叙事",这对作者来说是最真实的一个层面,它所叙述的故事,非常接近杨沫个人的生活经验。

C. 一个从"五四"以来新文学中的"女性叙事"中脱胎的革命女性故事,因为它的核心人物如丁玲笔下的沙菲一样,是一个不安分的知识女性、一个追求所谓个性解放的女性。但作者把这样一个过程,又做了延伸式的处理,她从追求个性解放,走上了追求革命的道路。但即使这样,小说的"女性主义"思想痕迹仍然是明显的,因为传统的男权主义叙事,往往是写"一个男人和几个女人的悲欢离合",而它正好反过来,变成了"一个女人与多个男人的恩恩怨怨",女性一直是主导故事结构的中心。

D. 一个常态的人性叙事。其实《青春之歌》的故事也完全可以像张爱玲的城市女性小说那样不带有什么政治的色调,林道静的情感生活本身,就极具有戏剧性的结构力量与叙述动力,可以作为一个纯粹的,甚至是消费型的现代小说来处理,或者一个比较"知识分子"的,但又不那么"革命"的小说,一个与钱锺书的《围城》相接近的主题,隐含着关于知识者爱情的某种困境的思考,即林道静究竟应该选择怎样的爱情模式,是余永泽的"无风险"式的生活模式呢,还是卢嘉川的理想主义的"冒险模式"?林道静从一个男人跳向另一个男人的过程,其实也可以看作是一个通常的因"围城内外"而见异思迁的人性弱点的表现。

E. 一个启蒙主义叙事的变体,它体现了"五四"知识分子"为人生"文学理想的一个延伸,即由个性解放到为了"解救劳苦大众"而献身的演化。这一原始模型当然已经被显著弱化,但依然可以看到其踪迹。它清晰地表明了这部作品由"新文学",到"新民主主义文学"或"左翼文学",再到"社会主义文学"的渐变过程。

F. 作者最终试图要达到的,是生成一个典范的"革命叙事","要使她从一个小资产阶级知识分子变成无产阶级战士的发展过程更加令人信服"[①],表现主人公经过了人生的痛苦探求与选择,终于认识到只有接受党的领导,与工农群众相结合,才能真正找到出路。这是杨沫最想展示给读者的一个层面,也是在小说问世的年代唯一具有合法性的叙事规则,是过去读者解读这部小说的唯一角度。

---

① 杨沫:《青春之歌·再版后记》,人民文学出版社1962年版。

以上是在《青春之歌》这部小说中实际所蕴含着的几种叙事结构。

显然,这几种叙述的层面在今天看来都是不难读出的。但如果不考虑太多的政治、美学或文化传统的因素,就这部小说而言,与其"革命文本"最接近的叙事原型是哪一个呢?显然是其"小布尔乔亚的叙事"。究其实,林道静实际不过是一个略显狂热的"小资产阶级"女性,正像杨沫所说的,"是一个充满小资产阶级感情的知识分子"[①],如果这里的"阶级定性"不具有什么政治动机和偏见的话,我愿意借用这种说法——用现今时髦的省略用语,可以简称为"小资"。如果我们剥去她身上的革命油彩,就会发现,她不过是一个天生的"不安分"的女性而已。作者杨沫刻意在她的"出身"上做文章,即暴露了其"小资"的心态,她不是一般地出身"劳动人民",而只是有一个出身佃户人家的做女佣的母亲,这样她就有了一半的"黑骨头";但另一方面她又有着大士绅和官僚的一个父亲,有着另一半虽属"非法",但在潜意识中却让她感到自豪的"白骨头"。[②]前一个血统,使她获得了在政治方面的优越感,后一个血统,却满足了她作为一个"小资"的虚荣心。这样,她就同时具有了政治和经济两种优越

---

① 杨沫:《青春之歌·再版后记》,人民文学出版社1962年版。
② 此说"出自俄罗斯民间传说,白骨头代表贵族,黑骨头代表奴隶和劳动人民",见原注,《青春之歌》第267页。

和高贵。

　　从林道静的生活经历看,是一个十足的"小资"故事,革命只是一层附着其上的薄薄的油彩。虽然一开始杨沫竭力突出她的悲惨遭遇,但她的生活理想和趣味,却完全是"小资产阶级"的:

　　——她不喜继母给他安排的嫁给权贵胡局长的出路,而是有一个事先形成的、按照表兄张文清自由恋爱的生活而制定好的模式,所以她就"出走"北戴河找表兄去了。

　　——当在北戴河意外地寻表兄不遇,险遭小人暗算时,她又失望至极,欲投海自杀,就在这时遇到了当地士绅的儿子、正在北大读书的"新青年"余永泽。余眷恋她的美丽和身上所带的浪漫气质,倾力相救并爱上了她,而林道静在这种处于"弱势"的情况下,也就不那么挑剔,况且余永泽还用他的"知识优势"、用朗诵海涅的爱情诗的浪漫,打动了她。此时他们之间互相的印象是:在林道静的眼里,余是"啊!多情的骑士,有才学的青年",在余永泽的眼里,林是"含羞草一样的美妙少女,得到她该是多么幸福呵!"——如果小说到这里,就以"有情人终成眷属"而结束,显然便是一个很没有什么新鲜感的旧"才子佳人"的老套路。

　　——可是林道静注定不是一个安分的女性,这就使得小说又获得了继续向前的动力,就在余永泽刚刚离开北戴河之后,林道静就又爱上了另一个更优秀的青年卢嘉川。与余相比,卢除了同样是北大学生,而且人才更加出众,也更加具有冒险精神,他正在为唤起民众宣传抗日而到处演讲,林道静与他第一次相见,实际就已坠入了情网。在那一刹,她就已经大大地懊悔了,按照她的性格,她真正爱的必然是卢而不是余,可是事情总要有个"先来后到",余不但是先到,而且还对她有救命之恩,怎么好背叛他呢?所以也只好先把这爱情埋在心底,然后再寻找机会。然而,林道静毕竟是林道静,她决心要使自己的命运再次发生重大改变,付出再多代价也在所不惜——实际上,小说正是在这里,才产生了真正的戏剧性魅力,获得了新的叙事动力。林道静借口杨庄的险恶,也来到北京,她先是和余永泽大胆地"同居"了(相信这是她应该付出的代价),但很快,她就与同在北大读书的卢嘉川挂上了钩,并屡屡以"找茬"的方式寻找余永泽的过错,这样就有了上面我们所分析的那个"梦"。其实,细想林道静与卢嘉川的关系,实际已接近一种"婚外恋",每次谈"革命道理"的情景,实在是一种显然的寻找"出轨"时机的借口。这样余永泽当然就要反对,反对则必然会在他和她之间产生更大的裂痕,最后不可避免的就是分道扬镳了;然而,为了继续推进小说的情节发展,杨沫又设置了曲折,即卢嘉川的被捕,并且把他被捕的责任,加在余永泽的头上,这样既可以使他代本来应受谴责的林道静"受过",又可以使小说的情节得以继续前进。

——但这个"缓冲"式的波折,并没有掩盖住林道静"小资"的感情方式,她在还未获知卢嘉川牺牲的消息时,就已经急不可待地投入到了江华的怀抱。虽说整个小说中最富戏剧性和最动人的爱情描写要数林卢之间,可作者还是和林道静一起背叛了这段爱情,而且还文过饰非地寻找各种合法理由。看看林道静与江华在"革命工作"名义下匆促的媾和,实在是像前文分析的那段"墓地抒情"的白日梦一样"欲盖弥彰",在为他们的私欲遮掩的同时,又完成了对他们的暴露。在经过了一番煞有介事的"工作"(江华和林道静之间的"接头"联系有着明显做作的痕迹)的忙碌之后,江华终于打开天窗摊出了底牌,他说,"道静,今天找你来,不是谈工作的。我想来问问你——你说咱俩的关系,可以比同志的关系更进一步吗?……"林道静便用了"温柔的安静的声音回答他":"可以啊,老江。我很喜欢你……"然后是江华的"得寸进尺":"(今天晚上)我不走了……"林道静则"激动地""慢慢地低声说":"真的?你——你不走啦?……那、那就不用走啦!……"真是犹抱琵琶半遮面,一个"志同道合"的面具下"假公济私"的绝好例证。

…………

可以照此推断,随着时间和历史的进程,林道静的爱情也会一直不断地"更新"下去,借了这样的不乏浪漫与惊险色彩的机会,主人公的小布尔乔亚的感情需求与趣味,会得到不断的满足。这动机本来没什么可隐瞒的,可以直接将故事按照其固有的逻辑来写,但作者硬是要并不高明地把这个小布尔乔亚叙事改成了革命叙事。这个掩饰的过程,简直可以说是破绽百出。杨沫何以会如此"辛苦"地费尽心机?答案很简单:因为"小资叙事"不具有现实的合法性,必须经过修饰和伪装之后才能出现。但是,更值得人们深思的问题是,这种必需的改装意味着什么呢?"革命叙事"必须要代替"小布尔乔亚叙事"的潜台词显然是更为丰富的,这不是一个仅仅关涉形式的小问题,而是一个隐含了20世纪中国知识分子命运的根本性问题。它昭示了一条从最初革命的思想启蒙者,到跌落为革命的"同路人"乃至"革命对象"的悲剧性道路。这样一个命运的转折所导致的,就是知识者不得不"自愿"放弃自己的知识优越感,放弃自己的叙事方式乃至语言的结果。这结果不但使他们失去了原有的自信、自尊,而且似乎使他们的叙事能力与智性也发生了问题,这不能不说是一个悲剧。当然,这结果不是一下子出现的,而是有一个漫长的从"自觉"到"自虐",从"受虐"到"被虐",最后发展为"集体潜意识"的过程。

(三)"英雄美人"打败了"才子佳人"

从最基本的小说叙事结构与效果上看,《青春之歌》无疑是一部有吸引力和可读性的小说。这其中原因何在?我以为不是别的，而是因为它在革命政治的叙事外衣下，依然"无意识"地借助了中国传统小说叙事中"才子佳人"和"英雄美人"两种古老模型。这正如西方的结构主义叙事学所揭示的，小说的故事和人物可以千变万化，但故事的结构功能却总是那么有限。《青春之歌》无意中契合了中国人非常熟悉的，也非常"俗"的阅读习惯和审美心理，因为它的故事讲述，是按照中国古典和民间俗文学的叙述模式来演绎的。对作者来说，这可能是无意之中落了"窠臼"，但对整个作品来说，它却恰恰得益于这个窠臼，因为读者所真正喜爱和可能为之激动的，不是别的，正是这种"俗套"所演绎的并不新鲜的悲欢离合与恩怨情仇。这一点应该是作品中最重要、最显见，也最容易被忽视的。

首先看"才子佳人"，小说在开始时所叙述的林道静与余永泽之间的爱情故事，就是一个典型的旧套路。余永泽的书生身份，和少许的浪漫情调，是最吸引"落难少女"的地方。当然，作者在这里有意地"夸张"了他身上的浪漫气质——因为后来的事实证明这是假的——他不无做作地给林道静朗诵海涅的爱情诗，以此来打动少女的因为落难而变得脆弱了的感情。在特殊的地方、特殊的情景、特殊的人物遭遇等条件下，一个"含羞草"般的少女，和一个带着"骑士"气质的书生之间所发生的，是一个毫无新鲜感的故事。应该说，在对待这个故事的态度上，作者和读者的心理是不一样的，作者欲说还休，稍做了些许矫饰和夸张,又要为后面的更优秀的人物的登场做铺垫,所以她投入的热情是比较虚伪的,而读者可能就比较真诚,加上这样的一种关系也十分接近中国人传统的欣赏习惯,虽然是俗了一些,但还是免不了让一些读者为之神往和激动。

在随后的关于林道静与卢嘉川之间的暧昧情感,以及悲欢离合的故事,是作者自己最钟情的,杨沫自己在《再版后记》中也忘情地说,"在全书中我爱他和爱林红超过任何人"。这一个故事很像是一个"英雄美人"的故事,女主人公还是那一个,"佳人"和"美人"其实只有微小的差异,而才子和英雄之间就差别甚大了。卢嘉川与余永泽之间的不同,大概主要在于这样几点:第一,卢的气质更适合林道静,因为她真正喜欢的,是一种有历险色彩的生活,余在这一点上是无法满足她的。余永泽虽说也曾有过一时的浪漫,但骨子里却持重世故,还有几分怯懦,这是天性浪漫和富有"小资"式的理想主义情调的林道静所无法忍受的;第二,余永泽所沉浸的,乃是一种个人化和书斋式的生活方式,而林道静却喜欢"战斗的"和"火热的生活",卢嘉川正好可以满足她这一点,他从不以个人的生活为谈话的主要内容——形象些也可以说,余永泽所讲的,是一种软弱和渺小的"个人话语"和"私人叙事",而卢嘉川所操的,却是一种充满暴力与强势色彩的"公共话语"与"宏伟叙事",两相比较,卢当然显得更高大、更具有权力色彩和优势,因而也就比余更具征服力;第三,一个很隐蔽的然而也许是很重要的原因是,卢与余相比是更"英俊而健壮"的,可以说是林道静想象中的真正的"白马王子",而写到余永泽时则有意无意地强调他的"黑瘦"和"小眼睛"。此外,更重要的是——这可以算作第四点,林道静与卢嘉川之间的接触,还充满了"出轨的情人"之类似"偷情"的快乐,卢嘉川每次来到林道静家的时候,给她带来的激动都是相当具有隐秘色彩的。这一段写得最好、最令人喜欢,大概也有着这方面的原因。很明显,在这里"美人"与"英雄"的结合,比起"佳人"与"才子"的存续更具有魅力。

然而作者在叙述过程中抛弃了"才子佳人"模式,其中除了推进故事的需要之外,还有一个"秘密",就是这一模型在当代的局限性,即它不容易转变改装为一个革命叙事;而"英雄美人"则可以十分便捷地完成这种改装。这是有先例的,早在20世纪初期,以才子佳人为基本模型的"鸳鸯蝴蝶派"小说,就曾经受到批判,因为它和启蒙叙事之间,存在着难以逾越的障碍;可是随后产生的革命叙事,即"革命加恋爱"的模式,却显然是脱胎于"英雄美人"的模型。因为从"英雄"到"革命者"只有一步之遥,即便是草莽英雄也仅需稍加装扮而已,而从文弱书生到革命英雄就不那么容易了,欧阳山的巨制,长达五部的《一代风流》通过一百多万字的篇幅,才完成这一过渡,还受到那么多尖锐的批评,而且连这样的例子在整个现代当代文学中也不是很多，这也从另一个方面佐证了现代中国知识分子在革命过程中的曲折命运。

一个非常有意思的对比，是在余永泽和卢嘉川之间展开的：余迷恋的是求知，而卢热衷的则是革命；余讲述的是个人生活的小叙事，而卢操持的是暴力的宏伟叙事；余在林道静面前的形象是一个个人和书生，卢在她面前的形象则是一个英雄和群体……他们两个人较量的结果是：暴力战胜了知识，革命打败了诗，宏伟叙事战胜了个人叙事。当然，相貌的好坏是一个因素，如果卢嘉川不是一个"英俊而健壮的男子"，而换成余永泽，那可能结果就不一样了。但转折在这里面有身不由己的一面，革命是主张"新战胜旧"的，那么余自然会输给卢，包括在相貌上。连阿Q都知道革命会增加他选择女人的优势，何况卢嘉川呢。

（四）女性主义与仿男权叙事

《青春之歌》中隐含了一个"女性主义"的叙事，这是这部作品的另一个值得称道的地方。因为在"十七年"小说中，类似"一个女人和几个男人的悲欢离合"这样的叙事，差不多是绝无仅有的。虽然在一些男性作家，如孙犁等的笔下，尚能够关注女性人物的命运，但以女性作为整部小说的核心的作品毕竟是不多的。其实前面说它是一个"小资叙事"，其中也包含了它同时是一个"女性叙事"的意思。但这个作品中间有一个矛盾，即一方面作者要写一个居于中心地位的女性的主人公的经历,其中的所有男性人物都是她的"配角";另一方面她又要写一个革命者的故事,而革命的叙事往往是带有暴力色彩的,英雄主义、战争和权力,这本都是十分典型的"男权主义"叙事。这样杨沫需要在其中进行调和,并要注定牺牲其中一些女性化的东西。其表现:一是林道静由"精神的核心"下降为"结构的核心",她只能成为小说众多人物关系和情节发展的中心,而在性格和政治素质上,则必须是"不成熟"的,要不断地接受群众和组织的再教育;二是林道静所持的话语方式,就由本来应该具有的强势变成了弱势,作为小布尔乔亚的话语,只能是她个人的缺点和局限所在,是一种必须不断被抛弃和改造的语言。这是很有意思的,隐性的女性叙事和显性的男权叙事,在这个小说中尤其显得不和谐。小说的最后不得不以做这样的处理来结局——经过革命的锻炼,原来的小资产阶级知识分子的林道静,终于放弃了小资的话语,而变成了像卢嘉川、江华一样的操着成熟的革命话语的战士——她由女人变成了"没有性别"的人,也就实现了最终的成熟。

不过,这个过程中作者自己仍然把"被强迫"的不满,隐含在了小说的叙事中,很明显,林道静在接受江华的爱情时所依据的,是她的革命者的"理性",而不完全是出于感情的选择,当她说"可以啊,老江。我很喜欢你"时,除了感到这结合是"革命的需要",还有特殊环境下人的自然的肉欲以外,绝对没有她和卢嘉川之间那种激情式的互相吸引,为了掩饰(也可能是另一种"暗示")这一点,她又在卢与江两个人的出身上做文章,把江华写成是"工人阶级的后代",尽管他本人也和卢一样是北大的学生,但这个出身,却可能是导致林道静对他怀了某种"冷静"和说不出的矛盾的深层原因。当然,这可能只是存在于潜意识中的问题,不好做过多的推测。但的确,林道静对江不像对卢那样情愿。因为卢对她的内心世界的"改造",还停留于比较浪漫的阶段,还没有明显的带上"工农群众"对她这样一个"小资"的直接和强力的改造的意味,也就是说,在和卢恋爱的时候,林道静的"改造"可能还处在感到神秘并非常"自愿"的阶段,而到了与江华结合时,则是到了"别无选择"的被迫时期。这样,在她的心中所产生的反应必然很不一样。从某种意义上,这两段爱情也可以隐喻和解释现代中国历史上知识分子与工农群众以及革命意识形态之间的关系,解释现代知识分子话语"逐渐沦落"的一个微妙过程。

第三章

启蒙历史叙事的重现与转型

粗略看来,在古典小说的"民间历史主义"、当代革命小说的"红色历史主义"之后,寻根文学的历史观基本上可以概括为"启蒙历史主义"。从当代中国的现实条件看,20世纪80年代前期经历了"概念化历史"的有限反思——在这一过程中曾经产生过所谓"伤痕/反思文学"——但随着稍后文化视野的获得,知识分子的人文主义思想的逐步发育,还有"文化民族主义情绪"的突然高涨,反思历史的角度与视野则发生了转移。

从方法的意义上看,寻根小说叙事中,已经包含了许多接近于"新历史主义思想"的因素,诸如对正统历史模型的瓦解,对文化的边缘化、民间化与反主流的解释,还有结构主义的历史认知方法,由民俗学的认识视角所导致的类似于"文化系统中的共时性文本"①的特点，等等。但在价值论的层面上，仍然具有某种德里达所说的"形而上学"性质：对历史的追问与叙述中，仍隐含了某种"必然论"的理解，隐含了认为其可以对当代中国的思想现实产生某种具体的影响的"目的性"。所以，在一定程度上也可以认为，它是这个年代里启蒙主义思想实践的一个部分。

但寻根文学的历史叙事中，也隐含了根本性的悖论，这就是"叙述的对象"与"叙述的目的"之间的矛盾。很明显，与中国现代作家的文化立场不同，寻根作家们对中国传统文化的态度，不是"五四"式的批判，而是一次对传统文化的"重新发现"——甚至在某种程度上还怀有"浪漫主义"色彩的"赞美"情绪。只是当作家们怀着重释和发现中国传统文化的激动，去湘西的密林里、商州的盆地中，还有太行山的沟壑边、葛川江被污染的江流上……去寻找古老文化的生机或者神髓，并试图"释放现代观念的热能，来重铸和镀亮这种自我"②的时候，他们所能找到的，却未免令人失望——可以说，这是一次"文化民族主义"情绪的失败的体验：无论是韩少功的"丙崽"、李杭育的"福奎"，还是阿城的王一生，他们的身上所被发掘出来的那些"文化"品质，都无法成为"现代性"思想与精神的源泉。这样，

---

① 海登·怀特：《评新历史主义》，见张京媛主编《新历史主义与文学批评》，北京大学出版社1993年版，第95页。
② 韩少功：《文学的"根"》，见《作家》1985年第4期。

"作为精神资源的反现代性",就从根本上消解了"寻根目的的现代性",削弱了其启蒙主义意义,而只能逼使其向着"审美的现代性"功能过渡,同时将其历史叙事的目的予以"降解"——这样,启蒙历史主义就从两个方面必然通向"新历史主义":一是寻根文学"试图进入文化中心"的努力的落空,致使其以更边缘化的立场来审视历史;二是在寻根文学思潮的文化人类学思想方法中,本身也孕育着"民间"的文化理念,以及"文化诗学"的方法要素,当它们向前延伸,并开始追求"叙事的长度"的时候,自然就会过渡为反伦理学的、非社会学立场的"人类学历史叙事"。

一 寻根文学的启蒙历史主义意识

这里说的"寻根文学"的概念显然要略为宽泛一些,包含了所有 80 年代前期到中期超越了社会学视野的、具有"文化"品质的叙事——初期的"风俗文化小说"和先于小说中的寻根运动而出现的"文化诗歌运动",前者是"寻根小说"的雏形,后者则是它某种意义上的精神先导,寻根小说直接接受了一些来自它的思想方法与价值观念的影响。

当然,导致寻根文学运动出现的原因,还有 80 年代中期全社会领域中思想方法的变革，文化学视野对庸俗社会学的取代，人类学思想对简单阶级论和道德论的取代，还有宗教学、神话学、民俗学、发生学、"文化圈"理论，地理环境说等文化学理论，以及尼采、萨特的存在主义哲学，弗洛伊德的精神分析学，荣格、弗莱等人的集体无意识与原型理论，还有结构主义理论，等等，都渐次对这个年代的文学发生影响，甚至在兴奋中有的学者还把系统论、控制论、信息论以及"模糊思维"等自然科学方法也引入到文艺领域，进行"联姻"的实验，"他们认为：新的科技革命已经冲击到人类生活的各个领域，'三论'的引进势在必行，社会科学和自然科学还在走向一体化，数学和诗最终要统一起来……"这些后来被证明是有点言过其实的说法，可以从反面来佐证一下这个"方法热"的年代里文学观的极大的开放性。对于文学中出现风俗文化主题热，人们的理解和评价则是"作家们不满足于仅仅对人物的心灵作横向的时代概括之后而试图将其与纵向上的历史追索结合起来的产物"。[①] 可见人们已经逐渐意识到了"纵向上的历史"这一维度在文学叙事中的重要性。

（一）80 年代前期历史叙事的民俗学趣味

这是一个重要的过渡。在一定意义上说，构成七八十年代

[①] 潘凯雄：《1985 年文艺理论批评综述》，见《文艺理论研究》1986 年第 3 期。

之交"主流"的"伤痕"与"反思"主题的文学，当然也可以视为是一种"历史叙事"，它们对有限的概念化了的政治历史的反思，虽然在政治上推动了社会的思想解放，但它们自己却始终未摆脱尴尬的困境。比如其主题的延伸必须左顾右盼地看着政治的风向标，其话语方式又一直没有摆脱社会政治话语的限定，艺术上缺乏持久的生命力，等等。追究根本原因，这种为政治概念所限定的历史叙事，实际上仍然是"当前政治叙事"的一个折射，它不但没有真正接近历史本身，而且还在刻意宣扬一种与以往相似的"历史的假识"，因为它实际上是又重新宣称了一次"时间的断裂"，与意识形态的时间叙事一样，"不幸的过去"已经永远结束，"光明的未来"又再一次重新开辟。在与红色叙事完全如出一辙的时间修辞中，完成了对历史的遗忘。

从这个意义上说，当代文学的"主流"的变革历程，几乎还没有开始。而真正的变革实际上是在这个主流的思潮背后悄悄进行的，它是始自一场规模不大但却意义深远的悄悄的"搬家"——这就是非常边缘化的"风俗小说"的出现。当1980年前后，邓友梅、汪曾祺、陆文夫等人的"京味小说"和"苏南风情小说"，稍后贾平凹的"商州系列小说"和冯骥才的"津味小说"等问世的时候，人们感到了它们的异类和新鲜，但对其出现的意义却并未真正意识到。

与主流的政治历史叙事不同，在风俗小说中，我们甚至看不到"历史"的概念的痕迹,因为它们似乎根本就没有去凸显故事中的历史长度和时间特征,"历史"在他们的笔下不是一条"流动的河",而是一汪"静止的水"。历史应有的那些具体的"背景性"也删除净尽了——这当然不是后来的先锋新历史小说中的那种刻意删除背景的"寓言"式的笔法,而是其"民俗学的趣味"所决定的。这个道理不难理解,"历史"所关注的是河水,而"风俗"所留心的则是河床,它是那些"历史的遗留物",按照80年代初的文化思想史家李泽厚的理论,即是"积淀"。民俗显然都是历史的某种积淀物,如果作家把目光对准了民俗,那么他就有可能"忽略"历史——尽管他是在另一意义上触及了历史。事实上,也许正是因为这些作家有意要规避在政治视野中的历史叙述,才选择了如此边缘的民间题材。与伤痕和反思文学比较,他们反而不那么"注重历史"。

但这场搬家的意义仍然是深远的,它也是一次"回家",文学通过这个小小的实验,其实是回到了它自身,它的古老的"常态"和永恒的母题。因为很显然,文学与什么有关?它是和恒常的人性与生存有关,这本是常识,但几十年的外部政治干预却把这个常识遮蔽了。这次搬家的意义就在于,它们表明,在当前化语境下和当前题材空间的写作很难摆脱社会学、政治学的"现实主义"的困境的时候,进入"民俗文化"与"民间风情"之中的写作,则会成功地规避上述困境,而且一切竟是这样轻而易举地迎刃而解。

　　从上述的角度看，风俗小说或者民俗题材的写作的意义，无论怎么给予肯定都是不过分的。但是思想资源的匮乏却限制了这些作家，在这个年代，作家单一的知识背景使他们很难获得对其小说题材的处理深度，汪曾祺的《受戒》《大淖记事》中所含纳的，除了对某个类似"世外桃源"的传统的文人情趣的表达以外，似乎很少还能有别的什么东西。当了和尚还可以娶媳妇，女孩子"失了身"也不会受到歧视，这样的地方在这个以礼教和禁忌闻名于世的国度里是否存在，是值得怀疑的。连作家自己都说，《受戒》其实是记录了"四十年前的一个梦"，既然是梦，那我们也就只能将这理解为是作家对自己的"私人经验"的一种美化了，原来只是作家"希望"有这么一个"自在的去处"罢了。80年代的批评家将这评述为"历尽劫难之后的清朗心境"，其"整体的明朗色彩与乐观的时代意识相通"，"虽然从作品的字里行间可以看出作者对民族文化深挚的感情，然而……对民族传统文化的取舍极为自觉"。[①] 这样的评价显然有点一厢情愿的味道，其实汪曾祺小说的价值何尝在于作家在"文明与愚昧的冲突"之间做了多少"选择"，其真正的意义，是在于通过对情节场景和

---

① 季红真：《文明与愚昧的冲突——论新时期小说的基本主题》，见《中国社会科学》1985年第3、4期。

人物的有效简化，而与中国传统的美学——如"性灵""神韵"诸说——之间发生了联系，并延伸出比较复杂的美学与艺术的问题罢了。

邓友梅大约是这些作家中最早尝试写"风俗"的一个，他的《话说陶然亭》发表于1979年，之后又有《那五》（1982）和《烟壶》（1984）等作品问世，写老北京的三教九流、风物人情是邓友梅的所长，但除了极尽繁缛细密地写这些人物的生活情态，写这些"稀世之物"的流转变迁，作家似乎还缺少处理这些题材与人物的文化属性的深层思考，这大约也是无奈，是一种求全责备了。在新的文化意识能够深入影响知识界之前，很难要求这些已届中年的作家们提供出新的精神滋养和历史观念。同样的问题也出现在年轻些的作家身上，在贾平凹的《商州初录》和兹后的"商州系列"作品中，关注习俗和流于渲染习俗也是共同的问题。农家小夫妻接待山外来的游客时晚间发生的故事，拿扁担在女人和游客同睡的土炕上划出"界限"；还有乡野的先生为狼治伤，狼伤好后叼着一个孩子的银项圈来答谢，老人自知救了狼却害了人，愧悔之下投崖自尽的故事，大约都属于纯粹的"传说"罢了。还有《鸡窝洼人家》中的"换妻故事"，也不能不说是有渲染"老婆是人家的好"这样一种"男权无意识思想"的嫌疑。

当然还有陆文夫、冯骥才等人的作品，他们的意义和问题大致也都是相同的。之所以会出现这种情况，归根结底是因为这个年代文化视野的窄狭和思想方法的匮乏，尚不能为作家提供对这些民俗现象进行深层的精神烛照与文化透析的必要支持，所以其寓意的暧昧、内容的虚飘与单薄就是不可避免的了。但是有一点必须强调：这是把风俗文化小说放在当代文学的历史意识的"进变过程"中来考察的，它并非小说艺术的普遍性标准，即使不用什么思想和文化哲学意识来处理类似的民俗内容，它们也仍然可以构成小说的题材，换句话说，它们仍然是有意思的小说。更何况，实际上所谓"风俗文化小说"与"寻根小说"之间并没有分明的界限，一些作家像冯骥才、李杭育、郑义、贾平凹、邓刚，甚至张承志等，他们的写作都跨越了1984年之前与之后，在这之前他们是"风俗小说作家"，在这之后他们又成了"寻根小说作家"，他们的作品中的文化自觉意识是逐渐加强的。

（二）"文化民族主义"的高涨："寻根诗歌"中的历史文化意识

与小说界的情形不同，诗歌中的文化主题一出现就具有了相当的"理论自觉"与高度。如果说80年代初期的小说家们是通过本能和无意识，还有文学自身不由自主地"回家"的趋势，而"不期然"地触及了历史和文化的主题的话，文化主题的诗歌在1982年前后一从"朦胧诗"的政治启蒙主题中独立出来，马上就显现了文化启蒙的思想宗旨，以及宽阔的文化哲学视野。

从 1982 年开始,杨炼等诗人就开始了宏大的系列文化组诗的创作,这一年四川的一些诗人也对历史发生了浓厚的兴趣,如宋渠和宋炜兄弟就提出了"这是一个需要史诗的时代"的口号,呼吁"对传统需要做出新的判断,历史上被忽略了的一切都应该重新得到承认",诗人如果不能完成"自己对历史轨迹和民族经历的突入,就不可能写出属于全人类的不朽的史诗"。[1] 稍后江河也在一篇随笔中发出了对史诗的呼唤,"为什么史诗的时代过去了,却没有留下史诗?"他呼唤人们要从根部而不是表面上重新关注历史,"那些用古诗和民歌的表现方法来衡量诗的人,一味强调民族风格的人,还是形式主义者。民歌的本质在于民族精神,这才是我们该探求的地方,其中包括对民族劣根性的批判。"[2] 这里可以明显地看到作者的文化批判与文化启蒙意识。大约在 1984 年,诗歌界的文化运动与"史诗情结"就已达到了沸点。在成立于四川的"整体主义"小组那里,甚至已经借鉴了结构主义文化学的思想方法,从 1982 年到 1984 年,杨炼相继发表了《诺日朗》《敦煌》《天问》《半坡》等大型组诗,还在 1984 年发表了诗论《智力的空间》,强调要将"自然本能、现实感受、历史意识和文化结构""融为一体"于诗中[3]。另外,欧阳江河、

---

[1] 见《青年诗人谈诗》,北京大学"五四"文学社编,1985 年,第 23 页。

[2] 同上。

[3] 见《磁场与魔方·新潮诗论卷》,北京师范大学出版社 1993 年版,第 122 页。

廖亦武、石光华，还有江河等，都相继写下了许多结构庞大的文化主题的长诗。他们共同构成了这个年代的一个阵容壮观的文化主题的诗歌运动。

寻根诗歌运动的出现，表明在当代知识界一旦获得了文化学视野之时的一种急切的心态，他们急于要从文化而非政治的层次上，来重新解释中国人的历史与传统，重解历史是为了确立当代的新思想与新方法的合法性，并以之替代和更换陈旧的意识形态，这里面的感情是极为复杂的：一方面，他们对一切新的思想充满了热望与兴奋，甚至还没有看清楚窗户外面的景物到底是什么的时候，他们就开始"攀比"起来，这是长期封闭导致的一种冲动。在这个意义上，寻根诗歌的出现首先是精神的兴奋与方法的"急切的实验"；另一方面，当他们开始看见外面的一切时，一种矛盾的"民族主义情绪"就出现了，这种民族主义不同于狭义民族主义，甚至也不同于"五四"新文化运动时期守旧派的民族主义，它对外来文化不是一种排斥的情绪，而是一种强烈的攀比，什么叫"需要史诗的时代"？与其说充满了"新的发现"，不如说是"希望"有新的发现。但是历史的教训，还有对狭隘民族主义时代的警惕与本能反感，使寻根诗人的文化民族主义难免会感到"气虚"。所以在这样的矛盾心理下，他们不得不又把寻根的宗旨"虚化"了——变成了一场方法的变革与实验，急于要利用这些新的思想，来烛照一下自己的历史,看看能找出些什么来。

所以,在"整体主义"诗人和杨炼的一些关于文化主题诗歌写作的言论中,我们就看到了这样的说法——杨炼说:"诗人不断以自己所处时代中人类文明的最新成就'反观'自己的传统,于是看到了许多过去由于认识水平原因而未被看到的东西,这就是'重新发现'。"[1]那么,这个新的视野是个什么样的"空间"呢?杨炼随后又说:"……它是历史的,可假如昨天只意味着传统故事,它说——不!它是文学的,但古代文明的辉煌结论倘若只被加以新的图解和演绎,它说——不!"这个空间是"融为一体"了的"自然本能、现实感受、历史意识和文化结构"。[2]关于"文化结构",也许杨炼还没有太清楚的认识,在"整体主义"诗人石光华那里,就有比较明晰的答案了,"在一弯月亮、一脉清风、一片青草、一声蝉鸣中,感受和发现了无限和永恒……"[3]这是强调在文化的结构性中认识历史文化和一切精神现象。这种以朦胧的"结构主义"与文化人类学的思想,来重新审视民族文化的冲动,和稍后1985年在学术界出现的民俗学、文化学热形成互为影响、互为渗透和互为验证的关系。

然而从诗歌写作的实践来看,整体主义的作品却似乎是不

---

[1] 杨炼:《传统与我们》,见《青年诗人谈诗》第72页。

[2] 杨炼:《智力的空间》,见《磁场与魔方·新潮诗论卷》。

[3] 石光华:《企及磁心·代序》,见《磁场与魔方·新潮诗论卷》第127—134页。

那么成功的，对此已有徐敬亚等人的比较公允和切中要害的批评，因为其黏稠的思想理念和驳杂的文化对象之间，并没有获得交融，所以他们那些体积相当庞大的"现代大赋"——最典型的像在1985年1月由万夏等人自费出版的《现代诗交流资料》上登载的石光华的《呓鹰》、宋渠宋炜兄弟的《静和》、黎正光的《卧佛》，还有此前见于老木编的《新诗潮诗集》中的宋氏兄弟的《大佛》等，都显得非常滞涩和僵硬。甚至包括江河的力图写成"民族史诗"的《太阳和他的反光》在内，也有理念过于裸露、思想流于堆砌的问题。这当然有具体原因，比如可资利用的中国古代神话资源的相对匮乏，使他似乎不得不把相当的篇幅用来对古代传说进行复制和演绎，还有作为诗人主体的"知"与"识"的局限，使他无法从非常综合的文化视野中，来理解民族的历史文化与种族命运。某种意义上，"有心无力"是这些诗人共同的困境。

相对而言，杨炼的寻根主题的诗歌写作是比较成功的，这主要表现在他比较擅长从"文化的二律悖反"这一角度，对历史文化的遗存进行阐解，做了"二元"意义上的评价和分析，这使他既避开了"五四"和鲁迅式的激进，也没有像稍后的寻根作家那样陷于对历史文化的赞美的幼稚——他所阐释出的传统的"宏伟"和"悲壮"的一面，可以满足这个年代中普遍洋溢着的"文化民族主义热情"，可以使一般读者从中得到"正面"的教益和精神的安慰；他所挖掘的文化的"荒谬"和"僵死"的一面，则可以使他的写作获得文化认知的深度，以显示诗人在思想上的"深刻"，以及诗歌本身的悲剧美学品质。比如他写《大雁塔》是"我被固定在这里 / 山峰似的一动不动 / 墓碑似的一动不动 / 记录下民族的痛苦和生命"；他写《半坡·神话》是"俯瞰这沉默的国度 / 站在峭崖般高大的基座上 / 怀抱的尖底瓶 / 永远空了"；他写《敦煌·飞天》是"我飞翔，还是静止……/ 升，或者降（同样轻盈的姿势）/ 朝千年之下，千年之上？"……都是一个价值的正与反的悖谬。不过写得多了也难免有重复之嫌，使那些本来还有几分深沉和悲壮的抒情变得浮泛了。

也可能是为了解决上述自我的矛盾和困境，杨炼在 80 年代中期的写作不得已导向了玄学的陷阱，开始以《周易》的思想来演绎作品。从文化和历史走向哲学，这当然也可以视为是一种有益的探求，但极度的抽象和不免空泛的铺排，更消解原来尚存的活力，使他的写作变成了与生命完全无关的玄妙之思。以易入诗既是诗的极境，同时无疑也是绝境——这在某种意义上是由传统文化的结构性陷阱导致的，它看似玄妙的智性，实际上是完全排斥经验的玄学，与生命和人本意义上的诗歌越来越远了。杨炼的困境，可以说是整个文化诗歌运动的困境的集中反映。

（三）寻根小说对中国历史文化的解释和重构

关于"寻根小说"流变的一般常识，在这里就不再展开讨论。来自文化界思想方法的变革热、诗歌界文化运动的直接启示，还有拉美作家的成功的激励所唤起的类似"后殖民主义"的文化幻想，导致了从1984年到1986年短暂的两三年中小说界的一场更大规模的文化民族主义运动。

如果要考察寻根小说作家的历史观念，会发现这样几个倾向：

第一，试图以"民间模式"来改造"权力模式"的思想，以对历史的"边缘解释"来取代"主流解释"。边远的地域文化、封闭的民俗文化成为作家们最感兴趣的对象，这当然是民俗学和文化学研究视野所直接导致的，但在韩少功、李杭育等人的言论中，可以隐约看出他们的"非中原文化立场"的自觉，看出他们对"鲜见于经典，不入正宗""还未纳入规范的民间文化"[①]的推崇，对迥异于儒家"笼罩着实用主义阴影"的"少数民族文化"[②]的关注。如果再加上马原和扎西达娃对西藏神秘主义文化的描写，莫言在1986年陆续问世的"红高粱系列"对洋溢着"酒神精神"民间"匪盗"式英雄的礼赞，可以见出寻根作家试图为中国文化寻找"多个源流"的努力。虽然其中真正涉及"历史"的叙事还十分稀少，但从"理念"上看其试图重新清理中国的历史

---

① 韩少功：《文学的"根"》，见《作家》1985年第4期。
② 李杭育：《理一理我们的"根"》，见《作家》1985年第9期。

文化、揭示其多元化的构造因素的宗旨却还是很清晰的。李杭育在他的文章中还有一段阐述中国文化的"四大形态"的话，虽然很不严密也不尽准确，但还是有启发性的——

  本来，春秋时的四大氏族集团，黄河上下的诸夏和殷商，长江流域的荆楚和吴越，代表着那个时代的中华文明。殷商既成规范做大，其余三种形态的文化便处在规范之外（当然不是绝对的）。那在外的，很有些精彩的节目，有发源于西部诸夏的老庄哲学（实在比孔孟精彩多了！），有以屈原为代表的绚丽多彩的楚文化，有吴越的幽默、风骚、游戏鬼神和性意识的开放、坦荡……哪一个都比那个规范美丽……

  我常想，假如中国文学不是沿着《诗经》所体现的中原规范发展，而能以老庄的深邃、吴越的幽默，去糅合绚丽的楚文化，将歌舞剧形式的《离骚》《九歌》发扬光大，作为中国文学的主流发展到今天，将是个什么局面？

  恐怕是很不得了的呢！[①]

它表明，当代作家开始尝试从根部来"推翻"原来的一个主

[①] 李杭育：《理一理我们的"根"》，见《作家》1985年第9期。

流化的唯一和权威的历史模型，而这个历史构造在过去是在两种相反的意义上被确立的：一是按照中国传统的主流思想来确立的、以儒家思想为理念构造的一个正统历史；二是它的另一面，即由"五四"新文化所界定的"吃人"的封建礼教的历史。寻根作家把中国的历史做了边缘化、多元化和民间化的解释，就不但从根本上"修改"了传统意义上的民族历史，而且也从"五四"的激进主义思想与历史虚无主义论中解脱出来，可谓一箭双雕。这使它作为一次审视自身民族文化的再启蒙，既具有了当代的新意，同时又鉴于现实的条件而打了"必要的折扣"。

第二，尝试确立"生命本体论"的历史观念。不错，中国人的美学，包括中国文学中的历史叙述的诗学，都是一种生命本体论的内核，但中国人主流的历史观念的核心却是忠君和王道等思想，是按照儒家的国家和人格理念来建立的；革命历史叙事和红色文学叙事虽然摧毁了传统历史观念的外表，但却又按照原来的内核将之改装成了"伟人"和没有具体所指的"群众"所创造的历史，将历史的解释更加权威化了，连作为传统主流历史叙事之补充的民间的"历史消费"权利也全部剥夺了。革命的道德本体论，善与恶、进步与反动、光明与黑暗、剥削阶级和被剥削阶级、正确路线与错误路线……这样的一系列的二元对立，构成了历史叙述的基本模型。在这样的构架中，"人"的生命与血肉的基本内涵就被取消了，自由意志屈从于理想信念，生命本能服从于道德律令，人性、自然、一切非政治伦理的因素都被从历史的正面剔除了。寻根作家正是在他们的作品中试图要找回这些被剔除的东西：在韩少功的"湘西"，非理性的民族精神、浪漫主义的思维方式、被中原文化压制和遮蔽了的信鬼崇巫的楚文化，被再次摆上神圣的祭坛；在李杭育的"葛川江"，与大自然和谐一体的渔家之乐、与天地同在的古老的生存方式、地僻野荒帝奈我何的吴越文化中的逍遥精神，被解释为中国文化的另一重要源头；在贾平凹的"商州"，比之中原汉人的狡黠和好利，山里人的淳朴、善良、重情、率真、厚德和好义被解释成了中国文化的"古风"；在莫言的"高密东北乡"，反道德和伦理学的生命意志，成为生存的本质与意义所在，也成为民间历史创造的真正原动力。总之，生命的内核作为审美的要素和价值的依托，正在取代道德而成为历史的核心。

稍后，这种生命本体论的历史意识演变成了人类学的历史观。

第三，由道德的二元对立变成了文化的二元依存，以此来解释中国文化的构成与历史的演化动因。在韩少功的《爸爸爸》中可以看出，白痴"丙崽"是一个带有"文化原型"性质的人物，他"一生下来就衰老了"的特征，使他在某种意义上成为作家对中国文化的一种想象和评价。他有母无父，人见人欺，有人说这是"母系社会"残存的痕迹，但其实也是中国社会的一般病状，正如鲁迅在《阿Q正传》中所写的阿Q遭欺侮一样。他一会说话就先学会了"骂人",平时只会说两句"爸爸爸"和"×妈妈",这似乎暗示了中国人的世俗文化之恶,也揭示了其"进化"之缓慢的原因:一开始就已苍老,而后又缺少进化的智能和动力。然而还是这两句话,一换到"信鬼崇巫"的语境下,它们的语义就发生了奇妙的变化:当鸡头寨的人们要与鸡尾寨"打冤"以争夺"风水"的时候,他们要杀一个人祭神,杀谁呢?只有杀无人保护的白痴丙崽。可正要举刀,凑巧天上突然打了一个响雷,于是就想,这丙崽如此怪异,是不是神人?有了这样一个疑问,竟越看越像,把他的两句话也当成了神仙的"阴阳二卦",这真是奇思妙想。当丙崽又嘟哝了一声"爸爸"之后,他们就以为这是一个"阳卦",阳卦即胜卦,于是全村出动去打架,结果大败亏输,死伤无数。最后村里人按照古老的风俗,分吃了包括敌人在内的死人的尸肉,分喝了有剧毒的草药,集合起队伍,唱着古老的歌谣,向着山林的深处进发了。只有丙崽,却还坐在断垣残壁上,咕哝着那句"爸爸"。这篇小说的用意不难看出有一个矛盾:一方面作家希望能够渲染出湘西文化的神秘和浪漫,写出山民的淳朴与好古之风;但在渲染这一切的时候,他同时又无法绕过这里的封闭与愚昧,无法掩饰它神秘主义与蒙昧主义集于一身的本质。将最简单的东西(骂人)解释为最复杂的东西,将偶然的事物(打雷)解释为必然的事物,是典型的"原始思维"的特征,但这却是使这里的"文化"得以延续保留的条件。

它在某种意义上也不自觉地影射了中国文化的根性的弱点：看似玄妙，包含了神秘和深邃的哲学，但实在是百无一用，作为"湘西文化"的产物，丙崽所暴露的是这个文化内部最原始和败落的一面。很明显这不是作家的初衷，但却是难以回避的。人们不禁会问，这难道就是韩少功所要寻求的灿烂的湘西？这样的文化对今天的重建，对改造我们的有缺陷的中原文化究竟有什么作用呢？不过，这只能算是"动机的失败"，并不意味着作品本身是失败的，而且某种程度上这也是好事，它表明，简单地肯定或者否定传统文化，或者是用一种"实用主义"的眼光来"选择"，都不是明智的做法。它会导致人们从"结构性"的角度来看待传统：它的优势同时即是它的劣势，它的长处同时即是它的短处。

在郑义的《老井》、王安忆的《小鲍庄》，还有莫言的"红高粱系列"中，似乎也表达了同样的观念。愚昧的意识和坚韧的生存，好义的品性和因之无法摆脱的困顿，还有匪性与英雄之气互为依存难以分拆的关系，这都表明寻根作家对历史的认识具有了"文化结构"的眼光。

第四，是与"积淀说"理论相关联的历史意识，它同时也和西方的集体无意识理论有某些内在关系，即相信"历史"与"文化"并不在遥远的古代时空，而就积淀在当代人的心理之中。其实这和鲁迅所描写的阿Q身上的那种"国民劣根性"的角度也有继承关系，但似乎"态度"已经大不一样。鲁迅对种族的集体无意识所抱的是绝望和批判，而阿城则是抱着欣赏，甚至他还刻意将之"玄学化"了。在他的《棋王》中，王一生之所以能够在艰苦的最低生存条件下把日子过得津津有味，是因为他身上有一种道家的出世情怀，他能够把象棋技艺学到炉火纯青的地步，是缘于受了隐于民间的"高士"的指点，这隐者和古代小说中经常渲染的那样，是几近乞丐和疯癫一类的人物，但却是真正的智者——他靠捡卖废书旧报过活，但却精通一套人生智慧。他给王一生讲的还不是下棋，而是做人之道、阴阳之理，是一种"人生的哲学"。王一生正是从这里面学到了"棋道"，并渐入化境，能够在最后举行的象棋大赛中同时击败九个棋手，而且是用"下盲棋"的方式，他仿佛与宇宙天地之气汇于一体，吐纳自如，游刃有余，征服了在场的所有观众。这还不算，当最后那位棋界长老与他求和时，王一生更是显现了宽容和"中和"的胸襟——这其实是棋中至境，是人生至境。王一生能够如此懂得收敛锋芒的人生之道，可谓得老庄哲学之精髓。

  阿城是在什么样的动机下写了《棋王》，又是因为什么得以把一个原本的"知青小说"写成了一个文化小说，这其中有许多奥秘似乎至今仍然是难以诠解的，王一生所生存的年代其实适逢"革命文化"扫除一切的时代，何以竟至于有这样神妙玄学的思想？这表明，历史文化同样也可以映现在当代人的身上，作为历史无意识或者文化无意识形式留存下来，或者反过来也一样，在当代人的身上，也仍然可以看到中国的传统文化与历史的影子。

像《棋王》这样典型体现传统文化在当代人的无意识世界中的遗存的作品当然不多，但在比较靠近当代生活的那些作品中，像贾平凹的"商州系列"中，还有王安忆笔下的"小鲍庄"人的意识中、郑义笔下的"老井村"人的意识里，也都可以看出传统文化的复杂沉淀，韩少功甚至还表现出了比较自觉的意识，"哪怕是农舍的一梁一栋，一檐一桷，都可能有汉魏或唐宋的投影……"①不过至于这种"投影"的具体的文化内涵与特征，还难以要求他们说得很清楚。

第五，是与文化学中的"板块理论"——地理文化圈学说相关的历史意识。在西方的代表人物有德国的施宾格勒和英国的汤因比，他们反对黑格尔式的"历史进步论"学说，不是按照纵向的时间链条来研究历史，而是把历史横向地分成若干个文明——汤因比是把人类六千年的文明史划分为二十六个文明，其中时间完全是交错着的；施宾格勒是把历史分为八个独立的文化，每一个文化都有自己的观念，彼此被鸿沟隔开。②这种理论极大地改变了既往的历史学中，那种按照时间顺序来构造历史线索和演化脉络的诗学模式，转而把注意力转向个案的文明，不知道这

---

① 韩少功：《文学的"根"》，见《作家》1985年第4期。
② 见庄锡昌等编《多维视野中的文化理论》，浙江人民出版社1987年版，第170—203页。

是否也是对某种"中心主义历史理论"的刻意否定？寻根小说家们当然不会是先受了这些理论的影响，才发起了他们纷纷"跑马占地"式的"地域文化写作"运动，凭空构造出"商州"、"葛川江"、"湘西"、"太行山"、"异乡"（郑万隆）及"高密东北乡"……当然还有马原和扎西达娃笔下的西藏，但他们一下子发掘出这么多的"未曾溶化"于主流历史构造之中的"文化板块"，显然是要试图为修改原有的关于中国文化与历史的解释结构，制造出一个关于中国文化的"多元构想"，这一方面是对当代中国的文化开放提供一个多元化的背景与氛围，同时也是通过"修订传统"进而影响当代的社会与政治，这个动机虽然不便于说得很明晰，但在主体意识中无疑应是很明确的。

最后还要强调的是，寻根文学虽然涉及"文化"比涉及"历史"的动机要强烈一些，但文化是历史的核与质，随着小说家们开始追求"叙事的长度"的时候，他们自然会转向历史的广袤空间。再者，上述所有表现出来的历史观念，都可以看出作家强烈的现实责任感和影响当代中国文化与历史走向的使命感。毕竟所有的新的思想资源在这个特定的"输入"时期，都具有启蒙的"功能"和性质——就像五四时代的"拿来主义"一样。

二　向新历史主义过渡

然而以文化社会学和民俗学为思想动力和基本方法的寻根文学中，也包含了一个深刻的矛盾：一方面，它们试图影响中国当代主导性文化的走向，是一次试图进入"中心"的文化运动；但另一方面，它所采取的"文化策略"又是十分"边缘"的，深山、高原、盆地、边域，一切偏僻之地的文化，还有为正统所不容的那些异类的思想资源，构成了作家们所孜孜寻求的"根"。从韩少功和李杭育等人对传统文化的新解释中，我们就已经看到了他们试图"逼挤正统的颠覆性的冲动"[①]和必然走向新历史主义的趋势。沉重和宏大的目的，很快就使他们在寻根之路上陷入了疑惑与迷惘，非常"中心的目的"和十足"边缘的内容"（行为、对象、价值等）之间的矛盾，使得他们不得不调整自己的写作姿态，使其历史空间写作的目的"下移"。

当写作者意识到这样一个矛盾的境遇时，他对历史的介入姿态也会马上发生变化，即介入主体突然"缩小"，他不再是当代民族文化实践的映像和"化身"，那种自认为可以洞穿历史的理性判断力瓦解了，他变得孤立、渺小起来，而他面对的历史和曾

---

① 弗兰克·伦特里契亚：《福柯的遗产：一种新历史主义？》，见王逢振等编《最新西方文论选》，漓江出版社1991年版，第465页。

经设想的形而上学和终极意义上的"根"也忽然可疑起来，历史变成了一团谜一样的烟雾。由此也就不难理解，为什么在莫言的《红高粱家族》中出现了一个作为"儿童"的历史叙述者，这个儿童的出现也许不是偶然的，他对历史的经验方式充满了想象的壮观和不可穷尽的感叹。但与祖先相比，这个历史的追寻者却显得空前的孱弱和渺小，用莫言自己的话说，就是"我真切地感到种的退化"。这种"主体的缩小"和"感知能力的弱化"带来了两方面的叙述效果：一是历史的"终极真实性"变得模糊和不可靠，二是历史的客体在某种程度上也突然变得"大"起来。关于"祖先"的叙事变成了一种英雄"传奇"和"神话"，历史因此变成了一个"衰微"的过程，而不是一个"进步"的过程，进步论的历史概念在这里被完全颠倒了。

这样，《红高粱家族》就几乎成了新历史主义叙事的一个发端性的作品，这个结论不是我得出的，浙江的小说家和批评家王彪1993年在他编选的一本《新历史小说选》中，即指出了《红高粱家族》"作为新历史小说滥觞的直接引发点之一"[①]的意义。他同时还强调了乔良的《灵旗》等作品的作用。这应该是一个非常睿智的发现，但疏漏还是在所难免——他忽略了另一个不应该忽略的作家，这就是扎西达娃，他早在1985年问世的西藏系

---

① 王彪：《新历史小说选·导论》，浙江文艺出版社1993年版。

列小说中，有的已经堪称是相当成熟的新历史主义叙事，《西藏，隐秘岁月》就是典范的例子。在这部小说里，他用完全不同于"现代历史"的思维方式，用藏族人特有的时间观与生命意识，叙述了藏族人自己的经验与记忆方式和文化概念中的历史。所以在此意义上，"滥觞"应该是从1985年的扎西达娃开始的。

向新历史主义的"过渡"是一个非常难以描述的状态，在这里，我只能采用抽样分析为这种过渡提供个案的例证。

（一）例证之一：扎西达娃的《西藏，隐秘岁月》

扎西达娃也许是1985这个年份中唯一一个追求叙事的"时间长度"的作家。在《西藏，隐秘岁月》中，他试图讲述西藏在整个20世纪中的历史，他使用了"编年史"的形式作为叙事的外部线索，一个叙事的外观；但他真正要记录和表明的，却是西藏人自己的概念中的历史，他使用了与"现代文明"的主流历史叙述完全不同的时间概念，一个"圆形的历史"，而不是像"现代史"那样的"线性"的"进化论"的时间概念。这当然不只是一种"叙述的策略"，它表明，扎西达娃所要真正认同的是藏族人自己的历史与时间观，也就是在现代历史的变动中的不变的古老逻辑——"永恒轮回"的本质。就像小说的结尾处借"隐身"的修行大师所说的：每一个女人都是次仁吉姆，次仁吉姆是每一个女人，廓康永远不会荒凉，总有人在。对于任何生活在"现代性"或者"进化论"的时间情景中的人来说,这都应该是一种无比强烈的震撼。它表明,完全可能有"另一种历史",它不但是对一个民族的"过去的秘史"和现在的解释,而且这还构成了他们的信仰,是他们的"心灵史"。很明显,"轮回"的理念使脆弱的廓康拥有了不可战胜的力量,作为民族生存与文化的象征,它最终将接受现代文明对它的咄咄逼人的挑战,因为它永远没有"现代性的焦虑",也不相信"进化"的历史价值——虽然它在很多时期,也不得不对现代历史对它的侵犯做出某种反应。

很明显,廓康的历史可以看作是一个"标本",通过这个小村的三个时期的变迁,扎西达娃几乎寓言化地书写了西藏整个20世纪的历史。他没有和这个年份中的一些寻根作家一样,把"文化寻根"看作是一个用边缘文化"颠覆"正统文化的过程,那些作家一方面写出了某些偏远地域的文化风俗,另一方面也把它们"丑化"和简单化了,那种解释多是带了"他者"的偏见和"猎奇"的心理的,而作为藏族作家的扎西达娃,则非常准确地使用了他自己民族的历史认知方式,并且通过这种方式与现代文明之间的冲突,来体现其民族的命运——她顽强的生存意志与精神传统。从这个意义上说,他的"反现代的历史观"所表明的内涵是极为丰富的。

1910—1927年是小说中所写的第一个时期,这时期廓康的村民按照他们古老的风习、生活方式与价值观念,在原始和恶劣的条件下顽强地生存着。一切仿佛无始无终，但危机却日益显露，年轻人开始迁居到其他更适合生存的地方，小村的居民一天天减少。谁将坚持到最后？作家在这里寄予了深深的忧患，因为这意味着藏民族原始的生活方式，正在遭受越来越严重的挑战。他在这里突出了精神与信仰的力量，一对老夫妇，七十多岁的米玛和察香选择了留下来，因为察香还要继续她的使命——供奉隐居在村旁山洞里修行了几代的大师，她虽然从未见过大师的面容，但她确信是存在的，在先代的一个老人供奉了他一生之后，察香也已经供奉了他四十年。海德格尔说"诸神正离我们远去"，实际是对现代人类信仰危机的一种"比喻"，神的是否存在，首先决定于人自身的信念。由于神的存在，人才不会孤独地居住在大地上。当他们最后的邻居旺美一家迁走（临走时旺美给一双老人留下了一个儿子达朗为伴）时，察香竟然奇迹般地有了身孕，并且在"两个月"之后生下了一个女儿——次仁吉姆。次仁吉姆是在小村即将消亡的危机中诞生的，她一出生就面临着巨大的生存挑战，然而这个女孩却显示出了种种非同凡人的迹象：

  ……她没事就蹲在地上画着各种深奥的沙盘。米玛不知道女儿画的就是关于人世间生死轮回的图腾。刚会走路就会跳一种步法几乎没有规律的舞，她在沙地上踩下的一个个脚印正好成为一幅天空的星宿排列图，米玛同样不知道这是一种在西藏早已失传的格鲁金刚神舞,她从"一楞金刚"渐渐跳到了"五楞金刚"。

很显然这是一个"解释学"的问题。所有这些非凡迹象,实际上不过是一种刻意的"误读",因为按照藏传佛教的神秘主义思想,这些"天真无邪"的孩童举止,当然也可以理解为"神的意志"的显现。然而接下来的事情就更具荒诞意味,次仁吉姆的这些非凡天资,因为一个远道而来的英国军人的亲吻,而变得无影无踪。这里扎西达娃显然是隐含了一个寓意,即古老的藏文化是无法与所谓"现代文明"接触的,任何形式的接触都会给她以伤害。后来她得了一种奇痒的怪病,直到她穿上了那个英国人所赠的军裤之后,奇痒才止住(这又意味着什么?),但从此就再也脱不下来了。后来,次仁吉姆长大了,早已成年的达朗欲娶她为妻,不想米玛和察香一对老人在去世之前,却让次仁吉姆皈依了三宝——出家为尼,侍奉洞中修行的大师。

第二个时期是1929—1950年的历史。次仁吉姆成了廓康唯一的居民,因为她的出家,苦等了她十八年的达朗一气之下去了更加荒凉的山顶。后来他抢了一个因为生了三个死胎被认为是"妖女"而要被处以死刑的女人,这个女人为他生了三个儿子。达朗有时来看望次仁吉姆,并且力劝她搬走,他先是告诉她那个洞中的所谓"大师"实际上不是别人,而是他,后来还把次仁吉姆的房子也烧掉了，次仁吉姆几乎就要动摇了，但此时神灵却自天上告诉她，"足下原来是瑜伽空行母的化身啊。"就在这时，孤独而封闭的廓康与现代历史之间，有了一次戏剧性的"相遇"：另一个行驶在天空中的"化身"出现了——一架从印度起飞执行对日作战任务的美军运输机，因为故障想降落在这里，达朗误以为那是一个魔鬼，对着天空射击，致使它试图在远处迫降时失事坠落。之后，达朗救了一个被土匪打劫的马帮商人，他为了报答达朗一家，给他的三个儿子送来了一个女人，她也叫"次仁吉姆"。达朗觉得她非常像年轻时代的次仁吉姆，对她的身份感到十分惊异。也就在那个时候，老次仁吉姆看到了山下一块不断移动的"红布"——解放军已经进军西藏了。

在山顶，小次仁吉姆和达朗的三个儿子和睦相处，但终于有一天她和老二扎西尼玛一起下山换商品时，就没有再回来。过了些时日，次仁吉姆回来了，但却不记得自己曾是这里的人，她说自己是第一次来——这已是第三个"次仁吉姆"了。

第三个时期是1953—1985年的廓康。三年后解放军来到了这里，达朗收到了扎西尼玛的信，他说自己和妻子次仁吉姆将一起去内地上学读书，并寄来了他们的照片（这也反证，确实有第三个"次仁吉姆"）。大儿子扎西达瓦下山当了贫协主任，他经过老次仁吉姆的小屋时看到她依然生活在自己坚定的信仰里。后来，当了公社书记的"扎西达瓦"带领人们修了水库，廓康再也没有昔日的安宁了。到了80年代，外来的大学生开始不断光顾这里，有人发现了大师隐居的山洞，但伸手触摸却像受到了电击；有人发现了奇异的有古怪图案的石头，还据此说这里曾是史前时代外星人飞船的降落场，要把石头拿回去做研究，老达朗夺过石块，将其扔进了湖里——这隐喻着传统的信仰力量与文化观念，同日益进逼的现代文明之间正做着顽强的抗争。达朗终其一生就是这种与现代文明对峙的力量的象征。两种截然不同的认知观念与对世界的解释方式，将决定着他们古老的生存方式和文化传统能否存续下去。

  老达朗要下山去看看另一个老人——他年轻时代的恋人次仁吉姆，但在山路上踩空掉了下去，那时他在幻觉中仿佛看见了他与次仁吉姆结合的景象。最后，老次仁吉姆也死了，扎西达瓦和达朗的曾孙，还有一个从拉萨来的不久将赴美国留学的年轻女医生一起，为老人处理了后事。女医生在老次仁吉姆的遗体前，似乎感受到一种神秘的启示，她终于走进了大师的洞穴，看到多年来若有还无的大师，早已化成了一副与岩石连接在一起的骷髅骨架。就在她感到惊奇的时候，空中掉下了一串佛珠，而且有一个声音在召唤她，"次仁吉姆，"这声音对她说，"廓康永远不会荒凉，总有人在。"她正要申辩说"我不是……"的时候，却下意识地脱口回答了这召唤，这声音告诉她，这一百零八颗佛珠的"每一颗就是一段岁月，每一颗就是次仁吉姆，次仁吉姆就是每一个女人"。

　　小说在最后揭示出作品真正的寓意：在扎西达娃看来，藏族文化虽然在20世纪经受了外部世界的重大变迁所带来的影响，特别是经受了现代科学和所谓"文明人"的思想方式的无情的挑战与冲击，但她的精神信仰与思想内核，她的坚忍的民族意志与生存方式，将永远存续下去。这一切的关键在作家看来，不在于物质文明有多大意义上的改善，而根本上在于精神与信念的力量。甚至扎西达娃还表达了这样的忧患：物质文明的某些进步和现代社会与文化的种种力量，将会极其无情地摧毁藏族文化赖以传承的神秘主义的哲学与宗教信仰，毁灭他们古老的思维方式、对世界的认识解释方式，从而根本上改变他们的生存方式。因为事实上任何神秘主义的"反现代"的文明，在现代人类的历史上，已经被屡次证明了它不堪一击的脆弱。尽管如此，作家还是寄予了自己对本民族文化的深切关怀与精神认同。

　　小说中的次仁吉姆，无疑可以看作藏族精神信仰与文化血脉的化身，她的"轮回"出现，既是藏民族生命观念的体现，也是作家信仰的表达。尽管她历经了现代社会的重大变迁，相继受到了各种强势文化的染指，并且在当今还要不可抗拒地加入一个已然"全球化"了的文化格局之中——小说中最后一个次仁吉姆将要去美国加州大学留学，就是一个隐喻式的信号——这是这个民族继续生存的必然趋势，因为不接受现代世界的潮流是不行的。

但"每一个女人都是次仁吉姆"的神启寓言,却从另一个方面说明,藏民族文化与信仰的血脉传承是不会中断和消亡的。从一定意义说,次仁吉姆是藏民族母体的一个象征,一个种族的女神,其生命力的化身。

在一个篇幅并不很大的中篇小说里,扎西达娃构造了我们在其他形式的当代历史叙述中从未见到过的历史,它是个案的,但也是整体的;是象征的,也是非常真实的。它会有助于我们对一种生存和历史获得正确的理解,而这是任何"他者"眼光的作家都无法做到的。但这还不是全部,《西藏,隐秘岁月》中所表现出来的相当"新"的历史意识,至少还表现在这样几个方面:

一是它启示读者,两种不同的叙述方式会导致出现两部完全不同的历史,反过来,"现代"意义上的人类历史,与完全不同于此的"永恒的轮回"中的藏族人的历史,只有在不同的叙事方式中才会被区分开来。在这里,表面上看作家使用的是现代人类的"公元"时间,但实际上在叙述过程中他真正依循的,却是达朗和次仁吉姆所生存和理解的时间。他们的轮回的生命观和永恒的"静态"的时间意识,是他们之所以能够保护自己的世界和信仰不会遭受毁灭的唯一支柱,所以除了从两种完全不同的世界观和历史观来理解这篇作品的叙事,别无正确的方法。扎西达娃也正是在这样的意义上才真正写出了属于自己民族的历史,创造了他们完全不同于"现代历史"的叙事形式。这是对由强势文明和其他因素所形成的"中心主义历史叙事"的反抗和逃避。

其次是"编年史"与"寓言化"的叙述的结合。与1985年中所有的寻根小说家都不一样,扎西达娃表现出了对历史长度的追求,他用编年史的形式演绎了廓康小村将近一个世纪的历史,写法上接近于一个客观的"实录",但在本质上却是一个"寓言",是用一个"个案"来暗示一个民族所承受的巨大变迁的历史境遇,以此来预示她的危机和命运。但另一方面,其中轮回的时间观,又在实际上取消了"编年史"的具体意义,而将历史展现为另一种重复的"共时态"的景观,这样就使得他小说中的人物与历史得以逃脱现代意义上的历史的吞噬与整合,成功地保持了他自己的历史记忆方式。

与此相应的,是小说的另一个特点,也即两种时间概念形成的"历史的合奏"的效果,两个时间在这里出现戏剧性的"并置",因此扎西达娃所叙述的历史在这里也呈现了双解——分裂又黏合。它在非常个人化的完全封闭的生存场景中,插入了现代世界的重大事件,比如十三世达赖的流亡,英国探险者的出现,抗战飞机的失事,解放军进西藏,人民公社修水库,等等。这些重大事件只是隐隐一闪,但他们却像一只无形的手影响着廓康的命运。所以它在顽强地固守着西藏人的历史的同时,也隐射出一个"两种历史的关系"的主题,即"现代和文明的世界"正在日益深刻地侵犯处于弱势和边缘位置的民族的历史。由此扎西达娃也表达了对自己民族前途的深切忧患，这是在更深的层次上逼近了历史本身和人的命运。

很显然，扎西达娃的叙事已经接近于一种非常"新"的历史叙事，寓言化的、非线性时间的、反现代的、复合（调）式的以及有着丰富的文化启示的历史叙述，使我们在寻根的热潮中看到了一个不可多得的特例，它没有太多人类学的、结构主义和存在主义的思想，但却有着渗透于历史之中的宗教信仰的思考，没有太多的历史的怀疑论却又显现着许多发人深省的追问。读这篇小说，会不禁使人联想起本纳德多·克罗齐的预言："就是这样，历史的伟大论著现在对我们来说是编年记录，许多文献目前是默默无声，但是等到时来运转，生命的新的闪光又会从它们的身上掠过，它们又会重新侃侃而言……"①

（二）例证之二：莫言的《红高粱家族》

作为"过渡性"的历史叙述，《红高粱家族》保留了寻根小说中普遍存在的强烈的文化启蒙意识，其标志一是洋溢着的历史激情，体现了80年代知识分子特有的主体意识，以及对历史独立叙述与评判权利之后的激动，还有对历史的"再发现"的惊

---

① 克罗齐：《历史与编年史》，见田汝康等编《现代西方史学流派文选》，上海人民出版社1982年版，第344—355页。

喜,这使得莫言的历史叙事充满了热烈的抒情气氛,而与此形成鲜明对照的是,80年代后期的新历史叙事基本上是冷态的,情感热度降为零。二是还有"目的论"意识的参与,虽然并不认为历史本身是"进步"和"有目的"的,但却强调叙述本身的目的——是希图用这些东西"为中国指一条道路,使中国文化有个大致的取向"。不过又有怀疑,"又觉得这是不可能的,这样发展下去,又是一个恶性循环,又回到原来的起点上去了"。[1]总之在"历史的意义"的设定上莫言是比较矛盾的。再者,和寻根小说一样,《红高粱家族》也采取了排挤主流道德与"儒家—日神文化"、倡导非主流的"民间—酒神文化"的叙述方式,试图用生命本体论哲学来拯救理性压制下民族精神的颓衰,但在莫言的历史重构的尝试中却也包含了更多的人类学的因素,更显现出新的史识。

另一方面,与寻根小说家们热衷于追寻"风干"了的"文化风俗"的兴趣有明显的不同,莫言在这些作品中表现出了强烈的历史倾向——对叙事长度与时间跨度的热衷。可以说,从"文化主题"转向"历史主题",《红高粱家族》是一个标志。而且它所讲述的民间抗日故事,也可以说是这类小说中第一部刻意与"官史"视角相区分的作品。

---

[1] 莫言:《我的农民意识观》,见《文学评论家》1989年第2期。

作为具有"新"的历史主义倾向的作品,《红高粱家族》的特点首先表现在对正统历史的改写上,这可以简单地概括为三个方面:一是人类学视野对社会学历史观的彻底取代,将一切历史场景还原为人类的生存斗争,性爱、生殖、死亡、战争、妒忌、仇杀、神秘主义,甚至异化……这些生存的原型母题,瓦解了以往正统的道德意义上的二元对立论的历史价值判断,一个"生命的神话"取代了"进化论的神话"。二是历史的主体实现了"降解",原来的"中心"与"边缘"实现了一个位置的互换,"江小脚"率领的抗日正规部队"胶高大队"被挤到了边缘配角的位置,而红高粱地里一半是土匪、一半是英雄的酒徒余占鳌却成了真正的主角。对应着这样一个转换,"酒神"也取代了"日神"的统治地位而成为历史的灵魂,莫言因此确立了他的以酒神意志为核心的生命本体论的历史哲学与美学。这一点和寻根小说热衷于发掘中国文化中的"非主流"的"地域文化",可以说是有一脉相承之处,但显然又超出了"地域文化"的范畴。三是民间的历史空间的拓展,它用民间化的历史场景、"野史化"的家族叙事,实现了对现代中国历史的原有的权威叙事规则的一个"颠覆",在历史的被淹没的边缘地带、在红高粱大地中找到了被遮蔽的民间历史,这也是对历史本源的一个匡复的努力。

与寻根文学相比,莫言的小说在历史意识与美学精神上也体现出了民间化的倾向,这是一个微妙的转折。在寻根作家那里,虽然所写的内容与对象是比较边缘和民间的，但他们写作的目的和态度却是相当主流和正统的，所以有评论者曾说，寻根文学是当代中国作家"最后一次"试图集体影响并"进入中心"的尝试。而莫言小说中所体现的鲜明的反正统道德倾向，则是他告别这一企图的表现。莫言选择了民间的美学精神，而且这种精神的方向并不指向对所谓"终极真实"的追求，相反，它所要体现的是个人生命意志对历史的投射——用一句常用的话来说就是，他书写了"个人心中的历史"和作为"生命美学"的历史。

在具体的历史叙述的方式上，《红高粱家族》表现了非常多的"新"意：一是由"两个叙事人"所导致的"现在与过去的对话"的叙事效果。"父亲"这一儿童叙事角色以他童年的眼光和角度来看"爷爷""奶奶"的生活与历史，既造成了"亲历者"的现场感，同时又留下了"未知"的叙事盲点。另一个叙事者"我"则是"第二讲述人"，一个对话者与评论者，他明明是一个历史的局外人，但却充当了一个近乎"全知"的角色，他的讲述中充满了对当代文化的愤激的反思、对遥远的传统文明的追慕，他隔岸观火，评述、自省、检讨、抒情……这样就造成了两个不同"声部"的历史叙事，打通了"现在"与"过去"之间的时间阻隔，将历史变成了"当代史"。二是类似由"东方主义"与"民族主义"心理驱使下的跨文化概念的历史叙事，这典型地体现了80年代中国作家"西方中心主义"理念加"民族主义神话"的矛盾：刻意地夸大小说内容的民俗文化色调，一方面使用了"巫术""仪式""习俗""东方传奇"等内容来凸显其民族性与地域性，同时又以"酒神""人类学"等跨文化概念暗示出一个国际化（全球化）的背景与语境，虽然80年代关于"东方主义""后殖民主义""全球化"等还是相当遥远的知识概念，但在这里作家既要构造出自己的民族主义历史神话，同时又要造成"与西方文化的对话"，力图让西方世界能够"看得懂"的动机，却是非常明确的。

《红高粱家族》在一定程度上弥补和矫正了以往专业历史叙事和文学历史叙事所共有的偏差。可以说，它提供了我们在以往的文学文本和当代的历史文本中都无法看到的历史场景，历史本身的丰富性在这里得到了前所未有的复活。它的"野史"笔法、民间场景的杂烩式的拼接，无意中应和了米歇尔·福柯式的反正统历史的和暴力化修辞的新历史主义的"历史编纂学"，把当代中国历史空间的文学叙事，引向了一个以民间叙事为基本构架与价值标尺的时代。从这个意义上，说它推动了当代新历史主义文学叙事的兴起，应该是不过分的。

第四章

新历史主义叙事的现象与特征

当我们把西方新历史主义的观念同 1987 年之后的先锋新历史小说，甚至在此前的第三代诗歌中的某些作品相比较的时候，会发现种种惊人的契合之处。这并非巧合，也不纯然是出于主观的误读式的比附，而是来自当代西方文化人类学、符号形式哲学、精神分析学、存在主义，特别是结构／后结构主义等哲学方法，确实影响了这个时代文学的历史叙事与观念。它们是西方新历史主义观念的思想和哲学基础，在传入中国后，当然也会影响到当代中国文学中历史与文化意识的更新。

事实上，当代中国的作家（特别是诗人）在理论上表现出令人惊叹的直觉与悟性，前文中曾提及的早在 1984 年至 1986 年出现的"整体主义"、"新传统主义"和"非非主义"等第三代诗歌群体，就已经以"消化"得很好的结构主义理论来引导他们的语言和文化策略了，尤其是"非非"，他们在 1986 年的诗歌大展中对自己的诗歌理论主张的阐述，实在已经远远超过了同时期国内理论界对结构主义的认识深度，此后在1987到1988年前后，他们的诗学理论与写作实验，甚至已经很接近于一种"解构主义"实践。从这个角度上，说当代中国文学从80年代中后期已经出现了类似于新历史主义的叙事，或者一个具有"新历史主义"特征的文学思潮，并不是没有根据的臆想。

在史学界出现的某些变化也可以作为一个佐证，如早在1982年，上海人民出版社就出版了田汝康等编选的《现代西方史学流派文选》[①]，其中收入了狄尔泰、雅斯贝斯、克罗齐等哲学家和史学理论家的论著，他们的史学观念融合了存在主义、精神分析学、结构主义，甚至"计量统计学"等各种理论，成为以福柯等为代表的当代新历史主义理论的前引和基础，这些史学思想同样也直接和间接地影响到当代中国人的历史观念的变化，进而影响到当代作家的历史意识与文学叙事。

---

① 田汝康、金重远选编：《现代西方史学流派文选》，上海人民出版社1982年版。据此书前言介绍，该书的编选工作是自1961年至1964年，中间由于"文革"导致出版时间推迟十几年。

一 "新历史主义文学思潮"的现象与轨迹

前文在探讨"启蒙历史主义叙事"时提到，80年代初期的文化诗歌运动对寻根小说思潮的发生起了至关重要的引导与启发的作用。同样，"新历史主义意识"在当代中国文学中的出现，大约也首先是表现在"第三代诗歌"写作中。只是因为诗歌本身作为某种"叙事现象"不如小说那么典型，所以这里不作为重点来论。但其对当代小说中的历史情结与历史叙事的某种"热度"的引领或推动作用，是不应该被抹杀的。

这样，我们所说的"新历史主义文学思潮"，在这里差不多就变成了"新历史主义的小说思潮"。与前面所涉及的众多概念一样，这个说法也同样充满了危险。在很多谈论者那里采取了一个比较折中的说法，即"新历史小说"，我也认为这样做是明智的，因为除了少量的先锋作家的一些作品以外，大量的是很难称作"主义"的那种比较"边缘"的历史叙事，一律称之为"新历史主义小说"肯定是不合适的，因为这里面作家们的知识背景与审美趣味都是很不相同的，有的很"新"，有的则很"旧"，但与旧的主流历史叙事的趣味相比，它们又都表现了某种"新意"，所以在总体上，如果作为一种写作的"思潮"来看待，我认为则可以统称作"新历史主义文学思潮"。因为"思潮"显然不是特指哪一部"作品"，而是指在许多作品背后所隐含着的一个思想的脉络或线索，它在不同的作品中可能或多或少地包含着。

这无疑要做一些区分的工作，首先是那些不那么"新"的历史小说，即80年代后期以来出现的一些相对比较"边缘"又比较"传统"的历史小说，如凌力的《少年天子》、杨书案的《孔子》、唐明浩的《曾国藩》、刘斯奋的《白门柳》、吴因易的《唐宫八部》、穆陶的《林则徐》，乃至二月河的"清宫皇帝系列"——《康熙大帝》《雍正皇帝》《乾隆皇帝》等，从观念上看，它们的变异与挑战的色彩不像先锋小说家们的作品那样强烈，水平也参差不齐，但毕竟和"十七年"与"文革"期间的"红色官史"一类的历史叙事之间有显著不同，主要表现在：一是大都以实有的历史人物与事件为素材，大都试图在以往的历史定见之外有新的发现，在评价人物的功过是非与人格时，比以往的简单化的道德判断有意予以突破或纠偏；二是还原或部分地还原"民间性"的历史叙述，这一点尤为重要，在历史的审美趣味、叙事规则上，与中国传统的历史叙事以及民间历史消费的趣味之间，有了某种内在的神合，诸如接近"中性"的价值立场，具有符合大众消费心理的叙述风格，等等，甚至还有对个人在历史中的处境的体察，都和此前姚雪垠的《李自成》一类按照主流历史观念架构起来的历史叙事有着明显的不同。这些都意味着在文学的历史叙事领域的"民间性"规则与意识的修复。当然，这些作品中也肯定或多或少地遗留下了"腐朽"的东西，如缺少人文思想的灵魂与批判意识的烛照，甚至在"集体无意识"的层面上，有的还宣扬了皇权与专制的思想，这应是其问题所在。

以上可以看作是与"旧历史小说"相区别的"新历史小说"，它与当代中国文学的"人文主流思潮"基本上是游离的，但是也可以当作新历史主义文学思潮的"边缘现象"。

在第三章的内容中，我实际上已经对"新历史主义文学思潮"发生与延展的几个阶段作了划分："启蒙历史主义时期"，大致是指1987年以前以"文化寻根"为宗旨的历史叙事；"新历史主义时期"，指1987年至1992年前后的一段比较集中的、由先锋小说家所推动的、一个特别具有"实验"倾向的历史叙述；"游戏历史主义时期"，大致是指1992年之后，随着一批先锋作家对商业动机的迎合，历史叙述出现了一个返回和蜕变的趋向，其人文探求的灵魂逐渐被市场的欲求所代替，新历史主义的思想也就被游戏的趣味所代替。但是因为写作的周期等原因，在长篇小说的领域中，仍然不断有重要和典范的新历史主义叙事出现，因此从这个意义上，新历史主义文学思潮仍然处在一个进变与深化的时期。

我一直认为，从1987年前后持续到90年代前期的先锋小说运动，在其核心和总体上也许可以视为一个"新历史主义运动"，因为其中最典范的作家，从莫言到苏童、余华、格非、叶兆言,还有方方、杨争光、北村,还有一个时期的刘震云(其《故乡天下黄花》等),他们的代表作品在很大程度上都是一批新历史主义小说,除他们之外,还有一批早已经成名的作家,像张炜(其《九月寓言》《家族》等)、王安忆(《长恨歌》)等,也都写作了相当典范的长篇新历史主义作品,除此,还有追随他们的一批青年作家,他们也都曾热衷于历史空间中的叙事。上述他们大都放弃了寻根时期启蒙主义的文化理想与历史美学,将历史的叙事化解为古老的人性悲歌和永恒的生存寓言,成为与当代人不断交流与对话的鲜活映像,成为当代人"心中的历史"。在方法的意义上,他们吸纳了80年代以来的各种新的哲学文化与美学思想,在1987年到1995年前后,造就了一个最富有变异与转折色彩和最富成果的"新历史叙事的运动"。

从发生的时间上看,这一时期大致产生了这样几个互为联系的现象:

一是大量出现在1987年到1990年前后的,以近现代历史为背景空间、以中短篇形式为主的新历史小说,我拟称之为"近世新历史小说"。从1987年叶兆言的《状元境》,苏童的《1934年的逃亡》,格非的《迷舟》,余华的《一九八六年》;1988年叶兆言的《追月楼》《枣树的故事》,苏童的《罂粟之家》,余华的《古典爱情》(这是一个"例外",是古典题材,后面的《鲜血梅花》也是)、《难逃劫数》,格非的《青黄》;1989年余华的

《鲜血梅花》《往事与刑罚》《两个人的历史》，苏童的《妻妾成群》《红粉》，格非的《风琴》；1990年叶兆言的《半边营》《十字铺》，方方的《祖父在父亲心中》，北村的《披甲者说》，张永琛的《45年的秋景》；还有1991年以后叶兆言的《日本鬼子来了》、苏童的《十九间房》、李晓的《民谣》、墨白的《同胞》等，差不多都是以近世历史为背景的作品。它们或者着眼于家族历史的沧桑，或着眼于个人命运的变迁，将以往宏伟主流历史幻象中的巨大的板块溶解为细小精致的碎片，折射出历史局部的丰富而逼真的景象。在这些作品中，叶兆言的真切细微和浮世人生的沧桑感，苏童的凄切感伤和深入内心的人性力量，格非的扑朔迷离和对历史的不可知的宿命与规定力量的表现，余华所洞见的历史的残酷与生存的苦难，以及烟云般虚渺与谶语般神秘的对历史的"不信任感"，都给人以极深的印象。从这些作品的叙事风格来看，整体基调的"寓言化"和局部叙述与细节的写真性的结合是其主要特征。总体上看，具有相对逼真的背景依据和历史的氛围，力求对近距离的历史（大多为民国以来的历史）以新的体验和描绘，是这几年新历史主义叙事的鲜明特点。稍微有点"例外"的是余华的几篇小说，如《古典爱情》和《鲜血梅花》等，本来他的写作兴趣似乎一直限于当代历史，但这两篇却更接近"古代"的历史，只是因为某种"抽象"的加工，才更接近于某种"共时态"的历史寓言，同时也更加显示出某种结构主义方法的倾向。《古典爱情》《鲜血梅花》两篇小说实际上是关于古典小说中"书生赶考"的才子佳人故事和"仗剑漫游"的江湖恩仇记的一种"结构主义戏仿"。因此也可以说，它们以更加"先锋"的姿态呈现出新历史主义小说的另一种更加虚化的倾向。

另一个现象是从1990年到1992年前后出现的第一批长篇新历史主义小说，主要有格非的《敌人》(1990)，苏童的《米》(1991)、《我的帝王生涯》(1992)，余华的《活着》(1992)，如果标准稍微"宽泛"一点的话，余华的另一部《在细雨中呼喊》(1991)和格非的《边缘》(1992)也可以进入此列。这是几部典型的"寓言化"的长篇新历史小说，它们所涉及的年代基本上都被剔除或虚化了，由此，历史纵向的流程、事实背景和时间特征就被"空间化"了的历史结构、永恒的生存情态和人性构成所替代，这与西方学者在评述罗兰·巴特的结构主义批评、罗伯-格里耶和米歇尔·布特的新小说时所指出的那种"致力于使时间空间化"的特征，他们"试图使文学代表人的真正历史意识的恢复，介入与世界的本体论对话"[1]的宗旨，是有相似之处的，这些作品都以较大的深度展示了先锋小说家对于历史、生存和世界本体的种种认识。如《敌人》是一篇兴衰无常的家族历史的寓言，充满

---

[1] 威廉·斯邦诺斯语，转引自汉斯·伯顿斯《后现代世界观及其与现代主义的关系》，《走向后现代主义》，王宁等译，北京大学出版社1991年版，第25页。

了种族文化中关于复仇、报应、生死、财劫等种种原型主题，充满了恐惧、猜忌、宿命以及自我暗示等种族的集体无意识，而这些都昭示着民族的悠久时空中，代代相因的基本的文化结构与历史内涵。正像格非自己在陈述这部小说的写作原因时所指出的，它是一种"贯穿了我的整个童年并延续至今"的"年代久远的阴影的笼罩"，这种"无法被忘记的恐惧"，"从某种意义上来说，它既是历史，又是现实"。[1] "既是历史，又是现实"的说法，即是对新历史主义小说理念的最直观扼要的说明，它们就是要拆除"定格"在某一时间区限的历史陈迹，而使之成为打破"历史"与"现实"的界限的、贯透在永恒历史过程中的风景，这同福柯式的"反历史的历史学家"强调"对整体历史的共时性把握"[2]的方法，又可以说如出一辙。这种特点也表现在苏童身上，与格非相比，苏童的小说更具感性的饱满魅力，故事也更自然、细腻和熨帖，但他也同样"使历史生存化了"，比如《米》就堪称是一个关于人的基本生存欲求与人性构成的寓言演示，是一种"历史的断面"，时间因素在其中已经被淡化了，但它展示的历史的"情境"和"结构"，却更具有"生存的标本"一样的性质。

苏童的另一部长篇《我的帝王生涯》，可以看作是一个典型

---

[1] 格非：《格非文集·寂静的声音·自序》，江苏文艺出版社1996年版。

[2] 海登·怀特：《解码福柯：地下笔记》，见张京媛主编《新历史主义与文学批评》，北京大学出版社1993年版，第113—114页。

的"暴露虚构的历史叙事",对整个古代社会与宫廷秘密的抽象化的"提取",使它近乎变成了一个关于帝王生活的"元虚构",近乎一个"理论的探讨",它以第一人称"我"作为叙述视角——这本身就已经呈现出"不可能"的性质,而这个"帝王"端白,却构成了这篇小说的"叙述者和主人公的合一"——叙述遥远而未有确定时间"过去"的一个"莫须有"的国家"燮国"(邪国?血国?)的国王荣辱浮沉的一生,实质上是对历代宫廷权力争斗的刀光血影与世态炎凉的一个"浓缩"。小说完全悬置了关于"历史真实"或背景依据的概念,叙述的纯粹体验和游戏性质,始终向着读者敞开着,暴露无遗。这是一个信号,新历史主义小说已经接近呈现出它的"终极形态",向前一步即滑向无边的游戏深渊。

余华是一个"将历史提取为哲学"的叙事高手,他的《活着》同时向我们展示了两个世界——一个是纯粹传统情景里的农业社会、一个是被当代主流政治侵犯下的农村——中的一个人物,他的富有哲学启示的一生。由于对"历史具体性"的淡化,这个人物的一生变成了一个"生存与存在的寓言":前半部分类似于中国人古老的历史叙事中的那种"富贵无常""祸福相生"的逻辑,财富滋生罪恶,然后罪恶又随着财富的散去而获得救赎;后半部分又呈现为历史和哲学的两个层次,作为"历史",福贵的一生影射了当代主流政治对民间生存的悲剧性的干预;作为"哲学",他又把历史叙事上升到了存在的寓言,"活着"在这里变成了生命的刑罚,一种看不见然而却感受得到的"凌迟",生的希望被一点点剥夺净尽,生不如死。福贵的一生经历了一个从"天堂"到"地面",再到"地狱"的过程,而他的"灵魂"(以及人们对他的评价态度)则经历了一个反向的从"地狱"到"地面"再到"天堂"的历程。福贵在某种意义上是用"活着"完成了"死亡",而命运则是通过折磨他人,而实现了对福贵的惩罚。其中的哲学真是太多了。通过《活着》,可以说余华既书写了另一版本的当代历史,也书写了永恒意义上的关于"生命"、"道德"、"人性"和"存在"的历史。

  作为新历史主义文学思潮的一个"副产品",在1990年到1993年的几年中还出现了一个"土匪小说"热。[①]之所以把这类作品也看作是新历史主义文学思潮的产物,是因为它们也都是依据历史空间来结构故事的,而且同上述先锋新历史小说一样,它们也并不拘泥于对历史某些真实或传奇事件进行追述,而是具备了一种很强的寓言自觉,表现出一种更加明显的对历史的"虚构"或"戏拟"的倾向,或者说,是试图对纵向历史与人性内容进行"平面式的解构"。在这些作品中,历史虽然是重要的,是

[①] 关于这一现象,可参见笔者的两篇拙作:《近年"匪行小说"抽样漫评》和《走向文化与人性探险的深处——作为"新历史小说"一支的"匪行小说"论评》,分见《文学世界》1993年第5期,《理论学刊》1995年第5期。

他们所表现的文化、道德与人性内容的存在过程与载体，但也仅仅是载体或依托容器而已。在叙述中，"过去时"的时间标出，与"土匪"角色作为历史过程的象征符号，实际上已经不具有本体意味，作者所真正探求的，是隐藏在情节与故事背后的人性与道德的冲突。

最早的"土匪小说"似乎还可以追溯到1986年莫言的《红高粱家族》，其中一半是土匪、一半是英雄的主人公"爷爷"余占鳌，曾给人们传统的道德审美立场以极大的震撼，在他身上，"匪性"成为他的人性与生命力的必然要素，其出生入死、纵身于红高粱密林中"杀人越货，精忠报国"的英雄行为与匪性特质，已经完全以二元复合的形式重叠于一体，互为依存，无法分拆了。没有他的匪性，也便没有了他高扬的生命活力与辉煌历史。显然，莫言在这里已经体现了很具有超验意味的"文化探险"与"人性实验"，所谓"历史"和"现在"构成的是一种"对话关系"，相比"爷爷"，"我"辈已然"进化"，再无匪气，但生命力与伟大气质的衰退和丧失，也使"我"无法与他比肩而立。莫言构造了一个"历史的神话"，也由此彻底摧毁了当代历史叙事中根深蒂固的"进化"观。

在《红高粱家族》之后的几年中，土匪题材似乎没有引起广泛回应。直到1990年，可能与当代文化特定的转折气氛有某种关系，同时也在先锋新历史叙事的刺激下，它一下子"热"了起来。这一年,一向以安分忠厚的商州百姓为描写对象的贾平凹,一股脑儿推出了被他称为"土匪系列"的四个中篇:《烟》《美穴地》《白朗》《五魁》。与之同时,杨争光也以他的中篇小说《黑风景》而赫然崛起,这篇叙述村庄人同土匪游寇周旋搏杀的悲剧的作品,同他次年发表的《赌徒》《棺材铺》等构成了他令人瞩目的土匪系列。之后构成系列的还有尤凤伟发表于1992年到1993年的《金龟》《石门夜话》《石门呓语》等,除此之外,发表于1991年的朱新明的《土匪马大》、阎欣宁的《枪队》,1992年到1993年的贾平凹的《晚雨》、刘国民的《关东匪与民》、冯苓植的《落草》、苏童的《十九间房》、李晓的《民谣》、池莉的《预谋杀人》、刘恒的《冬之门》、季宇的《当铺》、陈启文的《流逝人生》、孙方友的《绑票》、蔡测海的《留贼》、廉声的《月色狰狞》,等等,也都是相当典型的土匪小说。大约到1994年,随着新历史小说热的冷却,土匪小说也随之渐渐稀少了。

一个显而易见的疑问是,为什么众多的作家要通过"土匪叙事",来表现他们的某种历史意识或观念?显然,这是由于解构传统的道德历史叙事的需要。"匪性"作为对抗旧式道德的符号,它的文化内涵已被深化,带上了"江湖"和"民间"历史叙事的意味,这在《水浒传》等古典小说中已经得到过很好的证明:即使是江湖匪盗,也仍然有着"行侠仗义""除暴安良""劫富济贫"等民间道德精神,"节义"是不同于"忠君"的另一种道德,它是纯粹民间的,而且无损于人性的自然张扬,后者则是"主流"和"官方"的,经常表现为对个人自由意志的牺牲。因此前者的人格光辉在历史叙事中更加充满着某种自由的魅力。在对抗和解构传统主流历史观念方面,它已经成为一个反主流的民间叙事的象征符号。

将纵向历史共时化,把历史压缩抽取为文化、人性与生存的内容,或者说是将作家对文化、人性与生存的认识,置于一个反主流的民间化了的历史情境中进行演示,是这些土匪小说的基本特征。这样就形成了两个基本主题:一是关于文化与生存的主题,它们较多地注意揭示人物的生存行为与文化传统、种族命运之间的隐喻关系,在这方面,不同的作品表现出截然不同的价值判断。杨争光的《黑风景》展示了种族文化结构中"匪性"的悲剧宿命,当一个小村的人们面临土匪洗劫的危难时,他们不是同仇敌忾、团结御敌,相反他们紧锣密鼓地进行的是内部的争斗、谋夺、出卖和自相残杀,他们实际上已经按照古老的文化模式和"种族记忆"的规定,不约而同地进入了同样的角色——他们本身已经成为另一群"匪徒"。这样一幅情景在民族历史上显然是并不鲜见的。贾平凹的《白朗》《晚雨》和陈启文的《流逝人生》等与此不同,它们从另一面反过来揭示了传统文化模式中"土匪"与"好人"之间界限的模糊与无常,主人公都是既杀人放火又拯救众生的英雄,从好人变土匪或者从土匪变好人,都出于偶然事件或一瞬之念。这显然也是对历史、道德和人性的某种隐喻式的概括。

"土匪叙事"的另一个主题，是更具哲学意味的关于人性的历史与文化内涵的探讨。历史和哲学范畴中的人性是神性和兽性（自然人性）的统一，是"中性"的，不同于道德范畴中的以"善与恶"来判断的人性，这也是一个非常富于历史感的命题。在人类生存的历史中，人性究竟是怎样存在和延续的，以什么样的结构，起什么样的作用？这也是对历史的某种"平面式的拆解"，尤凤伟的土匪系列正是试图回答这样的问题。在《石门夜话》中，一个被土匪七爷杀害了丈夫和公爹的女人被掳上山，起初她抱定与土匪不共戴天的仇恨，决心以死抗争，但在七爷连续三夜温软的语言攻势下，她的意志却被彻底瓦解，最终成了他的压寨夫人。七爷究竟是用了什么招数？一是用"色情"故事摧毁了她关于性和"贞节"的防线；二是用他完全不同于正统道德的"土匪世界观"摧毁了她对社会、历史和人生的原有认识。她开始否定自己，为什么要为自己的丈夫和公爹守节？对她的生存而言，难道他们与土匪七爷之间还有什么不同吗？人世间不也和土匪世界里一样充满着欺压、残杀、荒淫和剥夺吗？甚至反过来，土匪的世界里反而还显得有几分真诚和坦率。这里，历史的某种本质，在一种完全"颠覆"了的视点中，反而得以深刻揭示。这和福柯式的颠覆正统历史构造的做法也许正有不谋而合之处。

不过，究其实质，"土匪小说"只是新历史主义小说思潮边缘的产物，它过分脱离历史客体的虚拟倾向，使它在接受了新历史主义叙事观念启示的同时也远离了它。

1992年以后，新历史主义小说似乎进入了一个末期，即"游戏历史主义小说"的时期。主要表现在，叙事离历史客体越来越远，文化意蕴的设置愈加稀薄，娱乐与游戏的倾向愈来愈重，超验虚构的意味愈来愈浓。事实上，这种倾向在苏童的《我的帝王生涯》和格非的《敌人》中已经显示出来，而在1994年，以叶兆言的《花影》，还有在此前后苏童、格非、北村、赵玫、须兰五人差不多同时创作（但发表时间不一），且被媒体炒作的有"脚本竞卖"嫌疑的同题小说《武则天》（苏童的又名《紫檀木球》，格非的又名《推背图》，赵玫的名为《女皇之死》）为标志，新历史小说的"新"，似乎正越来越与无数迎合大众口味与商业规则的"旧"小说重合，并主动逢迎影视大众艺术的要求与口味。叶兆言坦然地承认，"毫无疑问，没有陈凯歌就没有《花影》"。[①]这种"由电影人出理念、由小说家出劳务"的合作方式，此后逐渐成为一个规则和惯例。离商业利益愈近，自然也意味着离历史与人文愈远。尽管还不能武断地说这些作品就一定商业化了，但它们却预示了一场艺术运动的衰变。

---

① 叶兆言:《花影·后记》，南京出版社1994年版。

但结论还是不要下得太早,"先锋作家"们陆续淡出了新历史主义的叙事热潮,可另一些不那么"前卫"的作家们,却写出了更为成熟和重要的、某种意义上带有总结性质的新历史主义长篇,也许与长篇小说的创作周期有关系,也许是先锋作家的趣味渐次出现了扩展和波及,新历史叙事在90年代的中期和后期仍然呈现了很强的势头,如张炜的《九月寓言》(1992)、《家族》(1995),陈忠实的《白鹿原》(1993),莫言的《丰乳肥臀》(1996),王安忆的《长恨歌》(1995),叶兆言的《1937年的爱情》(1996)……其中我不能肯定都属于"新历史主义"的叙事,但无疑像《丰乳肥臀》《长恨歌》这样的作品,应该是新历史主义叙事的最厚重和最优秀的扛鼎之作。上述它们仍基本上以近世历史情境中的虚构为主,不依托真实的历史事件和人物,作家对原有主流历史观念和"官史文本"的颠覆、解构与重写的意向十分明确。追索和还原被"宏伟历史叙事"所遮蔽之下的近现代历史中民族生存的种种细微的图景,展现出一部充满着战争与杀戮、伟人与政治"主流历史"背后的民间社会与底层人民的生命史与心灵史,是这些作品所试图完成的主题。从这个意义上,我甚至认为像余华的《许三观卖血记》(1995)也属于这类作品。有的评论者依据其叙事的朴素和"写真"意味,而称其回到了"现实主义"的叙事,其实是一种误解。许三观以"卖血"为生甚至卖血成癖的一生,正是民族和芸芸草民卑贱和苦难生存历史的一个"寓言"。

还有一些最新的佐证,进入"新世纪"以来,新历史主义的叙事也仍然不间断地出现,如2001年问世的莫言的长篇小说《檀香刑》和2002年出版的李洱的长篇《花腔》就是代表,这两部小说在逼近中国近代与现代的历史的本相方面,甚至显示了从"新历史主义"退回到严肃的"历史主义"的趋势,当然在写法上,它们仍然保持了"复调"或"狂欢"式的叙述风格,保持了"纪实与虚构"互为映照的叙述笔法。这应该是当代文学中历史叙事所表现出的新动向,作家一方面对历史保持了荒谬与绝望的体验、质疑和追问的精神,同时又表现了相当严肃的历史责任感。与此相接近的还有尤凤伟的《中国1957》、荆歌的《枪毙》,它们对当代历史的讲述,对更大跨度的现代历史的民间审视,它们对20世纪中国血色历史的描写,都采用了鲜明的个人化、民间化和边缘化经验的方式,讲述了那些被忽略、删节、遮蔽和扭曲的历史背面的部分,都可以看作是对历史本原的一种复归和找寻的努力,对政治与国家历史叙述的一种超越的尝试。它们表明,新历史主义文学思潮作为一种文学的思想运动还远未结束——更何况,每一个时代实际上都是处在对历史的不断"重写"和解释的过程中,所谓"历史",在根本上就是"常新"的。

二 新历史主义叙事的基本特征

（一）基本尺度问题

有两种介入历史的基本形式：一种是日常化的"对历史的消费"，这种消费通常遵循的是一种惰性的历史意识或者"历史无意识"，消费者对历史的某些叙述模型是"逆来顺受"的，或者是完全想当然地按照一厢情愿的意图来任意虚构——在清代出现的大量的宫廷秘史与演义小说大都属于此类，通常所说的"民间性的历史叙事"，如果不是在与"主流政治历史叙事"对立的意义上，而是在商业和消费的意义上，则有很大一部分会倾向于这样一种方式。另外的一种则是比较"主动地"介入历史的方式，这很难区分，也很难断定正确与否，克罗齐说"一切历史都是当代史"，表明所有的历史叙事都是当代人的现实态度在历史领域中的一种折射或反映，红色历史叙事、启蒙主义历史叙事、新历史主义叙事，都是不同的现实立场在历史领域中的反映。在以上三者中，红色历史叙事所遵奉的主要是主流政治的规定，启蒙历史主义叙事所表现的主要是知识分子的趣味和立场，而新历史主义叙事则最为复杂：

——它有倾向于"民间"历史观念的一面，相对于主流政治模型的历史叙事，它常常是以与民间历史叙事相同的面目出现的，体现了"边缘化的"或者"暧昧的"立场与趣味，因为即使是非常"市民化"的民间历史观念,也包含了某种历史的多样性与丰富性,更何况相对于主流政治的压抑,民间历史叙事本身就包含了"反权威"的历史理念。

——它体现了知识分子的历史情怀,体现了把历史"交还于人民"的意志,这是由其人文主义思想内核所决定的,它必然把解构皇权政治、宏伟历史模型、完全遮蔽了底层公众的国家历史叙事当作重要的使命,要把历史的主体真正还原到"单个的人"。

——它甚至体现了不无"消极"的历史怀疑论、宿命论以及历史的不可知论等倾向,它不相信所谓终极的"真实"意义上的历史,也不相信形而上学意义上的历史价值。他们是结构主义者,对历史的叙述本身怀着深深的疑虑,在构造文本的同时又反省着文本的"虚构性"与"修辞本质",所以他们的历史研究和历史叙述,由"历史本体论"变成了"诗学本体论"。

——思想方法的多元性,它对历史的认识深度,由于精神分析学、文化人类学、结构主义和后结构主义等思想方法的启示,达到了前所未有的复杂程度,在其复杂性上,它可以说是民间与知识分子的结合,人文主义与虚无主义的结合,最古老的传统叙事与最新的历史理念的结合。

……

毫无疑问,在历史领域里人们拥有越多的"民主"的权利,也就意味着人们对现实有着越多的影响的自觉和可能。因此，理解"新历史主义叙事"在当代还有一个"灵魂"意义上的问题——它首先还不是一个"形式和方法"的问题，而是一个"非常人文"的问题，在历史领域中拆除旧式意识形态对人们的思想的禁锢，既是一个"绕道而行"的策略，同时也是根本。当代中国的作家为什么"同时"表现出如此强烈的对历史的兴趣？显然是出于他们对现实的影响的热忱。从这个意义上，谈论"新历史主义"，我认为根本上还不是一个"西化的命题"，而是一个非常现实和非常中国化的命题。"当代中国的新历史主义"，这甚至可以说是一个与西方的新历史主义完全不同的概念，这一点必须弄清楚。然而，解释当代中国的新历史主义叙事，又无法不参照西方的新历史主义理论，这种比附当然是出于不得已，但也有另一方面的现实依据，这一点前面已经多次阐述，即它们虽然在完全不同的时空中，却有着近似和一致的理论基础——结构主义和后结构主义，以及存在主义与精神分析学等理论，甚至也有着近似的"解构对象"，即历史的必然论与进步论、宏伟的国家主义与民族历史的结构模式，等等。因此在理论的形态与方法的特征上，他们之间不仅是"神似"的，而且在实际上也非常的接近。

（二）"新"与"旧"的关系

当代中国的新历史主义叙事之"新"，表现在何处？这需要首先与"旧"的历史叙事做一番比较。这里就有一个"旧的"和"更旧的"的问题,"旧的"是指由"进化论—主流—革命—政治"的线索构成的现代历史叙事,"更旧的"则指中国古代的传统历史叙事。当代的新历史主义叙事在与两者的关系上态度显然是不同的。

首先是与"旧"的关系:新历史主义叙事与旧的主流历史叙事之间,首先是一种反拨和矫正的关系,但这种反拨并非意味着简单的一味否定。在西方,作为新历史主义重要理论家的格林伯雷,同典范的"旧历史主义者"泰纳之间,也有许多主张是一致或近似的,比如他们都认为文学应当是历史的特别直观、感性和"敏感的记录器"[1],但他们的区别在于,旧历史主义者往往都确信历史的某种主流化存在,而新历史主义者则意识到这不过是"历史的假识",他们在切入历史的时候,就怀着这种先在的"不可知论"的警觉,去做试图恢复历史的那种无数细微的时空连缀起来的破碎和偶然的状态的努力,这样他们在自己的历史文本中,就刻意采取了征引"稀奇古怪的、显然是远离中心的各种材料,故意违反传统的文学鉴赏力"的"修辞手段",[2]以对历史做出新的描述,这种故意使历史"边缘化"的策略,目的是"颠覆"那种由简单阶级论与进化论模式搭建起来的、删除了真正的个体处

---

[1] 弗兰克·伦特里契亚:《福柯的遗产:一种新历史主义?》,见王逢振等编《最新西方文论选》,漓江出版社1991年版,第464、465页。

[2] 同上。

境的宏伟历史构架，它们对历史的描述是由一系列政权的更迭、宏大的事件、伟人与英雄的串联来构成的。这很有意思，当年毛泽东也曾经反对过"帝王将相、才子佳人"的模式，主张让"人民，只有人民，才是创造世界历史的真正动力"，把"历史的主体"变成"工农兵"群众，这几乎也是一种"新历史主义"了，但意识形态的作用却使这个"工农兵"完全失去了"单个人"的意义，而变成了一个用"多数的名义"专"单个人"、特别是知识分子的政的工具，变成了一个没有所指的"词语的空壳"。这样，"人"反而在"工农兵"的名义下消失了。新历史主义的叙事正是要把被"工农兵"、"群众"或者"人民"这样的"大词"所遮蔽下的"人"解放出来，把打上了政治与意识形态色彩的历史事件，恢复到其民间的原初的本来面目。所以我们所看到的大量的新历史叙事所描写的空间，实际上都与原来的主流政治的历史叙述非常接近，也可以说是相同的一段历史出现了完全不同的历史叙事。用有的评论家的话说，这实际上是对"中国民间社会原初记忆的恢复……意在改变对封建传统简单化的价值判断。对中国文化的内在性进行认真清理，而且这实际上是在传统经典和意识形态的边缘对历史的重写"。[1] 这样的历史意识和内容本身

---

[1] 陈晓明语，见董之林整理《叩问历史，面向未来——当代历史小说创作研讨会述要》，《文学评论》1995 年第 5 期。

就有某种"新"意,这一点,我们从《白鹿原》《长恨歌》《丰乳肥臀》《家族》,甚至《活着》和《许三观卖血记》中,都能看得出来。它们在重新呈现历史的图景时,都是力图找寻和恢复"民间记忆"——仅仅是"民间"这一点就足以使之产生"新意"。

再者是与"更旧的"历史叙事之间的关系:如同修复民间记忆一样,当代的新历史主义叙事同中国传统历史小说之间,也是一种修复的关系。最新的恰恰意味着最"旧"。这一点很奇怪。中国本就是一个历史叙事特别发达的民族,前面我们也已经做了专门的讨论,从富有文学特性的史书典籍《史记》起,到《三国演义》《水浒传》等经典历史小说,到《东周列国志》、历代演义小说、大量的野史著作,主流的"官史"和民间的历史记忆不但同时受到重视,且互为渗透影响,尤其民间的历史观念对于文学历史叙事一直起着决定性的影响作用,即使在《三国演义》这样以王权、战争和政治为主要内容的"宏伟历史叙事"的作品中,民间的"义"与善的标准,"不以成败论英雄""是非成败转头空"的人本历史观念,仍在书中起着主导性的价值趋向,而在《水浒传》中,民间性的英雄气节、民俗化的人物描写,甚至对历史的恣意虚构,等等,更与今日的"新历史主义"有着惊人的相似。实际上,民间化——这也许就是文学历史叙事的一个永恒性的叙事原则或基础。从这点上说,当代的新历史主义同历史的传统之间,也许只有一步之遥。

（三）新历史主义叙事的类型及特征

固然很"旧"的历史叙事也在某种程度上与新历史主义叙事有密切关系，但毕竟是在宽泛的意义讲的。真正讨论当代意义上的新历史主义叙事，还必须要以西方的新历史主义理论为参照。不过，因为涉及的理论问题过于复杂，所以这里的类型划分也只是出于说明问题的方便，其中各种类型之间并无截然的界限，甚至还是互为交叉的。

弗雷德里克·杰姆逊在他的《马克思主义与历史主义》一文中，曾经分别论述过几种"解决历史主义困境"的方法，即"文物研究"（antiquarinism）、"存在历史主义"（existential historicism）、"结构类型学"（structural typology）、"尼采式反历史主义"（Nietzschean antihistoricism）。这四种方法中，"文物研究"显然有些接近于固执的实证主义；"结构类型学"则有点类似于结构主义的历史研究；含义比较肯定的是"存在历史主义"，杰姆逊对此论述得最多；对"尼采式的反历史主义"，杰姆逊则进而形象地将其比喻为"精神分裂症式的历史主义"。[①] 这四种类型，大致可以作为我们探讨新历史主义叙事类型的参照。当然此外也还有以人类学为主要方法和视野的历史叙事。

---

① 张京媛主编：《新历史主义与文学批评》，北京大学出版社1993年版，第22—32页。

一是"结构主义的历史主义叙事"。这种说法或许牵强，结构主义常常是研究历史叙事或文学的方法，但直接成为历史叙事的自觉意识则可能会相当隐蔽或潜在。不过，所谓"新历史主义意识"在根本上也即是吸纳了结构主义思想的历史观，所以，即使作家在"无意识"中对历史的"结构诗学"或者"叙述方法"有所觉悟，意识到"叙述"（文本）——"对象"（历史事件）之间的隐喻关系，前者对后者的"修辞"本质，他的历史叙事都会变得非常带有结构主义的意味，一如苏童所说的，"从1989年开始，我尝试了以老式方法叙述一些老式的故事……试图让一个传统的故事一个似曾相识的人物获得再生"[1]。所谓"老式的"叙述方法、传统的故事、似曾相识的人物，等等，都是一些传统的叙事因素，这是从结构故事的角度来看的；再者还有叙述对象的角度对"历史的元素"的提取，将纵向的"历时性"的历史过程，提炼成一种由"共时态"的结构来比喻和叙述的历史构造——按照西方学者的话说，就是"用一种文化系统的共时性文本来代替一种独立存在的历时性文本"[2]。这种重构的历史，既有历史的客观真实性，同时又更具有主体的体验性与认知性，有更大的和更抽象的"历史含量"，是永恒的人性与生命经验在历史空间中的

---

[1] 苏童：《怎么回事》，见《红粉·代跋》，长江文艺出版社1992年版。
[2] 蒙特鲁斯语，见海登·怀特：《新历史主义：一则评论》，《最新西方文论选》，漓江出版社1991年版，第502页。

示演。

　　结构主义的历史主义几乎适合所有的新历史主义小说作家，苏童、余华、格非、叶兆言，他们的寓言性的长篇新历史小说、近世新历史小说，在思想方法上都体现了这种特点，最典型的，要数那些比较带有文化探求意味的作品，它们大都以呈现历史的某种"内部构造"为宗旨，或在无意中触及了某种"历史的原型"。比如苏童的《妻妾成群》这样的作品，由于它设定了一个十分具有传统文化意味的"一夫多妻制"的家庭生活背景，而分外具有了某种生动可感的历史氛围，它可以说是一个典范的历史模型，对中国人的文化和审美经验来说，是一个陌生而又熟悉的故事。一个家遭不幸、被迫嫁人为妾的弱女性，在一个阴森可怖、尔虞我诈的封建家庭中，其悲剧命运似乎是不可避免的，从这一点上说，它不但承接和复活了许多古老叙事的结构与主题——如《金瓶梅》中的家庭生活的格局，在这样一种充满了争风吃醋的生存争斗的环境中，人就还原成了生存竞争的动物，道德和所谓廉耻就被完全置之度外了。再者，它的主人公颂莲的处境与性格也很像《红楼梦》中的林黛玉，因为家道中坠，心理上的创伤自然就使得她格外敏感和脆弱，也就特别容易被伤害，其过于频繁的自我悲剧暗示，与各种不利的环境因素相加，就很容易构成一种强大的宿命力量，使主人公走向毁灭。在《妻妾成群》中充满了这方面的描写。另一方面，它还深刻地触及了中国传统社会的结构本身,这样一个家庭既是无数个家庭结构的缩影,同时也影射着整个的男权专制社会的内部构造,某种意义上是这样的社会构造导致了无数女性的悲剧命运,滋生了无数的腐恶。

结构因素也包含了历史情境的生动体现,这大概是苏童最擅长的,《罂粟之家》《红粉》《妻妾成群》,乃至《米》和《我的帝王生涯》,都以其细腻的笔法营造出生动而逼真的历史情境,就像在《妻妾成群》中写到颂莲和梅珊出于同病相怜又各怀"鬼胎"的心态,"两个女人面对面坐着……好像两棵树面对面地各怀心事"时,苏童竟抑制不住地跳出来说——

这在历史上也是常见的。

阴郁的氛围、压抑的院墙、隔膜的人心,还有整个小说那感伤、颓败、落寞和唯美的基调,都令人想起那些在"在历史上常见"的、在古人的诗词和小说中反复出现的豪门落败、红颜离愁的情境。不过在这情境中,苏童又加入了太多的"现代"与"边缘"意义上的东西,如原罪感、乱伦意识、白日梦、死亡预感、通奸、同性恋、嫉妒、诅咒……种种变态的或潜意识的心理行为,都在一个畸形的生存环境中透射出复杂和深远的悲剧力量。尤其是当这些内容以一个曾经是知识女性的脆弱而敏感、不幸而多幻想的人物的命运与活动组织起来的时候,更具有了细腻、精致、鲜活、微妙的特征和温婉弥漫的人性力量。历史，那种在以往观念中早已僵滞而冰冷、成为亡去旧物的历史，在这里被生动地复活了。

以上带有"举例"的性质，其实所有"寓言"性质的作品都带有很强的"结构主义"意味。因为所谓寓言即是强调其叙述"要素"的功能，要传达出其寓意，必然需要那些经过抽象或提炼了的要素。所以典型的新历史主义叙事的作品都具有明显的寓言特征，因而从普返的意义上，它们也都是结构主义的历史叙事。

二是"存在主义的历史主义叙事"。毫无疑问这也是一个复杂的理论概念。还是在同一篇文章中，杰姆逊说，存在主义的历史主义所面对的是"经验主义历史编纂学所采用的简单那机械和无意义的事实排列"，它的"意识形态基础，是从德国生命哲学中衍生出来的"。"存在历史主义认为，历史经验是现在的个人主体同过去的文化客体相遇时产生的。因此历史经验的所有方面都可以导向完全的相对主义"。[1] 这其中显然有两个要点：(一) 存在主义历史主义强调"个体主体"作为历史的唯一记忆载体，所以除了单个人之外，不存在所谓共同的历史。(二) 也正是基于此，它

---

[1] 弗雷德里克·杰姆逊：《马克思主义与历史主义》，见张京媛主编《新历史主义与文学批评》，北京大学出版社1993年版，第28、30页。

对历史的解释就导向了多元的相对主义,即历史会拥有无数解释的可能。对于历史学本身来说,这或许是一个神话,因为这样的历史文本将无法编纂,所以杰姆逊又说它"实际上是一种历史和文化的美学"。再者,与此相关的,历史本身是偶然的,充满了无意义的荒诞。正像雅斯贝斯所说的,"历史不时表现为一团乌七八糟的偶然事件,像急转的洪流一样。它从一个骚动或是一个灾祸紧接到另外的一个,中间仅间隔短暂的欢乐……一切正如马克斯·韦伯所说的那样,一条被恶魔铺满了毁坏的价值的道路。"①

从80年代以后当代中国文学中的历史意识看,恰好是近似于经过了一个"从启蒙主义到存在主义"的过程。对先锋新历史小说家们来说,他们大都是一些存在主义者——说他们是一些结构主义者未免有主观之嫌,但说他们是一些存在主义者则应该没有争议。格非、余华对历史的理解是最典型地体现着存在主义思想的,格非说,一切表象的现存实际上是"抽象的、先验的,因而也是空洞的,而存在则包含了丰富的可能性,甚至包含了历史"②。在他的小说中,首先是历史的本体被质疑,如《大年》《风琴》和《青黄》等都揭示历史存在的某种偶然的"不确定性"与"可怀疑性",它们迷离飘忽,似有若无,如同历史的迷雾和

---

① 雅斯贝斯:《人的历史》,见田汝康等编《现代西方史学流派文选》,上海人民出版社1982年版,第37页。

② 格非:《边缘·自序》,浙江文艺出版社1993年版。

"悬案"一样难以把定。再者，格非总是面对历史中的个人情境，这样他笔下的人物总是宿命化的，个人很难把握自己的命运，像他的长篇《敌人》中的赵少忠家族中的每一个人，都如同那"急转的洪流"上的一片树叶或一叶小舟一样。甚至他们还无法抵抗来自"无意识"意志的驱使，像《迷舟》中萧的悲剧即是例子。在这篇小说中，格非突出了个人的历史境遇这样一个主题，萧可以说是死在了自己的亲人手中，作为北伐军军官的哥哥与作为军阀孙传芳部下的他处在了一个敏感的对阵形势中，这首先就置他于一个非常尴尬的和遭猜忌的位置上，纵使萧对上司忠心耿耿，也似乎已经被置于必死的命运中了。果然，这样的"预感"变成了支配他行为的潜意识，也变成了他的命运，一步步导演了他的死。最后，当他试图逃脱监视他的警卫员的枪弹的时候，竟然正好赶上母亲在院子里关门捉鸡。

强调"作为个人经验的历史"也是苏童小说的特点，在苏童早期的几个颇有实验意味的小说中，他所努力表达的是这些"记忆的不可靠性"。如《狂奔》和《稻草人》等都很典型。《狂奔》中的主人公男孩"榆"的记忆就发生了问题，他的父亲和一个"王木匠"，常年出门在外，他的祖母已年老体衰，母亲就叫了另一个"木匠"来为他的祖母打制棺材，而其间母亲就与"木匠"有染，榆作为一个尚幼的孩子，对发生的一切都很难理解也无从解释，后来他听见祖母对母亲的咒骂，又看见母亲在深夜折腾，往自己的腹部贴膏药，他才隐约知道母亲怀孕了。后来他母亲喝了剧毒农药死了，为她举行葬礼的时候，榆又看见一个木匠从远处走来，他终于惊呼并在原野上狂奔起来。苏童完全按照一个儿童的经验方式来叙述这个故事，根本没有对之做"成人的加工"，特别是其中还写到男孩的一段特殊经历——他不理解"棺材"这东西意味着什么，木匠告诉他是"住人"的，还跟他开了一个恶作剧的玩笑，把他放了进去，而榆就"晕"了过去。这可能是暗示榆朦朦胧胧地意识到了"死亡"的含义——海德格尔说"存在是提前到来的死亡"，这个小说的叙述之所以呈现了闪烁和模糊的特点，与榆的这番先是模拟死亡，后是亲历母亲的死亡的经历应该很有关系。死亡震撼了他幼小的心灵，使他对过去产生了难解的疑惑。再者，"木匠"的不断变换也给了他的经验以迷惑，所以乃有了这样一个叙事。《稻草人》用现实和幻觉、儿童式的想象与经验倒错的结合，用也很类似的方法叙说了一个莫须有的"杀人悬案"，也尤其令人感到历史"依据于讲述"的某种不可靠性。

余华也是一个典型的存在主义者，他对人性原发之恶的判断是他认识历史的出发点，对历史记忆能力的被删改都有非常敏感的警惕。关于他的情况，将在后面的第五章中专门进行探讨。

三是"人类学的历史主义"。这虽然不属于杰姆逊所说的几种情形，但却是新历史主义小说的一个重要的方法与特征，其实最早的新历史主义——反伦理学的历史主义在很大程度上就是依照了人类学的方法与视野，这一点在前文第三章中已经反复谈及。作为新历史主义的"滥觞"之一的《红高粱家族》的基本历史观念即是人类学。在此后的写作中，莫言延续了他的这种观念，在他1995年的长篇《丰乳肥臀》中，人类学的思想方法也仍然是莫言叙述和理解历史，并以此来整合为阶级论和现代主流历史模型所删削割裂了的历史，使之恢复统一到"民间与大地"意义上的历史本然的根本方法。无疑，最典型的人类学的历史主义叙事例证就是莫言。这一点将在第八章中做专门论述。

  张炜的《九月寓言》如果可以称得上是一部新历史主义小说的话，我以为其主要的历史视野也是人类学的。当然其中也有存在主义的思想要素，但张炜的存在主义主要是接近海德格尔式的、对"大地"理念的亲和与阐解，这和莫言有一致之处，他们还都醉心于"民间"诗意的追寻与渲染，只是张炜的人类学与莫言的人类学相比不像他那样奔放和无遮无拦，并裹挟了近乎与"泛滥"的潜意识内容，他的《九月寓言》仿佛是在考察一个农业生存条件下的"部落"——一群被称作"挺鲅"（有剧毒的一种鱼）的人的生存历史，他们对苦难的欢乐式的理解和承受，对饥饿的体验与抗争，他们对传说和神话的嗜好，他们喜欢跋涉的意志和始终不肯放弃的"种族特征"……张炜诗意地书写这些的时候，大地上的一曲生存的悲歌、一部农人的生存之诗、一幅超越了他自己始终钟爱的"历史/道德对立"主题的巨大的人类学的图画,就呈现在我们面前。

人类学思想与"文化学目的"会很自然地结合在一起,这就有了文化人类学,从80年代的寻根开始,韩少功的小说就一直表现了这样的主题与趣味。他后来的《马桥词典》通过考察语言和民俗来"研究历史"的方式,也可以构成一个例证。但它似乎也有"结构主义语言学"的趣味。

人类学的内涵当然还不只是这些,对原始生存以及部落社会的考察可能更适合有某些"寻根情结"的50年代出生的作家,但对60年代以后出生的作家来说,他们更感兴趣的是"用生物学的眼光"来考察人类社会与历史的内部的结构,作为1959年出生的作家阿来的《尘埃落定》似乎具有某种"过渡性"特征,他和莫言的写法有相似之处,承担叙述者角色的人物具有"弱智"的特征,这使整个小说的叙述视角变得生物学化了,他所讲述的西藏土司社会的历史就超越了社会学意义上的判断,而具有了浓郁的原始风格与藏族人特有的思维特征。作为60年代出生的一代,苏童比之前者就更接近纯粹的生物学立场了,他要考察的是原始的欲望作为人类历史之"前进动力"的本质——这是一个彻底的反伦理学的命题。在苏童的笔下,人其实更接近一些生存竞争的动物,《米》就是这样,它写的是"由本能推动的历史"——对"食"(米、财)与"色"的贪婪与权力占有欲,是历史中一切故事和一切生存搏杀的原始动力，人性之恶（贪婪、霸道、妒忌、报复……）的蔓延和膨胀与动物式的本能构成了日常生活的基本内容。这一点连女性也不例外，苏童并没有给女性以道德的优越权，男人之"恶"与女人之"贱"是苏童考察人性弱点时的基本视角。驱动人物去选择的，只有这样一些完全与社会学意义上的动机无关的原始本能。在《罂粟之家》中，苏童甚至把农业社会的历史缩微成了一部纯粹的"乱伦"与"弑父"之书，这也是他的人类学历史观的一个典型例证。

四是杰姆逊所说的类似"精神分裂症式的历史主义"。这有比附的意思，杰姆逊指的是结合了尼采的狂想式的历史思维以及弗洛伊德的精神分析学理论的一种历史体验，"……尼采式的剩余和兴奋，也加上了完全不同的感觉范围——晕眩、厌恶、忧郁、恶心和弗洛伊德式的非净化过程"，杰姆逊同时还强调了它"强烈的波特莱尔形式"以及"历史的噩梦"性质[①]。这样一种历史意识在当代文学中似乎还难以找到真正典范的例证，因为它所强调的是"对历史的神经质的感觉"，似乎还没有哪一位作家是专事这样的写作的，残雪的小说是堪称精神分裂症式的写作，但她的小说中却"没有历史"，甚至也没有"时间"，在此后的一些女

[①] 弗雷德里克·杰姆逊：《马克思主义与历史主义》，见张京媛主编《新历史主义与文学批评》，北京大学出版社1993年版，第32—33页。

性主义作家如陈染、林白等人的小说中，也具有完全的"意识流"倾向和类似神经质的思维特征，但她们都基本上排斥着"外部历史"的环境——房间以外的东西，陈染的《私人生活》和林白的《一个人的战争》作为"成长叙事"，似乎都打着一些当代历史的痕迹，但女性主义的追求，又使她们几乎不约而同地刻意"抹掉"了这些痕迹。

但还是有比较恰切的例证，莫言的《丰乳肥臀》的下半部以上官金童的视角所叙述的当代历史图景，堪称是有"精神分裂症式的历史主义"意味的叙事，这本身也有对当代历史的近乎"歇斯底里"的情状进行讽喻的意思。上官金童的变态、神经质乃至"精神分裂"，构成了对当代历史进行观察的最佳角度，这就像鲁迅笔下的"狂人"所隐喻的是时代之病的寓意一样，上官金童的精神裂变恰恰映照的是当代中国社会的畸形病状。所谓翻云覆雨、黑白颠倒、人兽杂交，都是通过上官金童错乱的精神与感受来呈现的，当代中国社会波谲云诡、顷刻霄壤的巨大落差与变迁，也除非通过这样的错乱和幻觉不能表现。上官金童被视为精神病被抛出历史成为彻底的局外人，才给了他观察这一历史和世界的最佳角度。某种意义上，也因为当代历史过于接近"现实"，如果不采用这种精神分裂式的叙述反而不能获得一种立体的表现的可能。所以，莫言是高明的。

余华早期的小说也接近于这样一种叙述。他的《往事与刑罚》《一九八六年》是比较典型的例子,在这两篇小说中,历史呈现了"错乱"的形态,主人公的记忆发生了问题,这是当代社会的暴力与专制所特有的"记忆反映症",所谓"历史的噩梦"差不多也就是这种情形了。在《往事与刑罚》中,陌生人要回到的过去的四个时间的点,是四种残酷的刑罚,除非他自己被实行腰斩,他不能看到这四种刑罚所对应着的四种美景。《一九八六年》中,干脆就把过去年代中的"历史教师"变成了一个流落街头的疯子,他是真正的历史的见证者,而且还活在人间,但在人们——包括他自己的亲人的心中,他早已经死了,即便活着也永远无法再与他的亲人们相遇,没有人再认识他。这就再一次让人联想到"狂人"的境遇:正是真正的历史记忆被排斥在虚假的"公共记忆"之外,被定义为精神分裂的幻觉。所以,"历史是什么"?作家几乎是在哲学的层次上解答了这样一个问题——历史的真实性和历史的合法性,在根本上就是冲突的。

儿童式的视角也会导致历史记忆的"错乱"与幻觉状态,余华的《在细雨中呼喊》具有这种特征。苏童的一些儿童视角的小说,在事件的真与幻、发生顺序的先与后上,也具有颠倒和错乱的性质,所以"恐惧"与"疑惑"是其经常表达的主题。《在细雨中呼喊》是余华的一部写童年记忆的作品,和一般的"成长主题"不同,余华在其中所表达的是一种在生命尚脆弱和幼小的状态下,面对世界和自己"被抛掷"的处境,所产生的无助、迷悯、恐惧与绝望的情绪,一切都具有"悬浮"和可疑的性质,是烟与雾一般的人生。那些依次产生的事件仿佛彼此孤立地漂浮在水上的东西,具有抓不住的虚幻感,只有一连串的死亡深深地印在孩童的心灵深处。从对生命的恐惧和对存在的"提前"的感知的意义上说,这也类似于海德格尔式的"存在主义"。

最后一种是"女性主义的历史主义",我把这也看作典型的新历史主义的叙事思想。女性主义本身原有"反历史主义"的一面,前文所说的像残雪、陈染、林白等人的小说都是刻意取消"时间痕迹"的叙述方式,因为一旦落入"历史的窠臼",它们似乎就很难保持其女性主义的特质。但在西方,也仍然有一种试图从女性主义角度切入历史的尝试,美国的理论家朱迪丝·劳德·牛顿就曾专门论述过这一命题,她甚至认为"妇女运动、女性主义理论以及女性主义学派"是"生长在新历史主义之上的""母根"。它同时也反过来对新历史主义"做了很多工作"。一些妇女著作本身在修辞方面的特点即很像是新历史主义的,比如她所提到的一本叫作《妇女团结就是力量》(1970)的女性主义著作,就"提出了通常被认为属于'新历史主义'的理论",它的写法中"对文化文本的并置",采取了将"渗透在各个学术领域中"的"广告、性手册、大众文化、日记、政治宣言、文学、政治运动及事件",等等。这些东西并置拼接在一起,形成了"一幅'交叉文化蒙太奇'的蓝图"[1]。这和福柯式的反权威的历史编纂学至少应该是有异曲同工之妙的。可见在西方学者的概念中，女性主义的意识投射到历史叙事之中，本身就很自然地成为"新历史主义的叙事"。

当代中国的女作家们曾经一度在写作中追求"历史"，前文中所谈到的杨沫的《青春之歌》即是例子，杨沫突出了"历史"，但却压低了"女性"，把一个本来的以女性为结构中心和意义轴心的叙事，改装成了一个"仿革命/男权主义的叙事"，这显然是出于不得已。当代的大部分具有女性意识自觉的作家，为了规避男权主义在历史领域中的传统权威，基本上都把笔触限制在"房间"之内和"潜意识"之中，特别是60年代以后出生的女作家们，大都拒绝历史。只有50年代出生的个别女作家，才会以比较女性化的视野来介入历史，追求一定的叙事长度，如王安忆的《长恨歌》和铁凝的《玫瑰门》，这两部作品可称得上是两个典型例证，它们分别写了一个完整地跨越了现代中国历史的女性主人公的一生，其中的历史长度与容量，都足以使它们成为两部"历史叙事"的作品，但它们的叙事风格却有效地避开了中国现代历史的宏伟模型与"集体记忆"，而基本上恪守了女性主义的

---

[1] 朱迪丝·劳德·牛顿：《历史一如既往？女性主义和新历史主义》，见张京媛主编《新历史主义与文学批评》，北京大学出版社1993年版，第202—203页。

意识，将现代中国的历史缩微成了个人与民间的记忆，写出了历史的另一面。其实看看《长恨歌》的起始一章就能够感觉到王安忆的用心："弄堂""流言""闺阁""鸽子"……还有形形色色的"王琦瑶们"，作家用了很多看似"皮厚"的闲笔，用意根本就不在什么环境或者"风俗描写"上，这其实是在女作家看来的之所以产生王琦瑶，产生这样一部"长恨"之歌的"历史情境"，是这些东西，还有之后王琦瑶所置身的小市民日常生活的一切，是它们构成了上海的历史，上海的"交叉文化蒙太奇"。

新历史主义本身的复杂性和当代文学中历史意识的综合性，都决定了不可能用几种类型就能够指望将它们一网打尽，而且即使是这几种概括也有硬性区分之嫌，在具体的作品中它们很可能是混合和交叉使用的。再者，在讨论过程中所引的作品也非有限，实际上接近于一种"抽样分析"，限于本人的视野和这里的篇幅，对于那些没有涉及的作品和现象，只能够留作遗憾了。

II

第五章

余华的历史叙事

作为"历史叙事"的作家,余华显然属于特例。但他的重要性和成就的突出,使我不得不把他放到首位来讲。正像大家公认的,余华是一个在总体上"哲学倾向"大于"历史倾向"的作家,像法国的加缪、奥地利的卡夫卡、俄国的陀思妥耶夫斯基等作家一样,堪称存在主义的哲人作家。他的小说由于取消了"时间的具体性",所以其历史叙述往往也被抽象化了——变成了哲学。但在我看来,正由于对存在的不懈之思,和对人性与生存的永恒主题的追寻,他同时也成了一个执着于历史探寻的作家。因为在他的作品中,"现实"和"历史"是没有界限的,他对永恒的讲述中同时充满了历史感,甚至"浓缩"而又真切的历史情境。在这方面,《活着》《许三观卖血记》都是成功的例证。而且在我的角度看来,一个秉持了良知与痛感的作家,不可能是一个回避历史的作家,细读余华,不难看出他的这一追求,正像他自己在

《活着·前言》里所说的,"我感到自己写下了高尚的作品"。缘何高尚?因为它在进入历史叙述的时候,体现了一个强有力的良知的意志。

一 两个时期作品的主要类型

如果仅从外部的形式特征看,余华的小说可以分为前后两个时期,尽管我不认为它们在实际上有什么差别。大致以1990年的《在细雨中呼喊》为界,80年代可以说是极力挑战叙述的复杂性,90年代则是极力挑战叙述的单纯性——当然,前期的复杂是包含着单纯的复杂,后期的单纯也是包含着复杂的单纯。前期的叙事更倾向于哲学和人性,后期的叙事则更倾向于历史和生存。这样说也是相对的,两个时期并非截然分开的。

先看早期。广义地来看,余华早期的许多小说,既是对"现实"的哲学分析,也是对"历史"的寓言叙述。最早的一篇作品,也是余华的成名作之一的《十八岁出门远行》(1987)便是例子。通常人们不会想到,这其实是一篇"历史叙事"的小说,但这篇作品的意义和深度,正在于其作为一个"历史寓言"的深刻。它其实是以一个少年的角度,对当代历史进行的追忆,书写了良知被出卖、被"教训",强盗畅行无阻的历史。简单地看,它可以视为是一个少年的成长历史——一次看似荒唐,实则是很具普遍性的"成人仪式",但更远一些看,它也是一代人共同的历史记忆。当少年搭上一辆远行的货车,他探询未知世界的人生之旅也就开始了;他忐忑不安,试图讨好那"司机",其实是表达他对"前途"的无知和担心;在车子抛锚之后,车上的水果被哄抢,这时作为车主的司机并没有上前制止,因为面对这样的行为,他是"成熟"的,他知道制止是没有用的,而少年却出于他的"幼稚",凭了简单的良知和本能的道德感,上前去阻止哄抢的人们,却被揍得鼻青脸肿,他遭到嘲笑,背包也被抢走了。这就是他"十八岁出门远行"所经历的第一课。十八岁,这是人成年的标志,少年将因为这一次教训而走向"成熟",进入"成人"行列。在这个小说中,余华用刻意简单的叙事,复活了人们记忆中相似的历史情境:受骗正是人生的开始,他将因此而成熟,开始地狱之旅。

我其实一直为余华的这篇小说所惊骇——"少年化的道德",这是我们中国人日常生活中的一个令人不可思议的现象:有许多"道德"似乎在未成年人中才是有必要的,在成年人那里则相反,他需要做的就是要学会放弃和践踏。我们的少年一直在受着"泛道德化"的教育,而当他们走上社会,这些教育却被证明是无效和幼稚的。

"抽象化"可见是余华对历史的描述中富有哲学意味的方法。

早期余华并不追求叙述中的时间长度和事件的具体性,但他却非常执着地追求对历史的理解深度。有时这种理解甚至还有了某种"理论"的趣味与色彩,《一九八六年》(1987)就是一个例子。这篇小说概括起来,其主旨讲的是"历史是如何被遗忘的"这样一个问题。一九八六,这个年份离一九六六刚好是二十年,二十年,在中国人的时间概念里,这恰好是一代人生长所经历的时间。在这个二十年里,中国人已经成功地完成了对历史的集体遗忘。余华试图在这个小说中揭示这个历史和心灵的秘密。多年前的"历史教师"被抓走,被误认为已经死了——事实上在现实中他也的确已经"死"了,他变成了一个"疯子",他多年前的妻子和女儿在"废品收购站"发现了他,但这刹那间的相逢,并没有最终使他们再次走到一起,因为他们之间已经分别构成了"历史"和"现实"的差别,妻子和女儿随着"历史"的脚步走到了"现实"之中,而他却永远地留在了昨天。在"历史教师"的个人记忆和历史记忆中,"历史"的核心结构就是"刑罚",余华用精神分裂症式的语言与叙述方式,描写了他令人发指的"刑罚幻想"与恐惧症。而这样一个人——也就是历史本身——正在为今天的生活所误读、遗忘、嘲笑和抛弃。

很明显,《一九八六年》所描写的不但是历史本身,而且还是对社会的"历史记忆"的某种研究,这几乎是"结构主义"的思想方法了。只是因为不得不需要"躲闪"什么,它才写得过于隐晦了些,致使解读它变成了一件艰难和痛苦的事。在另一篇《往事与刑罚》(1989)中,上述意念又获得了进一步的凸显,"历史—刑罚"的基本模型成为余华历史认知的核心。而且最令人不可思议的是,这篇小说不但追述了像《一九八六年》中的那种业已被遗忘的历史,而且还预见了令人震惊的"历史的循环"——后来发生的事情也被它说中了。它把历史抽象为了四个"时间的点":1958年1月9日,1967年12月1日,1960年8月7日,1971年9月20日。显然这四个时间是非常偶然和"个人化"的,它们并非某些重大事件发生的确切日期,但是又都隐含着某种典范的历史情境。在"刑罚专家"的描述中,上述几个日子分别对应着两种不同的情形。首先是四种酷刑:

车裂,"他将一九五八年一月九日撕得像冬天的雪片一样纷纷扬扬";

宫刑,"他割下了一九六七年十二月一日的两只沉甸甸的睾丸";

锯腰,"他用一把锈迹斑斑的钢锯,锯断了一九六〇年八月七日的腰";

活埋,这是他"最为难忘的","他在地上挖出一个大坑,将一九七一年九月二十日埋入土中,只露出脑袋,由于泥土的压迫,血液在体内蜂拥而上。然后刑罚专家敲破脑袋,一根血柱顷刻出现。一九七一年九月二十日的喷泉辉煌无比"。

这看起来是荒诞的,但余华正是一反把"历史"和"人"割裂开来的伪善做法,真正在这里"还原了历史","历史"因此不再是一个没有主体的空壳,而让我们想起血淋淋的"人"。历史是如何被遗忘的?余华事实上正是在这里回答了这个问题。中国人总是用抽象的名词,来做历史的替罪羊;长于用群体的概念,来取消个体在历史中的生命处境。余华在这里讨论的,正是历史的血迹是如何被涂改的这样一个问题。他设置了"陌生人"和"刑罚专家"两个人物,前者所代表的大约是人们对历史的某种尚存的理解,或者试图"回到历史"的探寻欲;而刑罚专家,则可能代表了"知识分子"对历史的一种研究和判断。当陌生人被一封电报要求"速回"(到历史之中)时,他只能够回到"烟"这样一个虚幻的地方,但刑罚专家已经在这里等候他了——某种意义上,"烟"是一个用"空间"来代替"时间"的隐喻。对于陌生人所能够努力回忆起来的四个时间点,刑罚专家做了两种解释,一是前面所说的四种残酷的刑罚,二则是四种"美景"——四个日期分别是"清晨第一颗露珠""云彩五彩缤纷""山中小路上的晚霞""深夜月光里两颗舞蹈的眼泪"。但这样的景色,只有当对陌生人施以"腰斩刑罚"的时候才会出现,这也就意味着:人们只有被阉割了他们的记忆和血肉之躯的时候,血淋淋的历史才会出现美丽的假象；或者也可以反过来：当历史被解释得灿若云霞的时候，也就意味着人们的身体和记忆已经完全地被阉割了。

接下来的叙述简直叫人难以置信，它几乎是预言了两三个月之后发生的重大事件，刑罚专家给所有的亲友赠送刑罚（叫他们为追寻历史真相而牺牲？），但真正当事件降临的时候，他又成了群众误解和"控诉"的对象，那时法官的宣判和士兵的枪支都对准了他，他慷慨激昂又屁滚尿流。最后，不知是出于勇敢还是怯懦，他自缢而死，并写下"我挽救了这个刑罚"的遗言。这意味着，他勉强地继承了某个士人或者知识分子的传统，"杀身成仁"，也终于为来者进入历史提供了一个"入口"。但即使这样，陌生人和他背后的人们是否就能够回到历史？这仍然是一个问号。

上述当然是历史的严峻的思考，但还有另一个余华——他不但在历史探求中贯穿了人文主义的思想，而且也更贯穿了存在主义的宿命理念。他的这种倾向同时还渗透着中国传统文化中的许多思想，比如他的《鲜血梅花》（1989）和《古典爱情》（1988），可以说与上述作品同样有"结构主义"的抽象意味，是对"历史"和"历史文本"的二重命题的探讨，但它们却更符合中国人传统的"历史无意识"，这些历史无意识通过典范的叙事活动，在一些叙述"模型"中被固定和沉淀下来。余华非常传神地"复活"了它们，并使之焕发出敏感的历史内涵。比如《鲜血梅花》对于"江湖恩仇"一类叙事的"戏仿"，懦弱书生阮海阔不愿继续他的父亲——一代武林宗师阮进武的打打杀杀的人生方式，他试图逃避这种永无止境的恩怨轮回的生活，但殊不知在这种冠冕堂皇的"复仇"名义下的杀来杀去，正是中国人无法摆脱的宿命逻辑。他的杀人无数的父亲又终被仇人所杀，母亲自焚，逼使他去江湖上寻找杀父仇人，可阮海阔却无法承担这一切，潜意识支配着他漫不经心无所事事地游荡着，故意逃避着那个为"道义"所驱遣的目的，他宁愿为江湖上偶然相逢的人打听事，也不情愿真的去找什么杀父仇人。但后来正是别人因为另外的恩仇纠葛，无意中代他杀掉了仇人，完成了复仇大业，了结了无止境的冤冤相报。所谓"无为而无不为"，正是阮海阔的"不为"而实现了"为"；反过来，尽管阮海阔逃避"为"，可他还是达到了"有为"——借刀杀了人。这是中国人的宿命哲学和种族无意识。

余华对历史的叙述，其实大致已经出现了一个结论，即他是有效地"压缩了长度"，但也同样有效地"加大了深度"。他不但探讨了历史本身，还探讨了我们对历史记忆与叙述的方式。这是早期余华业已达到的一个深度，但无可否认，这时余华的写作的哲学兴趣是远大于历史兴趣的，他的叙事中某些"历史的具体性"被有意无意地删除了。这还有一个例子，即是他的另一个奇怪的短篇《两个人的历史》（1989），这篇小说讲述了曾"青梅竹马"的两个人——谭博和兰花跨越了半个多世纪的个人历史。说它"奇怪",是因为它删除了所有外部的历史事件和背景,只用了约两千字的篇幅,就几乎写出了一部"巨著",它不著一字在"历史"上,却非常沧桑地折射了历史的巨变。五个小节里,余华用淡然的笔法勾画了五个场景:最初是30年代的儿时"尿床"经验的交流;然后是谭博投入到了进步历史的洪流中,而兰花却"沉淀"到了历史的边缘;从此谭博和历史一起浮沉来去,兰花却生儿育女,过着寻常人家的生活;她看到了谭博几次回家的场景:英气勃勃的文工团团长谭博、垂头丧气的反革命分子谭博、80年代离休回家的白发苍苍的谭博。中间几十年的分道扬镳天壤差别,现在重又被时间这个东西整合掉了。好像是用了几张褪色的旧照片,余华就完成了一段漫长历史的叙述。

这似乎为下面的余华的"转折"提供了一个铺垫。但我们还不能把问题说过头,余华还是余华,后期他的小说中历史"真切的情境感"显著地加强了,他强化了对历史的政治与生存层面的触及,但仍然保留了他的哲学追问的兴趣。

不少研究者把1991年的《在细雨中呼喊》看作是余华告别前期写作的一个转换点,我大致也同意这样一个看法。但从"历史叙述"的角度来看,这部可以称得上是"个人记忆档案"的作品中,恰恰比较彻底地删除了"历史"的情境——我不知道这是有意识还是无意识,余华在这个典范的"个人叙事"中,为什么刻意删除了历史环境对人的生活、命运与记忆的影响?作为60年代初出生的作家,其童年生活中毫无疑问地会充满外部历史暴力的痕迹,但在这部作品中,这些东西却都令人吃惊地变成了"存在的恍惚"——童年的余华所注意的,不是日常的现实本身的困扰,而是现实最血淋淋的结果——死亡所带来的惊恐和震撼,这部小说因此变成了一个敏感于死亡的存在追问。所以这里我不准备把它当作一个"历史叙事"的作品来看待——尽管它也在另一意义上记载了这个年代的历史。我要讲的,刚好是许多批评家在探讨"新历史小说"这类作品时都忽略了的另外两部长篇,《活着》(1992)和《许三观卖血记》(1995)。

显然,《活着》当中对生存与历史的严峻描写,是使得这部小说能够成为一个"高尚的作品"的根本原因。它写了一个人的一生,一个生活在中国乡村的农人"下地狱"的一生。这部小说采用令人吃惊的日常化的叙述,最简单和常识化的"自述"来进行讲述——以至于有的评论者把它看成是余华"转向了现实主义"写作的标志。但我却不这么看,我认为《活着》非但不是现实主义的写作,而且还是一个寓言写作的典范;它不但是"简化的寓言",而且还是"复杂的寓言"。因为无论是用政治、道德、历史、生存、哲学,任何一个单一的认识角度,都不足以概括它单纯背后的丰厚意蕴。它的确强调了对"特定历史"情境的凸显,但也因为对这历史的适度的删减,而使得"历史"本身的内涵具有了更"抽象的长度"和更概括的内涵。也就是说，无论是作为"受难"还是"赎罪"的主题，福贵的一生，都不只是触及了当代中国的历史，而是更抽象意义上的永恒的历史与生存；或者反过来说也一样——不只是哲学和宿命意义上的历史，也是特定的当代中国的历史和现实。从这个意义上来看，余华还是原来的余华。

不过，变化终究还是有的，在《活着》和《许三观卖血记》中出现了关于"炼钢"、"饥饿"还有"批斗会"等一类典型的"历史场景"的描写，甚至某种意义上"卖血"也是一个"历史上常见"的行为，它们使余华的历史叙事的另一端被具象化了，实现了与当代中国历史与现实的有效连接。这一点非常重要。它们对"底层人物"的命运的关注，强化了余华小说中的某种"历史的温情"，以及经过了"隐形处理"的人文主义内涵，而淡化了早期作品中那种"存在的残酷"以及"刻意张大"了的哲学气质。

有一点可以肯定，《活着》和《许三观卖血记》两部作品创造了当代小说中历史叙事的"另类"典范，它们用最简化的形式，表达了最丰富的历史内容和最富哲学意味的历史理念。这看起来似乎有悖于常理，但这正是余华的非比寻常之处。或许我的一个"很私人"的体验可以用来佐证这一点——我们一家三代都读了《许三观卖血记》，我十岁的女儿在暑假里读完了它，上小学三年级的她说没有任何障碍，而且觉得非常好玩，她看完这本小说，对"作文"有了信心；我的当过中学、小学教师、现退休在家的父亲母亲也同时读完了它，他们几乎是你拿起来我放下，抢着和交换着把它看完的——他们同时还读了《活着》，好些年中他们已唤不起读小说的兴趣了，而他们说，这两部小说是感人至深的，从中他们读出了那么逼真和亲近的记忆，吁叹不已；当然，我从中读到的要比他们多。可是我们一家三代可以在完全不同的经验层次中进入这两部作品，各自都没有障碍。即使是在最基本的层次上，它们也充满着魅力和感染力，这应该接近于一个奇迹。过去有人曾对"大众化"的典范作家赵树理的小说进行过细读研究，说他使用的汉字不超过四百个，我简单比较了一下，我相信余华的这两部小说所使用的汉字也不会超过这个数字。这当然也可能属于另外一个问题，但至少我们也可以思考：是什么原因使得余华如此"简单"的作品，产生了如此不可思议的"增值"，并吸引着如此多的可以是不同层次的读者？

二 "存在主义的历史主义"

如前所述，余华的历史叙事中具有一种特有的"抽象"性质，由于他对时间和具体的背景因素的抽离，使得原本属于"历史"范畴的东西，变成了普遍和永恒意义上的东西——成为哲学。所以这里首先要讨论的，是他的历史叙事中所包含的哲学内涵。

用什么来概括余华历史叙述中的哲学意识呢？美国人弗雷德里克·杰姆逊在他的《马克思主义与历史主义》一文中，曾专门论及一种黑格尔式的"目的论历史主义"之后的"存在主义历史主义"，我觉得我们倒可以拿来比附一下余华。杰姆逊用了非常复杂的概念来讨论这种历史观的内涵，如果断章取义，差不多是这样一个意思："存在历史主义并不涉及线状的、进化论的或本原的历史，而是标明超越历史事件的经验"。这实际是说，在存在历史主义者这里，"历史"的本体，不是过去人们幻想的那种超验的形而上学意义上的"历史本原"，而是人们关于历史的"经验"。而经验是哪里来的？"是现在的个人主体同过去的文化客体相遇时产生的"。[1]这符合人们对新历史主义的一种一般理解，即"历史是现在与过去的对话"。

但这样也似乎过于简单了些，我在这里所使用的"存在主义的历史主义"，毋宁说是"在历史叙事中所包含的存在主义思想"。因为某种程度上也可以说，余华是用他的存在主义的哲学

---

[1] 弗雷德里克·杰姆逊：《马克思主义与历史主义》，见张京媛主编《新历史主义与文学批评》，北京大学出版社1993年版，第27、30页。

来理解历史和进行叙述的——我相信这也应是新历史主义的应有之义。其具体的表现：第一，"历史"在余华这里是被质疑的。虽然不能说余华就是一个"历史的不可知论者"，但历史在他的叙述中从未成为"确定"的东西。"烟"与"雨"的模式，是他描述现实或者历史的常态。有一个时期，"烟"似乎成了他关于"记忆"和"历史"概念的一个符号，而且他刻意将其用作一个"小城"的名字，更使其叙事产生出如烟如梦的情境。历史源于记忆，而记忆是如此为经验和处境所左右，这在余华的《世事如烟》（1988）、《一九八六年》《往事与刑罚》《难逃劫数》（1988）、《此文献给少女杨柳》（1989）、《在细雨中呼喊》中，都有非常典型的表现。一切都是虚惘的，差不多完全存在于"被叙述"之中，而叙述和人的"记忆"一样是靠不住的。这是结构主义的思想，也是存在主义的理念。所以某种意义上，对历史的过分"清楚的叙述"反而是不真实的，因为它没有表现出历史本身的"歧路"的性质，它的多种可能性，每一单个的主体对历史的记忆都是不一样的，余华写出了历史中是单个人的处境，他们无法驾驭自己的命运，就像烟雨中的迷失者，他们迷失在命运和历史中，不知道自己的去向。他们甚至失去了自己的身份和名字——《世事如烟》中的人物被代之以数字符号，他们像飘在历史风洞中的一片树叶一样，只剩下了自己幽灵般单薄的影子。

而这正是"经验"本身的特性。经验是历史存在的唯一方式，就像单个的人是历史的唯一主体，舍此还有别的先验存在的历史和历史的主体吗？余华漫步在历史的河边，怀着他的冷酷和慈悲，用他的笔翻点着一个个溺毙在其中的灵魂，记录下他们的片段经历和只言片语的声音，并把这一切交给所谓的命运——他笔下的人物就像业已被射出的子弹那样，无可挽回地奔向生命的终点，《死亡叙述》（1988）的开车人"我"在途中所遇到和所做的一切，既是他自己的死亡本能和意志，同时也是冥冥中的命运之手的操纵；《世事如烟》中的司机与灰衣女人之间所发生的戏剧性的悲剧，正是人在本质上无比弱小的"经验"对命运的理解，对无可回避的历史之轮的碾压的承受。

但即使是在杰姆逊所说的"存在主义的历史主义"的意义上，余华的小说中也不乏典型的文本，《此文献给少女杨柳》中，就用寓言的方式表达了"历史嵌入到现实"中的理念。它就像几十年前埋下的那两颗一直没有爆炸，但又随时都可能爆炸的炸弹一样，对今天仍然有着不可思议的影响力。历史本身虽然已经消失得无影无踪，甚至现实都像小城的名字"烟"一样虚幻，但历史和现实之间的距离却又是如此接近。如同记忆本身会发生倒错一样，时间在这篇小说中，在人物的内心世界中是交叠和倒错着的。"炸弹"对今天的威胁，与其说是一种很具体的影响，还不如说是一种抽象的东西，它在一定程度上解释了历史的"因"与"果"之间的复杂而又宿命的关系，人们谈论所谓"历史"，究其实质是这样一种"谜"一般的蛊惑和恐惧心理的反应。

讲述历史与现实之间的关系的,《一九八六年》《往事与刑罚》都是很典型的例子。

似乎还有一段很重要的话,可以用来佐证余华与存在主义哲学家之间的某种契合,我不知道余华在说这话的时候是否读过了海德格尔,但他的这个关于"时间"概念的描述,同海德格尔之间似乎有着某种相通之处:

> 当我越来越接近三十岁的时候(这个年龄在老人的回顾里具有少年的形象,然而在于我却预示着与日俱增的回想),在我规范的日常生活里,每日都有多次的事与物触发我回首过去,而我过去的经验为这样的回想提供了足够事例。我开始意识到那些即将到来的事物,其实是为了打开我的过去之门。因此现实时间里的从过去走向将来便丧失了其内在的说服力。似乎可以这样认为,时间将来只是时间过去的表象。如果我此刻反过来认为时间过去只是时间将来的表象时,确立的可能同样存在。我完全有理由认为过去的经验是为将来的事物存的,因为过去的经验只有将来事物的指引才会出现新的意义。
>
> 拥有上述前提以后,我就开始面对现在了。事实上我们真正拥有的只有现在,过去和将来只是现在的两种表现形

式。我的所有创作都是针对现在成立的,虽然我叙述的所有事件都作为过去的状态出现,可是叙述进程只能在现在的层面上进行……①

其实所谓"现在"也可以理解为"对生命的关心",海德格尔在他的《存在与时间》中,曾详细论述过时间的三维性,即"将来""此在""曾在",基于人对生命的"关心"(因为每一个人都是"必死"的,在可以预见的将来),所以时间的基准成了"将来","现在"是已到来的未来,"过去"是经由过的未来。"回顾往事,对以往的事情负责,总认为生存还没有结束,往事是由明天的光线照亮的。"②余华在这段话里也同样阐述了他所理解的时间的三维,唯一不同的是余华的时间概念的核心是"现在",而海德格尔的时间核心则是未来,因为他还说过这样一句话——"存在是提前到来的死亡",是因为对"将来的死亡"的提前的恐惧与思考导致了人的"存在意识",这也可以看出中西方文化的一个微妙的差异——中国人是更注重历史的,余华也不例外,他的现实其实无一不是注释和隐射着历史。当然,余华的哲学倾向也使他有接近于西方哲人的一面,他前面也说了,

---

① 余华:《虚伪的作品》,见《上海文学》1989 年第 5 期。
② 陈嘉映:《海德格尔哲学概论》,生活·读书·新知三联书店 1995 年版,第 121 页。

"反过来认为时间过去只是时间将来的表象时,确立的可能同样存在"。

上面所引的第二段话,还可以用来印证所谓"现在与过去对话"的思想,它表明余华的历史叙事的态度,其实是一个存在主义和人文主义的结合体,它充满了对现实的关注与批判精神,我相信这正是余华的绝望和理性同在、生命关怀与历史批判同在的写作主题的哲学与认识基础。

如果说上述的分析同样很难避免一个"玄虚"而言不及义的困境的话,那么另一点则是清晰而确定的,这就是余华历史叙事中的"地狱—暴力"的模型,萨特的"他人即是地狱"的说法在他这里获得了印证。他在大量的作品中渲染了暴力的主题,并且阐释了暴力的来源,这除了传统文化本身的腐恶之外,还有人性的先验的恶。如果说《一九八六年》《往事与刑罚》讲述了这种暴力的历史传承,而《十八岁出门远行》是讲述了"普遍的恶与暴力"的话,那么《现实一种》则是从"现实"出发,解释了这历史的连续性和近在咫尺的普遍性。我认为这篇小说是余华前期在叙事上最妙的一篇作品,它当然是一个"现实的叙事",但我相信余华所说的"虚伪的作品"正是以这样的小说范例和在这样的意义上成立的。它看起来是"不可能"的,几乎可以肯定地说世界上不存在这样一个家庭的"现实",但它的叫人惊心动魄的叙述,却使人感到有另一种触及灵魂的震撼的"真实"——人性原本的残忍和自私。与其说它是发生在"现实"中的，还不如说它是发生在人的"潜意识"中的；与其说它是"真实"的，还不如说它是"可能"的。也正是这样的"虚伪的叙述"，才使其更具有了超越时空的弥漫性与穿透力。余华揭开了"家庭"蒙在人性之恶之上的面纱，强烈地表达了他对于人性恶的原发性以及无法救赎的本质的认识。

在《现实一种》中，时间因素和其他作品中一样都被余华抽掉了，但另一种时间——小说中源自人性恶的轮回残杀的"多米诺效应"，却也同样可以视为是对轮回的"历史游戏"的一种模拟。它"针对现在"，却"也可以作为过去的状态出现"——余华上面的话使我们有理由这样理解。

还有死亡的模式，余华是这样倾心和专注于死亡的描写，这使他和海德格尔的思想更接近。除《许三观卖血记》之外，他迄今几乎所有作品，都可以看作是对死亡主题的一种哲学追问。当然某种程度上对于《许三观卖血记》这样的作品来说，也可以做广义的理解，人的死亡并不是突然降临的，而是像水一样慢慢涨上来的，死亡就在人的身体里，早就开始了，许三观漫长的一生其实一直是靠着"透支生命"来维持着他的生存的，也就是说他的生恰恰映照了他的死，只不过这个过程更加漫长，展示也更为残酷罢了。看起来这部小说是有一点"温情"的，但其实余华所真正要表现的，却是人生和历史的无比残酷。《活着》也是这样，人物虽然"活着",但其实早已经死了,福贵的活着与其说是一种"幸存",不如说是对死亡的一种无尽的体味,是一种漫长的凌迟,是已死的人对于死亡的回忆。

与后期更加含蓄的死亡主题相比,早期作品中的死亡叙述是尖锐而裸露的,但除了《往事与刑罚》等少数的作品,这些死亡的描写并不直接触及"历史",而更多的是就生命、人性或者命运的意义上来写的。"个体的无助",类似海德格尔所说的"被抛掷"的命运,是余华所执意表现的。《死亡叙述》可以看作是这类作品的一个"哲学抽象",而《在细雨中呼喊》则是这样一种主题的"意象化","目睹和感受死亡"构成了余华对于人生与社会的认识的基本经验。某种意义上说,死亡体验的过度密集,使得"历史"的概念与意义接近于被删除的境地,所以哲学的稠密与历史的稀薄也就是在所难免的了。

三 两个特殊的历史文本

对余华来说,《活着》和《许三观卖血记》这两部作品的意义即使再强调也不过分。它们和余华早期那些作品形成了互相使彼此增值的反证,"繁难"和"平易",两种极限集中在一个人身上,它们各自也就有了不同凡响的意义。如果是仅仅写出了两者中的一种，那么余华就不会成为今天的余华，不会有如此大的张力和"自己证明自己"的能力。它们还表明，余华是一个勇敢的作家，他不但写出了"虚伪的作品"，而且写下了"高尚的作品"。所谓"高尚"我觉得首先是指它们的直面现实的秉笔直书，它们表明余华不但关注"作为哲学的历史"，也同样关注"作为政治的历史"与"作为生存的历史"。因为前者"深刻"但不一定"高尚"；后者却在"高尚"的同时也达到了"深刻"。这两部小说不再是在"符号"的意义上关注个体生命，而是在"血肉之躯"的个人的意义上来关注历史，它们真切地写出了个人在历史中的苦难处境与命运，怀有对最底层人物的深深的悲悯与认同。

先谈《活着》。

在它问世之初，远远没有现在这么多人对它持有如此高度的评价。人们是逐渐认识到了这部小说的魅力和价值，因为它简单的叙事外表下面，蕴含了多个不同的文本层次——它可以当作若干个不同性质的文本来解读。

首先，作为一个"历史叙事"，《活着》的意义在我看来首先是对曾经的"红色历史叙述"的一个反写，也即是"历史背面"的写作。如果说红色历史小说写的是"穷人的翻身"，它则是写"富人的败落"，这非常神合于中国传统的历史与美学理念；如果说前者仅仅是把富人简单地"妖魔化"了，而它则是将"人"

和"魔鬼"做了自然的天衣无缝的对接,被断裂的历史连成了一个轮回体,这也是中国人传统历史叙述的一般规律。即便从一般的历史伦理来看,毕竟他们都曾是一些活生生的躯体,即便在历史尘垢里的"罪人",他们曾经的生存也不应被完全忽略和遗忘。作为一种历史的探究和讲述,我以为《活着》的"发现"的意义正在这里。它用另一种方式"抚平"了革命叙事所恣意构造的种种神话,将被"断裂"的两段历史连接在了一起,也从人性和历史两个层面上还原了"人"的生存内涵:

很显然,第一段历史写了"财富与邪恶的关系",福贵青年时代的邪恶似乎有着"原发"的性质,富有使他长成了一个"恶少",这似乎和革命叙事有不谋而合之处。邪恶的消除源于财富的消失,但对福贵来说,他的财富的消失和"人性的复归"却不是由于"革命"的暴力剥夺,而是源于一个古老的"富贵无常"的逻辑——他是因为嫖赌成性而败了家——财富"循环"到了龙二家。福贵从天堂掉到地面,也使他人性中"恶魔"的一面失去了赖以支撑的条件,他也就回归到了常人的伦理。这是很有意思的,在这一叙述中,余华消除了革命叙事通过外部暴力消灭财富与罪恶的神话,也消除了对人性的阶级论解释,还原了人性论的历史原型,这样的历史原型在中国古代的白话小说中,显然是十分常见的。

"财富的原罪"曾是革命合法和充分的理由,但革命消灭了财富,却无法消灭罪恶。赌赢了福贵的龙二被枪毙——实际也是"救了福贵",但邪恶却并未从此消失。福贵原是邪恶的制造者,现在轮到他来受惩罚了,他的儿子有庆之死源于被"抽干了血",恰好表明了另一种权力带来的邪恶,它和多少次无谓的运动一样,把无数人推入了生存的深渊之中。坠入底层的福贵一点点被当代历史这把利刃"凌迟"——他所有的亲人和生存的希望,是一点点被剥夺净尽的,这其实已经不再仅仅是一种"宿命"意义上的赎罪,而是一种非常现实的褫夺。正是从这个意义上,《活着》写出了当代历史的另一面。

第二段历史如果仅仅作为"历史",似乎应该单独来看待,因为新中国成立以后的福贵其实已经完全没有原来那个恶少的影子,他早在败家之初就已经饱受了失去享乐、尊严、亲情和希望之苦,饱受了战争的恐惧、流离与劳作的辛苦,他已经和早年的生活旧账"两清了"。然而正是在这时候,真正的地狱才降临到他的头上。他是作为一个毫无抵御与反抗能力的弱者进入到当代历史之中的,这样,这个本来的被惩罚者和"必须赎罪"的人变得可怜起来,他几乎变成了底层农人在当代历史中所承受的苦难的一个化身。这一切在"命运"之外,我们可以看到一个非常现实的影子,即便在历史的最边缘处,饥饿、运动、权力和贫困也成为福贵厄运的众多导演者。"好人"福贵,或者普通的劳动者的福贵,边缘与深渊中的底层百姓的福贵,在这一步步下地狱的历史过程中,读者和余华一起开始怜悯起福贵来,差不多已经完全忘却了他早年的罪孽。唯一的不同在于脆弱的读者已经不忍心再看下去,而余华则要残忍地以极致的方式把这悲剧演到底。

但其实单纯看第二段历史,似乎又并不新鲜,似曾相识,因为在很多当代小说中这样的"伤痕"式的"诉苦叙述"已是屡见不鲜,但因为余华能够把它和前一段历史的叙述天衣无缝地连在一起,并对过分具体的当代历史背景进行了有效的"删减",从而奇迹般地成就了《活着》这部小说,使之由一个常见的普通的历史叙事变成了一个"哲学叙事",使之同时具有了历史和哲学的双重内涵。很明显,两段叙事和两段历史的结合,消除了由于"断裂"导致的历史的善与恶的阶级论内涵,历史呈现了它的古老逻辑——财富是轮回的,人性是随遇而变的,个人在强大的历史面前是无能为力的,生命虽然温馨而活着本身却是苦难的……轮回的哲学提升和纯化了的小说主题,历史使这些主题又充满了感人的悲剧力量。两者产生了相得益彰的效果。正像我们前面所说,《活着》在这个意义上也可以作为一个"哲学文本"来解读:作为哲学,《活着》就变成了这样一个寓言,福贵身上的道德的"阶级性"消失了,他的一生可以概括为一个"输"的过程——人生其实就是一场赌博,与生存的大悲剧、与注定要丧失的命运赌博。在这个意义上,人注定了是必"输"的一个赌徒,而《活着》就是要这个"赌徒"能够输到什么程度、输得有多惨的故事。福贵可以是一个范本。再者，人性中也有这种不可救药的东西，那就是一种"下地狱"的本能，或者"自毁的无意识"，福贵的一生实际上是一个无可挽回的下地狱的历程，少年之恶是这旅程的原动力，他理所当然地要从"天堂"坠到"平地"，再一步步跌入深渊之中，从富有和恣意妄为，到一贫如洗的布衣生涯，再到一点点失去一切的亲情、希望、活的支柱，到只剩下一个衰老的躯壳，生不如死，虽生犹死。这固然可以看成是人性之恶的一个必然结局，但其实从人生普遍的宿命意义上看，又何尝不是如此？从生气勃勃的年轻时代（好比富有的天堂），到渐渐疲惫灰暗的中年（好比不再富有的凡间），再到最终一无所有的衰老死亡的老年（好比阴森可怖的地狱），也是这样一个过程的比喻或者引申。《活着》之所以让不同层次的人感动，我想与它最大限度地契合了人的生命经验是有内在关系的。

　　当然，如果从"道德"的意义上看，这又是一个交叉巡回：身体的下降和灵魂的上升正好构成了一个对照，福贵从人生的天堂下到地狱，其实又是一个道德意义上的自我拯救，年轻时代的作威作福其实正意味着他灵魂在地狱中的挣扎；然后财富在一瞬间化为乌有，他的灵魂也从地狱中得以释放；等到他忍受了人世的一切苦难，失去了所有的时候，也意味着他的灵魂一步步升入了天堂。这个戏剧性的轮回，无疑增加了这个小说哲学，甚至

"宗教"或者"神学"的内蕴。

《活着》还可以作为一个"传统美学复活"的典范文本来解释，它讲述的是"往事"，"隔世的天堂"和"旧时的富贵"构成了"富贵"漫长的回忆，这正是中国人永恒的诗篇，习惯的"历史诗学"，就像《金瓶梅》《红楼梦》《水浒传》所讲述的一样，充满了盛极必衰、富贵无常、祸福相生、苦乐相倚的"循环论"的思想，所以，怀旧的类似感伤主义的那种沧桑的美感，以及在平静中体验"没有不散的筵席"的哀伤情调，以及恶少人物的底色、"完整的一生"这样的叙述线索，都使《活着》在某种程度上变成了一个非常"传统"的文本。尤其是其中的戏剧性的轮回——福贵的由"输"而"赢"，以及龙二的由"赢"而"输"，福贵曾重复给苦根讲述的由"鸡"变"牛"的故事，和他实际上是由"牛"变"鸡"的一生之间的戏剧性交错，都蕴含着深远和不无玄机的意趣。这都是典型的中国人古老的美学理念。

在《活着》简单的叙事外表下，隐含了如此丰富的意蕴，这的确有似一个奇迹。《许三观卖血记》也一样，它和《活着》的一个最明显的差别，是把叙事的内容故意地"喜剧化"了，这使它离"历史"稍远了些，离"现实"更近了些，叙事也更松弛，更富有"形式感"，也就是说，它在小说的形式探求与实验方面显得更加有创意和大胆。尽管风格完全不同，但在处理和叙述当代底层社会的历史方面，它们却有着异曲同工之妙。

与《活着》一样，《许三观卖血记》也同样接近一个当代底层社会人物的"个人历史档案"。余华删去了以往各种叙事中比较常见的那种"背景铺垫"，只留下了比较稀薄的"历史氛围"，从而给许三观辟出了一个置景简洁的活动舞台。所做的动作则大抵是重复的——不断地"卖血"，但每次卖血的原因却不同，让我们来看看这几次卖血的不同情形：

前几次都有点喜剧的性质——

第一次是出于好奇，不料得了许多钱，始料不及地娶了许玉兰；

第二次，为不是"亲生儿子"的一乐打破了方铁匠儿子的头，不得不卖血赔偿；

第三次，因为许玉兰不是"处女"的事情闹了出去，心理不平衡，就借口去看望摔断了腿在家养伤的林芬芳，并趁机占了她的便宜，然后又拿卖血赚来的钱去看她，结果被其丈夫发现后大闹。

这几次大概带了年轻时代的喜剧性的情境，但后几次就逐渐严峻起来——

第四次，在1960年的饥饿中，为了让全家人吃一顿饱饭，许三观去卖血；

第五次，一乐下乡后得了病，许三观担心他的身体，就又一次卖血，给他带了三十元钱；

第六次，二乐也下了乡，为了讨好二乐的生产队长，许三观卖血请他吃饭（这次他看见了靠卖血为生的根龙的死）；

第七次到第十一次，是为了治一乐的肝炎，先后在林浦、百里、松林、黄店、长宁五次卖血，其间几度昏厥，差一点丧命。但终于治好了一乐的病，许三观也活了下来——余华这一次没有延续他一贯残酷的笔法，相反倒颇具温情色彩地使这个家庭渡过了难关。

第十二次——也是最后一次卖血，是在许三观老了之后，六十多岁的他忽然想起他的一生中的许多关键时候，是靠了卖血才度过的，所以又一次来到医院，哪知早已物是人非，人家嫌许三观太老，根本不要他的血了。于是许三观知道自己老了，大大地悲吁感叹了一番。

我不知道"十二次"这样一个暗合了一年中的月份的数字，是否一个巧合，但从作品来看，这样一个数字正好恰如其分、繁简适度地概括了小人物许三观贫贱的一生。同时，这一重复的动作也戏剧化地抽象出当代中国历史的某种情境，它像一次次不断重叠的、密度越来越高的政治运动的发生频率一样。另外，"三"这个数字似乎也有着某种特殊的意义，许三观，一、二、三个"乐"，许三观动辄就提起的许玉兰与何小勇的事，还有许玉兰动不动就像祥林嫂一样上街哭诉的"我真是造了孽了……"，等等。它们共同构成了小说在叙事节奏上的某种"重复"的效应，这样一种节奏感在某种意义上既隐喻小市民生活的单调与近似，同时也隐含着对人生的速率的一种模拟：生命是加速走向衰老和死亡的，"卖血"频率的加快与人的生命节律的衰变过程是非常近似的，这样的一种看起来简单叙事节奏中，无疑蕴含了非常复杂幽深的生命经验，并辐射为一种苍凉的历史感。

"重复"的另一个意外的结果，造成了小说的非常强烈的"形式感"，这一点是《活着》中所没有的。从这个意义上说，《许三观卖血记》比《活着》更接近于一个纯粹的叙事实验，更接近于一个艺术品，更具有叙述的魅力——当然，在"感人"的程度上它要略低于前者。

但这样说并不意味着《许三观卖血记》是一个简单和单薄的作品，相反我们仍然可以看到其中多个重叠着的文本：首先，作为现实和政治，血是当代中国历史的基本隐喻方式，其中所包含的政治的敏感是显而易见的——只是这个问题被余华巧妙地"民间化"了，更丰富了。比如贫穷所滋生的以卖血为业的人群，是否暗喻着贫穷、愚昧同畸形的嗜血社会与生存的关系？这样的生存方式在任何一个社会、任何一种文化情境中几乎都是令人难以置信和不可思议的，它极致化地隐喻出当代中国底层社会人民的生存苦难，近乎"用透支生命来维持生存"的奇怪而不幸的逻辑。尤其是当余华刻意用了喜剧化的形式来书写这种不幸的时候，它所生发出来的深层意蕴就更为丰富。比如"饥饿"一节的描写，许三观不得不用卖血的方式来让全家人吃一顿饱饭，这有点近乎不可能，身体已衰弱到极点了还能卖血，从生理常识上就说不过去，但这却折射出了当代中国人所经历的生存苦难。这一节和许三观教孩子们"用嘴炒菜"一节，简直是堪称交相辉映的奇闻，虽然叫人有点忍俊不禁，但随后却有叫人灵魂战栗的震撼。这和许三观卖血时的那种"算账"的感受也是神合的：一下难以置信地得了那么多钱，只是身子有点软软的，"就像从女人身上下来"那种感觉，数钱的愉快加上平时难得一次的"二两黄酒、一盘熘肝尖"享受，简直是天上掉下来的好事。可是总有一天这样的"好事"就会变成近似传说的"故事"——身体的衰老和"败掉"仿佛是一夜之间的事。卖血的故事几乎是从哲学的高度上概括了贫困、愚昧与当代中国人生存状况之间互为因果的关系。

另外，《许三观卖血记》的形式感也使之成为一个"叙事美学的范本"。卖血的重复叙述构成了音乐的重复结构，如同余华自己所说的，"这本书其实是一首很长的民歌，它的节奏是回忆的速度，旋律温和地跳跃着，休止符被韵脚隐藏起来"。他还说，"这本书表达了作者对长度的迷恋，一条道路、一条河流、一条雨后彩虹、一个绵延不绝的回忆、一首有始无终的民歌、一个人的一生。这一切犹如盘起来的一捆绳子，被叙述慢慢拉出去，拉到了路的尽头"[①]。相信很多年后这本书会成为一个"叙述的减法"的例证，它有效地简化了一切可以省略的叙事因素，反而获得了始料不及的丰富的效果。也许某种意义上所谓"历史"在民间就是这样一种存在形式，它是通过"民歌式"的"记忆"方式留存下来的，这是对历史的有效的提炼——既保留了历史的血色，也成功地简化或"浓缩"了历史的记忆内容与方式。正像余华自己说的，"虚构的只是两个人的历史，而试图唤起的是更多人的记忆"[②]。

《许三观卖血记》中也有在局部非常具有某种历史启示性的描写，如在许玉兰充当"妓女"的问题上，其"莫须有"的逻辑是非常荒谬的，但却意味深长，它表明，虚构有时比真实更难以辨别，因为人们其实是宁愿相信虚构而不愿相信真实的：开始只是有人在写"大字报"时信口雌黄污蔑许玉兰"十五岁就做了妓女"，许三观对此到处辩解，说他和许玉兰的新婚之夜"流出来的血有这么多……"，而后他反问，"十五岁就做了妓女，新婚第一夜会见红吗？"然而接着就是批斗大会，许玉兰被带去"救急如救火"地充当了妓女，这就成了既成的事实，从此许玉兰做过"妓女"的这顶帽子就怎么也摘不掉了，许玉兰被反复地拉去充

[①] 余华：《许三观卖血记·中文版自序》，南海出版公司1998年版。
[②] 同上。

作妓女来供人们批判。许三观还被要求要在家里举行"家庭批判会",而在这里所谓"历史的真相的恢复"也是尴尬的——许玉兰和许三观不得不当着三个儿子的面坦白他们各自的一个"生活错误",许玉兰被何小勇占了便宜而怀上了一乐,许三观为了报复而去探视摔了腿的林芬芳并趁机也占了她的便宜……而且这些"隐私"或者"家丑"早已不是什么新闻,已经众所皆知了。类似这样的情节对当代历史的隐喻意义是非常大的。

第六章

苏童小说中的新历史主义意识

如果要比作品思想的深刻和尖锐，苏童显然要弱于余华，但苏童的意义就在于他特有的温和与感性，他的小说总是以思想的含蓄——在故事中完全的溶解、不露痕迹而见长。这看起来简单，但绝非易事。苏童总是从容不迫，能够把故事讲得温婉凄迷，充满诗意，有一种近乎天然的苍茫和接近幻境的存在体验。苏童还是真正的中短篇小说的大家，他的这类作品不但在规模上几无人可比，而且在艺术上也形成了自己独到的风格。如果不考虑其他，单就中短篇小说的成就来讲，苏童在当代作家中差不多是无人可比的。

而且，在所有先锋小说作家中，要数"历史叙事"的数量和在此方面表现出最浓厚兴趣的，无疑也要首推苏童。尤其是，苏童还是这些作家中最具有"传统"倾向的一位，他的小说无论在取材，还是在意境与美学情趣方面，都与中国传统小说有特别接近的一面。这就比较奇怪，为什么他如此地接近传统，同时又具备了"新历史主义"的倾向或性质。这里有两方面的问题：一方面，前面说了，中国的传统历史叙事中其实就包含了与西方"新历史主义"理念相通的因素；另一方面，"传统的神髓"也使他对历史的叙述"元素化"了——把历史抽象为某种文化结构，这也是新历史主义的应有之义，而苏童正是最擅长这一点的。

一　苏童新历史叙事的范围

"广义"地看，苏童迄今为止有一半以上的小说，似乎都可以划归到"历史叙事"中。这其中当然有时间的"远"和"近"的差别。有一些是比较"遥远"的，比如他最早期的"枫杨树故乡"系列，在 80 年代和 90 年代之交写得比较集中的"近世新历史小说"，还有在 90 年代初期比较带有实验色彩"纯虚构"的历史小说，等等。这些都是时间上比较遥远的，作为"过去时态"的历史叙事也比较典范。而另一些就稍近些，多是讲述六七十年代发生在南方城镇，或者城乡接合部地带的故事，比如"香椿树街"系列，就较难给予确切界定。

"枫杨树故乡"系列是苏童 80 年代中后期初出茅庐时的作品，它们似乎可以看出从"寻根小说"脱胎而来的痕迹——从韩少功、贾平凹、李杭育们的"湘西""商州""葛川江",到莫言的"高密东北乡",确切的地理概念变成了比较虚拟的地理概念。虽然"高密东北乡"是存在的,但它在莫言的小说世界里却变成了"红高粱大地"的一个比喻,它本身有了某种虚构性。再到苏童的"枫杨树故乡",地理意义上的空间概念则已经完全被虚拟的空间概念代替了。"枫杨树故乡"已经完全变成了一个符号,一个关于遥远的乡村及其历史的空间代码,是"对福克纳的'约克纳帕塔法'县的东施效颦"。苏童并非生长于乡村,所以他所写的乡村生活,实际上是根据他对历史的某种认识虚构出来的,是他自己所说的"精神的还乡",是用他自己的方法拾起的"已成碎片的历史"[①]。这类作品中比较典型的有《罂粟之家》《1934年的逃亡》《飞越我的枫杨树故乡》《十九间房》等。其中除后者之外差不多都是发表于1988年之前。另外苏童迄今最有代表性的长篇《米》中的主要人物五龙也来自"枫杨树故乡"。

总体上看,"枫杨树故乡"系列有对农业社会的内部结构和历史进行某些探求的意图,农业生存中人性的弱点和卑劣,文化的腐朽与轮回等认识,在这些小说中有比较拥挤的表现。

第二类是"近世新历史小说"。这是我给苏童写得最成功的一类新历史小说专门取的一个名称。因为它们没有特别设定的

[①] 苏童:《苏童文集·世界两侧·自序》,江苏文艺出版社1993年版。

"地域"特征,而时间背景多为近代或者20世纪上半叶,事件和人物纯属虚构,没有任何真实事件或背景为依托,但对历史总体的环境还是有在"神韵"意义上的把握,所以似乎也可以称其为"历史情境小说"。这类小说大概是苏童写得最好的新历史主义的作品,具有"文化冥想"的性质,形式感也很强,最典型的例子是《妻妾成群》《红粉》《妇女生活》等,严格意义上,《米》也属于此列。

第三类是带有"实验倾向"的"暴露虚构"的新历史主义小说,有一个特例就是长篇《我的帝王生涯》,这部小说赶在1992年历史小说非常热闹的时候,所以也就格外像一个"先锋新历史主义"的叙事。其中时间、地点、国家、国王、事件等都证实叙述者是在"编造",但它却用"寓言"的方式讲述了某种反复出现的历史情境、某种悲剧的循环。就这一点来说,它的确比任何当代历史小说都更具有典型的"新"意,因为它除了无可争议地属于"历史叙事",而且还是一个特别具有神思妙想的立意,从手法上它还使用了自曝其虚构性质的方法。不过在我看来,这部小说除了前半部分写得还不错以外,整体上则因为结构与故事发展的潦草随意而大打折扣,殊为可惜。就其写作的初衷与构思看,它本可以通过巧妙的故事,在对中国传统的专制社会的"结构性因素"的分析描写上,完成一个前所未有的集中概括,然而在有了一个不错的开头之后,后面的叙述很快就显得粗枝大叶和气力不加,在其内在意蕴上也陷于飘忽和失散。或许苏童是出于某种不得已,一种刻意的回避和闪烁其词,但作为成熟的作家,他本应写得更好、更具有历史的真实感和批判力。

要提到的还有另一部历史小说《武则天》(又名《紫檀木球》),但它已从新历史主义的写作上"退"了回去,除了在人物心理刻画和情节的绵延上很见功夫以外,它基本上可以说是"背叛"了苏童自己的写作,变成了一个"不出史料典籍半步"的、"中规中矩的历史小说"。①当然所谓引经据典也只是对其中的重要事件的处理上,不可能有一部曾经深入过武则天的内心世界的"历史",而苏童是长于心理描写的,尤其是女性的心理,那些关于武氏内心隐秘的活动,当然一概是出于苏童的虚构。从客观的意义上说,《武则天》仍然可以看作是一个"新历史主义的"叙事,因为它所表述的历史非常个人化和心灵化。但对历史史籍的依赖,对于苏童来说则是无有先例的,这是一个微妙的变化,它表明苏童的写作正离中国传统的"消费性"的"演义"历史叙事越来越近,而离当代性的先锋新历史叙事越来越远。后来的事实也表明,苏童和格非、北村、赵玫、须兰等人陆续在几年里发表的关于武则天的同题小说,曾经是一个没有成功的脚本竞卖活动,他们共同导演了新历史叙事向着商业化消费型的历史叙

---

① 苏童:《苏童文集·后宫·自序》,江苏文艺出版社 1994 年版。

事的蜕变。在此后的先锋小说阵营中，关于历史叙述的热度明显地降低了。

在上述几类之外的是"香椿树街"系列。这类小说的数量最多，在苏童的小说中也许要占到两三成。给其一个"历史叙事"的定义似乎较难，因为它们更多的是介于"现实"和"历史"之间的，大都写的是苏童童年或少年时期的生活经验。这个时代离"当代"虽然很近，但当代历史的不无"断裂"色彩的重大变化，也使这一时期明显地带上了"逝去时代"的沧桑色调，如同褪色的旧相片，它们打上了虽近犹远的历史旧痕。而且，从另一个方面看，苏童的这些小说也可以看作是对这个"红色历史时代"的意识形态的一种"剥离"式的描写，也许是和它们的"儿童视角"有关系，它们反而与这个年代的政治距离遥远，具有浓厚的城市民间的气息。这也构成了对主流历史的一种改写。在这个意义上，它们也可以称得上是一种新的历史叙事了。

"香椿树街"可能不会像"枫杨树故乡"那样属于子虚乌有，它像是某一南方城镇上的一条普通的小街，一个小小的市民社会。但它已像沈从文的"湘西"、莫言的"高密东北乡"一样，成了一个寓言的世界，一个空间和年代的标记。从《桑园留念》（1984）开始，到80年代后期的《南方的堕落》，到90年代初的《刺青时代》和稍后的长篇《城北地带》，苏童以这个名字为对象的写作差不多持续了十年。苏童自称这是他的"自珍自爱之作,因为它们引起了他"美好的怀旧之感","如此创作使我津津有味并且心满意足"。它们像是一些连续的断片,一个主题音乐的不断变奏和展开,许多人物在不同的作品中重复出现,像小拐、红旗、王德基、天平、朵红,等等;它们集合了"香椿树街"的各色人物,小市民、儿童帮会、市井街痞、风流女孩,等等;串联了那些日常而又稀奇古怪的事件和景致,"一群处于青春发育期的南方少年,不安定的情感因素,突然降临于黑暗街头的血腥气味,一些在潮湿的空气中发芽溃烂的年轻生命,一些徘徊在青石板路上的扭曲的灵魂……"[1]它那泥泞的街道、常常阴郁的天气、邻里间的争吵、化工厂的烟雾、不断爆出的奇闻、成人间的偷鸡摸狗、少男少女之间演绎出的悲欢离合、闾里街巷的流言蜚语、护城河上常常漂起的浮尸……所有这些,构成了一个城市边缘地带的特有景观。

  这是非常值得重视的景观,在当代的作家中,其实还没有哪一个能够像苏童这样,如此丰富地书写出一个城镇生活的风俗图画。某种意义上,它们是60年代出生的一代人的特有的历史记忆,我相信在将来的时间里人们还会因此而记起苏童,他走出了此前两代作家(汪曾祺和陆文夫、邓友梅等风俗文化小说作家与韩少功、贾平凹、郑义、阿城等寻根作家)都曾热衷的过去年代

---

[1] 苏童:《苏童文集·少年血·自序》,江苏文艺出版社1993年版。

风俗的想象与描写，他们虽然对乡村风情、板块文化、久远年代中的古老风习都有过精彩描绘，但对当代的城镇生活的细部却总是予以回避，当代的其他作家也予以回避。这究竟是何原因呢？我想除了对政治的某种不得已的回避之外，恐怕主要还是生活与"可转化的写作资源"的缺少，因为这个年代给人留下来的印象主要是50年代以前出生的人们所"给定"的，他们"生逢其时"地投身主流政治运动之中，当然就忽视了这个年代的边缘性文化与生活景观，而60年代出生的人则注定要被这个时代的主流文化所忽略，因此他们就命定地成了这个时代"民间"和"边缘"的部分，这个年代的政治对他们来说，只不过是一场庄严名义之下的儿童游戏而已。苏童正是因此而剥去了它的政治色调，还原其以灰色的小市民的生活场景。同时，少年的感受与经验方式，使他将意识形态的东西简化成了儿童的游戏和狂欢。从这个意义上，苏童应当说是60年代人的一个"感官"，一个出色的代言者。同时，这也注定了他不无悲凉与沧桑的，同时也是"苍老"和诗意的笔法与风格，因为当他真正将当代中国的城镇社会还原到一种日常和民间的生活与叙事形态时，他的叙事便生发出特别悠远和真切的历史意蕴，以及纯粹、感伤、凄美和苍凉的美感色调。

二 由"性"和欲望驱动的历史

如果说在莫言早期的小说如《红高粱家族》中，人类学的历史叙事已经构成了对主流的道德历史叙事的瓦解，构成了对社会学与政治意识形态的历史叙事的反动，那么在苏童的小说中，"人类学"更进而"蜕变"成了"性学"，他的历史叙事更进而变成了"性"与欲望书写的历史，因而也就更"边缘化"了。这是他的"历史主义"之"新"的一个体现。他要尽可能地恢复历史本来的混沌状态，实现历史叙事的"中性化"和"民间化"，但从另一个方面看，这也可以视为当代新历史主义叙事的"人文"内涵的另一表现。

这典型地表现在苏童的成名作之一《罂粟之家》中，原来的主流历史叙事中关于农业社会的种种模式——阶级对立的模型、血缘遗传的模型、善恶分明的格局，还有时间是"进步"的规律，等等，都被另一种"纯粹作为生存的历史"化解了。其中还不只是"人类学"的思想，苏童对历史的构造简直充满了恶意的颠覆欲望——他用了"性学化"的视角来解释历史，将地主刘老侠家的家族世系图表，画成了"一个女人的生殖器"的样子。这里显然既有严肃的含义，又有诙谐和颓败的意味：从严肃的意义上说，历史是"阴性"的和民间的，是生命的循环和连续体，是一个"被生产"的过程；从诙谐的意义上看，所谓历史不过是个隐藏于暗处的东西，说它是娼妓或者藏污纳垢之物也不过分。在这样的理念下，苏童写了一个农业社会的历史轮回：首先是刘家的衰败，衰败的原因无非是一些自古而然和习以为常的道理。地主刘老太爷的两个儿子中一个是"败家子"，一个是"守财奴"，败家子刘老信弄来一个妓女翠花花，把她给了老太爷，这已然是"乱伦"之举；然后刘老侠又弑父谋兄，娶了翠花花做姨太，这一次是乱伦又加了弑父；再后来是刘老侠遭受了报应，翠花花与刘家的长工陈茂私通，生下了名义上为刘老侠的、实际则为陈茂的儿子的刘沉草——这里所谓"地主"和"长工"之间原来泾渭分明的对立阵营就瓦解了，某种程度上还暗中实现了一种"偷换"；刘老侠的亲生儿子演义是一个白痴，这样他的家业就已经注定是由沉草来继承，中途被迫辍学的沉草在家中百无聊赖，与演义发生纠纷并失手杀了他。这时解放军土改工作队来了，陈茂摇身一变成了农会主席。他发动召开了斗争刘老侠的大会，但刘家老少都不把他放在眼里，翠花花还借她与陈茂的通奸关系搅了斗争会，羞辱了陈茂。陈茂恼羞成怒，便强奸了刘老侠的女儿——沉草名义上的姐姐刘素子（这也近乎一次乱伦），沉草愤怒地杀了陈茂（这也是一次"弑父"），愤怒之余还朝陈茂的下身开了一枪（这甚至隐含了"阉割父亲"的潜意识）；最后工作队长庐方枪毙了沉草，一个"罂粟之家"从此就消亡了。

这是苏童对农业社会里生存真相的一种相当"概念化"的理

解,他所想象的农业社会的历史充满了弑父、通奸与乱伦的罪恶,"罂粟"这种事物开好看的花和结有毒的果,就是这样一个社会的隐喻。而这样的生存现实并不像以往的历史叙事所告诉我们的那样,是以"阶级对立"的形式展开的,相反倒是充满了交错与轮回的古老逻辑。陈茂所理解的"革命"和阿Q相比也可以说是如出一辙。显然《罂粟之家》试图从两个方面来消除红色历史叙事对历史本相的某种修改——它既使用了人类学、生物学观念和弗洛伊德的精神分析学等"现代"的思想来重新解读历史,同时又使用了中国人传统的宿命与轮回的历史观。在前者的意义上,他也许只是承接了莫言的《红高粱家族》一类作品;但在后者的意义上,他却充满了独创的精神——苏童的小说可以说是在一定程度上恢复了中国传统的历史与美学观念,这是属于他的独特的贡献。基于此,这篇小说的内在理念的确是显得过分稠密和拥挤了些。似乎还没有完全"化开"。

《红粉》是另一个例子。如果说《罂粟之家》一类作品由于观念的拥挤,还显得不那么灵通的话,《红粉》则称得上是简洁而精巧并富有戏剧性的活力了。简单地说,这个小说也许可以叫作"一个男人与两个女人的悲欢离合",或者更直接和"底线"些,是"一个嫖客和两个妓女的恩恩怨怨"。在以往的此类叙事中,都曾强调革命或者拯救的主题,革命拯救了"阶级姐妹",代替她们报了深仇大恨,而《红粉》中则根本不存在这样的概念,"革命"并没有体现翠云坊的两个妓女——秋仪与小萼的个人利益与意志,相反倒是中断甚至是"毁了"她们两个的生计。在被押送至改造工厂的途中,秋仪跳车逃跑了。她试图找回过去的生活,但妓院已被关闭。她只好来找以前的相好——她和小萼共同的嫖客老浦。老浦是个软弱而没什么城府的富家子弟,如果不是母亲坚决反对,老浦会收留她一直住下去。但由于他母亲的态度,秋仪只好出家做了尼姑。一年后小萼"改造"结束,被分配至一个工厂做"涮瓶子"的工人,她觉得没意思,就来找老浦,老浦只好收留了她并不得不与母亲决裂。老浦最终娶了小萼,但小萼旧习难改,不仅铺张奢侈,还不安分守己。这时老浦只好借他在银行做职员的便利贪污公款,以满足小萼的贪欲,最后东窗事发,老浦被判了死刑。小萼把他们的孩子交给了秋仪,自己一个人只身去了北方。这个小说在叙事的笔法上几乎完全回到了中国古典白话小说的叙事与美学传统,对一段历史的描述完全民间化了,其中原来为主流叙事打上的那些阶级论和道德论的印记,在这里全然不见了,有的只是男人与女人之间的恩恩怨怨,两个女人之间的友情与是是非非,秋仪与小萼既相依为命,又不无忌妒,她们既无所谓善恶也无所谓好坏,她们有着女人常见的弱点,既率真美丽又轻薄卑贱……某种意义上,她们复活了中国传统小说中的那些故事模型,恩怨纠葛、爱恨情仇,这是自古以来的生存本相,完全民间化的人生观念与价值尺度。

显然,以往"一个时代结束了"的概念,在这个小说中似乎根本没有带来令人兴奋的变化,时间的"前进"与主人公的生活信念恰恰是相悖的,这带来了悲剧——个人在与历史(时间的前进)之间的冲突中陷于失败和逃亡。显然,苏童小说的历史美学与当代的主流历史叙事的美学相比,所依据的反而是回到了中国传统的时间概念与时间修辞,小说里的人物固执地生活在旧的道德世界中,革命对道德的新解释,与她们所持的旧思想之间,根本无法对话——形象一点说,她们从未认为她们与嫖客之间的关系是"阶级对立"的关系。正是"时间是进步的"这样一种解释毁了她们,因为她们本来只是生存在"永恒的轮回"中。是历史的"断裂的概念",使她们跌入了深渊般的裂隙之中。

另一方面,叙事的还原还导致了美学与意境的复辟。《红粉》比《罂粟之家》在某种程度上更接近中国传统的叙事方式,也更纯粹,所以其传统神韵——感伤的、沧桑的和略带颓败意味的历史感喟与美感倾向也更明显。这也是其试图从根本上消弭红色历史美学的一个努力的体现。

上述"历史理念"可能不无"陈旧"的色彩,但"新"与"更旧"其实也许是只有一步之遥的,甚至它们就是同一个东西。我也正是在这样的意义上来解释"新历史主义"理念中所包含的传统因素的。苏童热衷于写历史题材和历史空间的叙事,但他却常常刻意把"时间"抽空了,时间的消失使得"历史"往往只剩下了"情境"和"色调",其特定的具体性就消失了。换言之,苏童笔下的历史可能已经变成了作为"元素的历史",变成了某种文化的结构。这和余华早期的历史叙事确实有一致之处,它们都有很强的"结构主义"色彩,也都非常注重发掘历史中的人性内涵——人性的弱点、人性之恶。但不同的是,余华更多的是把历史抽象为"存在",而苏童则更侧重于把历史抽象为"情境",一个是"历史的骨头",一个则是"历史的幽灵"。但苏童有一个特殊的能力,那就是他往往能够将历史写成近在眼前的影像,写出"历史上常见的那样"(《妻妾成群》中语)鲜活的事件与逼真的景象。

《妻妾成群》也许是这样一个最好的例证。把这个小说看成一个"结构主义"的东西未免是过于刻板的,其实这个小说的故事本身,就是把一个传统社会中的家庭结构与婚姻制度变成了一个形象的结构——一个男人和他的几个女人之间的戏剧性的故事,这本身既是一个小说的巧妙的叙事结构,同时也是男权社会的一个缩影,因为男权和政治权力历来其实都是一个东西。在这样一个结构中,女性已经注定被置于一个悲剧性的命运——她们不但要忍受男人和男权的歧视和虐待,还要互相虐待和"竞争",以期求得"坐稳奴隶"的地位。这几乎就是一个鲁迅式的"启蒙主义的历史叙事"了,但还不一样,苏童没有对人性的弱点予以原谅,即使对于"被压迫者"也一样。包括颂莲自己在内，她既是一个被损害者，同时也损害别人，她几乎就是丫鬟雁儿之死的导演者。卓云固然可恶，但站在她的利益上看，她其实也有她的理由。深宅大院，封闭的围墙，等级制与夫权制的婚姻，这样一个结构注定了这种互相残杀和损害的生存方式。显然，陈家大院是以一个"细胞"或者元素的形式复活了中国传统社会的一个情境，所谓见微知著，这样一个细胞中即可看见沉淀的整个中国传统社会的全部要素。

女主人公颂莲的处境其实与《红楼梦》中的林黛玉何其相似，她父母双亡，家道中缀，被迫嫁到陈家大院，她虽然年轻漂亮，但少不更事，更兼家遭不幸，难免心境灰暗，处事敏感。自我的压抑和环境的阴郁险恶，对她构成了双重的折磨，潜意识中的反抗又给她造成了强烈的犯罪欲与原罪感。从这个多愁善感的女性身上，我们也可以依稀看出中国传统美学对苏童的影响。这可能是在"无意识"的层面上发生的，但却在神韵上有如此贴近的妙合。

还有另一个对照的角度，即颂莲与《青春之歌》中的林道静之间的可比性，我想这也应该是一个巧合——就出身和环境来讲，颂莲和林道静之间简直没有任何差别：相似的年龄，几乎完全一样的家庭背景；都是失去了家庭的保护，不得不中辍学业；都是被继母安排了出路，不是嫁人就是下学做工。但选择却截然不同，林道静选择的是出走，追寻自由和投奔革命，而颂莲选择的则是嫁人,甚至是做妾。为什么会有如此的不同?就受教育的程度来讲,颂莲甚至超过了林道静,她是上了一年大学,而林道静是刚刚考取了大学,还没有来得及上,如果有所谓"新思潮"的影响的话,显然颂莲更应该接近于成为一个"新女性",但她却毫不犹豫地选择了一个"红颜薄命"的古老逻辑,人性的软弱与好逸恶劳的一面害了她。显然,是两个时代的两个不同观念的作者"安排"了她们不同的命运,是杨沫和苏童不同的历史与美学观念,导致了这两个人物人生选择的巨大差异。

历史的氛围和逻辑在《妻妾成群》中,差不多是"自动呈现"的,这说明中国人古老的"历史无意识"正在悄悄恢复,它包括了时间观、价值观、人生观和美学观。所有中国传统的东西如同幽灵一样从历史的深处悄然出现,为什么会有如此自然和"自动"的效果?这显然还是源于那个"结构",那个"像历史上常见的那样"的"妻妾成群"的叙事结构。这是文化和历史无意识的产物,是属于"种族记忆"范畴的东西,它了无痕迹地驱动着小说叙事的展开,因此某种意义上,这样的故事是在"自动叙事"中展开的,它的戏剧性的叙述动力来源于其中的环境与人物关系,几乎是天然的,它和《金瓶梅》《红楼梦》以及许多的古典白话小说的叙事结构之间,实在已看不出有任何的差别,差不多也达到了一种天衣无缝的程度,称得上是传统历史或者中国美学的经典之作。

与此相映成趣的例子还有《十九间房》，它表现了苏童对历史另一种人性图解，它表明，人性是历史最原始的元素，是人性的弱点与恶谱写了历史。在强权面前，人的奴性的表露是多么自然。土匪头子金豹一边奸宿其喽啰春麦的妻子，一边令春麦为其倒屎尿盆，春麦只有吞声服从。当其嫂子水枝激骂他窝囊时，他才气冲冲地拿刀冲进了屋子，可当他举起刀砍下来的时候，却只是砍掉了他自己老婆的胳臂。这是人性的耻辱，苏童对人性的这样深入骨髓的认识不能不让人惊心：其实强盗、强权和专制是怎样形成的？概源于人性中不可救药的懦弱与屈从的本性。这可能是苏童对中国的历史另一种认识——源于"性恶论"的生存者的搏杀，淡化甚至消解了道德化的历史叙事，将历史还原为生存，即"作为生存（竞争）的历史"，这可能是苏童的新历史主义意识的又一个方面。

也许和人类学的历史概念不无关系，苏童常常从"动物学"的角度来看待人性的丑恶和懦弱，由此他对历史的理解就变得非常边缘化，苏童剥掉了原先宗法社会中一切温情脉脉的东西，展现了历史赤裸裸的一面，是人的求生的本能和欲望书写了肮脏和血色的历史，其中无所谓善恶，也无所谓美丑，这就是《米》的基本理念。有人把《米》界定为"农业社会的故事"其实是望文生义，《米》所表现的是一部"求生"的历史，其中农民和城镇小人物、盗匪、黑幕帮会、女人甚至孩子，都出于同样的生存本能，彼此之间没有什么差异，在苏童的眼里，他们都是一群为本能和欲望驱动的生物，某种意义上人类社会的沧桑变迁刀光剑影的一切历史印痕，都是由这自然人性与欲望本能所书写的。在"反道德历史叙事"方面，可以看出苏童已走得更远，在莫言的《红高粱家族》中似乎还保留了一丝经过美化了的"英雄豪气"或"天地正气"，而在苏童这里，剩下的几乎就只有恶狠狠和阴沉沉的仇恨与杀气了。不知道这里有没有"巧合"，其实"红高粱"也是"米"，它们似乎都可以构成"生存的历史"这样一个核心的内涵，都可以确立一个历史叙事的主题，可在莫言的笔下，这"红高粱"伴着匪气，但却也连着浪漫的酒神；而在苏童的笔下，这"米"所延伸出的就只有动物般的饥饿恐惧以及一步步升级的财与色的贪欲了。

苏童把历史还原为某种"结构"的能力可见是很强的，漫长的历史被他"压缩"或"浓缩"之后，往往就变成了一个类似西方学者所说的那种"共时性的历史文本"——时间的暧昧不明，恰好起到了"普遍历史描述"的效果，这也很类似于苏童自己所说的"勾兑的历史"。苏童说，"我随意搭建的宫廷，是我按自己的方式勾兑的历史故事，年代总是处于不详状态，人物似真似幻……我常常为人生无常历史无情所惊慑……人与历史的距离亦近亦远，我看历史是墙外笙歌雨夜惊梦，历史看我或许就是井底之蛙了。什么是真的，什么是假的呢？"[1]可见历史的"客观真实性"在苏童这里是被质疑的，它们只是这样几种"历史要素"的相加：个人的历史理念、关于历史的知识、对某些历史结构或者元素的提取，再加上叙述的绵延……就成为"历史"。这有点像余华说的那种"虚伪的作品"，不过这"虚伪"不等于"虚假"，而是通向另一种真实意义上的"历史寓言"。这符合先锋小说家的新历史叙事的共同特点，就像在《罂粟之家》中他给地主刘老侠的儿子所起的名字"演义"一样，他的小说是按照个人的历史理念来"演绎"的。只不过有时这种演绎是非常真实的，如《米》，有时则显得苍白，尤其是当他被某些"真实"的史料所拘泥的时候，如《我的帝王生涯》。

三 作为新历史叙事的《米》

最典型和最具寓言性的新历史主义小说，是苏童的两部长篇小说《米》和《我的帝王生涯》。从"方法"的意义上讲，《我的帝王生涯》是最典型的，它完全"虚拟化"的叙事角度与叙述方式，使"历史"完全被"形式化"和"结构化"了，这几乎是从

---

[1] 苏童:《苏童文集·后宫·自序》，江苏文艺出版社1994年版。

"理论"的方向和层面上，佐证和解释了新历史叙事的一些方法和特征。但如前所说，这部小说由于后半部分的过分游走和随意的处理，其思想与艺术价值不免大打折扣。相比之下，《米》就成了苏童迄今最好的一部长篇，而且我认为它也可以称得上是新历史主义小说的代表作之一。

首先，《米》在将历史分解为生存、文化和人性内容方面是非常成功的。几年前我曾在阐释这部作品的意蕴时说，它"是对种族历史中全部生存内涵的追根刨底的思索和表现，在这个农业民族所有的情感、观念和欲望中，'米'（食）乃是根之所在，五龙的苟活、发迹、情欲、败落和死亡，无一不与米联在一起，米是五龙也是整个种族永恒的情结；米构成了种族生存的全部背景、原因、内涵和价值；米，永恒的生存之梦和生存之谜"。[①]它异常细腻和感性地解释了种族文化心理与生存方式的互为因果的关系，并把北方和南方、农人和城镇、市面与黑道、男人和女人种种生存景象连接在一起，复活了一幅幅生动的历史图画。弱肉强食，冤冤相报，悲欢离合，盛极必衰……它的叙事中氤氲着一个古老的文化模态，一种久远又让人熟识的色调，一种种族历史所特有的情境和氛围，同时，它还有与中国传统的世情小说特别类似的那种绵延、怅惘、感伤与颓败的意绪，弥漫着一种苍老

---

① 参见《十年新历史主义文学思潮回顾》，《钟山》1998年第4期。

而古旧的诗意。

如果我们要找寻《米》作为新历史主义的叙事文本的特征，我想至少会有这样几个角度。某种意义上，苏童也想对"历史的本质"这样一个不无"形而上学"意味的主旨做出解释，这既是很"边缘"的，同时也非常"核心"。首先，有关"米"或者"粮食的神话"的叙述，在当代小说中几乎是一个反复出现的主题，最典型的要数莫言的《红高粱家族》、刘恒的《狗日的粮食》、张炜的《九月寓言》（其中大部分内容都涉及"吃"的问题），另外在大量的小说中都有关于1960年代中国的饥饿记忆的描写（在余华的《活着》和《许三观卖血记》中也有），因此，选择米或粮食，其实是意味着找到了历史的核心结构。因为在过去的很多年中，中国人对于历史的记忆是和饥饿连在一起的，在这方面，中国人的"历史无意识"结构是十分发达和特别幽深的，从圣人所说的"食色，性也"开始，就表明了"米"在中国的社会与心理结构中的重要性。因此可以看出，苏童写这样一个题目，某种程度上是有"野心"的。在小说中，苏童象征式地描写了"米"对一个来自农业社会的人物的一生所具有的作用：五龙由发大水的"枫杨树故乡"来到瓦匠街，是出于对米的向往，他几乎是"赖"在了鸿记米店，只求吃饭不要工钱地做了米店的伙计；然后，吃饱了的五龙又用了韬光养晦的谋略，在隐忍多年之后终于取冯老板而代之，成为米店的店主，并且先是在近乎

"被羞辱"式地娶了被黑道人物吕六爷玩弄过的织云之后,又强娶了冯家的二女儿绮云,这样他就"合法"地占有了鸿记米店的所有权;再之后,五龙又用一担米为代价加入了黑道帮会,多年来他所受的一切屈辱,现在都变成了加倍的好勇斗狠,仗着这凶狠,他终于进入了帮会的上层,成了不可一世的"龙爷",为了显示权力,他还拔掉一口好牙换成了一口金牙(这好像还是离不开"米"的意思,只是这样的"吃"更能够显示奢侈,显摆出拥有的"米"的富足);他报复了吕六爷之后,又被他前妻织云和吕六爷所生的儿子抱玉所报复,他带了日本人来瓦匠街杀掠,这时因为惯于拈花惹草而染上梅毒的五龙也日见颓势,被夺了权;最后,病入膏肓奄奄一息的五龙想起了他的"枫杨树故乡",他便只带了一只箱子,搭上一列火车踏上了还乡的旅程。在车上,还未等他完全咽气,他的儿子急不可待地打开了他的那只"宝箱",但所见除了米之外,竟别无他物,柴生所得到的唯一宝物是他从五龙嘴里撬下的一口金牙……这个结尾是意味深长的,米可见是五龙一生所崇拜的"图腾",他的愚昧和深谋远虑的两面都表现在这里。它表明,苏童对历史的理解完全集中到了"生存"的本相与核心层面,"米"的意义就在于它是全部生存的根本保障,历史上所发生的一切,不过都是围绕着关于"米"的生存斗争与搏杀,在这样的一场无止境的游戏中,一切罩在历史真相之上的伦理、道德、温情等社会学意义上的东西,都显得可疑和无关紧要。

这显然符合一个"结构主义"的历史观：人类的求生意志和种族的生存搏杀，食与色的本能以及由它们所派生出来的欲望与权力、谋夺与占有，构成了历史的基本元素。这样的文化—心理—历史结构，很自然地就为"性恶论"的历史叙事找到了依据，形成了苏童小说中历史叙事的一个根本结构。这一点，当然符合先锋小说家的某种共性（余华、格非和叶兆言的小说中也都有同样的主题），但苏童却以相当"温婉"的方式和风格表达了这样的主题，这使他看起来更具有张力。此前在莫言的《红高粱家族》中也写到了人物"匪性"的一面，但匪性却是他们英雄气的一部分，莫言对他们满怀了崇敬之情；而对《米》中的人物，苏童则差不多都把他们"还原"至"动物"的层次，所表达的是鄙视、是怜悯。小说是按照"男人都不是好东西"（织云语）和"女人都是贱货"（五龙语）这样一个逻辑来写它的人物和他们之间的生存搏杀的，"米"正是在这样一个意义上成了关于生存条件、欲望和权力的象征物——生存的本能欲求和基本条件是"吃饱"，而生存的基本现状是并非所有人都能够"吃饱"，这样就需要一场为了生存的基本条件所必须进行的搏杀，获得了"米"，也就是说能够"吃饱"，便成为一切人性和行为的运转的轴心。这样，"吃饱"就不仅仅是一个欲望，而且也成了"权力"的体现形式——谁拥有最多的米，也就意味着谁拥有最大的权力，五龙之所以把牙换成了"金牙"，就是为了炫耀这种拥有的权力。

五龙的一生构成了一个象征化了的历史的核心结构，种族历史上频仍的战乱和无处不在的倾轧争斗，当然不仅仅是为了"米"，但是米无疑是一个基础、一个象征和一个比喻。在它面前，人无法不蜕变为冷酷的动物，他们和她们之间都各自为了自己的生存而战——有什么样的压迫者，就有什么样的反抗者。某种意义上，五龙最初是一个城市人与富人的"反抗者"，但当他变成富人和城市人之后，他就要变本加厉地榨取和重新压迫别人，这是文化的结构本身决定的。在这一点上，五龙和《罂粟之家》中的陈茂一样，即使是"革命"也不能改造他身上的那种"狗"一样的人性恶，正像刘老侠骂陈茂的那句话，"陈茂，你不过是刘家的一条狗"。五龙刚刚从一场大水中爬进城市时，也受到了狗一样的待遇，他被黑道痞子阿宝他们逼着叫"爹"，那时——

五龙低下头，看见自己的影子半蹲半伏在地上，很像一条狗。谁是我的爹？五龙对这个称谓非常陌生。他是一名孤儿，在枫杨树乡村……乡亲们说，五龙，你那会儿就像一条狗。

对人性的"狗性内核"的洞悉和绝望，无疑是苏童对"历史"的理解中充满阴暗的深渊气息的原因。五龙终于变成了一只为了生存而凶残和狡猾的搏斗着的狗，苏童的小说中的其他的人物也都是在各自的生存竞争中互相杀戮和摧残的动物，不只男人是凶狠和阴沉的，女人也同样堕落和"不要脸"，绝大多数女性被苏童写成了"下贱"的人物，像织云，她仅仅十几岁时就被吕六爷玩弄了，之所以会有这样一个开始，是因为她骨子里就有一种无可救药的自轻自贱，之后她就更寡廉鲜耻。五龙"捡"了她之后是当破烂来对待的，五龙特别恶毒而残忍地对待她，后来又强娶了她的妹妹绮云，每次媾和时要莫名其妙地将米塞入绮云的下体。五龙还教唆他的儿子柴生，"女人都是一样的贱货"，你只有"狠狠地×她"；还有《妇女生活》中的娴，一时冲动就与拍电影的孟老板私奔了，但很快又被遗弃，回到破败的家中，同样养着"野男人"的母亲却不肯收留她，一气之下母女俩对骂起来，彼此骂对方是"不要脸的贱货"；还有《红粉》中的小萼和秋仪，即使是在都已"落难"的时候也不忘彼此争斗算计，小萼更因为恶习难改，好吃懒做，最终陷老浦于贪污公款而遭枪毙的下场；更不要说在《南方的堕落》中的姚碧珍，苏童按捺不住他对这样一个人物，甚至对于整个"南方"的憎恶，"要不是在新社会，她肯定挂牌当了妓女"。即便是孩子，人性恶也早已在他们的心灵世界中畸形地膨胀起来，《米》中五龙十岁的儿子米生就因为妹妹小碗向父母告了他一状,就残忍地将她"活埋"在米垛中——这不应该简单地理解为一个巧合,死于"米垛"中这样一个情节,有力地呼应和丰富了五龙围绕着"米"的一生。

"性恶论的历史观"同时也使得《米》所描写的历史"黑社会化"了,这也是苏童的深刻之处和"背叛"的一面。《米》勾画了一个南方中国的黑社会结构,并由此彻底推翻了被传统的温情所掩藏的另一种历史——江南小镇的依依杨柳和绵绵流水的背景上的那种温柔多情的生存情致,完全被一群穷凶极恶、好勇斗狠的黑帮和冷漠自私的小市民的生存倾轧的历史所替代。它在某种意义上也可以说构成了这部作品的"主题",使我们看见了一个社会的断面,一部历史的断面,也许这部历史从来就没有终止过,但却一直掩盖在以往温情脉脉的叙事假象之下。

从《米》的叙述动力的角度来看,它也可以归纳为"一个农人进城之后的生存历史",这在中国的现代小说的历史似乎不乏先例,老舍的《骆驼祥子》即是一个,《阿Q正传》似乎可算半个。它们在结构上自然地产生了叙述推进的动能,人们关心人物的命运与动向的好奇,即构成了小说叙事自然向前延伸的趋势。在这方面,《米》和《骆驼祥子》之间真可谓有异曲同工之妙,区别仅仅在于,作为个人的历史档案,《骆驼祥子》把悲剧更多地算到了"社会"的头上,祥子的缺点仅在于他的农民意识相对于城市生存的不适应,他最初几乎是"善的化身",后来几遭伤害，伤痕累累才逐渐变"坏"；而在五龙身上，则不存在原来宗法社会中"善良"的痕迹，城市和乡村在道德上并不存在什么必然的差异和对立。五龙一开始就适应了城市的生存方式，并一度在与冯家的较量中取得了胜利，而祥子则始终未能适应城市的生活。一个强调了"社会"，另一个则突出了"自身"；一个强调了"性善"，一个则张扬了"性恶"；一个显示了对历史的"败坏趋向"的悲悯（这几乎和西方现实主义的历史价值一样，社会的"进步"带来的是人性的失落），一个则表达了对历史"本来的无望"的认识。在苏童的小说中，人性和历史几乎是"从来如此"的，根本不存在"进步"或者"衰颓"的价值趋向。这是否也可以看作是"旧历史主义"和"新历史主义"之间的一种不同？

第七章 格非小说中的新历史主义意识

作为一个先锋小说家，格非在哲学上是一个存在主义者，对于"历史"和"现实"的所谓"真实性"都抱着深深的怀疑，对人性和存在都抱着深深的绝望。在残酷性方面，他和余华有相似之处，关注着"存在/死亡"的主题，困惑于宿命的力量。他的历史叙事中浸透了个人对历史的无奈与荒谬的叹息，以及没有结论也不求结论的追问。但比较余华的深刻、苏童的逼真，格非另有着一种"玄学"的不可知论者和神秘的宿命论者的倾向。

格非的新历史叙事的作品数量也比较多，有论者曾经将《风琴》《青黄》《迷舟》《大年》等中短篇小说和长篇《敌人》都看作是新历史小说，并指出了其"对历史充满错位和悖反的疑惧，以及无法把握的茫然心理"，其"历史是由偶然的许多不期而至的巧合组成"[1]的历史观念。其实今天看来这个范围也许应该更大些,某些"现实"情境中的作品其实也完全可以作历史解。比如《褐色鸟群》,过去也许从未有人会把它当作一个"历史文本"来解读,但它却正是一个讨论"历史—记忆"的基本问题的作品,不但在叙述上非常有意味,而且还具有相当复杂的"理论色彩",可以看作"元历史叙事"的一种实验文本。

这里为了方便,只抽样选取其几部主要的作品来说明其特点。

一 历史的偶然论与不可知论

美国的新历史主义理论家海登·怀特在他的《作为文学虚构的历史本文》一文中,曾对历史叙事中的许多"根本问题"和"修辞问题"做过非常精细的分析,有的甚至富有哲学的启示。比如,人们通常对历史的兴趣,来源于对历史上"到底发生了什么"的好奇。但解答这样的问题,显然没有一个现成的终极真实的"历史客体",而只能看叙事者采取何种策略了。从这个意义上说,任何单个的"事件",在进入一个历史叙述的结构之中时,

---

[1] 王彪选评:《新历史小说选·导论》,浙江文艺出版社1993年版。

实际上已经变成了"一个扩展了的隐喻",它所完成的"对历史的叙述",实际上是"利用真实事件和虚构中的常规结构之间的隐喻式的类似性来使过去的事件产生意义"。因为很简单,没有哪一个人能够在一个"文本"里,真正完成对一切过去年代里发生的"历史客体"的完整的描述,所有的描述"只能以适当舍取一些事实的范围来制造关于过去的综合故事"。① 这个论述非常精辟地揭示了历史叙述中的奥秘,历史中的许多"必然性"其实都是"被解释"出来的,某些"真实"在本质上恰恰是一种"虚构",这不是因为事件本身有虚假性,而是源于"叙述结构"本身的虚构性和修辞性。因为一旦某个事件进入了一个叙述结构之中,它就只能为这个结构所要实现的叙事目的服务,"真实"就变成了以偏概全的虚假——中国人经验中的"三人成虎","曾参岂是杀人者,谗言三及慈母惊",都近似于这样一个道理。

所以,不可过分"信任"历史,因为任何历史在根本上都只是某种"叙事"而已,它完全取决于叙事人的态度与修辞方式。格非是一个历史的怀疑论者,一个历史的偶然论和不可知论者,这使得他的历史叙事产生了特别强烈的哲学和玄学的色彩与意味。前面说格非是一个"存在主义者",在存在主义者那里

---

① 张京媛主编:《新历史主义与文学批评》,北京大学出版社1993年版,第162—171页。

的一个最具有"人道主义"或者"人文主义"的立场,即是他们对"个人"的尊重,"个人"才是历史的唯一主体。在传统的历史哲学看来,或者"帝王"或者"群众"和"人民"才是历史的主体,但在存在主义的历史哲学中,只有克尔凯郭尔所说的"那个个人（that individual）"才是真正"存在"的历史主体,而"群众不过是虚妄"。任何试图用群体的意志来解释历史的,都是由某种专制的目的所驱使的。在这个意义上,新历史主义叙事最重要的一个特征,也是其最大的"合法性依据",在于它对个人的尊重,对个人在历史情境中的处境的关注,由此它才更接近于对人的"命运"的揭示。

确立了"个人"这个主体和历史的基点,我们就不难来理解格非了。个人作为历史的主体,必然会导致历史的偶然论和不可知论。因为一方面,个人的意志可能会在很偶然的情况下作用于历史,但另一方面,更多的时候个人在历史面前又是弱小和无能为力的,历史的某些关节点往往是基于某些偶然的因素,比如,假定荆轲刺秦成功,中国的历史就可能是另一个样子。如果孙中山不是因为癌症而那么早地去世,中国现代的历史可能完全是另一个格局。这是从大处说,那么对更多的芸芸众生来讲,他们所面对的,往往不但是连自己的命运都无法掌握,甚至连自己的意念也无法完全控制,《哈姆莱特》的悲剧不就是产生于他自己"内心的深渊"吗?《哈姆莱特》表明,"命运"可能是"情势"与"一念之间"甚至是"潜意识"合谋的产物。个人不但无法掌握历史,甚至无法控制自己的意志,所以历史往往只是"一念之差"。

但这样根本的属于"历史本原"的问题,却无法在通常的"历史文本"中表现出来,而只能在"文学文本"中表现出来。文学在某种意义上是承担了历史文本所无法完成的使命,达到了历史文本所很难达到的历史深度,这样的例子在中国古代的典籍中是很常见的,比如《三国演义》虽然比《三国志》有更多虚构性的东西,但某种意义上我们却更认同前者,所以难怪连马克思和恩格斯都承认,他们在巴尔扎克的小说中所读到的1830年代的法国历史,比从所有的政治经济学家、历史学家那里所读到的总和"还要多"。格非的小说正是从个人敏感的历史处境出发,来关注细小的个体事件对历史的影响,对无力改变一切的如同洪水中的一叶小舟一样的个人命运,表示深深的悲悯,并敏感地揭示以往历史的"宏大叙事"或者"国家叙事"模型中被忽略的微妙因素。《迷舟》就是这样一个"个人面对历史"的理念的实验和展开。

首先《迷舟》的写法就很有意思,它用一个"历史实录"的形式,来写一个纯属虚构的故事。这和扎西达娃那种使用"编年史"的方式虚构一个小村廓康的故事,很有异曲同工之妙。为了"证明"其真实可信,它甚至还用画出"地形图"一类的方式来摆迷魂阵，让读者弄不清他是在讲故事，还是在说历史事实。小说的背景出自史实：1928年3月，国民革命军北伐至涟水和兰江一线，与驻守此地的军阀孙传芳相遇，形成对垒之阵。但《迷舟》的故事并不是全景式地来描写这场战争，而是把笔触对准了这一形势下的个人——历史已把一个人推上了风口浪尖，这个人就是萧。北伐军的先头部队攻占了兰江西侧的榆关，而孙传芳所属的一个旅则部署在兰江东侧、涟水南岸的棋山要塞一带，形势相当紧迫和微妙。然而更巧合的是，驻守棋山的三十二旅旅长是萧，而北伐军先头部队的指挥官则是萧的亲哥哥，一对同胞兄弟，竟戏剧性地变成了战场上的敌手。对于萧来讲，他的处境非常尴尬而敏感，大敌当前，他的潜意识中不免有一种恐惧和逃避的倾向。正在这时，偶然事件给了他逃避的理由和机会——他的住在涟水北岸名叫"小河"的家中的年迈的父亲，在爬上房顶清理烟囱的时候，不慎从房上摔下而亡故，萧便急切回家奔丧，却遇见了从榆关前来走亲的远房表妹——他曾经在榆关的药房学徒时暗恋过的杏，两人相见恨晚。在父亲的葬礼上，萧心神恍惚，之后在别人的暗示下，萧大胆与已经嫁给了榆关的兽医三顺的杏幽会了三天。之后当他故作镇静地与警卫员在河边钓鱼时，马三大婶又来告诉他，他与杏的事发了，三顺已发现杏不贞，把她阉了，并扬言要杀了萧。萧有些紧张，这时警卫员提醒他应该回棋山，萧焦躁地用枪敲着桌子，萧的母亲看到这番情景顺手把萧的手枪放进了抽屉。萧决定立即回棋山,但转念又想到了杏。傍晚他告诉母亲,自己要连夜去一趟榆关。在路上,他遇到了三顺,三顺要杀他,萧下意识地摸枪,却发现自己竟意外地忘记了带枪。三顺不知为何又突然改变了主意,放了萧。萧看望了被伤害的杏,心情压抑地回到小河,似乎正准备要回军营了,但不想当他回到家的时候,发现自己的警卫员正拿枪抵着他,说上峰担心他会通敌,一直指派自己暗中监视他的行踪,他深夜潜入北伐军领地的榆关,看来已属于通敌无疑,所以现在要代为执行对他的枪决。萧此时有口难言,无奈之下准备逃跑,可就在这时全然不知情的母亲正在关门捉鸡,准备犒赏一下自己多日奔波辛劳的儿子,萧无路可逃,被警卫员一枪击毙。

这便是"迷舟"——个人在历史中的处境,同时也是历史的无数"单元"中的一个,是历史本身的构造、情状、向度的一种隐喻。历史是无法判断和预测的,因为其中的人即犹如逝水上的一只迷舟。同胞兄弟在战场上成为敌人,这是"历史安排"而主人公自己无法改变的一种悲剧命运,而且某种意义上,也是萧的母亲"害"了他,她先是把他的手枪放进了抽屉,后又在萧逃命的关头插上了门闩。从心理的无意识角度来看,萧自己的逃避与软弱、沉湎儿女情长的一面,也是他违背军人常规而做出愚蠢的事情的原因。作为一个高级军官,他不可能对战争形势和敏感的敌我关系没有认识,但"下意识"的东西却支配着他,向着毁灭的深渊滑行。

显然,格非对萧这个人物做了非常"知识分子化"的理解,他身上的敏感气质使他看起来不像一个军人,反而倒像一个"书生",一个被剥离了诗人和哲人气质的哈姆莱特式的人物。无意识的驱动使他无可挽回地扮演了一个悲剧人物的角色,这是格非新历史主义理念中一个非常特别和重要的思想,和他人不一样的东西。其实在某些历史的关头,极可能是很多无法言说的因素影响——甚至决定了历史。这样,或者那样,历史的歧路看起来是彼此背道而驰,当初却只有半步之遥。某种意义上甚至也可以说:是"无意识"和"下意识"的驱动书写和决定了历史。历史的隐秘性和荒谬性正在这里。如果萧不是一个内心孱弱敏感的人,如果他根本上就是一个"粗人",他是不会在大战之前沉湎个人的情感的。但他内心世界的过于细腻和"忧郁"毁了他,同胞兄弟很偶然地成了战场上的敌手,这样的情势在他内心中产生了强烈的敏感和担心,潜意识里产生了难以抗拒的"通敌"的担心与"犯罪感",这使他像面临突如其来的命运的哈姆莱特一样有点措手不及。他可能已经意识到了自己的命运,并一直强化着这种内心的"自我暗示",所以他不顾军情紧急,一再因为与杏的缠绵而拖延归队的时日,甚至在紧急和危险的时刻还"忘记"带枪,这都是他按照自己的"无意识指令"一步步滑向深渊的步骤,是他内心逻辑的不经意的体现。

显然，他之所以不"面对现实"，是因为他在潜意识里已经清楚地预知了自己的命运。

历史原来是如此脆弱和微妙，格非当然也没有忽略对他的主人公的同情，在历史转折关头的重压下，历史表现为一种"人无法战胜自我"的悲剧，萧无法控制自己的内心，正如他无法控制战争和历史的走势。个人是历史中唯一存活着的主体——但他在现实面前却注定只有茫然而不知所措的悬浮感与漂泊感，这正是历史无法驾驭的本质。通过对萧的命运的描写，格非对以往必然论与目的论的历史观表达了强烈的否定与哲学的反思。

二 文化心理结构的历史宿命论

以上似乎可以看作格非对历史的一个"无意识层次上的分析"，或者一种"精神分析学的历史主义"，毫无疑问这是一种非常具有创造与"发现"性质的历史视角。下面一部作品则具有反向的对照意义，如果说《迷舟》表现了个人在历史面前的慌张与错乱的话，那么《敌人》刻意表现的，则是历史的结构因素——种族文化与心理——对人物命运的不可抗拒的控制与注定。

一个文化与心理的结构导致了一个家族的兴亡史，而家族其实又是种族和国家的一个缩微的标本,所以,可以想见,格非对历史的思考还充满着文化反思的意味。在这一点上他好像从先锋小说家又"退回"到了"寻根"作家的立场。但这只是从"宗旨"的角度看两者之间的一点近似,在历史的理念上,格非与他们则有着根本的不同。从上面《迷舟》中也可以看出,心理和意念这些最"抽象"和虚渺的东西,对历史和人的命运的作用力是何等的巨大,而在《敌人》中,格非则更集中地表达了"一个意念的逻辑导致了一个家族的灭亡"这样一个主题。

这个"意念"不是个人的潜意识,而是一个"集体无意识",一个种族文化中的结构性要素。

这同样充满了哲学的趣味。在余华的《活着》中,福贵的悲剧命运固然和他早年的玩世不恭有直接的关系,好像也是"文化"在起着某种作用,是古老的民间逻辑(诸如富贵无常、祸福相生)在起作用,但与后来的政治变迁也有着密不可分的关系——福贵的受苦受难当然也包含了作家对当代社会现实的直接触及。而《敌人》则完全把悲剧的原因抽象化和哲学化了。

很显然,是传统宗法社会的生活方式所引发的"仇恨",导致了关于"敌人"的本能恐惧,又是这种恐惧的本能,导致了一场连环的家族历史的悲剧。这样说似乎很大,可是我们在《敌人》中看到,真正的和最后的"敌人"不是别人,也不在别处,就在赵家的内部,是这个大家族中的"父亲"赵少忠——这还不够发人深省吗？某种意义上是这样一种逻辑支配了中国几千年来的战乱与杀戮。一场偶然的大火，烧掉了赵家曾经富甲一方的庄园、票号与宅院，使一个大家族陡然陷于衰败。但这还不是最要命的，最可怕的是主掌这家族的赵老爷赵伯衡在死前，还为自己的后人们留下了一个"敌人"的名单，那上面写满了他怀疑的纵火人的名字，正是这个名单毁了他的后人，也毁了他在大火中劫后的那些家产。因为很显然，在这个宗法制的社会里，不可能有一个真正的"执法者"能够完成一个合法的严密而有效的调查，这注定是一个没有结局的悬案，赵家的后人们只能生活在猜忌的恐惧和"想象敌人"的阴影中，直到最后的毁灭。

在过了两代之后，名单上的那些人差不多都已死尽了，赵家的主掌人已换成了赵少忠，但他的一生仍然活在忧郁与恐惧之中，在他的六十大寿即将来临的时候，他的家庭正发生着一系列不祥的事件：大儿子赵龙的老婆跟人私奔了，而他自己则整日沉溺于赌博；大女儿梅梅赶集时被一个神秘的难以摆脱的"麻子"盯梢；做生意的二儿子赵虎从江北回来，说是路上遭到了抢劫（是真是假？）；二女儿柳柳去村头烧纸消灾，又受到皮匠的挑逗……赵少忠对这些事情似乎充耳不闻，但其实是他已经被几十年来的巨大压力压垮了，他已经无力做出什么反应，他在逃避着这一切。

之后，麻脸青年来娶梅梅，家里所有的人都反对，就赵少忠一个人坚持。出嫁的时候，赵少忠突然不见了。经过一段压抑的平静之后，不祥的征兆继续出现：赵少忠拉胡琴时，琴弦突然绷断，同时赵家水缸上的铁箍也断了，水缸破裂。这时赵虎一直莫名其妙地策划着去江北，柳柳被不断出现的死老鼠弄得惊慌失措，赵龙成了一个十足的赌徒，梅梅则在麻子家受尽了其兄弟几个的轮番侮辱，跑回了家，而赵少忠对这一切却不闻不问，他只是忙于在院子里"剪枝"，还同前来"要人"的麻子喝酒喝到深夜。

不久赵虎的尸体深夜被人送至家中，赵少忠不知出于何种心理，竟一个人秘密将他埋葬——也许是不愿意面对这样一个悲惨的现实，他在欺骗自己。而且那时他的潜意识里还出现了恐惧的幻觉，"慌乱之中他竟感到好像是自己亲手杀死了赵虎……"这是未经证实和证伪的，不知这和赵少忠前面的"剪枝"是否有着某种隐喻式的关联。这之后赵家开始加速走向崩溃，柳柳开始堕落，夜不归宿；赵虎的尸体被人挖了出来，赵家不得不面对这个残酷的现实，为赵虎出殡。不多久，柳柳赤裸的尸体也在野地里被发现（此前她已经怀孕），赵家又一次出殡。

两个瞎子来到赵家，说院子里的白果树已经死掉，赵少忠锯倒了树，发现里面已经被蛀空了，并有无数只老鼠。瞎子给赵少忠算命说，你不该把树锯倒，这样令郎"大限"就到了。瞎子的话里似乎有一种暗示："大树虽已枯死，但朽伏之日尚早，现在既然它已被你锯倒……"赵少忠大概也听出了其中的弦外之音。全村的人都相信瞎子预测的时间,认为赵龙在腊月二十八日必死无疑,都已经为他预订好了花圈。赵龙看到这情形,喝了酒,在恐惧中一直熬到了这天的深夜。就在他庆幸自己就要躲过这一劫难的时候,房门开了——赵少忠悄悄走了进来。

最后是赵龙的葬礼。这之前梅梅也已经因为忍受不住虐待而远走他乡。赵龙的死因已没有别的解释,"凶手"不是别人,就是他自己的父亲赵少忠。掩埋了赵龙之后,赵少忠等于结束了他的"剪枝"的使命,完成了他的家族世代的"敌人"一直想做而没有做成的事情。卸下了身上的担子,他竟然有了一丝多年不见了的情欲——他和他的早已徐娘半老的佣人翠婶之间,似乎发生了一点迟来的恋情,真是叫人匪夷所思。

与格非其他的作品一样,《敌人》的故事中弥漫了浓厚的"宿命"色彩。这是一个"在劫难逃"的故事,巨大的财富导致了"大火"之灾,但赵家最后的颓败则是发生在自己人的手里——赵家的人共同自编自演了这幕悲剧。格非不愧是一个搭建作品的复杂思想与意念的高手,这部小说中蕴含的主题实在是非常丰富。首先,作为一个典型的"家族历史叙事"的结构,赵家是一个传统中国社会的缩影,赵家的历史与整个中国传统文学中的历史叙事相比,在内在结构上是完全同构的,富贵无常,盛衰轮回,它和余华的《活着》中的前半部分也有着异曲同工之妙。

按照中国人传统的历史观,这场衰败的悲剧是无法避免的,是一个"定数",就像《三国演义》中的"分久必合,合久必分"、《水浒传》中的"由散到聚,聚而必散"、《红楼梦》中的"忽喇喇似大厦倾,昏惨惨似灯将尽"一样,是社会的内部结构和历史运行中的固有逻辑自然运行的结果,迟早是要发生的,只不过是一个"时间问题"罢了。从这个意义上,它揭示出了中国社会的一个民间性的运行规律,表达了一个循环论的、宿命论的和悲剧性的历史观,而和现代中国历史中出现的"进化观"则完全不相干。这和我在前文中所说的"新历史主义其实也最旧"的特征,应该是一致的。"敌人"的概念在现代以来的中国曾经是一个烫手的阶级论理论的基础,而现在,格非所描写和解释的"敌人",则完全瓦解了以"阶级斗争"为根本构造的历史观。

不过,《敌人》中也仍然有着"现代"的一面,它的核心理念中包含着这样一个意思:假定赵家并没有决心追究"敌人",是以"和解"而不是无谓的猜忌来面对灾变,也不会导致几代人不堪重负而心理失衡。是中国人"冤冤相报"的传统文化/心理结构导致了这个悲剧。这一点用中国文化的视点来解释就是"宿命",用西方文化的视点来看则是"结构"所导致的必然性后果。在一个结构性的文化逻辑与情境中,一切看起来偶然的东西,都可以得到"规律性"的解释,这是结构主义的历史观。

再者,我感到《敌人》还对中国现代的历史构成了十分敏感和有力的隐喻力量，正如大家都知道的，在现代中国曾出现过一个非常紧张而气氛恐怖的时代，这种紧张导致了人们关于敌人的"条件反射"般的想象。某种意义上是先有"恐惧"，后才有"敌人"，而对于当政者来说，构造某种恐惧的气氛是有利的。赵龙的父亲借着这样的恐惧而杀了他，不知道是否也属于一种"历史无意识"的支配？如果不营造恐惧的气氛，这样的权力与杀子的合法性，至少在心理上是不会自动获得的。此前赵虎的死，其实也可以作同样的理解。在巨大的恐怖压力之下，赵家所有人物的活动其实都已经呈现为一种垂死的挣扎——像那棵内部已朽枯的白果树一样。对敌人的恐惧当然可能会有两种结果，一种是铁板一样的一致对外，另一种就是内部的纷争和自相残杀，但最终的结果往往是后者。《敌人》使一个中国人对现代的历史会产生某些不寒而栗的联想。

还有个人面对历史的情境感，这一点和《迷舟》相似，赵少忠实在是压力太大了，在恐惧的心理支配下，所有偶然的事件在他心理上都会产生"必然"的解释，不祥的征兆越多，他的压力就越大，他的沉默常常是"虱子多了感觉不到咬"的疲倦反应症，他不但不敢面对这样的现实，甚至在心理上还产生了强烈的早日结束这一切的欲念——这正是他先后杀死了自己的两个儿子（？）的潜意识动机。在这个意义上，赵少忠是《敌人》中最具悲剧性的人物，他虽然还活着，但其实早已经心死，成了一具

"活尸"。

单纯就小说的故事情节而言,《敌人》似乎不能说是一部完美成功的作品,和苏童的《我的帝王生涯》的缺点一样,它写得过于玄虚和神秘了。它有处理得极好的气氛和悬念,但却不是一部非常有机融合的小说,情节的推进显得比较随意了一些,人物过于漂浮和"符号化"了,面孔模糊,性格不明。这大概是先锋小说在其艺术实验的后期(1990年以后)所共同面临的问题。

三 记忆与历史的虚拟论者

新历史主义的理论起点即来源于对历史的"不信任感"。"究竟发生了什么",谁也无法真正得知,因为人们关于历史的记忆在本质上是"靠不住"的,没有哪一个人能够回溯至历史的客体之中,而只能是通过某种"对历史的修辞活动"来影射历史的某些部分,并用极少的单个事件的连缀之后产生的"蒙太奇效应"虚构出某种"历史的动向"。美国的新历史主义理论家正是基于此而把历史看成一种"文学的虚构"或者"修辞想象",把历史研究和文本的编修看作是一种"诗学"范畴的活动的。

但这还不是终点,非但"历史是靠不住的",作为历史的主体的"个人"的"记忆",也是靠不住的,因为人的记忆是按照一个"对自己有利"的原则来实现的,在对记忆的编纂过程中,人不可避免地要做某种加工和修改,很显然,没有哪一个人会把自己的"犯罪记忆"放在大脑中最显赫的位置上,弗洛伊德所揭示的潜意识世界在根本上即是那些"非法"的经历或记忆。因为历史往往是靠单个的人(某一个生理体的大脑)来记忆的,之后才能转化为"文字"或者文本式的记忆,但在作为文字之前,其实这记忆就可能已经发生了问题,因为它必然会受到特定的人的经验、心理、情感倾向、价值判断、瞬间情境等条件的影响,在此基础上形成的文本当然会带上人的偏见——即便是在刚刚发生的"新闻"中,这种情况也普遍存在着,对同一个事件会有完全不同的报道角度甚至完全相反的解释结论。

非但如此,再进一步说,"叙述也同样靠不住"。一切"历史"都首先来自"记忆",而一切记忆又必须通过"叙述"来转化成文字,任何文本首先是一种"叙事体",而叙事说到底就是一种"修辞",其主观性质是非常强的。这是结构主义和精神分析学介入到历史研究领域所产生的新的历史理性,它应该非常具有哲学的启示意味。叙述和修辞能够保证历史的"客观性"吗?恐怕很难,就像鲁迅说的,吃饭前和吃饭后,倘按按自己的胃,说话的态度就会不一样。这当然是就"个人"的倾向性而言的,它所体现的只是"人性的弱点"而已,而意识形态对历史叙述的介入,那就不再是这样一种人性的缺陷,而是一种政治的需要和政治的必然，历史叙述因此会变成政治的工具，这就非常可怕了。新历史主义小说家其最"先锋"的一面，除了在形式的实验上花样繁多以外，更重要的恐怕就在于他们对这类"历史哲学"问题的强烈关注与形象探讨了。

除了余华，也许格非在这方面是最突出的。他最早的成名作之一《追忆乌攸先生》，就暗示出当代历史被掩盖和伪造的某些实质。乌攸先生大约是一个"知识分子"，他爱着美丽的少女杏，但却争不过那个喜欢"演讲"和掌握着权力的"头领"，头领憎恨乌攸先生，他强暴并杀死了杏，然后嫁祸于乌攸，并强迫他人做伪证，使乌攸先生无法辩解而被定罪。头领还让村人康康（乌攸先生曾经为他母亲治好过病）开枪杀他，而包括"我"和弟弟"老K"在内的"群众"，则一起把这场奇冤的杀戮演变成一出狂欢的喜剧。很显然，这是一个关于谁掌握着"历史的叙述"谁就拥有生杀予夺的权力的寓言。历史可见不仅仅是一个"解释"和"叙述"的问题，它关涉这样一个根本的问题：谁"叙述"了历史，谁就"创造"了历史，谁也就拥有了历史，成了历史的主人。这是多么荒唐的逻辑，但却曾经是残酷的现实。

《追忆乌攸先生》也许体现了格非试图探寻"历史的正义"的努力，这毫无疑问应该是新历史主义小说的应有之义。但也许这些问题是太沉重了，不应该由小说家来承担——小说家可能会解释出这样的道理，但却无法完成这一历史的纠偏。而格非的所长却远不只体现在这一方面,他对"历史—记忆—叙事—文本"这类问题的认识达到了极具"玄思"意味的高度,几乎使他的一些小说变成了"哲学的文本"。

在这方面,《褐色鸟群》应该是一个杰作,尽管它不是一个真正意义上的"历史叙事",但它所揭示的关于记忆和叙事本身的哲理却非常富有启发的意义。它以完全的"暴露虚构"的叙述手法,揭示了叙述的随意与虚构本质,以及"记忆是靠不住的"这样一个道理。"小说""故事""画夹""镜子"这样一些关于"认识""反映""叙述"的概念,与事实、历史和真实之间完全不是那种想象和期望之中的对等关系,他们就像黄昏或者某一时刻盘旋在天空的"褐色鸟群"一样,是实在而又虚幻的,上下翻飞,闪烁不定。

小说中有两段叙事和几个虚拟的人物,首先是两个对话人——"我"与来访者"棋"。棋来到我很"抽象"的住所——那个叫作"水边"的地方,举止如同"妻子"一样喝水,并坐下来聊天。夜里她让"我"给她讲故事。"我"的故事显然是随意虚构的:几年前,我在城里看到一个女人,好像她有着一种奇怪的吸引力,我就一直跟踪她。她发现了,似乎很慌张,就跳上了一辆公共汽车向郊外的方向驶去。我骑了一辆自行车追赶,一直到了郊外的河边,看到女人上了河上的一座桥就不见了。天已经黑下来,我匆匆忙忙追上去,感到和什么人摩擦了一下,有什么东西掉到河里去了。到了桥头,一个似乎是守桥人模样的老头,手举一盏马灯拦住了我,我问他有没有看见一个女人从桥上过去,他竟说这座桥在二十年以前就被洪水冲垮了——根本就没有桥。我感到很奇怪,第二天一打听,知道自己是撞翻了一个男人,他掉到河里淹死了。

中间插上了我与棋的另一些闲话:是关于"李劼"和"李朴"的——其中"李劼"是格非在华东师大中文系的同事,"李朴"则是棋"虚构"的人物,当格非表示不认识"李朴"时,棋说了一句意味深长的话,"你的记忆已经让小说给毁了"。

接下来棋又追问"以后","我"继续开始叙述:"我"来到乡下写稿,又见到了那个女人。她的丈夫是个瘸子和酒鬼,似乎经常虐待她。我见到她时,她正搀着喝醉的丈夫回家,我帮她并问到几年前在城里追她的事情是否还记得?她却说,我十岁之后就再也没有进过城,不过她倒是记得丈夫曾说过这一情景(她还特别提到了他手拿"马灯"一节),第二天人们曾从河里捞起一辆自行车和一个年轻人的尸体(是谁?)。

然后棋又追问以后,"我"继续讲道:一个大雨天,女人来到"我"的住处,说她的丈夫酒后坠入粪池淹死了(这是不是我希望的?),我去帮她张罗丧事,入殓时我竟看见死人似乎是"嫌热"在伸手解衣扣(幻觉?),但"我"还是很沉着地把棺材盖上了。后来似乎就与她有了很亲密的举动,同居,做爱,结婚

（？）……棋听到这里似乎不高兴，就走了。

"我"天天盼着她再来（其实我并未结婚）。几年后，又一个和棋一样的女孩走来，也像熟人一样来喝水，"我"问她旧事，她却一无所知，她说她不是棋，她只是一个过路人，来讨杯水喝的。

小说的讲述到这里也就结束了，格非给我们留下了巨大的疑惑：在开始，那个女孩背着一个夹子，又像镜子又像画夹，"我"问她，这是镜子吗？她说，这不是镜子，是画夹；到最后，她还是拿着那个夹子，"我"又问她，这是画夹吗？她却说，这不是画夹，是镜子。

读者当然可以把这篇小说当作一个"叙述的游戏"，但我们却可以从中看出，人的愿望、欲念、想象和幻觉这些最"主观"的因素对记忆和叙述本身的干预作用，这其中的复杂的情形至少有这样几种：首先，"愿望"和"真实"之间是没有界限的，女人丈夫的死，与其说是一个事实还不如说是一个想象，尤其"我"明明看到他在棺材中还"活着"，也"残酷"地把棺材盖上，这一举动尤其可以看出潜意识对记忆的某种干扰和"篡改"；其次，不同的讲述人对同一件事的记忆会完全不一样，"我"明明看见女人上了那座桥，可守桥人却说桥根本就不存在；女人坚持说自己十岁以后就没有进过城，可她又说她的丈夫知道这件事；再者，同一个人在不同的语境和不同的时空里也会有完全不同的认识方式与记忆，棋前后所带的东西在"我"看来没有区别，但她自己却微妙地将它们区分为"画夹"和"镜子"。正是这个东西导致了她和"我"之间的错位和陌生感。其实无论是镜子还是画夹，它们都是人的"认识"的某种形式，和"真实"之间永远是有距离的。

还有一句极富哲理的话——"你的记忆已经让小说给毁了"，揭示了"叙事"对记忆的"篡改"和破坏性的作用。这既是对"文学叙事"而言的，对"历史叙事"也同样适用，正如新历史主义理论家所阐述的"诗学"，对于文学和历史学来说，最后形成"文本"，在本质上都是一种"诗学活动"。叙述会使得"历史"呈现出面目全非的分裂，完全不同的多面，在叙述中，历史呈现着无数的可能性，因此，一般地和机械地追寻所谓"历史的真实性"而不对叙述本身保持警惕和反省，都是愚蠢的。这样的一种理念当然会引起争议，它的正面无疑是一种当代性的新的历史理性，它的反面则是一种最终的历史相对主义和不可知论。但无论如何，格非作为小说家，他为我们提供的历史哲学方面的启示，应该是极其珍贵的。

在其他的作品中，格非对此也有着极巧妙的表现，如《傻瓜的诗篇》中关于莉莉是否杀死了她的父亲一事，就是极好的例子。莉莉憎恨他的父亲的不伦之举，但毕竟又与之相依为命，所以她既想杀死他，又对此有着深深的犯罪感，所以受到这样强烈的潜意识的矛盾的压抑，她关于这件事的记忆便发生了扭曲——到底是不是她杀了自己的父亲？任何人都难以肯定和否定，包括"作者"，也只能尊重这一"谜"一样的矛盾，某种意义上这才是真正的"历史真实"。

第八章

莫言的新历史主义叙事

前面在讨论新历史主义文学思潮的兴起时,我已经谈及莫言早期的《红高粱家族》所具有的不可替代的意义。这里我要谈一谈他的另一部作品,也就是作为新历史主义叙事的典范的长篇小说《丰乳肥臀》。这部作品的重要使我不得不专门来谈论它。

在这里,我将尝试使用一个自创的词——"伟大的汉语小说",来给我要讲的这部作品予以定位,我意识到这会备受争议,然而我认为是恰切的,舍此很难有一个恰当的词语,可以表达我对这部作品的评价。因为《丰乳肥臀》和几部诞生于 90 年代的长篇小说,使这个词变得已不再是一个虚构。它同时也可能是这样的一个标志:它标志着中国当代的作家,已经无愧于世界范围内最优秀的作家的写作。

在中国国内,有一种始终占据上风的定论,认为当代文学不如中国"现代文学"的成就,更无法"和世界文学对话"。但我以为，这样说显然表现了对当代中国文学的无知，是没有阅读的十分主观和粗暴的看法。事实上，当代中国文学在90年代已经达到了很高的水准，其总体成就，就长篇小说而言，已大大超过了中国现代三十年的文学。在我看来，在中国现代三十年的文学中，还没有哪一部长篇小说可以称得上是"伟大的汉语小说"，鲁迅、老舍、沈从文，他们可以称得上是伟大的汉语作家，但就单个作品来讲，他们还很难有哪一部作品可以单独成为"伟大的作品"。而《丰乳肥臀》却可以称得上是这样的作品，时间将证明我这一判断的正确。

另外还有一个参照，即刚刚有一位法籍华裔的作家获得了今年（2000年度）的诺贝尔文学奖，我看过这位作家的大部分作品，我也知道诺贝尔文学奖所包含的某些无法排除的意识形态因素，但获奖却是一种使我们无法不面对的事实，他的作品无疑将被载入一个"相当主流"的世界文学的史册之中——这样说不是意味着我要肯定或否定他的创作成就，而是要以此作为一个参考尺度来说明一个问题：我认为，在当代中国，就整体创作的成就和水平而言，超过这位作家的人数绝不是只有一个半个，也就是说，至少会有一批作家，他们不次于，甚至已经超过了这位诺贝尔文学奖的获得者——这说明什么呢？当然不能说是诺贝尔奖的"水平不高"，而唯一的结论只能是，当代中国文学在整体水平上确实达到了相当的高度。否则我们无法解释这样一种矛盾。

《丰乳肥臀》是莫言迄今最好和最重要的一部小说，但现在关于这一点还远未形成"共识"，甚至它还是莫言迄今受到最严重误读的一部小说。即便在专业的批评家和研究者中，也存在着广泛的粗暴而简单化的误读。我不知道是什么原因造成了这种局面，是低能，还是浮躁？这样一部真正具备了"诗"和"史"的品质、一部富有思想和美学含量的磅礴和宏伟的作品，为什么没有得到人们耐心的阅读和公正的承认？五年多来我至少认真地读过了三遍，每读一次都有新的认识，现在我更坚定地认为，它是新文学诞生以来迄今出现的最伟大的汉语小说之一——至少它已经部分地具备了这样的品质。就思想的深度和艺术的容量而言，不管是在当代，还是在整个20世纪的新文学中，能够和它媲美的作品可以说寥寥无几。

伟大的汉语小说应该具备哪些品质？我似乎应该首先回答这样的问题。我所以认为它具备这样的品质，是因为我认为它实践了"伟大小说的历史伦理"。这个问题要弄清楚非常不容易，但是也可以简单地说，一部书写历史的小说，是不是在体现作者的"历史良知"的时候体现出了最大的勇气，在接近民间的真实和人民的意志方面达到了"最大的限度"，这是判断其品质高下的首要标准。《丰乳肥臀》对20世纪中国历史的充满血泪和诗意的波澜壮阔的书写，是无人可比的；它对人民和知识分子命运的深切关注和感人描写，它的秉笔直书的勇毅与遍及毛孔的深度，在所有当代文学叙事中堪称是首屈一指的;它在把历史的主体交还人民、把历史的价值还原于民间、在书写人民对苦难的承受与消化的历史悲剧方面,体现出了最大的智慧。

一　两个人物与两部历史

在中国文学的传统中,"历史"不但是一种书写的题材空间,同时也是一种品格与价值尺度,人们把杜诗称作"诗史",把《史记》称作"无韵之离骚",可以看出"诗"与"史"两者价值的互换,互为阐释和评价标准的特殊关系。能够写出"诗史"的诗人,也就变成了在"伦理"上最受尊敬的诗人——杜甫因之成了独一无二的"诗圣"。史的品质在于其"中正"和"真"。因此,秉笔直书即是史家之德,所谓"良史之笔"。在文学叙事中也一样,其实把历史交还于人民和民间就是最大的"真",这需要勇气和胆识。从某种意义上,书写历史也是解释现实,反过来说,书写历史不能中正真实,往往也是因为现实的种种框定限制。因此,坚持历史的真,也就是对现实的正直的回答。从这个意义上说,以"民间"的立场来书写历史,体现了小说的根本伦理。

伟大的小说当然要遵循这样一个伦理。我们曾充分地肯定当代先锋作家的"新历史主义"小说实验，肯定余华、格非、苏童、叶兆言等人的作品中丰富而新异的历史理念与叙事方式的探求，但同样也不要忘记，更具有"历史的建构"意义的，不仅是强调"怎么写"，而且更注重"写什么"的，可能还要数几位出生于50年代的作家。我看重《丰乳肥臀》中的历史含量。如果说先锋新历史小说是在努力逃避历史的正面，而试图去历史的角落里找寻"碎片"的话，莫言却是在毫不退缩地面对并试图还原历史的核心部分。从这个意义上说，莫言的历史主义是更加认真和秉持了历史良知的。虽然"人民"这样的字眼如今已遭受到了"德里达式的"质疑，但我依然坚信，当我们在面对一段历史——尤其是一段具有一个完整的"历史段落"的意义的历史——的时候，"人民"，作为历史主体的意义，仍然是历史正义性的集中体现。这是伟大小说应该秉持的历史伦理学。

然而崇高的伦理并不能单独构成"伟大小说"的要素，在《丰乳肥臀》中，上述完整的历史段落是通过一位伟大"母亲"的塑造——即上官鲁氏走过了一个世纪的生命历程，来建立和体现的。这一点非常重要，某种意义上是这位母亲造就了这部小说的伟大品质。在已有了百年历史的新文学中，说这样的形象是第一次出现绝不是夸张。莫言用这一人物，完整地预言和见证了20世纪中国的血色历史，而"母亲"无疑是这一历史的主体——"人民"的集合和化身。这一人物因此具有了结构和本体的双重意义。莫言十分匠心地将她塑造成了大地、人民和民间理念的化身。

首先，作为人民，她是这个世纪苦难中国的真正的见证人和收藏者。她不但自身经历了多灾多难的童年和少女时代，经历了被欺压和凌辱的青春岁月，还以她生养的众多的儿女构成的庞大家族，与20世纪中国的各种政治势力发生了众多的联系，因而也就无法抗拒地被裹卷进了20世纪中国的政治舞台。所有政治势力的争夺和搏杀，最终的结果只有一个，那就是由她来承受和容纳一切的苦难：饥饿、病痛、颠沛流离、痛失自己的儿女，或是自己身遭侮辱和摧残。在她的九个儿女中，除了三女儿"鸟仙"死于幻想症，是因为她看了美国飞行员巴比特的跳伞飞行表演（这好像和"现代文明"有关）而试图效仿坠崖而死之外，其余七个女儿都是死于政治的外力，死于各种政治势力的杀伐争斗，最后只剩下了一个"残废"的儿子上官金童。显然，"母亲"在这里是一个关于"历史主体"的集合性的符号，她所承受的深渊般的苦难处境，寓言了作家对这个世纪里人民命运的概括和深深的悲悯。

同时，这还是一个"伦理学"和"人类学"双重意义上的母亲：一方面，她是生命与爱、付出与牺牲、创造与收藏的象征，作为伟大的母性化身，她是一切自然与生命力量的源泉，是和平、人伦、正义和勇气的化身，她所永远本能地反对的是战争和政治，因此她代表了民族历史最本源的部分；另一方面，她也是人类学意义上的"大地母亲"，她是一切的死亡和复生、欢乐与痛苦的象征，她所持守的是宽容和人性，反对的则是道德和正统。她个人的历史也是一部"反伦理"的历史，充满了在宗法社会看来是无法容忍的乱伦、野合、通奸、杀公婆、被强暴，甚至与瑞典籍的牧师马洛亚生了一双"杂种"……但这一切不仅没有使她的形象受到损伤，反而更显示出她伟大和不朽的原始母性的创造力，使她变成了"生殖女神"的化身。正是这一形象，使得莫言能够在这部作品里继续并且极致地强化了他在《红高粱家族》时期就已经建立的"历史与人类学"的双重主题，使母亲变成这一主题的叙事核心与贯穿始终的线索。

这还是一个作为"民间"化身的母亲。她固守着民间的生命与道德理念，拒绝并宽容着政治是她的品格，所以她最终又包容了政治，当然也被政治所玷污。所有的军队和政治势力都是不请自来，赶也赶不走地住进她的家。在她身上，莫言形象地阐释出了 20 世纪中国主流政治与民间生存之间的侵犯与被侵犯的关系，这是另一种历史的记忆。她无法选择自己的生活，只能用民间的伦理和生存观念来解释和容纳这一切，这是她作为"民间母亲"的证明。如果说母亲在她年轻的时代亲和基督教，是因为她经历了上官家族太多"夫权"的虐待的话，那么在她的晚年，则是因为她经历了太多的苦难与沧桑。她认同了"乡土化了的"基督教文化。基督的思想并非她的本意，但她需要用爱和宽恕来化解她的太多的创伤，而这正是"人民"唯一的和最后的权利。莫言诗意地哀吟和赞美着这一切，饱含了血与泪的心痛和怜悯。这是伟大的民间，被剥夺和凌辱的民间，也是因为含垢忍辱而充满了博大母性的永恒民间。从这个意义上，母亲也可以说就是玛利亚，但她是东方大地上的圣母。

显然，母亲这一形象是使《丰乳肥臀》能够成为一部伟大的小说、一部感人的诗篇、一首壮美的悲歌和交响乐章的最重要的因素，她贯穿了一个世纪的一生，统合起了这部作品"宏伟历史叙述"的复杂的放射性的线索，不仅以民间的角度见证和修复了历史的本源，同时也确立起了历史的真正主体——处在最底层的苦难的人民。

…………

但《丰乳肥臀》的意义还不止于此，它的另一个重要的人物也同样具有强大的象征与辐射的意义，这就是遭受了更多误读的上官金童。这个中西两种血缘和文化共同孕育出的"杂种"，在我看来实际是20世纪中国知识分子的化身。他的血缘、性格与弱点表明，他是一个文化冲突与杂交的产物，而他的命运，则更逼近地表明了知识分子在这个世纪里的坎坷与磨难。他身上的一切都是矛盾着的：秉承了"高贵的血统"，但却始终是政治和战争环境中难以长大的有"恋母癖"的"精神的幼儿"；敏感而聪慧，却又在暴力的语境中变成了"弱智症"和"失语症"患者；一直试图有所作为，但却始终像一个"多余人"一样被抛弃；一个典型的"哈姆莱特式"和"堂吉诃德式"的佯疯者，但却被误解和指认为"精神分裂症者"……

　　理解上官金童这个人物，需要更加开阔的视界。在我看来，由于作家所施的一个"人类学障眼法"的缘故，这个人物身上的一些"生物性"被夸大和曲解了，实际上作家所要努力体现的，是他身上文化的二元性，这是20世纪中国知识分子的普遍的"先天"弱点的象征。仅仅是他的出身、他的文化血缘就有问题，有"杂种"与怪物的嫌疑，这已经先天地注定了他的悲剧。来自西方的"非法"的文化之父，在赋予了他非凡的气质（外貌长相上的混血特征）、基督的精神遗传（父亲马洛亚是个瑞典籍的牧师）的同时，也注定了他的按照中国的文化伦理来讲的"身份的可疑"。20世纪中国知识分子的不幸困境，正是源于这种二元分裂的出身：是西方现代的文化与思想资源造就了他们，但他们又是寄生在自己的土地上，对本土的民族文化有一种近乎畸形的依恋和弱势心理支配下的自尊。他们还要启蒙和拯救自己的人民，但却遭受着普遍的误解，这样的处境和身份，犹如鲁迅笔下的"狂人"所隐喻的那样，他本身就已经将自己置于精神的深渊，因而也必然表现出软弱和病态的一面——他们没有像俄罗斯知识分子那样的下地狱的决心，但却有着相似的深渊般的命运。

其实从"狂人"到"零余者",到方鸿渐、章永璘,再到上官金童,这是一个连续的谱系。他们和俄罗斯文学中的"多余人"有相似之处,但却更为软弱和平庸。

容易被误读的还有上官金童的"恋乳癖",理解这一点,我认为除了"人类学"和寓言性的视角以外,还应该另有一个角度,即对政治与暴力的厌倦、恐惧与拒绝。因为某种意义上,男权与政治是同构的,而上官金童对女性世界的认同和拒绝长大的"幼儿倾向",实际上也可以看作是对政治的逃避,这和他的哈姆莱特式的"佯疯"也是一致的。同时,也可以认为他与中国传统知识分子中的一种"另类"性格有继承关系——比如他也可以看作是一个当代的"贾宝玉式"的人物,他对女性世界的亲和,是表达他对仕途经济和男权世界的厌倦的一个隐喻和象征。

上官金童注定要成为一个悲剧人物,他的诞生本身似乎就是一个错误,这是文化的宿命。他所经历的一切屈辱、误解、贬损和摧残,非常形象地阐释了过去的这个世纪里中国知识分子的惨痛历史。这样的一部历史早已经在众多的悲剧人物身上得到过印证,只不过那些印证可能都太过具体了,而上官金童则构成了他们的一个灵魂意义上的总括。

但他在小说中还有另一个作用,即形成了另一条叙事线索和另一个历史的空间——如果说母亲是大地,他则是大地上的行走者;如果说母亲是恒星,他则是围绕着这恒星转动的行星;如果说母亲是圣母，他则是下地狱的受难者……如果说母亲是第一结构的核心，他则是另一个相衬映相对照的结构的核心。小说悲剧性的诗意在很大程度上得益于这一人物的塑造，他使《丰乳肥臀》变成了一个"民间叙事"与"知识分子"叙事相交合、"历史叙事"与"当代叙事"相交合的双线结构的立体叙事，两条线互相注解交织，从而极大地丰富了作品的历史与美学内涵。从这个意义上说，虽然这个人物的性格是足够病态和懦弱的，但这个形象的丰富内涵却深化和丰富了20世纪中国知识分子的形象谱系。

　　《丰乳肥臀》的非同寻常之处在于，它的人物形象的塑造同时也担负起了它的庞大宏伟的结构，这也是使它能够跻身于"伟大汉语小说"的极重要的因素。它的主题、人物和叙事结构完整地融合在了一起，这是一个朴素的奇迹。就这一点来讲，很少有哪一部作品能够与它相比。一个世纪的风云际会和历史巨变，是怎样自如舒放地贯穿在母亲的一生之中，她和她的众多的儿女们，宛如一个庞大的星座，搭建起了一个丰富的民间和政治相交织的历史空间，历史导演着她们的命运，也推进着头绪繁多又清晰可见的叙事线索。每一个人物其实都可以构成一部书，但莫言却把她们浓缩进一部书中。特别是，由母亲为结构核心所构成的一部民间之书，和由上官金童为结构核心所构成的一部知识分子之书，能够完全地融合到一起，并互为辉映相得益彰，更是一个令人难以置信的手笔,它不但使结构空间呈现出伟大的气象,而且最大限度地深化和延展了作品的主题,拓展出20世纪中国历史的深层结构。

我不能说《丰乳肥臀》是20世纪汉语小说史上的一个不可逾越的高峰,但我坚信,时间将证明这部作品的价值,在它所体现的历史理念上,在它所体现出的美学意义上。也许很多年中将不会再出现具有这样气魄和品质的作品,因为就艺术的规律而言,它是可遇而不可求的。

二 复调与交响:狂欢的历史诗学

这仍然可以视为上一个问题的延伸或一部分。我所以如此看重《丰乳肥臀》,其极致化了的"狂欢节式"的叙述和"复调的交响"也是一个原因。它体现了莫言追求新历史主义叙事的努力,也体现了他在长篇小说文体和叙事美学方面的成功探索与创造。

在长篇小说叙事美学的研究方面,迄今最具建树的是巴赫金。而巴赫金最为核心的两个小说诗学的命题即是"复调"与"狂欢",这两个问题都与人类学的研究密切相关。从小说美学的角度说清这两个概念非常难,也不是我在这里的宗旨,但简单地说，它们都属于一个"人类学的历史诗学"的范畴。巴赫金把长篇小说这种具有一定的"时间长度"的叙事，当作一种非常特殊的文体，他把它们看作是一种以"诗学"的方式叙述的"历史"，因此，关于长篇小说文体的研究，实际上就变成了一种"历史诗学"[①]。在我看来，"复调"和"狂欢"虽是两个单独的概念，但其实它们也非常紧密地联系在一起。比如他以陀思妥耶夫斯基的小说为例，说他的人物描写打破了以往小说中"人物服从或统一于作者意志"的局面，人物的声音不再是"作者独白"的变相传达，而显示了与作者平起平坐的不同的"视野和声音"，也就是类似于音乐中的不同声部所形成的"复调"效果。这样来表述这个问题容易带上玄虚的色彩，因为说到底小说中的人物都是作者"叙述"出来的，人物不代表作者的声音代表谁的声音呢？显然，这是由小说"文体"本身的特殊性所决定的。但是在"戏剧"中就不一样了，小说中的人物被逼挤到一个平面化的文字的表述过程中，而戏剧则赋予了人物以一个舞台——一个"共存的时空"，在这个时空中，他们各自"必须"说着自己的声音，表达着自己独立的意志，即使是"作者"也很难左右他们，让他们违背自己的性格而按照作者的意志去说话和行事……因此，小说

[①] 巴赫金：《小说的时间形式和时空体形式——历史诗学概述》，《小说理论》，河北教育出版社1998年版。

中"复调"效果的产生，实际上取决于其"戏剧性"叙事因素的含量。

　　这样问题就变得简单了，"戏剧性"差不多正是"狂欢节化"的同义语，戏剧性因素的含量，决定了小说是否具有复调的性质，也决定了其对历史的叙述是否达到了应有的深度与活力。"小说的诗学"就这样变成了"历史的诗学"。以往包括革命小说在内的"伦理化"叙事所表现出的问题，正在于它戏剧性的匮乏，及其单一视野与腔调的表达。莫言小说中丰富的戏剧性因素，不但实现了对历史丰富性的生动模拟和复原，也体现了对长篇小说的文体的创造性改造。从《红高粱家族》到《丰乳肥臀》，其生命意志对"伦理意志的弱化"在叙事中所起的作用，正如巴赫金论述的"狂欢节"体验在叙事中所产生的效应一样：原始的语境出现了，诙谐具有了更广博的含义，人物的本能得以释放，民间世界的永恒意志代替了一切短暂的东西，权力、统治、主宰绝对价值的所谓"真理"，都处在了被反讽的地位，历史的本源的多样性、歧路与迷宫般的性质开始自动呈现……与此同时，人类学视野中的民间、大地、酒神和自然，同这两个概念也紧密相连，它们共同构成了小说叙事中的伟大气质与美感力量。

　　我用了这么大的篇幅来说明这两个小说概念，其实可以直接地用来解释《丰乳肥臀》中的叙事特点——尽管我可以肯定地说《丰乳肥臀》不可能是莫言读了巴赫金小说理论的结果，但人类学的思想构成了他们共同的资源。对莫言来说，他的创造性在于，他在对历史的叙述中最大限度地开启了存在与生命的空间，并形成了他自己特有的"历史诗学"，这也是他在当代小说叙事艺术的发展中所做出的一个重要贡献。

从广义上说，"人类学"和"历史"本身，在莫言的小说中构成了一个大的复调结构，前者的横向弥漫性和后者的时间链条感，前者所显示的超越伦理的生命诗学，和后者所体现的求解历史的道德良知，达成了互为丰富和混响的效果。如果具体地来看，在莫言的几个重要的长篇小说中，通常都有两个以上的"叙事人"，实际也就是有了两个"视野"和两个不同的"经验处理器"。这并不是最近的事情，在最早的《红高粱家族》中，两个叙述者"父亲"和"我"，即构成了巴赫金所说的复调叙事结构。"父亲"不但是小说中的人物，而且也是作为"目击者"的"第一叙事人"；"我"则是历史之河的这一边的隔岸观火者，用今天的观察角度来追述和评论"父亲"的经历；同时，在大部分时间里作为"儿童"的父亲，同"爷爷奶奶"的生活经验之间，也构成了很大的距离感，这样他对历史空间里的叙述，就拥有了两个甚至三个"声部"，这样，不同的叙事因素就都被调动起来了，在"混响"式的关系中，童话的、传奇的、鬼怪的、神秘和浪漫的民间事物，就以"狂欢节"式的方式出现在作品中。"爷爷奶奶"的传奇经历，构成了"高密东北乡"的神话世界；"父亲"

的非理性的儿童式的感受方式，则构成了英雄崇拜的浪漫记忆；而"我"的"当代性"角色与身份，则构成了对这神话世界与浪漫记忆的追慕、想象、评述与抒情，并对当代文化进行愤激的反思。这是构成这部小说激情与诗意的"狂欢"气质的根本原因。

《丰乳肥臀》中，母亲和上官金童这两个主要人物也构成了类似的复调叙事关系。母亲是生活在她自己的历史逻辑里，民间的生活形态几乎是永恒不变的，她所感受的世界既动荡又重复，她以不变的意志与方式承受和消化着一切灾难和变故，她所生发出的是悲壮和崇高的诗意；而上官金童则无法抗拒地进入了现代中国的"激流"之中，他站在"过去"和"现在"的断裂处，看见的是万丈深渊，所显示的是怯懦、逃避和低能，他所生发出的是荒谬和滑稽。这样中国现代历史的价值双重性与审美的分裂性，就以美学的形式体现出来。它实现了这样一个悖论：书写了一幕"狂欢着的悲剧"，或者以悲剧的本质，透视了历史的狂欢。只有在这两个完全不同的眼光中，中国现代历史进程中"传统"和"现代"的二元命题才能真正得以展现。如果只是由其中一个构成单一的叙事结构，那就不是莫言了，那样的叙事我们在以往和在别处，都看得太多了。

其实"历史"除非与"人类学"相遇，否则无法产生"狂欢"的效果。《丰乳肥臀》在一开头就显示了令人惊心动魄的狂欢笔法，历史是以戏剧性的"共存关系"彼此呼应地存在着的：

上官家的黑驴和上官鲁氏同时临产，而且都是难产；而这时日本鬼子就要打进村庄，司马库正在大喊大叫让村民撤退，沙月亮正在蛟龙河堤上设伏阻击；而后就是上官家七个女儿在河边目击的惊心动魄的战争场面……莫言堪称是一个诗意地描写人类大戏的高手，战争和生殖、新生的喜悦和死亡的灾难同时降临到上官家中。"历史"在这里显示出它和"叙事"之间永远无法对等的丰富性和现场感。

然而历史本身也有"狂欢"的属性，《丰乳肥臀》对这一点有最精妙的模拟。它用拼贴法和"交叉文化蒙太奇"的修辞，模拟了20世纪中国政治舞台上走马灯般的政治狂欢：一会儿是司马库赶走了鲁立人，一会儿鲁立人又俘虏了司马库，一会儿司马库又作还乡团杀了回来，一会儿鲁立人又代表人民政权枪毙了司马库，而且司马库死了之后还不断地被各种传言和宣传改编着，变成豺狼动物……在第五章中，上官家一会儿是"六喜临门"，一会儿则是惨剧不断；第六章中，上官金童一会儿从囚犯变成老金的宠物，一会儿被作为废物踢出家门，一会儿成了鹦鹉韩夫妇的座上宾，一会儿又一文不名流落街头，一会儿因为外甥司马粮的巨富而扬眉吐气，一会儿又因为破产而无立锥之地……历史像一只巨手翻云覆雨。

有一个堪称最妙的例子，是关于司马库"还乡团"的一前一后"官方"和"民间"的两种被拼贴并置在一起的叙事："阶级教育展览室"的解说员纪琼枝刚刚对着宣传画,对司马库做了妖魔化的解释,把他描述为一个杀人不眨眼的魔鬼;接着又让贫农大娘郭马氏现身说法,而她所讲述的故事恰恰瓦解了前面的说法——司马库不仅不是一个魔鬼,反而表现出了通常的人性,正是他的及时出现,才从滥杀无辜的"小狮子"手中解救了她的生命,这可以说是富有"解构主义"意味的一节。另一种是横向的并置法:莫言常常用共时性的交错叙述来隐喻历史的多面性,如巴比特的飞行表演与"鸟仙"兴奋地坠崖而死、司马库与来弟的偷情同巴比特电影里外国人的恋爱镜头、哑巴的"无腿的跃进"和鸟儿韩与来弟的通奸,还有在农场中对右派知识分子的改造与对牲畜进行的杂交配种……都是刻意地采用了并置式的叙述,这样两种修辞手法所达到的"狂欢"效果,都极为生动地隐喻出历史本身的多元矛盾与共时结构。

还有一个奇特的现象与"狂欢化"的叙事有关,即叙事载体的"弱智化"倾向。这是一个非常复杂的叙事问题、修辞问题和美学问题,也与人类学的背景有关。表现在作品中,《红高粱家族》中的"父亲"的"儿童式"叙述视角,《丰乳肥臀》中的上官金童"恋乳症"式的幼稚病以及后来的"精神失常",他们都不只是一个性格化的人物形象,而是与整个作品的叙述格调密切相关,他们的"弱智"为小说营造了非常必要的"返回原始"的、充满"反讽"意味的、喜剧化和狂欢化的、犹如"假面舞会"

式的叙述氛围。某种意义上，这种人物的弱智化不但没有"降低"作品的思想含量，反而使之大大增加了，这个问题在当代小说叙事中还有相当的普遍性，需要做深入的研究。

三 新历史主义理念的集合

毫无疑问，《丰乳肥臀》是当代新历史主义小说写作的集大成者，可以看作是一个新历史主义的总结性文本。

首先是历史的人类学视野。前文中所论"狂欢"与"复调"的历史诗学，在根本上即是人类学思想的产物。但以人类学为视野的历史叙事还有更多复杂的内容，首先一个很重要的倾向，是确立了反传统与正统道德的"新的小说伦理"。从根本上讲，人类学本身就具有"反伦理学"的性质，但它是用"生命的伦理"来反对伪善的"道德化的伦理"，它破除了禁锢人性和唯道德论的伦理，但却建立了尊重人性、张扬人的自由生命意志的新的伦理。它开辟了对人类自身研究的"生物学视野"，也就去掉了以往泛道德化的叙事对历史的遮蔽，超出了道德本体论的历史与美学观念，而确立了生命本体论的历史与美学观。从这样的角度看历史，历史显现出全新的内涵与结构形态。这一点早在莫言80年代作为新历史主义小说之"滥觞"的《红高粱家族》中，即有很明显的表现，人类学和民间立场、神话学、民俗学思想的有机结合，致使莫言构造了一部"高密东北乡"的"民间—酒神—生命—大地—自然—英雄传奇的历史"。这部历史既不同于主流的革命历史叙事，也不同于中国传统的英雄叙事所构造的道德神话，这足见它是一个全新的历史视野与结构。《丰乳肥臀》可以说承袭了这一人类学视野，张大了叙事过程中敏感丰富的潜意识活动，张大了民间化的、原始与民俗色调的语境，张大了生死、战争、性爱、生殖等人类学主题，张大了人物的生物性的本能，弱化了其社会学意义上的特征——甚至连叙述主人公的"儿童与弱智倾向"与《红高粱家族》中也不无相似。但仔细考察也不难发现，《丰乳肥臀》与《红高粱家族》中人类学倾向大于历史倾向不同，它的历史倾向要超过其人类学倾向。《红高粱家族》所试图体现的是对历史的解释方式与文化选择的一种变革，而它所构造的"酒神化的历史"仍具有历史乌托邦的诗性倾向，在那里，莫言寄寓了激情和乐观的力量——甚至可以说是豪情万丈的，但在《丰乳肥臀》中，莫言则表现了更现实和严肃的历史主义倾向，特别是没有回避当代历史的情境，和各种复杂危险的政治险境。这当然是他更加自觉的历史良知的体现。不过，他也十分有效地运用了人类学的视野和思想，来对抗和洗刷这些危险，并成功地改造了整个小说的语境，试图以此来改造当代历史叙事的顽固的政治结构，真正把历史还原于民间和人民。同时，人类学的线索和场景,同样也诗化了小说中对历史罪恶和苦难的描写,形成了"历史的交响"的效果,造就了小说的充满"大地属性"的诗性手笔,使历史呈现出它固有的原始的丰富性。某种意义上,如果没有人类学思想的注入,不但小说的历史叙述会陷于失败——因为历史本身的紧张关系(民间生活与政治暴力之间的对峙)无法缓解而陷于危险和浅尝辄止的停顿,而且也根本不会获得在人性深度上的成功,不会在叙事上产生如此强大的吸引力。

可见,"人类学的历史诗学"具有从根本上改造和还原"宏伟历史叙事"的特殊力量,这种力量是其他一切形式的叙事都很难具备的,它既可以保持历史本身"宏伟"的结构与内涵,同时又可以"大地""民间""生命""诗性",来有效地改造"社会""阶级""道德""政治"。可以这样说,在民间的意义上,当代作家中唯一能够保留"历史的宏大规模"或者"宏伟叙述结构"的,只有莫言。其他作家的历史叙事一般都是碎片化了的"以小见大",而莫言却做到了"以小见大"。这差不多也是一个奇迹,因为从具体的叙事构架上看,莫言也是以"家族性历史叙事"的框架对"国家历史叙事"予以"缩微"的。这一点是 80 年代以来的所有新历史叙事的共同特点,但对于大多数作品来说,家族叙事是对国家叙事的有意"规避",其对宏伟历史、重大事件往往只是影射或者隐喻式地表达,而《丰乳肥臀》中的家族历史视角则不是对宏伟历史的躲避，而只是一种"结构需要"，它的真正目的反而是要完整地重构20世纪中国的历史——包括当代的历史。在这一点上，它甚至和过去的革命历史叙事中的某些作品（如《红旗谱》《苦菜花》等）都有些"类似"，但他的家族历史叙述却是秉持了民间性与边缘化的立场，而不像"红色家族故事"那样仅仅是政治历史的工具，它恰恰与宏伟的政治历史构成了某种区别与对立——它们之间是侵犯与被侵犯的关系，是民间生存与主流政治之间的冲突又错位的关系。这对政治化的主流历史叙事的宗旨正好是一种反拨和修正。

宏观和整体地审视《丰乳肥臀》的叙事结构是必要的。母亲与上官家族的悲剧，反映了现代中国民间社会一步步被主流政治改造、损害、施暴、侮辱的历史，从这个意义上，它是整个20世纪中国社会历史一个高瞻远瞩的新解释，它还原了基本的历史冲突，而这样一个冲突曾经被长久地遮蔽。不难看出，在上官家众多的人物的命运与遭遇中，20世纪中国所有的重大事件——如德国入侵、民国新政、日军侵华、解放战争以及新中国成立后的一系列政治运动，一直到90年代的市场经济，都无一遗漏地被整合进来；上官家的每一个儿女的命运，同这个世纪里的各种政治势力、文化因素都发生了千丝万缕的联系，外国列强、江湖势力、国民党、共产党、美国人、基督教、汉奸……它们与上官家为代表的民间社会之间的交错联系与冲突，共同构成了一个宏伟的、开阔和纵深的历史构架。

可见家族叙事在《丰乳肥臀》中只是一个必要的叙述形式,它其实是通过戏剧性的不无夸张风格的家族故事缩微了宏伟的社会历史。在这个过程中,家族的血缘联系起到了神奇的作用——它使得那些碎片式的五光十色的历史图景,得以整合成一个整体,最大限度地生发出"历史蒙太奇"的效应。小说中所谓"拼贴"和"并置"的叙述方式,也正是在这样一个前提下才显现了极大的成功。

莫言是解构主义叙事的高手,我相信这源自天才而不是后天的知识。在《丰乳肥臀》中,"历史"在作为"叙述"的时候,显现了它的戏剧性的分裂。这种分裂在整体上源于上官金童类似于"精神分裂症"式的心灵构造——作为历史的亲历者,他在一定程度上"帮助"莫言完成了对20世纪中国历史的戏剧性与戏谑化的处理,正像鲁迅借助"狂人"完成了对五千年中国传统"文明"的"吃人"概括的否定一样。他的强烈的颓废倾向,泛滥的性欲本能与拒绝长大的潜意识,令人想起杰姆逊所说的那种"精神分裂症式的历史主义",其特点一是"强烈的波特莱尔形式",二是"尼采式的""历史'健忘'的心理疗法"[①]。前者使他

---

① 弗雷德里克·杰姆逊:《马克思主义与历史主义》,见张京媛主编《新历史主义与文学批评》,北京大学出版社1993年版,第33页。

对历史充满了恶意的和泛情欲化的想象，后者则使他表现出"鸵鸟式"的逃避历史的软弱态度与弱智的经验能力。这正是化解小说中所涉及的巨大尖锐的历史冲突所必需的，"精神分裂症"式的介入方式改造了历史的悲剧情境，将之有效地喜剧化了，这是一种"解构主义"的策略，但也是对当代历史情境的一种必要的应对和反讽，它恰恰在美学上用了中国人所说的"四两拨千斤"的轻巧，化解了叙述中几乎无法承受的重负，并且在喜剧化的外表下完成了悲剧性的主题。这种情况越到后半部分越明显，前半部中的诗性的想象越来越变成荒诞的"历史局外人"的目击——当上官金童日渐长大和衰老的时候，解构主义和精神分裂症式的观察视角就越来越突显出来。

　　局部的解构主义场景也是尤为精彩的，它们有效地证明了"历史是一个任人打扮的婊子"的说法，这当然也带有"恶之花式的想象"与颓败情绪，但却生动地隐喻出历史被施暴的情境。配种站站长马瑞莲用猪马牛羊兔乱行"杂交"的所谓"无产阶级科学"，即是一个最有力的证明，其认识基础与起点源于人性中的兽行暴力和欲望对革命及科学的误读，其表现就是对人性、知识、基本的人伦和常规的亵渎与施暴，这样的描写，其"真实性"当然会受到常识的质疑，但在其所隐含的道理上却是无比真实的。因为"叙述和命名的权力"就掌握在某些人的手里，"配种站长"会赋予它以最无法辩驳和反对的合法性，即使是"科学"也不例外。政治是怎样强奸了知识，浅薄的误读是怎样篡改了历史，这是一个无比生动的例子。

还有另一个堪称"范例"的叙述，莫言居然能够用"纪琼枝"和"郭马氏"两个讲述人的完全相反的叙述，用"解构主义"的方式影射历史作为"叙述"的可疑：在作为意识形态的代言者和传声筒的纪琼枝的叙述中，司马库是一个完全漫画化和妖魔化的禽兽，首先有了阶级属性，然后才有了历史叙述，司马库自然也就成了杀人不眨眼的刽子手，历史的叙述人从这样的逻辑出发，很自然地就进入了她的想象并"演义"出司马库的罪行。然而问题就在于，还有另一个叙事人——她居然还是一个亲历者，她所讲述的恰恰和历史的想象者要求她做的完全不一样，因为她不是按照"逻辑"而是按照"事实"来讲述的，所以就出现了令人啼笑皆非的笑话——司马库不仅不是滥杀无辜，而且还因为在关键时刻把握了分寸，才从杀人杀疯了眼的"小狮子"手下救了郭马氏一命。当她说出这个事实的时候，戏剧性的一幕出现了，"事实"变成了"胡说"，现身说法的贫农大娘被"拉走"，被逐出了"历史的现场"。

显然，历史的亲历者的叙述已经瓦解了历史的想象者的叙述，但权力才是最终的评判者——这就是历史奇怪的逻辑。这不禁叫人想起了新历史主义者发人深省的质疑声音，我们曾经知道的"历史"是"被告知"的不容置疑的"事实"，但这个"被权力叙述的历史"显然是一个被改装过的历史。当郭马氏的声音没有和纪琼枝的声音同时出现在"阶级教育展览室"这个对历史的虚拟情境中时，我们对历史的这样一种本质并不知晓。但郭马氏是否就一定代表了"普遍的真实"？这也是可疑的，因为她的真实只能是她"个人意义上的真实"，与其他的个人的真实也许就是冲突的。尽管我不认为莫言在这里表达了这样一种怀疑，而且我们也认同和倾向于"民间叙事"对"权力叙事"的矫正的动机。但这个"解构主义"的叙事冲突带给我们的启示，却证明了新历史主义者对"历史本体"的怀疑论的思想：

> 什么是历史客体？尽管历史学家和哲学家做出了那么多的详尽阐述、含糊其词和限制条件，一个非常简单的事实是，过去的就是过去了，按其定义，所有逝去的就不复存在。准确地说，历史客体就是对曾经存在过的人与事物所做的"表述"。表述的实体是保留下来的记录和文件。历史客体，即曾经存在过的东西，只存在于作为表述的现在模式中，除此之外就不存在什么历史客体……①

其实某种意义上，对历史本体的怀疑也正是构成人们对历史

---

① 辛德斯和赫斯特：《前资本主义生产模式》，转引自弗雷德里克·杰姆逊《马克思主义与历史主义》，见张京媛主编《新历史主义与文学批评》，北京大学出版社1993年版，第42页。

的探究兴趣的动力所在。《丰乳肥臀》及其所象征的"母亲与大地",是莫言所追寻和热爱的民间世界的历史与存在,它让我们看见了东方地平线上曾经有过的壮丽的生存与苦难的历史。这是新历史主义的,但也是人文主义的历史主义的书写。

另外可以看作是莫言的新历史主义叙述策略的,还有由母亲和上官金童这两个主要人物所形成的两个叙事核心——他们带来了两个不同的时间范畴使得小说中的历史呈现了双重的交响结构。这一点近似于我们在上一部分讨论的"复调与狂欢"的特征,但又有区别。母亲的时间范畴是民间的视点,小说叙述了她完整的一生——从1900年德国侵占胶州开始,一直到小说在1995年问世的时间,显然,母亲同时构成了"历史的本体"和"历史的主体"两个要素,她的故事带有了"业已消逝"的历史的性质,小说对她的叙述带有了遥远的追忆的性质,她是"大地与生存"意义上的历史,整体上又构成了一个"缅怀"和"颂赞"的对象。而上官金童的时间范畴则是"现代"意义上的,是"知识分子化的历史概念"。他的人生不像母亲那样具有"自我的闭合性",是被截断的历史——母亲的故事是他的"前历史";幼时的战乱(也不无浪漫)年代对他来说,是"作为旁观者的历史";青年时代他本应该是历史的主人,但却又因为出身背景的可疑而被定义为"局外人",是"身在局外的历史";到了成年,他又因为在监狱中度过了漫长的时光,所以几乎又成了"空白的历史";到中年以后,备受政治磨难而遍体创伤早已"过时"的他,又阴差阳错地赶上了市场经济的时代,因此又经历了一个"被抛弃和被愚弄的历史"。这样,母亲的形象实现了历史的整合,而上官金童则实现了对历史的分拆,前者形成了民间的历史视点与尺度,而后者又形成了现代性的历史坐标,两相结合,使《丰乳肥臀》对20世纪中国历史的叙述具有了立体的厚度。

第九章

作为新历史主义叙事的《长恨歌》

单从小说的技术范畴来看，王安忆的小说似乎并不是那么"先锋"的，但在意识上，我认为她一直保持了相当前卫和综合的水准和姿态。她既是一个高度"个人化"写作的作家，同时也被认为是80年代"文化寻根"和"新潮小说"运动中的重要作家，是使当代中国的女性主题书写上升到"女性主义写作"高度的重要人物。总体上看，王安忆的"历史叙事感"似乎并不强，但她的《长恨歌》却出人意料地成为新历史主义叙事的重要而典范的作品。

要把《长恨歌》当作"新历史主义的文本"来解读，问题会变得相当复杂，因为它非常自然地涉及与中国传统叙事及其美学、中国当代红色叙事及其美学的复杂关系，而且涉及"女性主义的新历史主义"问题等，但也正是这些复杂问题，使得探讨它变得格外有意义。

一 一个人的编年史

毫无疑问,《长恨歌》写的是中国现代的历史,但这部历史完全避开了通常的男权化的"宏伟历史构造",而把历史缩微为"一个人的编年史",将历史的主体完全还原于"个人"——一个几乎是蛰居在社会底层和角落里的市民女性,她的被历史的洪流巨浪裹卷浮沉的一生。

小说的背景选择了上海——这座现代中国最著名的"殖民地"城市,对于小说的主人公和小说所要叙述的历史故事来说,这具有非同寻常的意义。在现代中国,要想找一座具有现代历史和文化象征意义的城市,无疑要首推上海。因为这是一座中西文化相交合的城市,一座小市民的城市,一座大众的、消费的、欲望的、领导时尚的和红尘滚滚的城市,一座"没有历史"但却又生动地集中了现代中国历史的城市,一座集"革命"和"资本"于一身的城市,一座兼具"红色"、"黄色"和"灰色"的杂色的城市,一座非常"主流"又非常"民间"的城市,一座汪洋大海一样的城市……现代中国历史的一切重大事件,都在这个城市中最激烈和最典型地发生过。这个城市本身的历史就是一场宏大的戏剧,从"末世的繁华"、资本主义的上海,到革命的暴风雨的上海、瘟疫般的政治恐怖的上海,再到重新开放了的、一切都复原照旧了的上海,历史好像开了一场玩笑,在巨大的弯曲之后又完成了一个自动的闭合，走过了一个圆圈。而在这样的背景、这样的历史循环中，一个女性，一个美丽而招风的、迷人而又易遭摧折的、一个必然要延续中国古老的"红颜薄命"故事的女性，从历史的深处出现了。她在这样的历史洪流中颠簸着，走过了她戏剧的、叫人伤怀又叹息的一生，称得上曲折而又荒谬的一生。

想一想，这个女人的一生，将蕴含着多少历史的风雨烟云和世事沧桑。

与上述"历史的三部曲"一样，王琦瑶的人生显然地可以分为三个阶段，第一个阶段可以叫作"末世的繁华"。末世，当然是指资本的上海已经悄然地走进了40年代末的风雨飘摇中；繁华，则是指它在面临巨大变故的时候，犹作朱门之欢和后庭之乐，而我们的主人公，美貌的少女王琦瑶就在这时走进了她的豆蔻年华，生逢其时又如临深渊。历史的裂隙已经注定了她飘摇的命运。这是多么富于戏剧性的时刻——当然，即便没有这政治的变故，王琦瑶通常也一样可能会演绎一个"红颜薄命"的悲剧，但那只是古老而永恒意义上的悲剧，它重复的可能是中国文化中最古老自然的法则；而现在，她的李先生因为局势的动荡，在来来往往的奔波中殒命于一场空难，她也就匆匆地结束了自己的少女时代和"爱丽丝公寓"的"外室"生涯，成为革命时代局促窘迫的避难者。而仅仅是在几个月前，她还刚刚经历了思春的悸动、敏感的姊妹之谊和与程先生的未果的恋爱，刚刚经历了梦境一般的当选"上海三小姐"的兴奋,而现在,一切都像一场初夏时节热烈而迅疾的暴风雨一样,闪电般地结束,变得无影无踪。当上海结束了它的末世繁华的时候,王琦瑶也就注定了是一个生错了时代的美人。像一个走错了房间或坐错了车的过客,她以后漫长的一生,注定要在"错过"的尴尬中度过。在乡下,她遇见了书生"阿二",经历了一场短暂的"更像恋爱的恋爱",然而王琦瑶已经不是少女时代"三小姐"的王琦瑶了,她已经历得太多,而涉世未深的阿二注定不会真正了解她,他们像是在风雨的间歇里共处屋檐下的路人,很快便匆匆告别。之后,这曾惊诧了一个时代的美女,就注定只有"蛰居"于地下了。然而这就是上海,这就是市民民间的、"海"一般的上海,它仍然能够容纳下她,靠着给人打针的微薄收入,她居然还能够隐姓埋名地生存下来,并转入了她人生的第二部曲——

这可以称作"地下的遗民"时代。或许也是出于生存的本能,在革命岁月的上海,王琦瑶仍然经营出了一个属于她自己的小小的"地下沙龙",和一帮社会的边缘人,如"严家师母""毛毛娘舅"等聚集在了一起。他们在同昔日完全没有什么区别的围炉夜话、饮酒品茶、闲玩麻将中,打发着悠长寂寞的时光,在贫瘠的逍遥与平静中,以另一种方式延续着上海特有的生活方式——虽然革命的颜色染遍了上海的外表,可作为一种"生活方式"的上海、已经成为某种"集体无意识"的上海,却仍然以最隐秘的方式存在着,"昔日的天堂"虽然还剩下了一个苍白的影子,但就像作家所说的,他们也正好构成并且守护了上海的"芯子","历史的芯子"。

但这也有"豪门落败"的成分,王琦瑶在她二十岁到五十岁的这三十年中所经历的,只不过是一种偷生的苟且,一切小市民生活中该发生的,在她这里似乎也都无法避免,在百无聊赖的日子中她先后经历了和康明逊、"混血儿"萨沙之间不无荒唐的"爱情",并生下了一个没有名义上的父亲的女儿。唯一有一点色彩的,是她在自己怀孕和生孩子之际与程先生的邂逅。程先生忍辱负重,对她依旧一往情深,为她解除了许多尴尬。可就在她最后已经动心要与之谈婚论嫁的时候,程先生却突然红尘看破,对她再无兴趣。王琦瑶只有在孤独和困守中平淡地延续着她的单身生活,把全部的乐趣和希望都寄托在她的女儿身上。其间固也有生活的艰辛,但再无惊心动魄的故事,倒是她少女时代的闺中姊妹蒋丽莉,还有命运不济的程先生,先后以不同的形式和相似的悲剧作别了这人生。

这可能就是某一意义上的上海:外表的风云变幻最终无法改变它内部的逻辑,这逻辑似有还无,看起来微不足道,但它就在小市民的日常生活中——一种"柔软的存在",一种民间的无形力量,王琦瑶正是它的化身,她的"边缘化"和隐匿于日常生活中的状态,恰恰使它得以存在于历史的夹缝中,而浮在上面的那个上海,却是如此容易褪色——早已经和王琦瑶分道扬镳、融入了革命主流社会的蒋丽莉,就是这一个上海的映像,作为"胜利者",她竟然在活着的时候从未在王琦瑶那里找到过自信和成功的感觉。王琦瑶是失败者,却从未为蒋丽莉的胜利所动,另一种根深蒂固的"优越感"一直牢不可破地扎根在她的潜意识中,"革命的上海"和"小市民的上海"之间,竟然是这样一种对比关系。

但王琦瑶的上海是"阴性"意义上的上海,王琦瑶的柔弱性质,是使她得以存活下来的原因,因为很显然,程先生也不属于革命的上海,但他却没有能够承受得住革命时代的压力,走向了自我毁灭。所以什么是"上海的民间"?女性的、阴柔的、日常的、无所事事的……与政治的世界无关的王琦瑶的一切,才是上海的民间。

第三个时代也许可以叫作"夕阳的血色"。70年代末中国政治的变化,又改变了中国人的生活方式,属于王琦瑶的那个上海,终于又浮出了历史的地表。历史回到了它固有的逻辑,欲望、消费、市民生活的古旧情境代替了意识形态,然而属于王琦瑶自己的时代却早已结束,她差不多已经快走完了她人生的中年。而属于她女儿薇薇的时代到来了,王琦瑶的家里因为女儿的长大而又充满了"时代的活力",上海人的吃、穿,上海人的时尚、攀比,小市民的生活趣味与气息,不可抵挡地活跃起来。时光的轮回叫人不能不有丝丝缕缕的感伤，但日常生活的温馨弥漫，自然也毫无例外地把那个"旧日的上海"王琦瑶拉了进来。她竟然在女儿去了美国之后的空虚中，同一个比她小一辈的青年"老克腊"发生了一场荒谬的"恋爱"——一场比此前她的几次荒谬的恋爱都更加荒唐的"夕阳红"。如果说此前与程先生、阿二之间的情缘是有点诗意的阴差阳错，那么甘做李主任的外室，和康明逊、老克腊之流的媾和，则纯是出于小市民的浅薄——就在老克蜡几乎是强奸了她的身体的时候，另一个貌似忠厚的骗子"长脚"又在谋夺她暗藏多年的金条，当她和这盗贼搏斗的时候，"长脚"掐死了她——

  长脚的两只大手围拢了王琦瑶的颈脖，他想这颈脖是何等的细，只包着一层枯皮，真是令人作呕得很！王琦瑶又挣扎着骂了声瘪三，他的手便又紧了一点。这时他看见了王琦瑶的脸，多么丑陋和干枯啊！头发也是干的，发根是灰白的，发梢却油黑油黑，看上去真滑稽……

  按照我的理解，作家王安忆写这一段是别有一番深长用意的，从某种意义上，《长恨歌》之"长恨"，整个是对现代中国历史的一种悼亡。这长恨的实质在于人与历史之间的"错位"——王琦瑶生错了时代，所以她的一生必然是一场悲剧，区别仅仅在于这幕悲剧是分几个场次而已。一个人折射、承受并且从一个侧面解释了历史。其实"长脚"的手,不过是完成了命运对她的最后一击,这只手不过是"历史之手"和"命运之手"的一个延伸和一个影子,"革命和政治的上海"与"小市民的上海"之间的较量,还有小市民社会自身的欲望逻辑,还有不可阻挡的历史——时间车轮,才构成了在暗处操纵王琦瑶命运的那只巨手。

我相信《长恨歌》是一部可以传世的著作,因为它的历史与美学的内涵是如此丰富,太丰富了。首先,从文化的意义上来说,王琦瑶的悲剧应和了中国人古老的生活逻辑,重复了无数前代的女子相似的命运,它阐释了中国人古老的集体无意识;其次,从现代中国历史的角度,它可以说也是一部包含了政治、社会、历史、人生、文化和精神各个层面的悲剧,一场革命的暴风雨,带来了多少,又改变了多少?当历史完成了一个闭合,上海又重新回到了它的自身——资本与消费的中心,中国人融入世界的现代化之梦的载体时,这种追怀尤其具有历史的沧桑感,然而历史可以循环,人生却没有第二次,一个人、一个弱女子,就这样挣扎并葬身在历史巨大的裂缝中,用她那小小的、在历史面前显得柔弱而微不足道的悲欢离合阴差阳错,演出了一场令人唏嘘感叹的戏剧,化作了一缕淡淡的青烟。

然而,仅仅看到这样一份伤感也未免是单面的,在王琦瑶个人与历史的冲突中,作家也展示了她深沉的历史意识,展示了市民社会与政治社会之间的持久较量，并在这样的较量中离析出了市民社会的内部结构。这样，作家的民间性的历史与社会的价值立场，就隐隐地映现出来了：政治的上海和民间的上海，哪个才是上海的主体？谁才是"历史的芯子"？某种意义上，王琦瑶也是一个"胜利者"，因为即使是在最困难的生存环境中，市民社会及其意识形态也成功地庇护了她，并和她一起，成为最终的另一意义上的胜利者——然而这样的"胜利"也仍然没有成为最终的结局，欲望的和消费的、民间的上海也并不就是最后的天堂，是它最终又葬送了王琦瑶，结束了她多难而无聊的一生，并把她的故事汇入到永恒轮回的历史之中。这样，一幕历史的悲剧又最终化作了人生和人性的悲剧。这应是"长恨歌"的深长的历史含义与绵远的悲情之笔的最深处。

二 对传统历史叙事及其美学的还原

很奇怪，我之所以把《长恨歌》当作一个"新历史主义叙事"来看待，恰恰是因为看到了它内部的一个"陈旧"的问题，它对中国传统历史叙事及其历史美学的恢复。这很自然地也涉及另一个问题，即对"红色历史叙事"的一种反思和改造——它们曾经也是一种很"新"的历史叙事，对中国传统历史叙事进行了一系列的改造，而《长恨歌》又与它们之间构成了一种戏剧性的对比。借助这种对比，我们可以解释和揭示中国传统叙事、革命叙事本身一些美学与修辞学方面的奥秘。

不要忘记在中国有一支更古老，也更有名的歌——白居易的《长恨歌》（甚至还有比较小市民的《今古奇观》中的"王娇鸾百年长恨"的故事，其中也有一首"市民化的拟作"《长恨歌》），当我们把王安忆的《长恨歌》和它们放在一起的时候，就会发现，它们之间有戏剧性的相似之处。我相信王安忆给小说取这样一个名字，也确有"比附"之深意，至少，它们所讲述关于女人的"红颜薄命"的故事是相似的。这在最初对作家来说，可能是一种偶然的联想和妙得，但当她一路写下来，它们之间却有了神妙的内在的美学联系。

中国人传统的叙事美学，受到其历史与人生观念的深刻影响。前面我在讲中国传统历史叙事的特点时也说过，受到感伤主义人生哲学、历史循环论思想的驱遣，中国人其实非常追求"叙事的长度"，这个长度的特点是"个体人生与历史的同构"，具体来说就是用人生的"生—死""聚—散"的模式，来隐喻历史的"盛—衰""分—合"模式。这决定了中国传统叙事特别注重"因"与"果"、"始"与"终"的长度，决定了它的悲剧美学构造。因为很显然，完整的长度与因果连接，必然会造就"无—有—无"的叙事构架，它非常符合中国人对宇宙万物规律和历史人生的认识的基本逻辑。在这一逻辑的支配下,悲剧与感伤成为中国人"有长度叙事"的基本美学格调。认为中国传统文学只有"大团圆"的结局是不够准确的。"长恨"是中国传统叙事美学的一个最普遍的模型,因为它的长度完整地展示了生命的消殒,一个时代的终结。白居易的《长恨歌》是典型的"长恨"式的叙事,《红楼梦》也是典型的"长恨"式的叙事,所有的古典长篇小说无一例外地贯穿着感伤主义的情调。

而"革命叙事"却改变了这一特点,它的"叙事长度"在本质上大大缩减了。尽管有的作品在篇幅上长达多卷,上百万字,但实际叙述的却只是主人公截至"青年"或者"成熟"时代的"成长故事",其中会有波折,甚至会有很惨烈的悲剧,但结局却无一不是"胜利""革命高潮"、革命者"成长的完成",在这样的关节点上,小说的叙事戛然而止。仅仅是这样一个"时间修辞"上的小小的变化,革命叙事就完成了对传统叙事的改造,将感伤变成了壮美,将悲剧变成了壮剧,将最终的消失变成了永远的拥有,将"长恨歌"变成了"青春之歌"。关于这一点,我在前文讨论革命叙事的特征时也已经以杨沫的《青春之歌》为例,做过比较详细的分析。

这是一个小小的,然而也是非常重要的"秘密"。革命叙事与中国传统叙事之间其实有着非常多的和非常内在的"隐秘联系",但这一改造最为关键。王安忆的《长恨歌》正是越过了革命叙事对传统叙事的改造,又从时间修辞与美学风神上恢复了中国人固有的传统,她完整地写下了王琦瑶的一生,从她的豆蔻年华写到了衰朽的老年,从她的青春恋情写到了一次次的错过和错误,一直到她的可怜又可悲的死,和杨沫的《青春之歌》的"青春叙事"相比,它因为它的"完整"而变成了悲剧。如果我们拿它来和白居易的《长恨歌》来比,王琦瑶在获得"上海小姐"称号之前的生活,好比是杨玉环的少女时代——"杨家有女初长成,养在深闺人未识";倒向权贵李主任的怀抱,好比是杨玉环得到了皇帝的专宠——"天生丽质难自弃,一朝选在君王侧";李主任突遇不测,王琦瑶孤雁单飞,又好比是杨玉环痛别唐明皇——"君王掩面救不得,回看血泪相和流",只是原来的人物关系做了一个颠倒;再之后颠沛流离避难他乡,被迫蛰居地下徒然地追忆当年的一缕温情,又好比杨玉环唐明皇天上人间的苦苦相思——"行宫见月伤心色,夜雨闻铃肠断声"……但这样的比附显然有些简单化,很难涵盖王琦瑶后来的那些复杂经历。而且这终究是小市民的生活层次,与古典时代帝王人家的华贵生活终是不能同日而语的,王琦瑶的"长恨"可以使人产生些许的怜悯,但却没有白居易的《长恨歌》里高贵华美、叫人唏嘘断肠的悲伤痛绝。一个不过是小市民不免荒诞的悲剧,一个则是高贵浪漫的古典传奇。

然而即便是小市民的长恨也不失为一种美的长恨,不过是

"旧时王谢堂前燕,飞入寻常百姓家"罢了,而这正是王安忆的高明之处,她不但使上述两者之间实现了一种创造性的"神会",而且还通过王琦瑶的故事,实现了对传统历史美学的"现代性的改造"。这表现在,当历史恢复了它陈旧而恒常的逻辑、当上海结束了它的革命时代,而再度成为一座典范的消费城市的时候,王琦瑶不仅延续了她少女时代的生活,而且也续接上了她的旧式的"中断的悲剧",她没有死于红色风暴之中,相反是物欲、市场和消费的上海让她上演了她该上演的荒唐悲剧——这足以证明王安忆不是一个简单的作家,她是真正有历史感的作家,她让王琦瑶死在金条带来的灾祸之下,死在无聊的小市民的闹剧里,不但隐含了一个知识分子的人文批判的命题,更在"现代"的语境下复活了古老永恒的悲剧,并为它点染上落败和荒谬的末世的气息。很显然,这正是我们所需要的,它不是简单的修复,而是创造性的绵延。

仅仅拿《长恨歌》和传统叙事相比,似还不能完全说明问题,我们还要拿来和革命叙事比,才能更清楚地看到它在历史叙述方面的"新意"。和杨沫的《青春之歌》比,似乎是一对天然巧合,是例证,因为它们简直有太多的可对应比较的地方,比如——

一支是阴郁而灰暗的歌,一支则是明亮而昂扬的歌;一支是哀怨感伤的歌,一支则是热情乐观的歌;一支是绵长而缓慢的歌，一支则是急促而短暂的歌……当我们将它们放到一起进行对照的时候，就发现了"历史"本身戏剧性的古老而执拗的逻辑，"青春叙事"的终结，正是当代历史本身巨变的结果，支配着这美学演变的一只巨手不是别的，正是时间本身。时间改变了革命时代的新鲜色调，把青春的留影变成了黯淡陈旧的老照片。无论是从人生经历还是叙述美学的意义上，王琦瑶和林道静之间的"对照性"，都不仅在于她们之间不同的人生道路的选择——一个走上了革命道路，一个则固守着其市民的生活——还在于她们人生的"长度"是不同的，这很关键。《青春之歌》的结尾呈现给读者的是一片灿烂的曙光，没有人会怀疑林道静以后的生活和道路，因为这结尾所产生的"修辞效果"已经取消了关于"青春之后"的追问，时间和胜利会一直持续下去，但人物的年龄却终结了。

这种"青春的定格"在传统叙事中也是存在的，特别是在"大团圆"式的喜剧中。但在绝大多数的长篇叙事中，却不是只有一个时间要素，而是对比存在着的两个——白居易的《长恨歌》就是如此，杨玉环被赐死于马嵬坡前，是一种"香消玉殒"之死，她的青春与美丽定格在这悲惨一幕中，这样才留下了"上穷碧落下黄泉，两处茫茫皆不见"的唐明皇，也留下了人们心目中永久的美丽和憾恨。一个时间停止了，另一个孤独地向前，天上人间，生死两界，活着的人才体验到他的余生"被抛弃"的悲凉、生不如死的痛苦，体验到"迟迟钟鼓初长夜，耿耿星河欲曙天""天长地久有时尽，此恨绵绵无绝期"的滋味——《长恨歌》之"长恨"就是这样产生的。《红楼梦》也一样，试想如果林黛玉不是死于她的豆蔻年华，而是真的嫁给了贾宝玉，过上许多年，当她人老珠黄之时，她的越来越重的肺痨，无法救药的吐痰咳血，会将她少女时代那令人哀怜的"美"一扫而光。果真那样，一幕使人心痛伤绝的悲情诗篇，还将安在？

古典的美学可见也与"青春叙述"有关。但革命的青春美学却漠视这种生者与死者的分离，它要把先行者的死和后来者的生合为一体，让死者在生者身上获得永生，这样它所实现的，便成了一种"不死"的壮美，林道静与卢嘉川之间的故事就是这样处理的。但时间终将要延续下去，青春终要衰老，"胜利者"也会再度面临失败，叙事终止了，生活却还在继续。如果林道静的故事还有续篇，那真不知会是一番什么模样：林道静会结束她的青春年代，会成为某个部门的负责人，然后可能会成为"反右""四清""文革"的对象，接下来将要上演的，也许会是令人似曾相识的悲剧⋯⋯很显然，林道静的出身和经历，将使她难以摆脱被怀疑甚至被专政的命运。我们在"文革"结束后曾经看到了多少这类关于"伤痕故事"的叙述！这些叙事同样是采用了革命的"断裂式"的时间修辞——过去的不幸已经终结，美好的生活又"重新开始"，然后故事又在正义的恢复和人民胜利的欢乐时刻终结。所谓"过去"和"未来",就是这样不断在我们的时间进程与历史概念中断裂和重复的。可是如果我们换一种时间修辞法,把这两段"青春之歌"和"伤痕之歌"的叙事连接起来,得出的叙事效果就会大相径庭,虚假的因割裂而造成的正义、胜利和壮美主题,就会被完整的叙事本身的荒谬所代替。

还有另一组对照:这就是《长恨歌》中的另一个人物蒋丽莉与王琦瑶的对照。蒋丽莉可以说是"《长恨歌》中的林道静",却又延伸了林道静的命运。可以说,关于她的故事"续写"出了《青春之歌》"省略"了的部分。少女时代的她曾经历了和王琦瑶完全一样的生活,她们追想着浪漫的未来,在闺中度过了"姐妹情谊"的时代,她甚至还鼎力相助王琦瑶选上了"上海小姐"的第三名。但这个"丑小鸭"一样的女孩,可能内心深处在充满了对王琦瑶的美丽的艳羡的同时,也深藏着一种隐秘的妒忌,她可能一直在和王琦瑶"比":她的家庭背景好于王琦瑶,拥有可供上流社会出入的沙龙,她就把王琦瑶拉到了她家这个社交场合里来,这样她就有了一种居高临下的优越感;再者她实际上也是在帮助王琦瑶的过程中,感受到了某种满足,并与王琦瑶的美丽的优势达成了某种"平衡";然而当王琦瑶果真成为"三小姐",并且在和她与程先生三人构成的"三角恋"中牢牢地处于优势(蒋丽莉爱程先生,而程先生却爱王琦瑶)时,她的难以用语言来表达的妒忌,就逼使她要"革命"——去寻找另一种竞争的方式了,她的"向左转"在深层心理上是不是出于这样一种原因?可以说,与王琦瑶"攀比"是她终生的一个"情结",这最初源于人性,最终却导向了政治。

就这样,当上海这个"资本主义"与小市民文化占据着绝对统治地位的城市,面临着中国现代以来最大的变动时,蒋丽莉走上了革命道路。和林道静以及许多"小资"人物之所以走上革命是源于个人生活的动机一样,蒋丽莉以迅雷不及掩耳之势,变成了革命队伍中的一员,变成了"胜利者"。在接下来的生活中,蒋丽莉取得了无可争议的优势,而王琦瑶则沦为了"地下的遗民"。这时,"青春叙事"的"主角"终于由于革命而实现了一次替换。如果小说到这里结束,那和杨沫的《青春之歌》的故事也就很有些异曲同工了。但王安忆却让蒋丽莉继续活下去,让她在胜利的狂欢之后,继续她无法不平庸和走向灰暗的生活,于是悲剧如期降临,死亡在时间之河中如期出现。蒋丽莉嫁给了她并不喜欢的革命者——有着一双臭脚丫子的南下"山东干部",胜利者的新鲜与喜悦并没有维持多久,日常生活的陈旧与固有的逻辑就又开始了。革命政治高居在上海的屋顶,而日常的小市民的生活却深处于每一个弄堂和角落。对于蒋丽莉来说,她认同革命只是暂时和无奈之下的选择,而认同"原本的上海"却是从骨子里决定的。她骨子里的那颗"上海心"并没有使她认同她的革命丈夫的生活,她一直没有得到自己的幸福。这不仅因为她与美丽的王琦瑶相比本就是一个"灰姑娘",不仅因为革命的灿烂神话终究要还原到灰色的日常生活,还因为她压根儿就没有在内心战胜过"旧上海",她在王琦瑶面前永远是自卑的。在抑郁的生活中,她度过了暗淡的中年,最终死于肝癌。

一曲"青春之歌"就这样变成了"死亡之歌"和另一支"长恨歌"!某种意义上,蒋丽莉完成了林道静的续篇,也用时间的延续,终结了"青春之歌"的神话。

俄国人巴赫金在论述小说中的时间问题时,曾分析过古希腊的一种叙事,这类作品写男女之间一见钟情、然后历经曲折磨难、最后终成眷属的故事,这其中按照故事发生的时间看,显然是有相当的长度的,然而"主人公们是在适于婚嫁的年岁在小说开头邂逅的;他们又同样是在这个适于婚嫁的年岁,依然是那么年轻漂亮地在小说结尾结成了夫妻。他们经过难以数计的奇遇的这一段时间,在小说里是没有计算的"。[①]为什么没有计算呢?显然是要保持其"青春叙事"的特征。这和古希腊文化的整体上的"童年倾向"与青春气息是有着内在一致性的。从中国当代文学叙事的历史变迁看,《长恨歌》这样的作品也可以看作是一个标志:它标志着原型来自西方的"青春—历史"叙事的格局及其

[①] 巴赫金:《小说的时间形式和时空体形式》,《小说理论》,河北教育出版社1998年版,第280页。

"进化论美学"的终结,以及中国传统的"生命—历史"叙事的格局及其"循环论"与"感伤主义美学"的恢复。"生命本体论历史观"所支配下的叙事,必然会呈现出自我的"闭合"性、循环性、完整性和悲剧性,展现出其"长恨"的本质与悲剧美学的力量。个体人生的"必死",使"历史的整体"整合了"历史的局部",历史的悲剧消除了历史的喜剧,以生命为单位的更长的完整叙事,取代了以青春为单位的断裂式叙事。这当然和中国当代文化的语境有着微妙的关系,一个世纪结束了,一个"青春"的时代也已消逝,因此他们集体地终结了原来的热情而不免虚浮浅显的"青春叙事"与"青春美学"。在这一点上,《长恨歌》是特别要值得肯定的,因为它构成了一种美学的范例。

三 "女性主义的新历史主义"及其他

如果撇开偏见,《青春之歌》也许原本是一个"女性主义的叙事"。如果说在大多数的男性作家笔下,由其潜在的男权主义意识与"皇帝婚姻理想"所驱动,大都热衷于演绎"一个男人和几个女人的悲欢离合"的故事的话,那么《青春之歌》,则是很大胆地讲了"一个女人和几个男人的性爱故事"。小说叙事的结构核心由男性转换成了一个女性,这在革命文学中应该是一个罕见的个例。然而，由于杨沫要逃出一个"小资产阶级叙事"的套路，为她的本来的"个人经验的叙事"盖上一层革命的釉彩，使之成为革命时代的合法叙事，她却不得不硬把这个本来的女性中心的叙事，变成了一个"仿男权主义的叙事"——她仿照其他男性作家的叙述方式，把林道静这个原本的"意义的中心"变成了"结构故事的中心"。她刻意压低了林道静的地位，把本来是她自己的化身、在她的潜意识中有着强烈"自我中心主义"倾向的主人公，改扮成了"一个漂亮的女人和一个幼稚的革命者的矛盾体"，这是一个不得不做的妥协。如果按照当代女性主义的某些观点来看，它其实也可以概括为"一个女性走出了房间"而"进入了历史"的故事，她改造了自己的话语、价值观念、私人生活（当然，"革命"也为她的私生活带来了新的机遇与合法理由），而过起了男人世界的生活。作家将此写成了她的"成熟"和胜利。

显然，《青春之歌》从另一方面显露出了"革命叙事"与"男权叙事"之间的同构性质。杨沫要想把自己的女性叙事、个人叙事、小资产阶级叙事的结构，改造成革命的叙事，必然会向着男权叙事的方向发展。其中，充当林道静"革命领路人"的，是成熟男性卢嘉川和江华，他们既是林道静崇拜的男人（身体），又是党的化身（信仰），而林道静自己却要下降为受教育者、不成熟的青年和"群众"，这样一种反转着的关系，使杨沫无法维持一个"女性主义的立场"。她的讲述不得不从个人生活空间,转向宏伟的社会历史场景。

而《长恨歌》却恰恰相反,它讲述了更长、更完整的现代中国的历史,但却始终坚持了"女性的中心",它写了"阴性的上海",女人的世界——"房间里的故事"。在半个世纪的时间跨度中,历史的真正主体和场景,却几乎被完全限定在"房间"之内。这是典型的女性化的历史视角,如同美国的女性主义理论家苏珊·古芭和桑德拉·M.吉尔伯特所构造的"阁楼上的疯女人"的意象一样。《长恨歌》中所有的社会性的重大事件,诸如上海的解放、李主任之死、新中国成立后对资本主义工商业的改造、历次政治运动,等等,都被王安忆轻描淡写地带过,只是恍惚一闪,许多重要的标志性的年份甚至没有给王琦瑶的私人生活留下什么印记——这既是小说所采取的"叙述策略",也是小说中人物所坚持的生存方式与价值立场。

很显然,"民间生活场景"和"民间性的价值立场",同"女性主义"和"新历史主义"的叙事之间,是一种深刻的默契和统一,这个问题在当代中国的文学叙事中,不是一个个别的问题,而是一个有着普遍意义的规律。一方面,新历史主义的叙事必然在写作的空间与价值向度上指向民间,"民间性"是当代文学中新历史主义意识的一个支柱与体现;另一方面,具有历史向度或长度的女性叙事,也必然采取民间性的价值立场,这是相辅相成的。美国的女性主义历史主义理论家朱迪丝·劳德·牛顿在评述一本女性主义著作的时候,曾经论述了"女性主义者"在某种情形下的"新历史主义"倾向,其文本的构造策略,是一种对各种复杂的"文化文本的并置",其中的多样的"文化符码渗透在各个学术领域、广告、性手册、大众文化、日记、政治宣言、文学、政治运动及事件之中",给人的感觉就像是一幅"交叉文化蒙太奇"。[1]显而易见,女性主义与新历史主义之间却有着天然的内在一致性。《长恨歌》中历史场景的描写,在我看来首先即是因为它遵循了女性主义的立场,所以写来自然也有了新历史主义的色调。小说刻意的琐屑、节奏的缓慢、心理化的时间和空间感受、对外部世界与政治历史的忽略,甚至于其刻意"絮絮叨叨"的语言方式,都典型地体现着其"历史经验完全不同于男人们"[2]的特点。这是一种毋庸置疑的优势,王安忆用她女性特有的想象力与细微的观察力,写出了历史的细枝末节的部分。而且这还很自然,因为上海这个城市本身就是多种文化"并置"的城市,尤其经过了革命年代之后的还原,它的文化构成和历史内涵变得空前复杂和丰富,语境充满了反讽和诙谐的要素,王安忆敏感地意识到这样一些丰富的历史意蕴,用她细腻的笔触将之表现得淋漓

---

[1] 朱迪丝·劳德·牛顿:《历史一如既往?女性主义和新历史主义》,见张京媛主编《新历史主义与文学批评》,北京大学出版社1993年版,第203页。

[2] 参见《女性主义与文学批评》,第204页。

尽致。

在这点上，王安忆不仅仅是写了房间内的历史，也写了房间外的风景。其实开篇的四节"弄堂""流言""闺阁""鸽子"，稍后的"开麦拉""沪上淑媛"，第三部中的"薇薇的时代""老克腊""长脚"等部分都带有非常明显的"场景叙述"的意味，这些场景往往把历史和现实、人物和环境结合在一起，把"上海的色调"，其各个时代五光十色的文化符码都激活调动起来。

市民化的叙事和女性化的叙事产生的奇妙重合，使《长恨歌》成为当代中国近乎是"唯一"——至少是不多的——一部"女性主义新历史主义"的作品。它们共同与波澜壮阔的国家历史男人世界拉开距离。王安忆以"背叛"现代以来的"启蒙—革命"的复合式的叙事规则的方式，另辟蹊径地重建了女性叙事，也建立了现代中国女性的另一种历史——某种意义上也是体现深沉的人文主义思想的历史。如同余华的《活着》一类小说一样，它也是写了"历史的背面"，写了"富人的败落"，另一种具有丰富历史内涵的生存。它在主流历史的威压下忍辱偷生的生存苦难，不是用道德或者革命的意志等简单的概念就能够解释的，其中包含了充满沧桑与历经整合之后的丰富的人生与历史意蕴；另一方面，它也可以看作是对现代中国历史以商业、以欲望、以权力、以政治、以革命、以窥探、以性行为、以掠夺……种种方式对妇女世界进行侵犯的历史，王琦瑶的一生刻满了这样的烙印，无论是她少女时代的被"选美"、被权贵占为"外室",还是后来无法抗拒地成为革命风暴的裹挟物,成为"不名誉"的必须隐匿自己的"历史"和身份的女人的处境,在这样的处境中被玩弄,不得不备受怀孕、试图流产、生下没有父亲的孩子等种种屈辱,最后又被老克腊和长脚之流侵犯谋夺……王琦瑶的一生也可以称得上是血泪交织的一生了,王安忆对这一人物怀着的深深的悲悯,书写下她作为一代妇女的不幸人生与历史,并非常高明地使这一人物在各个时代所遭受的侮辱,同她在作品中所"不得不给定"的卑微身份之间,形成意味深长的对照。

王安忆还是一个富有女性人类学意识的作家,她在小说中对王琦瑶在不同年龄阶段与不同社会处境中的心理描写是非常细腻的,她在各个时期的人生经验都被揭示得栩栩如生,从少女时代的"怀春""忌妒""姊妹之谊""闺中思妇"到怀孕时的复杂的生理心理反应,做母亲的喜悦,一直到"夕阳红"之恋时的复杂的情感意绪,等等,也可以说几乎是一部女性的一生的心理档案,这和小说中的历史叙事的因素之间构成一种互相深化的关系,心理的深度增加了历史的深度,反之亦然。

结构性的文化视角,也是使《长恨歌》具备"新历史主义"特征的一个因素,它回应了中国传统叙事中古老的文化结构,一个有着深厚的"种族无意识"基础的宿命性的逻辑——红颜薄命,自古而然,往往出于乱世,为祸水玩物,最终被弃;或者韶华易逝,富贵无常,人面桃花,世事沧桑……这是历史上关于女性的悲剧文学主题的重现,它兼具"美学还原"、对"文学母题"的重构和对"历史元素"重新解释的多种意义。在这里,王安忆对于中国传统美学与叙事模型的创造性的恢复与光大本身,也体现了她不凡的文化与历史的智慧。

III

第十章

由语言通向历史：王朔的意义

> 一代人的记忆，不可挽回地锁闭在他们这一代人的身心之中。
>
> ——保罗·康纳顿《社会如何记忆》

之所以讲王朔，是因为我在汉学系图书馆看到了一套很"破"的王朔文集，它破烂的程度，甚至要超过我在中国的图书馆看到的情形。这说明王朔的阅读率是很高的，因此谈王朔可能会有很多的人感兴趣。

但是王朔是一个什么样的作家，是不是一个"严肃的"精英意义上的作家？这是一个问题。在中国，王朔除了拥有众多的读者，还有非常多的争议，他似乎一直在"骂人"，也似乎一直在"被骂"。这也是我想在这里讲讲王朔的一个原因。为什么会有许多争议？这是因为王朔和通常的作家比，有更明显的反道德的倾向，有时还显得特别"底线"、特别"坏"和特别"痞"，然而这种"坏"和"痞"也正是很多人喜欢他，觉得读他的小说比较"过瘾"的一个原因。这就比较令人困惑，王朔的小说为什么在有如此大的争议的同时，又有这么大的吸引力？而且为什么只有那些特别"坏"的，才特别受欢迎？另外，他其他的作品为什么就相对比较差？或者说，为什么我们只有在王朔那些最"坏"的作品中，才会觉得他是一个"一流"的作家，而在其他的作品中就会觉得他只是一个"三流"的作家？还有，虽然受欢迎，但王朔在中国当代文学中为什么没有很高的地位？很少有人将他列入精英作家的行列？

这些问题都非常有意思。我今天要讲的，就是要讨论一下王朔小说中的精华应该怎样理解的问题，它们和当代中国的精英文化、前卫文学之间究竟是一种什么关系。

当然，这也许离不开一个起点，即王朔的写作不是一种"自足的写作"，而是一种"相对性的写作"。也就是说，他和美国的解构主义理论家希利斯·米勒所说的那种"寄生性的写作"有某种一致之处，是一种"次生性的文本"，一种"意识形态的寄生体"。也就是说，要理解王朔的小说，必须首先重温当代中国在过去一些年中所经历的特殊的历史，以及这些历史中的特殊意识形态，了解作为这一套不断变化——而且是发生了巨大变化的"意识形态的载体"的语言，以及和这一套语言、意识形态相适应的道德观念。"反正统道德"与"反权力语言",是王朔小说的两个诀窍和两个最突出的表层特征,但在这一表层特征之下,他的真正的目标,我理解是一种"对历史的特殊的回忆"。因此,我在某种意义上,是将王朔作为一个"历史小说家"来解读的。

一 历史情境与解读王朔的起点

王朔的意义没有"自明性",如果没有"背景"的映衬和某种延伸的阐释,他将受到"抽象道德"的审判,并为一般的艺术规则所不齿。好在历史记忆尚不遥远,稍有些生活经验的人都可以凭借刚刚死去的语言,来完成对他小说的背景的复原。但是这一点又常常需要"提醒",因为"遗忘"往往是中国人典型的病症,这种遗忘不但是"集体无意识"的,而且还是"语言无意识"的。语言常常充当中国人遗忘历史的最佳工具。这有非常多的例子。

因此,要想理解而不是误读王朔,解释而不是咒骂王朔,需要回忆当代中国历史出现了这样几个深刻的变化:

一是从理想主义的年代到"文革",中国人经历了一次深刻的"道德的失败",产生了社会正义(social justice)丧失之后普遍的"败坏化"的社会心理。为什么当代的社会风气如此败坏,中国人的语言与意识如此粗鄙，为什么在经济发展了之后还"端起碗吃肉，放下筷子骂娘"？这是上一个时代的政治伦理学与庸俗社会学由泛滥再至颓败的结果。我们这一代人曾经接受过一个神话式的教育，"公有制"时代的价值规范，加上小农式的温情主义伦理，演变出了一个热情向上、实际上又比较虚假的"憎恨物质"与"癖恋精神"的道德神话，而这样一个神话在对中国人的精神实行了很长时间的统治之后，在突然面对市场经济时代的物质原则之后，却很快被瓦解废弃。这种表面看来的精神坍塌，曾经在1990年代前期引发了关于"人文精神危机"的论争。道德的神话化，恰恰埋下了"道德底线"丧失的危机，这个危机终于渐次爆发于"文革"之后，但直到1990年代才真正显现出其本质。表面上看，是中国人的道德状况出现了一个特别严重的"滑坡"和"下降"，但从内里看就不是这么简单，一方面，这种下降是必然的"价值调整"的表现；另一方面，意识形态的强力对社会正义的长期僭越，导致了社会公众道德的虚伪化与事实上的空缺。特别是道德教育的失败，使人们对道德本身产生了抵触与反感。在中国传统的道德观念系统被"革命"扫除之后，"革命道德"的神话又陷入虚设的"话语游戏"的情形下，王朔首先抓住了这种社会心理动向。他笔下的"恶行"人物，虽然还达不到"恶魔化"的程度，但也对一般的社会道德准则形成了很明显的威胁和亵渎。不过，中国有句古话，叫"歪打正着"，他的小说人物的这种"坏",同当代中国社会的"价值转型"又达成了一种隐形的重合,成为其一种敏感的表现形式。这样,他的人物便不仅仅具有了"道德上的反正统色彩",而且还很奇怪地具有了"文化上的前卫色彩"。

二是从政治语境到商业语境的巨大置换导致的"政治后遗症"。在"文革"时代,几乎是全民讲政治话语的,突然有一天这样一套话语就失去了意义,而且变得很滑稽。中国人在政治方面形成了一种复杂的病症——既厌倦、疲劳,又总是充满了惯性,而语言中严重的污染与旧的残留,更使他们像急于擦去身上的一块污垢一样,不免气急败坏。这样"语言的痞化"就成了"政治的痞化"的一种表达形式。而且更有潜在意味的是,在中国,词语往往最容易成为"受过者",比如我们把失误都归过于"错误路线",把"文革"的悲剧完全委罪于"四人帮",把不良的社会风气称为是"资产阶级腐朽思想的侵蚀",诸如此类。这样,每个人都通过"对词语的施虐",很轻巧地割断了自己对时代所负的责任。我把这种现象,称为中国人特有的"语言的政治无意识"。

政治话语的习惯直到现在,在我们的日常生活和社会无意识中还有着大量的遗存,比如"下岗""战线""阵地""队伍",等等。人们对红色政治语言充满了由某种"禁忌"和"癖好"而导致的复杂感受与超常敏感。而王朔的小说,正是通过对这种话语方式的戏仿与刻意的"词语滥用",在某些方面唤醒了中国人的上述"语言无意识",使之从中获得丰富的历史回忆,并把这种回忆变成戏剧性的历史消费。

第三个因素,是宏大的政治意识形态被小市民的意识形态所取代之后的喜剧情境。这是一种类似"狂欢节"一样的社会心理,民间对权力社会的恐惧,变成了对它的"戏仿",并用这种看起来暧昧而很难"定性"、很难"问罪"的戏仿,来对其进行有限的施虐,并达到"自娱"的目的。当这样的话语方式有所弥漫的时候,效果就更加明显:法难责众,更何况是在"过节"的气氛下。而且从某种意义上,这和当代中国的历史情境本身就有惊人的相似。"文化大革命"全民使用红色话语,集体上演了一出"红色的壮剧",但因为"革命"对象的虚构性,方式的虚拟性,使这"壮剧"不免变成了"滑稽的喜剧"——其实所谓壮剧和喜剧,在语义上只不过有微小和微妙的差别罢了,它们实在只有半步之遥。当历史稍稍迈出半步,这样一种转换就悄悄完成了。

神在本质上永远是人"演"出来的,当演员卸妆的时候,悲剧结束,喜剧就显形了。王朔差不多是抓住了这样一个瞬间——某种程度上他是在演出结束以后,又来了一次"卸妆后的戏仿",态度自然也就很不严肃。这个"时间差",与旧式意识形态的谢幕时间总是有所推迟的节奏之间,也达成一种隐喻关系,实在有难以言传的微妙之处。

第四，也是最重要的一点，是90年代特有的文化情境。王朔其实在80年代后期就已经写出了不少作品，并且产生了一些影响，但那时人们还未充分认识到他的作品的特殊意义，甚至还充满了误读。比如他的《一半是火焰，一半是海水》就曾经被误以为是"法制文学的新收获"云云，真是让人匪夷所思。其实在这篇小说中，他已经流露出和后来的《顽主》《一点正经没有》等小说相似的主题。只是到了90年代，其意义才逐渐显露出来，被大家所认识。为什么呢？这是由90年代特别复杂敏感的语境决定的。几年前，我曾看到过一位中国的先锋艺术家搞的一个行为艺术作品，这个以一张照片为载体的作品，可以视为是解释90年代各种文化关系的一个绝妙的文本：一个穿戴潦倒、打扮怪异、披着又长又乱的头发，看上去既有点像一个前卫艺术家又像一个"精神病患者"的人，站在广场的中轴线附近，双手合十，不知道是在干什么。这时，有两位高度戒备的武警战士正从他身边走过，他们一边一个，迈着标准的军人步子，与他保持了一个十分敏感的距离——如果他一旦有不轨之举，马上就会对他采取行动。但因为他的"动机"是不明的，其行为正近乎"无行为"，所以也只好小心地警惕着，不便轻举妄动。旁边是无数观光游览的群众，他们或用惊异的目光打量着这一幕，或者根本就视而不见，兀自观赏风景。这真是一个奇妙的场景：三种角色其实就是90年代的三种文化、三种语言——"知识分子的精英文化"（知识话语）、"主流权力文化"（政治话语）和"市民大众文化"（大众话语），它们之间的戏剧性的关系，非常生动地揭示出90年代中国的文化矛盾与话语误读：知识分子话语的表达在紧张的文化关系中变得暧昧和孤独，宛若"狂人"的自语、精神病患者的错乱，它们带给主流文化的是可疑和紧张，带给大众的则是"被看"的耻笑和赏玩，而所有这些都是以误解和误读为前提的。事实上，一切原本没有什么，是不同的话语类型之间天然的间隙和游离所造成的。王朔就深知这样一个道理。80年代初期也曾经有过一个紧张的文化时期，但后来证明，这种紧张在很大程度上是一种错觉，就像朦胧诗人，最初被打扮成"绞架"上的文化英雄，但很快地就变成了"秋千"上的游戏者。与其充当北岛式的"挑战者"，不如干脆做一个精明的戏耍者。这样反而会使紧张的文化关系变得松弛下来，王朔正是深谙此道。

二 语言的狂欢节

王朔的写作既不面对历史也不面对现实，而是面对历史的遗留物——语言，这是他唯一的诀窍。从这个意义上说，王朔是一个真正的"解构主义者"。中国当代的作家中很少有人能像他那样，对语言保持了如此的敏感。不过他的"弱点"似乎也在这里，因为几乎不会构造"情节"，他的小说在本质上类似于一种"情景喜剧"的脚本，只有片段的场景，而没有连贯的情节。他的小说的唯一的魅力是语言，所有的场景都是为主人公提供一个"磨牙"的语境，一种喜剧性的话语氛围。但在这方面他又是一个多么得心应手富有天分的家伙，他几乎不用费什么周折，轻易地点染一下，需要的情境就全出来了。犹如中国民间那种会用"起尸法"的巫师一样，他会在一瞬间让死去的那些词语重新披挂起来，起舞狂欢。同样，他也不触及社会和政治，而是只对语言进行"施虐"，这也是他的"狡黠"之处。

有一个问题：当代中国文学的变革，确是从语言开始的。在最初，当作家们不能摆脱"文革"时代的红色语言习惯时，小说是没有进步的；但后来作家们纷纷使用"新"的变化了的语言去写作的时候，小说有了"进步"，但却没有了"当代的历史感"。什么原因？还是语言。一个时代的语言是这个时代文化的全部的载体和产物，当代作家抛弃原有的政治语言，固然是一个进步，但仅仅是抛弃则未免简单了些，还需要反思。不反思语言，实际上是很难反思历史的，即便有了一些反思，也很难真正清理它，因为被废弃的"文革"时代的红色政治话语，好比是上个年代留下来的文化废墟与精神垃圾，只有将它们真正做一次彻底的处理，才能使当代文化的重建找到一个干净的地基。而且用时髦的说法,最好还要用"生态处理法"——好比现代化的垃圾处理站,不是用简单的填埋法,或是烧掉,而是用生物酶将其分解为无害而且有益的东西。王朔对一套陈旧的,甚至已经死去的意识形态语言的处理,就近乎这样一种方法。他对死去的语言的唤起,某种意义上是对那些已经抛弃,但还未予以认真清理的历史垃圾的一次面对,他要寻找一种非暴力的,可以"软化"的方式,来使它们获得一次转化。

尽管从"知识背景"的方面看,很难说王朔是一个"结构主义者"或者"解构主义者",因为他似乎不太有可能具备这些"知识"。但从实践上看,他却可以称得上是一个解构主义的魔术师,而且与当代其他作家侧重从观念与意识角度来解构不同,他是一个从语言和语境入手的、最接近和最"地道"的解构主义者,这是很有意思的。但王朔的能力可能仅限于此,从作品中可以看出,他不是一个叙事的高手,他的小说没有什么像样和完整的情节,他试图讲故事的作品总是显得低档,如《空中小姐》那样的巧合的小布尔乔亚之作。但王朔是一个场景与对话设置的高手,他的作品总是能够设计出某种"文化的错位感",或者某种语言的误读关系,从而设置出戏剧性的人物对话关系,这种类似于"室内情景喜剧"的情境,总是能够触到当代政治与文化的某些"命门"或"痒处",生发出丰富的喜剧性意蕴。

具体的方式其实也不复杂,语境一旦设定,对话就好办了。

与前面我举出的那个行为艺术作品所暗示的一样,喜剧性来源于三种截然不同的话语方式之间的误解,而王朔就是要故意制造这样一个误解的场合,让"知识分子话语"、"主流政治话语"和"小市民的痞子话语"(这是极致化和庸俗化了的大众话语)之间发生互相激活的游戏,让三种说话人之间产生互为侵犯、戏用、拼接、模仿等效果,由此产生一种语言意义上的"柔软的暴力",以此来模拟和化解"历史的暴力"。

语言的"狂欢"是如何实现的?欧洲的学者对此研究是最多的,俄国的巴赫金在《陀思妥耶夫斯基诗学问题》和《拉伯雷与中世纪和文艺复兴时代的民间文化》两部书中,对"狂欢节化的叙述"都有过非常细致的论述,但他的论述主要是就小说中的民间文化因素而言的,王朔小说中的狂欢性质,其实更接近欧洲各国真正的狂欢节中的实际情形,即"戴假面的狂舞",为何要戴上假面才能狂舞,而在日常生活中却不能?因为一是有"狂欢节"的合法环境,二是假面可以改变人们在日常生活中被社会规定好了的身份与心态。使原有的社会身份消失,这样不同阶层的人们之间才可能进行对话与误读的游戏。

怎样才能狂欢起来?有这样几种情况,一是用小痞子来戏仿知识分子的精英话语,将这种话语的语境谐谑化,或予以偷换,从而使知识话语及其智性的意识形态变得"弱智化"而被降解。这可以《顽主》为例,游手好闲的无业青年于观、马青、杨重开了一家奇怪的"三T（三替）公司"，业务是"替人解难，替人解闷，替人受过"。第一笔业务是遇到了一个被恋友抛弃的女售货员刘美萍，她的男友是个"肛门科大夫"，被抛弃后非常恼恨难过，杨重代她"受过、解闷"，但不想这女子感情正空虚着呢，差一点要"爱上"杨重——这大约是模仿和戏拟弗洛伊德为精神分裂症者的"谈话治疗法"，当初弗洛伊德为患者治疗，有的治愈者就爱上了他，带来不少麻烦——杨重给公司打电话求救，于是就出现了下面一幕：

……话筒传来嗡嗡的男声，"我是杨重，我坚持不住了，这女人缠得我受不了啦。"

"我刚刚还夸你有耐性，会胡扯。"（于观说）

"你不知道这女人是个现代派，爱探讨人生的那种，我没词儿了，我记住的所有外国人名都说光了。"

"对付现代派是我的强项。"马青在一边说。

于观瞪了他一眼，对话筒说："跟她说尼采。"

"尼采我不熟，而且我也不能再讪'砍'了，她已经把我引为第一知已，眼神已经不对了。"

"那可不行，我们要对那个肛门科大夫负责，你要退。"

"她不许我退，拼命架我。"

"这样吧，我们马上就去救你，你先把话题往低级引，改变形象，让她认为你是个粗俗的人。"

"你们可快来，我都蒙了，过去光听说不信，这下可尝到现代派的厉害了……她向我走来了，我得挂电话了。"

"记住，用弗洛伊德过渡。"

…………

这明显是对知识话语的亵渎。尼采和弗洛伊德，还有现代派，在他们这番小市民的对话中统统被误读瓦解了其严肃的含义。接下来便是于观和马青前来"救驾"，他们赶到时，原来的对话还在继续：

"你一定特想和你妈妈结婚吧？"（这是小市民对弗洛伊德的"潜意识"理论的恶意误读。）

"不不，和我妈妈结婚的是我爸爸，我不可能在我爸爸和我妈妈结婚之前先和我妈妈结婚，错不开。"（这是"装疯卖傻"的反讽式回答。）

"我不是说你和你妈妈结了婚，那不成体统，谁也不能和自己个的妈妈结婚，近亲。我是说你想和你妈妈结婚可是结不成因为有你爸除非你爸被阉了但就是你爸被阉了也无济于事因为有伦理道德所以你痛苦你看谁都看不上只想和你妈结婚可是结不成因为有你爸怎么又说回来了我也说不明白了反正就是这么回事人家外国语录上说过你挑对象其实就是挑你妈。"

"可我妈是独眼龙。"（已无招架之功。）

"他妈不是独眼龙他也不会想跟他妈结婚给自己生个弟弟或者妹妹因为没等他把他爸阉了他爸就会先把你阉了因为他爸一顿吃八个馒头二斤猪头肉又在配种站工作阉猪阉了几万头都油了不用刀手一挤就是一对像挤丸子日本人都尊敬地叫他爸睾丸太郎。"马青斜刺里杀出来傍着刘美萍坐下来露出微笑。（这整个一段夸张了的小市民的油嘴滑舌。）

……杨重还了魂似的活跃起来……（把于观和马青）介绍给刘美萍，"他们都是我老师，交大砍系即食面专业的高才生，中砍委委员。"（这是戏仿政治体制。）

"是么？可我很少跟三个人同时谈人生。"

最妙的是最后的几句。其实只有三种话语同时介入，或者是三个以上的不同话语方式的角色进行对话时，才有戏剧性，才能产生"狂欢"的效果，也才有某种"历史的情境感"。

小市民说知识话语的负面作用无疑是很大的，这是王朔长久以来之所以受到诟病的一个原因，但这个问题似乎也可以辩证地看：第一，知识话语在中国的现实语境中长期受到滥用和误读，这是一个事实。在中国现代的历史中，小市民和小农的话语同政治意识形态话语一起，曾长期对知识话语构成一种共同的恶意误解和专制力量。第二，所谓"现代知识"其所有的谱系和语言，都是从西方引进来的，因而其"真理性"都会由于中国文化的殖民地命运而大打折扣。也就是说，因为它们是用"洋话"的形式来表达的，所以受到误解和嘲讽便在所必然。对这一点，鲁迅在他的《狂人日记》中，钱锺书在他的《围城》中，都早已有过传神的描写。王朔可以说形象地写出了当代语境下知识话语的尴尬处境——这也就是他小说中的"历史"，它形象地写出了当代中国的现实文化关系。第三，作为底层和"边缘化的知识分子"，王朔本身对自己的这个身份可能就耿耿于怀，他无法不对知识话语其所包含的"体制性"、"等级制"和"神话性"的特征表示痛恨。我对此态度的评价是：一方面我理解他，他对知识话语的某些"酸腐"东西的批评不无道理；另一方面，这是他自己心态的一种矛盾和变相的反映，他或许比较有钱，但所谓精英文化圈总还是有意无意地排斥他，他当然也要相应地进行某种反抗。此外，如果是在西方式的当代文化语境中，反抗"知识的体制"应该不存在什么问题，像米歇尔·福柯还可以说是"文化英雄"（不过他还是在"体制内"的），但在中国当代的语境下，对知识话语的亵渎还是有很大负面作用的，它体现了90年代小市民文化和欲望化、日常化的文化思潮，对80年代启蒙主义文化价值的清算。王朔正是在这样的意义上，起到了"助纣为虐"的作用。

但王朔对某种政治文化关系的紧张,却用他的特殊的方式起到了"松弛"的作用,这就是他对旧式的权力政治话语的游戏。这一点我认为是他最重要的贡献,因为当代中国人的记忆中,非常普遍地存在着一个"语言与政治的紧张症",或者叫"语言的无意识"状态中的恐惧症。80年代的语言中,显然缺少一种能"缓冲"这种紧张的功能,打个形象的比喻,也可以说是缺少一种"文化的幽默感",所以在语言的表述上总是有问题的。王朔的小说一个很大的作用即是缓解了这种紧张,甚至因为他的语言风格的广泛传播,中国人的政治承受能力得以加强。

在《一点正经没有》中,王朔的语言狂欢差不多达到了极致和顶点,因为他后来的有些作品不免有一些失之油滑,过则不及,这是中国人的哲学。我还是很喜欢他在《一点正经没有》中的那种嬉戏的才华。原来在《顽主》中的那伙人又加上了方言、刘会元、吴胖子等人,搞别的不行就弄了个"文学沙龙",半是游戏,半是骗点名利。来了几个好奇的外国人,于是就形成了一个模拟的"中西文化对话"的情境——但承担中国文化"代表"的,却是一帮痞子,于是这"对话"就变得滑稽起来:

"我下一篇小说的名字叫《千万别把我当人》。"我(方言)郑重其事地对几个洋人说。

洋人嘻嘻地笑:"为什么？为什么叫这个名字？"

"主要就是说，一个中国人对全体中国人的恳求：千万别把我当人！把我当人就坏了，我就有人的毛病了，咱民族的事情就不好办了。"杨重替我解释后转向我，"是不是这意思方言？"

"是这意思。"我点头，"现在我们民族的首要问题还不是个人幸福，而是全体腾飞。"（这就是德里达所说的"关于存在的形而上学"，用"集体"或者"民族"的名义来消灭"个人"的幸福和要求。真是一语中的。）

"为什么？"洋人不明白，"全体是谁？"

"就是大家伙儿——敢情洋人也有傻逼。"我对杨重说，"什么都不明白。"

…………

"我们中国人说的大家伙儿里不包括个人。"我对洋人说，"我们顶瞧不起的就是你们的个人主义。打山顶洞人那会儿我们就知道得撂着膀子干。"（这是故意的反讽，是讥刺中国人对个人价值的无视、误解与亵渎。）

"你写的，就是，人民一起飞上天？"洋人做了个夸张的飞翔姿势，"怎么个飞法？"

"拿绳子拴着——我写的不是这个，我写的是一个男的怎么就变成了一个女的，还变得特愉快。"

"嗯,这个在西方有,两性人,同性恋。"

"傻逼啊对不起对不起——我写的不是这么回事,既不是两性人也不是同性恋,就是一爷们儿,生给变了。"

"为什么?我不信。"

"你是不信,要不说你们这些汉学家浅薄呢,哪儿懂我们中国的事儿呵?骗了!为了民族利益给骗了!"我比画着对洋人嚷,"国家需要女的。"

…………

"啊,洗脑了。"

"什么洗脑了,思想工作做通了!心情愉快了——干什么都可以了!"(这是对"思想的专制"的绝妙的嘲讽。说得多好啊。)

"原来你们的女排是这么训练出来的。"

…………

"你这个小说一定通不过审查。"洋人斜着眼睛看我,"反动。"("反动"这个词从西方人的口中说出来,尤其具有反讽意味。)

"一点不反动。"我哈哈大笑,"岂止不反动,还为虎作伥呢。"

"我不跟你说了……不严肃。"洋人瞧着我遗憾地摇头。

"我怎么不严肃了?没写德先生赛先生?"(这是对"主

流化"了的文学观念的反讽,也有另一层意思的暗示:大多数人对民主和科学可能根本上就是误解的。)

"你鼓吹像狗一样生活,我们西方人,反感。"

"这你就不懂喽。我们东方人从来都是把肉体和灵魂看成反比关系,肉体越堕落灵魂越有得救的可能。我们比你们看得透,我们的历史感比你们强,从来都是让历史告诉未来——没现在什么事。"(这也是绝妙的讽刺,中国人的主流话语中习惯了对"历史"的夸耀,对"未来"的许诺,但就是不正视现在。这简直是击中命门。过去的时间都是"断裂"的,叙述永远向着未来敞开,未来永远假定是美好的。这样实际上就是取消了人民的现实权利,对现世幸福的合法追求。)

这是一段典型的话语游戏,王朔设定了中国人与西方人之间一个必然无法沟通的对话情境,表面上看,是一些词语之间的误会,可实际上王朔要表达的却是两种文化之间的鸿沟,两种价值观念的冲突。外国人的"傻",反衬出中国人的精明,可外国人对这些"精明的语言"的误解,也表明这文化中包含了多么难以言喻的压抑和创伤。在看似轻松的嬉戏中,他暗示出了非常沉重的话题。王朔擅长这种方式,他还刻意设定小痞子与"老干部"之间的对话,与虚伪的"假道学家"之间的对话,与其他"海外人士"的对话，与"持不同政见者"之间的对话，等等。"装疯卖傻"、正话反说或者反话正说，是他的拿手好戏。所起的作用大致都与上面相同。有时他还接近于"滥用"，将完全不同的话语类型放置于一个诙谐化了的语境中，让它们彼此互为感染呼应，从而生发出非常强烈的游戏意味。比如《一点正经没有》中写到这帮游手好闲之徒百无聊赖要当"作家"时，刘会元竟将这说成是最下贱的事，是"逼良为娼"：

"谁让咱小时候没好好念书呢，现在当作家也是活该！但咱不能自个瞧不起自个，咱虽身为下贱，但得心比天高（引用《红楼梦》中写晴雯的曲子词）出污泥而不染（这也是文人话语，只是日常用得俗了些）居茅厕不知臭（这是痞子话）度尽劫波兄弟在相逢一笑泯恩仇（又是文人话语，但这句诗过去曾经被政治话语的频繁引用染指过，有点变味）……"（接下来分"任务"时，大家好像都想选"优势题材"，都想忧国忧民。）方言说："谁让咱跟了共产党这么多年，一夜夫妻还百日恩呢（用小市民的俗语，来表述政治用意，这句话用在这里显然有戏用的意思）。"马青马上就说了，"可中国也就咱们这几个孤臣孽子了，虽九死而不悔（这是屈原的话，但在这里已经完全变味了）。"

以上只是随便举几个例子，这样的话语游戏在王朔的小说中实在是太多。

三 历史在哪里？

其实在上文中就已经涉及了这个问题，王朔的语言中所包含的精神创伤、被语言阉割和统治的记忆、对语言的反抗本能、强烈的语言恶作剧意识、通过亵渎语言来进行发泄的"无意识"，等等，都包含了历史。历史就在王朔的语言中。

人类如何记忆？这是西方的学者一直在研究的问题，其实就一般意义上的"历史"而言，当一个时代结束，人们常常不是随之完成了对它的记忆，而是完成了对它的遗忘。比如"文革"，人们是用了一两个"代为受过"的词语，来承担太过深重的历史罪责，而把自己和所有曾经犯罪的人都"解脱"了出来。谁记住了那些本该遗忘的事情？通常人们只是通过宏伟叙述或者官方文本，把一些经过修改了的重大事件编制起来，正如人的记忆本身是靠不住的一样——历史本身也是按照对某些人、对那些有权力的人"有利"的原则来编写的，遗忘是人类最普遍和与生俱来的天性。尤其是人们会通过对语言的"变革"，而把历史的所有陈迹都扫除得干干净净。虽然当代的作家们曾在很多角度上"反思"当代历史,可是那些历史的真切情境,却早已因为语言的更换而无影无踪。从这个角度看王朔,他的价值就显得不可估量。也许在很多年后,他的小说语言会成为后人感知了解这个时代的重要的依据,就像马克思和恩格斯曾推崇巴尔扎克一样。为什么会推崇他?因为巴尔扎克所写的1830年代的法国历史是他们所共同经历过的,他们对这一时代的历史情境太熟悉了,但是谁曾精确、精微而传神地记录下了这一切?历史学家、政治经济学家和其他的一切人所能够记录下的甚少,而巴尔扎克却比他们所记录下的总和还要多。如果说巴尔扎克是因为准确地记录了这个年代法国社会的经济生活,而理应得到这样的赞美的话,那么王朔则应该因为他的语言里沉积和记载了一个时代,得到应有的重视。也许许多年后,当今天中国巨大的历史跨越和错位的情境不复存在时,人们很难再能够像现在这样,对他的小说能够彼此用会心的微笑来进行交流,但我想人们依然可以用它们作为"标本",来研究这个时代的语言,解知它所暗藏的丰富的历史奥秘。那时,王朔小说特有的"历史价值"也许将会凸显出来。

但这都是"后话"了。即使是在今天,那些曾经的历史暴力、那些语言和思想的幼稚病、那些虚假的政治大话、那些可笑的意识形态,还有在80年代以来人们所跨越的巨大的价值转换,每一个阶段的敏感的社会意识乃至潜意识……那些曾经熟悉但又陌生了的人物、那些生动而又渐渐暗淡了的嘴脸、那些日常的细节……至少我们在读王朔的时候，可以被唤起一些。语言是文化的"尸身"，看来是一点也不错的。只有回到过去年代的语言记忆中，穿越那些昔日曾炙手可热而今却已经尸横路旁的词语，那些早已干枯的"词语的螺壳"，才会惊叹历史如此巨大的跨度。现代中国曾经像风暴一样裹挟一切的革命，曾带来了语言多么巨大的变化，"革命的龙卷风"曾让多少宏伟和斑斓的词语在风中舞蹈，而今就像暴风雨过去之后剩下的断枝残梗，那些词语被抛撒在各个角落，渐渐被人们遗忘了。可是王朔却能够把它们从沉睡和死亡中重新唤醒，让它们再次鲜活起来，由此构造出虚拟的历史情境，唤起人们共同的历史记忆，激活人们相似的经验——

  黑皮大衣一一抱拳："高高的山上一头牛。"
  我久久瞅着他迟疑地说："两个凡是三棵树！"
  黑皮大衣也愣了，半天回不过味儿来，末了说："你辈分比我高。"

以上是方言在《玩的就是心跳》中与黑道人物的"黑话"对答，黑社会的语境中夹掺了许多过去年代的政治话语，而且对这类词语还带了格外的尊崇，这是"历史暴力的现实转换"的一个明证。这样的话语中对历史的记忆可谓是活生生的。再如：

发奖是在"受苦人盼望好光景"的民歌伴唱下进行的,于观在马青的协助下把咸菜坛子发给宝康、丁小鲁、林蓓等人。(《顽主》)

在屡次给女儿开请假条后,夏顺开嘟嘟哝哝地抱怨:"多少个最后一次了?我的晚节是毁在你手里了。"(《刘慧芳》)

又是一个像解放区的天一样晴朗的日子。(《无人喝彩》)

面对旗子的温存,我无情地将她推开,愤怒得透不过气来,无法找到能够准确表示我的感受的词汇,"……你少腐蚀干部。"(《给我顶住》)

这些语言的背后都包含了作者的深层寓意,在极琐屑细小的语境下,作者却用了极端严肃的政治概念来搭配,"受苦人盼望好光景""解放区的天"作为"思想教育"的名曲,"晚节""腐蚀干部"作为重要的机关用语,在这里被一本正经地歪曲使用,似乎没有什么重大的意义,但事实上对任何一个有着丰富的政治阅历的中国人来说,这语言却有了不可控制的"背叛",它使读者联想到历史记忆中的一切。在近乎无聊的文字游戏背后却包蕴了作者对历史以及现实的批判态度。这从根本上证实了王朔小说的本质:在笑语喧哗声和逍遥的生活外观背后自由地玩弄现实,并把握住现实与历史的接口。

或许用"语言的鞭尸"一词来形容王朔的对过去年代意识形态的处理方式是很形象的。历史结束了，但它通过"政治无意识"的形式，仍然对今天的社会和人的意识起着影响和控制的作用，许多原本已经死去的词语还留存的人们某些"心有余悸"的潜意识深处，而有些应该死去却还没有死去的语言，还高居在日常生活的显要位置。王朔通过使它们表演"起尸"的游戏，来对它们进行一次"施虐"，等于是为之举行一个迟到的葬礼，对历史进行再一次的掩埋——不是清理历史本身，而是清理历史在人们心中留下的阴影和印痕，因为对历史的恐怖已经化作了无意识中对语言的恐怖，对词语统治的屈服。而现在反过来对这些词语实施虐待，便有助于解除这些"历史的幽灵"对人的意识的控制。

另外，王朔不但游戏历史，还通过某种人物关系的设置和其对话的形式，以喜剧的方式来"促退"历史，终结其价值体系和其语言所负载的意识形态的统治地位，这即是"温柔的弑父"——在王朔的小说中，"父亲"的形象是尴尬的。仍以《顽主》为例，王朔设置了两个父亲，一个是血缘意义上的，他是于观的父亲，有着"老干部"的身份和革命的履历；另一个是精神意义上的父亲，一个名叫"赵舜尧"的伪君子，一个好为人师、道貌岸然，骨子里又男盗女娼的家伙，他代表了不肯退出历史舞台的旧式意识形态,经过乔装改扮又登堂入室。在这两个"父亲"之间,王朔尤其痛恨后者,他对前者的策略是"哄",对后者的策略则是"耍"。首先是于观和父亲的一段对话:

"严肃点,"老头子挨着儿子坐下,"我要了解了解你的思想,你每天都在干什么?"("了解思想"这是老头的杀手锏,意味着要用他的语言来统治儿子。)

"吃、喝、说话儿、睡觉,和你一样。"(儿子试图用"超阶级"的中性语言来抵挡。)

"不许你用这种无赖腔调跟我说话!我现在很为你担心,你也老大不小了,就这么一天天晃荡下去?该想想将来了,该想想怎么能多为人民做些有益的事。"(压制儿子的话语方式,同时充当道德的化身来控制他。)

(说到这儿于观暂且认输,他跑到厨房为父亲做饭,这时父亲便坐在沙发上"享起福来"。于观马上反攻:)

"……你怎么变得这么好吃懒做,我记得你也是苦出身,小时候讨饭让地主的狗咬过……"(以其人之道还治其人之身。)

"你怎么长这么大的?我好吃懒做怎么把你养这么大?"(只有招架了。)

"人民养育的,人民把钱发给你让你培养革命后代。"

（用父亲的逻辑和话语方式反击父亲，他终无话可说了。）

这段对话固不无幽默的温情，但儿子试图终结父亲的"革命话语的特权"的动机也非常明显，这是通过语言来寻找历史的命门的方式。

在对另一个虚伪的精神之父的态度上，王朔似乎就不这么留情了。赵尧舜似乎是一个怪胎：他身上既有意识形态的坯子，也用了"知识分子"的假象的装裹，冒充青年的导师，靠到处讲一些冠冕堂皇的空话招摇撞骗，与于观的父亲比，他是试图操控"道德话语的特权"。但对付他，只需要揭穿他的伪装即可：马青等人设了一个小小的圈套，这老家伙就原形毕露了，马青与路边走过的一个姑娘搭讪，假装问路，然后竟告诉赵尧舜说，刚才那女孩一听说这里有一位大名鼎鼎的赵尧舜先生，表示很爱慕，要与他约会，地点就在某某处。到了晚上，赵尧舜居然无耻地"赴约"了，他的伪装自动剥去，露出了"色鬼"的原形。

王朔有明显的文化弑父的倾向，这也是他对历史的一种处理态度。他实际上也起了这样的作用，通过他的喜剧化的方式，近乎戏谑地暴露了"历史之丑"，撕下其种种面具和伪装。从某种意义上，当代中国人的历史与价值意识方面的迅速更替，完成了一次潜在的精神与文化的变革，在这个过程中，王朔的方式可以说是一条"不流血的捷径"。

另外王朔的意义还表现在很多方面，比如对政治恐惧症的消除，对揭示和消除当代中国人的民间生活被侵犯的事实，以及消除其后遗症方面、揭示当代中国人深层的精神文化冲突方面，都有着相当复杂的意义。

最后我还须再一次申明，王朔小说的美学趣味是可以自明的，但其文化的价值与意义却是相对的，他的"反道德"和"反知识"的写作立场有着天然的两面性，必须有赖于阐释者对他和他之所以产生的文化背景之间的关系的解释。而鉴于当代中国文化内部的矛盾和冲突，对他的评价尺度就永远不只是正面的一种，所以争议和批评也是在所难免的。

第十一章

当代小说的精神分析学解读

现代以来中国人真正的思想解放，常常是从"性解放"开始的，对当代中国文学来说也不例外。自从弗洛伊德的以"性学"为基本对象的精神分析学引入之后，小说才发生了根本性的变化。也可以这样说，当代中国文学受西方现代哲学思想影响最早和最大的，当推以弗洛伊德为代表的精神分析学。因为它的鲜明的"反伦理学"色彩对于改造我们原先简单的历史伦理主义、庸俗道德论具有直接的瓦解作用，并能够首先在被压抑太久的作家心灵里找到实验空间和强烈的回应。实际上在我们这里，精神分析学从理论本身方面的被接受，远远不如作为文学虚构的方式来得更迅速和自然，是一帮作家充当了弗洛伊德在中国的"传人"。而且某种意义上，正像精神分析学划分了西方现代与近代人文科学的界限一样，它在当代中国文学变革的进程中，也同样具有分水岭的意义。由于精神分析学所开辟的精神、心理与文化空间的出现，当代的文学叙事才得以彻底告别了一个狭隘的伦理主义与庸俗社会学主题叙事的时代。

另一方面，中国当代文学的"文化意识"也首先是从精神分析的学说开始的，因为精神分析学是文化人类学的基础和重要的组成部分，如果说弗洛伊德本人的理论由于其过分的"生物学方法"的色彩而引起了人们的歧义和诟病的话，以它为基础的文化人类学则使这一理论走向了更加宽阔的空间。正是文化人类学、民俗与宗教学的理论视野，才全面开启了 1985 年小说历史性变革的进程，寻根和新潮小说的热潮才可能出现。这一过程无疑是从弗洛伊德的学说开始的，包括王蒙等在内的许多作家都曾在作品或言论中大谈弗洛伊德主义，而且当代小说中最早出现的现代性因素即是"意识流"——尽管 80 年代初期的"意识流"主要还不是内容意义，而是结构形式意义上的"意识流"，还没有真正将弗洛伊德的理论当作"合法"的依据，但在此后的新潮小说运动中，精神分析学显然成了文学界冲破精神禁忌的首要的思想武器。

再者，精神分析学还不仅仅是一种心理学和精神病学的理论，它本身也是一种分析文学作品的方法——就像弗洛伊德经常用此来染指文学研究一样。它不一定具体地"指导"了作家的创作，但却可以成为理解一部分作品的认识角度。也就是说，当我们在按照精神分析学的理论，对一些作家的作品进行分析的时候，更多的是无法"证明"那一定就是弗洛伊德理论影响的结果，而仅仅是一种推测。这就像弗洛伊德用安徒生的童话来解释和佐证他的学说的例子一样，安徒生比弗洛伊德早出生了半个世纪，但弗洛伊德却用他的有关"赤身裸体的梦"的分析理论，来解释《皇帝的新衣》这篇童话的广泛的人类心理基础：人们梦见自己"在陌生人面前赤身裸体或穿得很少"，"梦者因此而感到痛苦羞惭，并且急于以运动方式遮掩其窘态，但却无能为力"。"基于这种类似的题材，安徒生写出了有名的童话……由于这纯属虚构的衣服变成了人心的试金石，于是人们也都害怕得只好装作没有发现皇上的赤身裸体""这就是我们梦中的真实写照"。[①] 这种解释无疑是敏锐而且深刻的，但却无法得到"证实"。事实上精神分析学之所以有如此深刻的认识力量，这种"无法对证"的体验与猜测的基本方式，及其易于被反诘、怀疑的矛盾和悖论也是一个原因。对作家来说，他并不一定要按照这些理论的具体"指导"，而只需要一点点启示就足够了，因为他们某种程度上也是更加敏感、高明和天然的"精神分析学家"。

不过，我将要在下面分析的典型例证，却是要特别强调这些作品同弗洛伊德的学说之间的紧密联系，否则这一题目也就没有什么单独存在的意义了。

---

① 弗洛伊德：《梦的解析》，国际文化出版公司2001年版，第139页。

一 莫言：儿童性意识的合法书写

"童年的爱情"在我们的传统社会伦理中当然是必须给予排除的，因为按照通常的理解和社会规范，它将会给儿童的正常发育与身心健康带来不利的影响。但这种"非法"的性质并不意味着它可以排除在情感的事实之外。弗洛伊德根据其研究非常肯定地说，"婴儿由三岁起，即显然无疑地有了性生活。那时生殖器已开始有兴奋的表现。"[①] "常常发生这样的事，一个年轻人第一次认真地爱上了一个成熟的女人，或者一个女孩爱上了一个具有权威的年长的男人……因为他们爱上的人可以使他们的母亲或者父亲的形象重新生动起来。"[②] 生活中每个人几乎都深藏着类似的童年经验，只是按照弗氏的说法它通常会因为其"不合法"的性质而被压抑到了潜意识之中罢了。但是作家却可以在他的作品中将其写出，这种写作还可以写得很美，很曲折幽深，很感人至深。

有很多作家在其作品中都涉及了幼年时代的爱情以及性意识的主题，莫言的《红高粱家族》《丰乳肥臀》、陈染的《私人生活》、林白的《一个人的战争》、苏童的《城北地带》、余华的《在细雨中呼喊》、阿来的《尘埃落定》，甚至王朔的《看上去很美》

---

① 弗洛伊德：《精神分析引论》，商务印书馆1984年版，第258页。
② 弗洛伊德：《性欲三论》，国际文化出版公司2000年版，第87页。

等长篇小说中,都程度不同地表现了这类主题。许多被称为"成长小说"的作品,实际上都从某些方面印证了弗洛伊德的学说。但在本文中,我要做专门的"文本细读"的是莫言著名的中篇小说《透明的红萝卜》。早在1985年这篇作品发表之初,就引来了一片赞誉声,莫言的成名在很大程度上也是因为这篇作品。不过,迄今为止这篇小说究竟写了一个什么故事,所有分析或提及过它的批评家却都语焉不详,没有一个论者曾对它做出过一个令人信服的细读分析。1986年由上海的批评家吴亮和程德培编选的《探索小说集》,是一个曾有过广泛影响的选本,在小说文末编选者所做的简要评述中,曾肯定了作品的"感觉"与"魔幻"的色调与意味,但对作品内容的概括和提示却不免含糊笼统,诸如"对以往消逝岁月的忧郁和留恋""贫困和饥饿的阴影、荒漠土地的色调""难以抹去的童年记忆"[1],等等,都止于闪烁其词。或许是因为编选者不愿意用自己的过分具体的结论去框定读者的阅读的缘故,所以才只做了泛泛的提示。在其他的论者那里通常所注意的,也只是作品的"构思方式的变化""超现实的想象""东方式的魔幻色彩"[2],等等,对小说的情节中所包含的具体的隐喻性心理内涵,则都有意无意地回避了。

---

[1] 吴亮、程德培编选:《探索小说集》,上海文艺出版社1986年版,第98页。
[2] 张志忠:《莫言论》,中国社会科学出版社1990年版,第26—27页。

显然，是某种禁忌致使这些批评家基本的"理解能力"出了问题，他们无法或者是不愿意做这样的理解——一个关于"童年时代的爱情"的大胆描写。因为这个年代的整体文化环境似乎还不适宜直接地说出这个主题。这种禁忌反过来对批评家造成了某种意识的遮蔽。

据莫言自己说，《透明的红萝卜》的写作是源于他的"一个梦"，只不过这个梦已经有了一个背景，那就是那时他"已经听老师讲过很多课"，什么课呢？他没有说。但我想这些课中无疑应该有精神分析学和弗洛伊德学说一类的内容。他说，那是他在一天凌晨做的一个梦，他"梦见一块红萝卜地，阳光灿烂，照着萝卜地里一个弯腰劳动的老头，又来了一个手持鱼叉的姑娘，她叉出一个红萝卜，举起来，迎着阳光走去。红萝卜在阳光下闪烁着奇异的光彩。我觉得这个场面特别美，很像一段电影。那种色彩，那种神秘的情调，使我感到很振奋……"[①]这当然只是经过了莫言自己的"掩饰"和"修改"之后的样子，它的全部内容和情节我们自然不得而知，但这个梦中所包含的作家自己的某种潜意识活动，"红萝卜"和"手持鱼叉的姑娘"的隐喻意味着什么，却是不言而喻的，姑娘的积极和主动的姿态，显然符合作家对自己童年的某种情感幻想的努力追忆——在谈及这篇作品时，莫言

---

① 莫言：《有追求才有特色》，见《中国作家》1985年第2期。

曾否认他受到马尔克斯《百年孤独》的影响，因为那时这部小说的中译本尚未出版，但他又说，"作品不一定是作者生活经历的实录性自传，但它应是作者心灵上情感经历的自传，是一种潜意识的发泄"。[①] 关于作家的这些"潜意识"究竟是什么，可以不去妄加猜度，但对于作品本身，我想我们却完全可以做一种比较具体的对应性的心理分析。

从比较"专业"的角度看，我以为《透明的红萝卜》应该可以归结为一个关于"牛犊恋"的故事。尽管所谓"牛犊恋"不是一个主流心理学的经典概念，但普遍性心理学也承认，儿童在其青春期到来之前，身体尚未发育成熟之际，有一个时期会把比自己年长的成熟异性看成是自己的性恋对象，这种恋爱不具有"生理接触"意义的实际性质，但在心理上却是一个不可否认的事实。而且他会在自己的心理和行为方式中，努力使之获得"替代性"的实现，而弗洛伊德的精神分析学更是将这一心理的发生时间从童年"提早"到了幼年，并将此现象看作是其理论的重要起点。从这个方面看，《透明的红萝卜》称得上是一个典型的"牛犊恋"的例证。

简要梳理一下小说的故事情节，可以大致看出少年主人公黑

[①] 莫言语，见《文学评论》记者：《几位青年军人的文学思考》，《文学评论》1986年第2期。

孩的爱情发展的一个线索。故事发生的 70 年代，是一个物质极为贫乏而精神又显得畸形发达的时代，在这样的环境下，人的欲望和潜意识活动就显得十分活跃。小说设置了一个中心人物——一个身份近乎弃儿的少年"黑孩"，另外又有三个重要人物：年轻漂亮的村姑菊子——一个多角爱情关系的核心；与黑孩同村的英俊青年"小石匠"，他是菊子最后选中的恋爱对象；打铁的独眼青年"小铁匠"，他一厢情愿地爱着菊子，但却没有竞争力，因而对小石匠颇为妒恨，对关心菊子的黑孩也进行虐待。黑孩出场时的身份背景是一个备受继母虐待的孩子，他原本十分聪明活泼，长着一双会说话的大眼睛，因为母亲去世，父亲又受不了继母的悍泼而逃往他乡，他就渐渐变成了一个孤立无援喑哑少语的孩子。在公社的水利工地上，瘦弱孤僻的他受到了善良的菊子的关爱，他埋在心底的差不多已死灭的感情渐渐复苏。他产生了对菊子姑娘的深深的依恋之情——这种依恋一方面是他对未曾享受过的母爱的强烈的需求欲望，另一方面显然也有朦胧的性爱渴求。然而菊子对这个少年的关心，更多的却是一种女人的母性本能，她不会真正选择黑孩作为她的性爱伙伴。在这样的"不同期待"中，黑孩的心理就陷入了幸福又焦虑的双重体验之中。为了牢牢地牵制住菊子对他的注意力，他开始自觉不自觉地采用"自虐"的方式——他砸伤了自己的手指。后来他被派到铁匠炉那里去拉风箱，菊子还是经常来看望他。但当他发现菊子同小石匠有了恋爱关系的时候,他就开始"妒恨"了。有一天他竟然在前来看望他的菊子的胳膊上咬了一口。小石匠和菊子都对黑孩这一举动感到不解,但其实这一用意还是很明显——黑孩不希望看到菊子对他的注意力和爱心别做他移,而现在这种危机已经出现,他要用非常尖锐的方式向菊子表明,他希望她能够保持"专一"的态度。为此他采取了更加残酷的自虐方式,有一天他竟然用手去握住一只烧红的铁钻,把手烙得焦煳,让菊子心疼不已。此时,丑陋的小铁匠也爱上了菊子,一幕极不平衡的、戏剧性的爱情争夺战开始了。一天晚上,小铁匠派黑孩去田里扒了许多萝卜和地瓜,预备晚上开夜餐,恰好小石匠和菊子收工后来看望黑孩,菊子替黑孩洗净萝卜,将它们放到炉火上烤起来。但她无意中忽略了那颗最小的(注意!这是个无意的,但对黑孩来说却是致命的忽略;另外,"火"在这里也有爱情之火、情欲之火的隐喻意义)。食物渐渐烤出了香气,这时,饱经沧桑的老铁匠开始唱起一曲苍凉的爱情戏(这是一个富有"人类学"意义的场景:"食"与"色"在这里具有了它原始的情境与意义,在这特殊的深秋夜晚的田野里,面对食物与少女的诱惑力,所有在场的人物都进入了自己的生物激情之中)。这时,在炉火的隐约光影下,小石匠的手开始抚摸正依偎着他的菊子的乳房;小铁匠情欲如火却无从发泄,"如同坐在弹簧上";老铁匠笑看人世沧桑,已然做局外观;而黑孩这个懵懂中的少年,在这一幕不得不同样也做"局外观"的场景中,只能默默地躲在幽暗的角落里,无望而感伤地沉入了他自己的幻想之中。但是就在这种"自恋"式的幻想中,他竟然也达到了一个"模拟的高潮",他看见那个被忽略了的红萝卜——它发出了通体闪耀的金色光芒。在这里,红萝卜无疑是一个"小阳物"的隐喻:

> 他看到了一幅奇特美丽的图画:光滑的铁砧子上……有一个金色的红萝卜。红萝卜的形状和大小都像一个大个阳梨,还拖着一条长尾巴,尾巴上的根根须须像金色的羊毛。红萝卜晶莹透明,玲珑剔透。透明的、金色的外壳里包孕着活泼的银色液体。红萝卜的线条流畅优美,从美丽的弧线上泛出一圈金色的光芒……

就在黑孩伸手将要拿到它的时候,焦躁不安的小铁匠竟劈手夺去,黑孩当然要奋力与他争抢,小铁匠恼羞成怒,情急中把它扔到了遥远夜色中的河水里。在这场"竞争"中,黑孩输给了两个成年的对手:小石匠对他构成了一种无法抗拒的"优势";而小铁匠虽不是什么赢家,但他的凶暴对黑孩也构成了一种隐喻意义上的"去势",夺走红萝卜无疑象征了这种"阉割"。黑孩原来的奇妙的幻觉从此消失了,他失望至极,此后每次菊子来找他,他都故意回避。他希望能够再次找回那个红萝卜——实际上也是找回他恋爱的能力：

> 黑孩爬上河堤时，听到菊子姑娘远远地叫了他一声。他回过头，阳光捂住了他的眼。他下了河堤，一头钻进了黄麻地……麻秆上的硬刺儿扎着他的皮肤……接近了萝卜地时，他趴在地上，慢慢往外爬。……黑孩又膝行着退了几米远，趴在地上，双手支起下巴，透过麻秆的间隙，望着那些萝卜。萝卜田里有无数的红眼睛望着他，那些萝卜缨子也在一瞬间变成了乌黑的头发，像飞鸟的尾羽一样耸动不止……

如果按照弗洛伊德的理论来分析，上述描写无疑是充满了隐喻色彩和性幻想意味的。它很像弗氏在分析达·芬奇的童年记忆的一篇文章中所解释的，所谓"飞鸟的尾羽"之类，实际上有可能是一个儿童关于"生殖器官"的隐喻性的想象[1]。而这里的"萝卜""红眼睛""萝卜缨子""变成了乌黑的头发"等描写，同前面的"大个阳梨""根根须须""银色液体"等一样，都是黑孩此时的心理焦虑与性幻想的形象化的展露。黑孩故意"疏远"菊子，并不是心理上真正厌恶她，相反这正是他对菊子与小石匠的恋爱关系的反对与"报复"方式，也是他自虐式的表达个性的体

---

[1] 参见《弗洛伊德论美文选》，知识出版社 1987 年版，第 39—111 页。

现。他期待着自己幻想中能力的重现与恢复,但这期待(透明的红萝卜)一直未能得以再现。再后来,小石匠与小铁匠之间终于发生了一场"决斗",在这场鹬蚌相争与龙虎恶斗中,黑孩本来可以袖手旁观,体会一次渔人之快,但他却倾向了一直虐待他的小铁匠。当小铁匠被小石匠反过神来痛打之时,他竟然上前猛地将小石匠扳倒在地,得以翻身并且已经恼羞成怒的小铁匠抓起一把碎石片向周围打去,正巧就有一块石片打瞎了菊子的一只美丽的眼睛。一场纷争以一个令人惋惜的悲剧结束,第二天,小石匠和菊子从工地上失踪了。小铁匠疯了,又哭又唱,黑孩跑到萝卜地里拔起了所有未成熟的萝卜,但再也没有找回那个透明的红萝卜。

很明显,这是一场少年的恋爱悲剧,也是一次充满了戏剧性的心理经验的曲折的情感里程。总结上述过程,大致是这样一个线索:

弃儿→得到关爱(母爱与女性爱的混合)→自虐(为了维系这种爱)→妒恨(与小石匠竞争)→模拟的"高潮"(看见透明的红萝卜)→被去势(红萝卜被小铁匠夺走扔掉)→愤怒和焦虑(试图找回力量)→阉割确认(拔出所有萝卜仍不见那一个)→回到弃儿

小说中除了"红萝卜"的性隐喻可以作为一个明显标志以外，敲石头的"铁钻"也是一个有字眼意义的隐喻性事物，黑孩的手被烧红的铁钻烧焦，小石匠讽刺小铁匠打制的铁钻"淬火"不行、不经用，等等，也暗藏着黑孩与两个成年男性之间微妙的心理与生理的较量。另外，黑孩的自虐式行为与心理的刻画是非常幽深和细腻的，强烈的感情欲望和未成年的弱势处境之间的矛盾，由弃儿的体验到获得成年女性的关爱的巨大幸福，使他不得不屡屡用残忍的自虐来强化这种体验，并借以吸引菊子的关注，与小石匠进行"不平等"的竞争。黑孩穿行于其他三个主要人物之间的种种古怪举动，其实都可以通过上述心理角度得到合理和准确的解释。

毕飞宇的一篇曾获得鲁迅文学奖的短篇小说《哺乳期的女人》，在隐喻层次上似乎也暗含了少年与成年妇女的恋情主题，但角度有所不同，它主要是从那位哺乳期的成年妇女的角度来表现的，对儿童心理则较少正面的刻画。

二 苏童和余华："俄狄浦斯情结"的延伸表达

"俄狄浦斯情结"恐怕是弗洛伊德的精神分析学说中最具争议的部分，由于对"弑父说"的近乎固执的坚持而侵犯了人类基本的伦理理念，招致了许多人的强烈反对。但是，这一学说的确是弗洛伊德理论中最具解释宽度和创造性的发现，像有的学者所归纳的，"他首先在《释梦》中系统地提出了这一结论，然后又在《性论三讲》中对此做了解释，最后在《图腾与禁忌》中把这一结论用作阐明人类学许多怪癖行为的方法。这些怪癖行为中主要的一种是原始人对于乱伦以及为了保护自己以防乱伦而提出的严格的社会规则的恐惧……"[①] 他从两部经典文学作品《俄狄浦斯王》和《哈姆莱特》入手，除了对人类幼年心理进行了深层分析，还由此上升到人类学领域，解释了由这一原始欲望与道德禁忌对人类文明进程产生的深远影响。

索福克勒斯的著名悲剧《俄狄浦斯王》，是弗洛伊德解释上述情结的起点。他通过对这位不幸国王的杀父娶母的命运的分析，认为这一描写实际上是出于原始时代人们的一种"典型梦境"的支配，是所有人子共同的"童年时期的愿望的达成"。但随着人类进入文明社会，要避免这种悲剧，人类就产生了制止这种欲望的"禁忌"，而作为国家理念的原型与核心的"种族意识"就是由此产生的，种族意识的核心当然是"父亲"这一统治者。从这一意义上讲，"弑父"意识不但没有毁掉氏族自身，而

---

① 霍夫曼：《弗洛伊德主义与文学思想》，生活·读书·新知三联书店1987年版，第38—39页。

且还成了父权与国家得以建立的内在心理基础与原因。在文明社会中，这一原始的欲望虽被禁止，但它并没有消失，而是仍存在于人的潜意识之中，在文学作品中也会通过隐喻的形式表现出来。

不过上述理论中最有意思的，倒是弗洛伊德通过另一部作品所做的间接解释，这就是莎士比亚的《哈姆莱特》。弗洛伊德对这部作品的解释显然要更为复杂。在过去，人们对于哈姆莱特的性格的认识，通常只是从一般的人性与社会的角度来理解，其中有代表性和体现某种精神深度的如歌德的说法，认为哈姆莱特是"代表了人类中一种特别的类型——他们的生命活力多半被过分的智力活动所瘫痪"，即"用脑过度，体力日衰"。另外一种观点就是所谓"神经衰弱说"，指其性格的优柔寡断。但弗洛伊德根据自己的研究，认为哈姆莱特的性格表现并非胆怯和无能的，相反还曾毫不犹豫地杀死了挂屏后的窃听者，和谋害他的两个朝臣。那他为什么不能干脆地除掉杀害他父亲的奸王克劳狄斯呢？"唯一的解释便是"——"因为这人所做出的正是他自己已经潜抑良久的童年欲望之实现。于是对仇人的恨意被良心的自谴与不安所取代，因为良心告诉他，自己其实比这个杀父娶母的凶手好不了多少"。[①] 无疑，弗洛伊德的这种解释是他所有关于文学的

---

① 以上均参见弗洛伊德：《梦的解析》，国际文化出版公司2001年版，第155—159页。

论述中最精彩，也是最令人震惊和争议的。

不过这里我不准备就弗洛伊德的观点进行辩驳与讨论，而是要在当代中国的新潮小说写作中找两个例子，来说明弗氏理论的影响。一个是苏童的《罂粟之家》，一个是余华的《鲜血梅花》。巧得很，这两部小说似乎正好对应着前面所说的两个例证。

先看《罂粟之家》，应该说这是苏童早期最重要的作品之一——虽不是他最好的作品。因为其中的一些主要理念似乎还没有"化"得很好，还有一些漂浮感和稚气。不过仅就"弑父"主题而言，它的确是很典型的，而且其情节中的"弑父戏"还是连环的，先是老地主刘老侠杀父娶"母"，暗害了其生父刘老太爷，并娶了老太爷的小老婆翠花花，这一切是通过刘老侠的弟弟刘老信同刘老侠的儿子白痴演义的对话来暗示的。刘老信年轻时代是一个喜欢眠花宿柳的花花公子（翠花花原本就是他玩弄过的一个妓女，后归了他父亲，又被其兄刘老侠所有，可谓经过了几度乱伦），后身染脏病，落魄到身无立锥之地，其财产被哥哥趁火打劫搞了个精光。也许是报应，刘老侠自从和前妻"猫眼女人"生了女儿刘素子和白痴演义之后，虽玩弄了无数妇女，但其唯一可以继承家业的"儿子"沉草，却是其后娶的翠花花暗中与长工陈茂通奸所生的——这里当然也暗含了一个戏剧性的历史主题，即财富和权势不过就是这样轮回的，地主和农民的身份也是这样互相"转化"的——刘老侠的恶行遭到了天谴，他的"儿子"沉草从出生实际上就已经断送了他的家族。但轮回并未就此结束，陈茂作为一个流氓无产者也同样为自己的恶行付出了代价。他偷自己东家的小老婆，像一条"大公狗"一样到处奸淫妇女，在借助土改机遇当上农会主席之后还强奸东家的女儿——沉草的姐姐刘素子，当然也要遭到报应，最后，他的实际上的亲生儿子沉草，带着对他与生俱来的厌恶与蔑视（这里给"父亲"的身份加上了"非法"的性质），用枪击毙了他（而且颇有深意的是，沉草还对着他的阳具开了一枪，这一行为中透示着强烈的"阉割父亲"的倾向）。当然，此前沉草还像该隐杀约伯一样，杀了他的白痴哥哥演义（但不是大杀小，而是小杀大）。

我想苏童写《罂粟之家》这篇小说时，显然是融入了太多观念性的东西。1987年前后正值精神分析学与人类学的各种理论次第登台、十分热闹的时期，许多作家都急于把自己的最新思考表达出来，所以也可以想见，这篇作品中充斥了乱伦、弑父、兄弟相残以及中国传统的轮回报应思想等主题，它们的确是显得过分拥挤了些。

与《俄狄浦斯王》所表现的伟大的命运悲剧的震撼力相比，《罂粟之家》当然要显得暗淡和暧昧得多，因为它的重心确不在于表现命运——人欲与天伦的不可避免的毁灭性冲突，而是表现历史的荒谬和非道德性；在前者那里，主体是战栗和悲号着的，在后者这里，主体则根本无力思考，也无须反抗。从人性恶的角度，苏童表达了对道德主义社会历史观的深深的怀疑（他把刘老侠的罂粟之家的家族历史结构图画成了一个女性生殖器的形状，这是对"历史"的一种极为荒谬的感受与解释方式）——这应当是他的"弑父"主题的出发点与内涵所在。

另一个作品是余华的《鲜血梅花》。应该说，在艺术上这是一个不可多得的妙思佳构，也是一个具有某种结构主义与"元小说"理论色彩的作品——它仿佛是对大量古今武侠小说叙述模型的一个提取和概括。但是它对弗洛伊德的学说的某种内在呼应大概不是十分自觉和有意的，而主要应该是出于偶然，这也是很有意思的。

如果按照弗氏理论的视点来看，《鲜血梅花》大概可以归纳为一个"逃避为父复仇"的主题。这和弗洛伊德所分析的《哈姆莱特》一剧的主题有些相似。小说的主人公，一代武林大师阮进武的儿子阮海阔，在其父亲被刺杀十五年之后，其母为了激励他的男儿之志，决然自焚而断其退路，逼他走上了为父复仇的漫漫长途，临别为他指示了两个有可能知道他的杀父仇人的武林中人——青云道长和白雨潇。然而阮海阔和其父亲根本就不是一种人，他半点武功也没有，他的仗剑出游完全是一种形式，一种在道义上无法逃脱，但在实际上又无力完成，也根本不想完成的使命。这里当然不能说阮海阔已然像哈姆莱特一样在凶手身上看见了他"自己的影子"，但无疑他对父亲的死在多年之后已非常淡漠,对父亲的"英雄"业绩也是不以为然的,他根本就不想拿自己的身家性命作代价,为这个已经没有什么实际意义的"仪式"去冒险。所以他漫不经心地游荡着,先后遇到了"胭脂女"和"黑针大侠",对这两个人所分别交给的"任务"倒是更欣然地接受了——等找到青云道长,向他打听叫刘天和李东的两个人——他终于有了到处漫游的"充分"理由。中间他还遇上并阴差阳错地错过了白雨潇;后来他终于遇到了隐身大师青云道长,可他鬼使神差地先问了关于胭脂女和黑针大侠的两个问题,而将自己的杀父仇人是谁的问题,抛在了脑后——这是故意的还是被潜意识所支配的?他为什么不首先问自己的问题,这与哈姆莱特的"延宕"是否有在人性深处的某种契合?再后来等到他不得不问他的杀父仇人的问题时,青云道长却说,我只回答两个问题。无法,他又开始了漫游,并在不久就先后遇到了胭脂女和黑针大侠,告诉了他们关于李东和刘天两个人的下落。终于在三年后,他再次遇到了白雨潇,他问自己的杀父仇人是谁。没想到白雨潇说:杀你父亲的两个人在三年前就死了在了去华山参加"论剑大会"的路上,一个叫刘天,一个叫李东。

这结尾真是令人震惊。

所震惊的当然主要是余华对人性与事物理解的深度,一切恩恩怨怨都是既"实"又"虚"的,不过都是冥冥中命运的捉弄而已,一切的打打杀杀最终也是一个无穷的循环,每个人都是这一循环链条上的一节，所以你很难预料你的所为是为了谁，也很难预想你的目的又是谁代你达成。这其中所蕴含的正是中国的传统哲学——老庄的"无为而无不为"的思想，还有中国人常有的那种"失之交臂"又"不期而遇"的奇妙经验。

很显然，《鲜血梅花》与《哈姆莱特》还有弗洛伊德的理论的某种契合是"撞"上的，我想余华并未有意为之，但是从人性的角度来分析，我想它同样也包含了类似的内涵，在"无意识"的层面上，对阮海阔来说，父权的失去并没有使他感到多么悲伤，母亲所赋予他的使命实际只是一种责任和道义的产物——换言之，按照弗氏的理论来说，"弑父"者并不一定表现为亲手所为，就像哈姆莱特，他并没有成为俄狄浦斯那样直接杀父娶母的不幸人物，是克劳狄斯"代替"他达成了其"童年时期的愿望"，所以他从自己的潜意识中不情愿——或者至少是要"逃避"完成这一复仇使命。再者，父权的强力也造成了阮海阔的软弱无能，使他并未子承父业，这也是一种隐喻意义上的"去势"。父亲的死在阮海阔的心理上引起的反应是十分复杂的，无意识中的轻松和伦理意识中的悲伤与责任构成了深在的矛盾，因而表现出来的，自然就成了一种暧昧和经过了"折中"之后的行为方式。

和第一类例证的罕见有所不同，这类作品例子是很多的，像刘恒的《伏羲伏羲》中也有连环的弑父故事，只是和苏童的《罂粟之家》相比，其人类学意味不那么浓烈而已。

三 格非：精神病理学发病与治疗的形象阐释

假如说前面的几个例证主要还限于我的"主观推论"的话，下面的这个例证则完全是弗洛伊德理论的一个精妙而形象的演绎，这个例子便是格非的《傻瓜的诗篇》。

我不知道格非的写作是否太多地受到他的母校和居住地上海的文学传统的影响。在 80 年代后期崛起的一批作家中，他应当是受到精神分析学影响最直接的作家。30 年代上海的新感觉派的主力作家施蛰存仍"蛰存"在华东师大这座校园里，他和穆时英、刘呐鸥曾共同成为弗洛伊德主义的中国"传人"。尽管在他们之前，早已有鲁迅等早期新文学作家对弗洛伊德的思想的广泛介绍甚至运用，但真正用弗氏的理论来写小说的作家，仍要首推"新感觉派"。现在这个传统又在格非身上得到延续，从格非的小说中，我们甚至不难看到一点点穆时英的《白金的女体塑像》、施蛰存的《将军底头》一类作品的影子。

另一方面，似乎与格非的校园生活处境有某种关系，格非的《傻瓜的诗篇》也格外具有特殊的"学院"或"专业"色彩，仿佛是一篇精神分析学的研究报告一样。他似乎就是要有意识地写一篇能够表现精神分析学理念的小说，特别是关于精神病的发病原理和治愈方法的"理论探求"的小说，他的确是成功了。小说中的大量细节与人物心理活动，都可谓自觉地印证了弗洛伊德的精神分析学说。

众所皆知，弗洛伊德在他的年轻时代曾经致力于精神病的临床治疗，治疗的原理通常就是按照当时的精神病理学，认为致病的原因是由精神的压抑造成的，"压抑是使得无意识冲动和动力受到禁止而无法接近有意识生活的机制"[①]，致病者往往因为自己的某种精神的缺陷，某种无法弥补的或者为道德所不容的过失，甚至只是某些侵犯通常伦理的欲望，等等，导致心理产生巨大的压力与失衡，从而引发精神分裂。治疗精神疾患的方法通常就是"疏导法"，即与病人交谈，通过"催眠"或注射药物，使其减去意识的压抑而讲出自己内心深处的隐秘，这样会导致病人心理上的逐渐减压，缓解内心冲突，使其潜意识中积聚的"能量"得以释放，最终恢复到正常状态。弗洛伊德自己曾有一个时期十分成功地治愈了一些患者，并在理论上获得了许多新的发现。这一临床实践也是后来他创立自己的精神分析学理论的基础。

《傻瓜的诗篇》中通过两个人物的命运的转折，从正反两个方面戏剧性地描写和"论证"了上述原理与过程。其中一个是由医生变成了病人，另一个则由病人转化成了一个正常人。

医科大学生杜预在临毕业之际，忽然有一个重大的发现——

---

① 霍夫曼：《弗洛伊德主义与文学思想》，生活·读书·新知三联书店1987年版，第52页。

他发现精神病是可以"传染"的,他对精神病在恐惧之余发生了浓厚的兴趣——这是小说情节发展的"伏笔",这意味着在杜预的心理上已经有了一个先在的强烈的自我暗示。而且,小说还交代了另外的几个因素:一个是据杜预自己讲,他具有家族遗传背景——他的母亲就是患精神病跳楼自杀的;而他的父亲又曾经是一个"诗人"——请注意,"诗歌"和"诗人"在这篇小说中具有特殊的语意,它们所设定的话语轨道与语境氛围,同精神病院和精神分裂症有某种隐喻和相通的关系;而且父亲的死与少年杜预还有直接的关系——是由于杜预年少无知的"出卖"致使父亲被抓住了罪证并惨死,这等于少年杜预充当了"间接弑父"的凶手,这一惨痛记忆在他的心灵深处留下了随时都会发作的创伤;另外成年杜预还患有严重的胃病——在他自己的理论看来,"胃病就是精神病的一种"。鉴于这一切原因,他已经注定是一个敏感、脆弱、充满自卑和焦虑感以及病态联想能力的人物。有了这样一个背景,再加上他毕业之际又无法抗拒地进了精神病院,当了一名医生。精神病院的语境对这样一个神经相对比较脆弱的人的影响是可想而知的——因为它是精神病最具"传染"可能的地方。

有一个人物在杜预命运的发展中起着至关重要的作用,这个人就是葛大夫。小说中他是一个老于世故、精明得体的人,在与杜预的交往中,他牢牢地掌握着精神的优势,神经"像钢铁一样坚强",有着不同寻常的洞察力,总是在关键的时刻出现……小说中描写了他"在场"的几个关键性场面:第一次是杜预面对女大学生莉莉的裸体所表现出来的一丝激动被他察觉;第二次是当杜预在自己的办公室里引诱莉莉时被他"发现"——与其说是偶然遇见还不如说是盯梢;第三次是他"善解人意"地把与莉莉单独散步交谈的机会主动"让"给杜预;最后一次就是杜预在电疗室里接受他的"治疗"了。从精神分析的角度来看,他无疑是一个"窥视者"的角色,对杜预来说,在明处的"洞察"和在暗处的"窥视"是同样危险和可怕的。"被窥视"是存在主义哲学和精神分析理论对现代人的精神与生存处境的一种最典型的概括,焦虑和变态等心理病症大都缘此引发,正像杜预自己的一段心理活动所追问的:

  人类的精神究竟在什么地方出现了问题呢?杜预时常这样问自己。他通过大量的阅读和研究得知,在不很遥远的过去,人类精神上的疾病通常是歇斯底里症。福楼拜笔下的包法利夫人为这类病症提供了一个极好的范例。对于这类病人,只要通过短期的疗养即可康复(福楼拜所开的药方是:给病人放点血)。它是由于某种悲剧性的事件而引起的。而在二十世纪,人类的精神病更多的是精神分裂,它显然是源于无法说明而又排解不开的焦虑。

  杜预心想,如果自己有一天得了精神病,那么,上述两种病症都会兼而有之。

与莉莉的交往是杜预人生的转折。对杜预来说，如果她是一个精神正常的女性，杜预根本没有机会接近她，但她碰巧是一个毫无防范能力的精神病患者，而且被杜预这样一个有着强烈的欲望与脆弱的心理的医生遇见了。她的奇特经历同杜预幼年时代的经历一样，也给了他以强烈的刺激与震撼。第一次她让杜预的欲望轻易得手，然而从此以后则再不让他有任何机会，是她的美丽与拒绝加重了杜预的焦虑，她的少女时代的如同噩梦般恍惚的内心隐秘，与"弑父"的罪恶记忆，也非常致命地"传染"了杜预，致使他在一个暴风雨之夜（暴风雨是否也隐喻着大自然的某种疯狂状态？）急切地试图与莉莉鸳梦重温时，竟撞上了他来精神病院第一天遇到的那个只会喊"杀"的老女人……这致命一击使杜预脆弱的神经终于崩溃。

如果说杜预的致病更多的是表现了格非自己的理解的话，那么莉莉的痊愈，则是印证了弗氏临床治疗理论的可行。小说首先为莉莉的致病设置了几个主要因由：一是在她母亲去世之后，父亲的变态与乱伦式的侵犯在她幼年心灵中留下的创痛印记；二是她对自己"毒死父亲"的罪恶感的恐惧——小说中关于这一点无疑是最具心理深度的——它并没有肯定这一行为是否属实，因为按照莉莉的心理特征来推断，她在"事实"和"愿望"之间已经无法区分，她无法搞清楚自己是真的杀死了，还是只是在愿望中"杀死"了父亲？从某种意义上说，人的记忆是靠不住的，因为它对所谓"事实"的记忆，往往是按照对自己有利的方式完成的，对于那些令意识或者"超我"感到羞愧和不利的部分，记忆往往要将其"删除"——即压抑到潜意识之中去，许多精神分裂症患者就是由此致病的。莉莉一方面"记不清"父亲是不是真的被她所下的安眠药所毒死，另一方面又因为确信自己毒死了父亲，而怀着深深的负罪感，正是这种"有利原则"和人的基本良知之间的冲突，成了导致她最终精神分裂的基本原因；再一个原因是"中年警察"趁机占有了莉莉，也更加深了她心理的创痛。

不过，所有这一切如果没有后来的另一个原因的引发，也就渐渐归于平息了，可巧合的是莉莉偏偏考上了大学中文系，而且喜欢上了诗歌！这是她终于致病的关键因素。对这一点的书写也是作品另一个核心理念：在作家看来，诗歌的思维与语言方式同精神分裂症之间有着一种天然和内在的联系，不只杜预父亲的悲剧与诗歌有关，杜预本人也是诗歌的实际上的爱好者，甚至莉莉在精神分裂之后所写的一些"作品"，也为古怪的离过三次婚的老女人董主任所"爱不释手"，时常读得"老泪滚滚而出"，这都隐喻着诗歌对人的精神的暗示作用。这也不难理解，尼采曾经张扬的"酒神精神"同诗性精神之间，实际就是一种东西。无论是从哲学、从诗歌的崇高内涵与美学精神的角度，还是从对诗歌的误解与揶揄的角度，诗歌都与精神分裂结下了不解之缘。诗歌史与艺术史上的许多伟大的人物都同时就是精神病患者，存在主义哲学家雅斯贝斯甚至为他们辩护说，寻常人只看见世界的表象，而只有伟大的精神病患者才能看见世界的本源，"优秀的艺术家认真地按独自的意志做出的表现，就是类似分裂症的作品"。[①] 由此莉莉变成了"诗人"，也成了一个精神分裂症患者——无疑这两个身份在她身上是合一的。

莉莉病情的缓解实际上同杜预的行为是分不开的，杜预是在无意之中充当了一个真正的精神分析的医生：他把莉莉引进他的办公室勾引并玩弄了她，他满足的当然只是私欲，但没想到正是他的此举唤起了她业已死亡的记忆，他与她罔顾左右而言他的谈话，无意中使她潜意识深处的"弑父"的罪恶感通过无障碍的交谈而释放出来，由此使她走上了趋于康复之路。这一情节同临床精神分析学的原理是非常"神似"的，在美国作家欧文·斯通著的《弗洛伊德传》中，可以看到许多治疗的实例，虽然弗洛伊德先生是一个道德感极强的学者，但临床治疗过程中类似病人爱上医生的"移情"例子是很多的，这种情况在弗洛伊德周围也有发生，但弗洛伊德却十分强调医生的道德原则，他说，"医生必须防止对移情之爱的忽视，将它吓跑或使病人厌恶它；他必须同

---

① 雅斯贝斯：《斯特林堡和凡·高》，引自《存在主义美学》，辽宁人民出版社 1987年版，第 155 页。

样坚定地抑制对它的任何反应。他必须大胆地面对移情之爱，但要把他看作是某种不真实的东西，治疗过程中必须经历的某种情况，并且追溯到它的无意识的渊源。这样，它就有助于发现隐藏在病人性生活发展深处的所有东西，从而帮助她学会控制它。"[①]在弗洛伊德看来这不仅仅是一个医生的道德问题，而且关系到病人的治疗前途，所以特别应当正确处理——也正是杜预在这一问题上的私欲立场，致使他自己最终陷入了精神的深渊，这大概也算是一种精神的惩罚吧。

概括起来，杜预和莉莉这两个人物的命运大致是这样一种轨迹：

> 杜预：遗传影响（母亲为精神病患者，父亲曾是一个诗人）→后天精神刺激（母亲之死的记忆）→弑父的罪恶感（对父亲的"出卖"致使父亲后来惨死）→自我暗示（进行关于精神病的"传染"问题的研究）→环境影响（置身精神病院）→性焦虑（特别是看到莉莉的胴体之后）→性犯罪（诱惑并玩弄莉莉）→被窥视（被葛大夫发现）→暂时缓解（占有了莉莉，初尝禁果）→加倍焦虑（莉莉开始好转，不再接受他的诱惑）

---

① 霍夫曼：《弗洛伊德主义与文学思想》，生活·读书·新知三联书店1987年版，第59页。

→强刺激(雨夜惊魂,犹如《红楼梦》中"王熙凤毒设相思局"的一幕)→发疯→被施以电疗。

莉莉:童年创伤(母亲早亡,父亲变态造成她的"乱伦恐惧症")→弑父记忆(无法证实,但一直是莉莉最大的精神创痛,这种记忆与她的良知之间不可避免地发生了强烈的冲突)→记忆关闭(自首被警察制止,而且被他趁机占了便宜)→诗歌思维方式的诱发(上大学中文系之后爱上写诗)→失恋刺激(情况不详)→发疯("酒神"或诗歌式的假性状态?)→记忆唤醒(与杜预发生亲密接触时偶然想起过去"被遗忘"的情景)→完成倾诉(把记忆深处的隐秘对杜预讲出)→释放完毕(对与杜预身体亲密接触的遗忘)→痊愈。

这篇小说对精神分析学临床治疗方法的描写,显然具有相当的玄理意味。其中情节的戏剧性设置不可能在现实中找到对证,但却非常敏感、细腻和传神地阐明了精神分析学的基本原理,甚至将一些无法用抽象的理论来说明的深层和隐性的心理问题也表达得淋漓尽致。其中不断插入的关于杜预的心理活动的描写,还有葛大夫和杜预的对话、杜预与莉莉的对话,以及贯穿其中的心理活动,等等,都带有对精神分析学的"理论探讨"的色彩。试对照这样两段话:

在杜预看来,精神病人是唯一的一种没有任何痛苦的病人(这使他既羡慕又恐惧),治疗的过程往往使效果适得其反。那些行将被治愈的病人一旦意识到自己刚刚被人从精神错乱中拯救出来,大凡会产生出自卑、羞耻乃至厌世的情绪,很多人为此走上了轻生的道路,如果治疗的目的仅仅在于使病人重返正常人的世界,那么将精神病人送上电疗床,通过强大的电流对他们的神经中枢进行彻底的摧毁的确是一种一劳永逸的办法。

只有当物理学或天文学上的某个发现——如哥白尼的发现,被再次转化并通过其言外之意,而不是通过原先的已经确立的事实,即在神学和伦理学上引起论争的某件事而转化时,这一发现才能影响人类行为的进程。……精神分析学不可能一直限于抽象的推理,而它也不希望这样。医生与病人之间的关系的奇特性不久就被揭示出来,并且受到了谴责。据说,精神分析学家以拯救生命为己任,但实际上却毁灭了一些生命。病人往往会爱上精神分析学家。[1]

---

[1] 霍夫曼:《弗洛伊德主义与文学思想》,生活·读书·新知三联书店1987年版,第56页。

其中前一段可以看出,格非在小说中掺进了很多自己对精神分析学的理解,使之带上了浓厚的"研究"色彩,甚至在语体上与一些研究性的文字也很接近。对比上面的两段话,可以看出其在思想甚至叙述风格上的某种相似性。

《傻瓜的诗篇》还是一篇充满了哲学启示的小说。格非有意识地模糊了诗歌与精神分裂的关系、"健康的诗歌"与模仿的"病态的诗歌"之间的关系、诗歌与性之间的关系、正常人与非正常人之间的关系……比如说董主任,他是一个对病人实施精神治疗的医生,但却为莉莉的那首充满了分裂症特征的呓语般的"诗歌"感动得热泪盈眶,是精神分裂式的语言真的与诗歌有着某种神似呢,还是这个离过三次婚的老女人本身的精神也有问题?格非还有意识地混淆真正的诗歌和另一种诗歌——即精神分裂式的修辞欲望之间的区别,莉莉的诗基本上可以看作是一种呓语,在逻辑上是混乱的,想象上是古怪和随意的,然而这种"傻瓜的诗歌"仍然能够"感动"中年女大夫,这说明它只是在"修辞学"的意义上起了作用,诗歌在某种程度上的"精神病式的修辞",同精神分裂症式的话语之间确有着某种神似。事实上诗歌在哲学上给我们的启示正在于这一点,尼采的"日神"—"酒神"的对立模式,实际上也正是对应着"日常理性思维"—"诗性非理性思维"的对立模式,人类在所谓的文明发展过程中,习惯了用一种社会化的统一的思维对人类进行精神的统治,而所谓的"精神分裂"则首先是对这种统治的反抗,诗歌在某种意义上就是这种反抗的一种艺术方式和精神隐喻。从这种意义上,精神分裂这一现象是被人类自己"道德化"了,成为一种多数对少数的蔑视与侮辱的理由。存在主义哲学家和西方超现实主义作家都曾对此进行过猛烈的抨击。

上面对当代作家写作中具有精神分析学意识的几个典型例证进行了文本细读,与弗洛伊德的理论一样,这种分析同样也带有某种"实验"色彩,是一种尝试。同时力图紧扣精神分析的学说,也并非意味着我本人就对弗氏的理论持完全的认同态度,而是表明我对当代作家写作思想与美学资源的一种理解和认识。文学是人学,这是一个再朴素不过的老命题了,"人学"自然首先是"心灵"之学,因此自来就和精神分析学结下了不解之缘,每个有创造性的作家,总是在探索人类的精神领域方面做出过非凡的努力和发现,所以与其说这些作家是按照弗氏的理论去"演绎"的,不如说是人类探索的脚步的自然延伸。事实上每一次对心灵世界的探求都是不可重复的、一次性的和原创的,如果说有附会成分的话,那也只是指的类似本文这样的阐释活动罢了。

第十二章

民间理念在当代的流变及其形态

本次谈话着重探讨"民间"理念与小说艺术传统之间的关系,特别是其在当代的流变与具体表现形态。第一,"民间"一词的由来与演变,古典小说的三个重要的民间特征:江湖空间或市井生活场景、道德的民间化、依循消费规律的文本特征。第二,民间理念的当代的演变过程及其在20世纪90年代被放大的原因和寓意。第三,当代小说中所呈现的三种民间美学形态:"城市民间",这是与古典小说美学传统有密切关系的一种;"乡村民间",这是20世纪中独有但又屡屡受到主流文化修改的一种;"大地民间",这是受到现代西方哲学影响而出现在当代的特有现象。

"民间"话题已经成为当代小说理论中重要的组成部分,回到民间,也已成为小说变革的重要标志与成就,围绕这一话题已经有很多精彩见地与论述。虽然说民间本是小说艺术的本然处境,是小说之"家",但它在当代艺术的整体格局中却能够成为一个问题，一种包含了"进步"与"变革"的趋向。在现今的语境里谈论它，仍然具有其"本体"与"隐喻"的双重意义，亦即说，它不但意味着对小说基本性质的把握，还意味着对曾经被异化、扭曲和利用的历史以及现今依然存在的某些非艺术的外力作用的矫正、逃避与反拨。

关于当代小说的民间性、民间走向、潜在的民间因素，许多学者特别是沪上的批评家，已经有了许多很好的论述。但我以为关于这一概念的历史传统，其在当代的流变，特别是在80年代以来的不同美学形态的表现，仍有值得梳理、区分与探讨之处，本文即试图对以上几个问题做一些粗略的探究。

一 小说艺术的"民间"传统

作为文学或美学概念，"民间"一词大约始出自明代小说家冯梦龙的《序山歌》。在此篇短文中，他即非常明确地提出了同主流文学、文人写作相分野的"民间"说："书契以来，代有歌谣，太史所陈，并称风雅（按：风，民间歌谣也；雅，庙堂之辞也），尚矣。自楚骚唐律，争妍竞畅，而民间性情之响，遂不得列于诗坛，于是别之曰'山歌',……唯诗坛不列，荐绅学士不道，而歌之权愈轻，歌者之心亦愈浅。"在这里，"民间"作为一个文学空间、一种艺术风尚、一种美学风范与格调的概念，已经十分清晰。它是文学最早的范本，是一切文人写作的源头。但随着文人文学与主流文学的发育，这个源头反而受到了漠视，渐渐被遗忘和排挤在"正统"文学之外，乃变成"山野之歌"。然而这些"民间性情之响"的山歌，却有着"荐绅学士"的文学所没有的可贵之处——它们的歌者都是"歌之权"很轻的山野之人，因为与权力的写作相去甚远，其写作的心理和写作的内容就看上去"愈浅"，然而，浅则浅矣，"情真而不可废也"，因为"但有假诗文，无假山歌"。冯梦龙推崇这种"不屑假"的文学，便搜集整理了大量的民间白话小说，因此世间方有对开创中国小说传统具有重要意义的"三言"，"三言"无论是文化立场还是其美学趣味都是"民间"的，也正是因为其民间性与"非官方""非主流"的性质，它们才特别受到市民阶层的消费者的欢迎。

尽管"民间"一词的出现晚至明代，但小说从它的诞生时起，就注定了它的"边缘"性民间基质。"小说"这个词最早出现在庄子笔下时，就表达了说话人对它的轻蔑："饰小说以干县令，其于大达亦远矣。"[①]"小说"在这里显然是指小人物的道理，离真正的"大道"哲思远矣的世俗言谈。东汉史家班固在其《汉书·艺文志》中列出了"小说"一类文体，并专就"小说家"的

---

① 参见《庄子·外物》。

概念做了阐述,"小说家者流,盖出于稗官(下层官员——引者)。街谈巷语,道听途说者之所造也。……闾里小知者之所及,亦使缀而不忘。"他还引用孔子的话加以补充说明:"虽小道,必有可观者焉,致远恐泥,是以君子弗为也。"[①] 下层的官吏所记载整理的那些"闾里小知""街谈巷语,道听途说"就成了"小说"。"小说"多陷于奇谈怪论、荒诞不经之事,所以"君子弗为也"。"小说家"只是一些小人物,因为需要基本的文化水平,所以才由"稗官"来充当。

明代是中国小说走向成熟的时期,不只"三言""二拍"等整理自民间的话本与拟话本小说,而且在同样基础上还诞生了成熟的长篇小说,诞生了所谓"四大奇书"——《三国演义》、《水浒传》、《西游记》和《金瓶梅》,历史、游侠、神魔、世情,中国小说的几大传统都已因之发育成熟。这些长篇小说虽属文人创作,但无疑是在融入了大量来自民间的文化与艺术因素的基础之上诞生的,体现了浓厚的民间精神与审美价值取向。

总体上看,传统小说的民间基质大致表现在这样几个方面:

一是"江湖"空间或市井的生活场景。与诗歌和"文章"一直以主流道德与崇高理念为书写对象不同,小说多描写的是"绿林盗匪"的传奇和"引车卖浆者流"的生活景观。啸聚山林、寄

---

① 参见《论语·子张》。

身水泊、"飘蓬江海漫嗟吁"的《水浒传》英雄当然是托身民间的，它最完整地勾画了一幅江湖民间社会及其特殊的"江湖意识形态"的图画;《金瓶梅》写的完全是市民生活的场景，它可以说是在《水浒传》故事的主干上旁枝斜出的分支，在市民趣味的支配下又被"演义"和"演绎"而成的，这充分反映了一般受众对世俗生活内容的兴趣。应该说"市井"和"江湖"正是在这两部小说中，成为两个典范的文化和美学概念，也成了最重要的民间文化范畴，它们都是相对于"庙堂"社会的民间世界的典范符码。事实上，如果说《金瓶梅》这部小说有重要意义的话，那它的意义远不在于它对明代末叶社会生活的所谓反映与批判，而在于它对市民生活情趣的生动细腻的表现，并由此标立了一种与主流教化式的写作完全不同的、市民式的写作立场与叙事方式。

二是道德的民间化，或反正统道德，这是传统小说另一个重要的民间基质。"庙堂"的基本道德尺度是"忠";而"江湖"的基本道德尺度则是"义"，"义"是民间的，"忠"则是主流的，"忠"表达的是"垂直"的"君君臣臣父父子子"的等级制的统治者道德，而"义"表达的则是"平行"的平等的"四海之内皆兄弟也"的民间道德。《水浒传》之所以受人喜爱，主要是由于读者在阅读中，从民间的非正统道德那里获得了一次极大的精神解放，作者巧妙地利用了民间意识形态的力量，以"义"的名义，赋予这些绿林好汉杀人越货、"抡着两把板斧只管砍过去"的性格与行为以特殊的"合法性",因为他们是讲义气的,所以杀人就有了特殊的理由,就成了英雄之举。普通人从这里找到了一种对抗于以"贪官污吏"为代表的强权与暴政的力量,所以就不仅合法,还合情理。在《三国演义》这部比较"主流"的小说里,作者也有效地使用了民间道德对"扬刘抑曹"的正统道德进行补充和消解,"是非成败转头空"的慨叹,使另一种"人本"的民间历史观得以确立。"秋月春风","江渚渔樵",不以成败论英雄,唯剩人生感慨,岁月沧桑,这是一种典范的"中立"式的"中性"的民间历史意识。同时作者还刻意强化了"刘关张三结义"的江湖性质,淡化君臣主仆的关系,突出手足兄弟的义气,这显然是为了强化其民间道德与美学倾向,以照顾一般受众的阅读趣味。

民间道德的内涵是很复杂多样的,这在话本白话小说中有丰富的表现。正像有人所概括的,"《沈小霞相会出师表》描写了一场惊心动魄的忠奸斗争。《杜十娘怒沉百宝箱》歌颂了不肯屈辱而生的宁折勿弯精神。《灌园叟晚逢仙女》写的是善良和贪婪之间的对立。《金玉奴棒打薄情郎》谴责了富贵忘旧的丑恶灵魂……"[①]所谓忠奸对立、善恶报应、富贵忘旧、见利忘义、富贵无常、祸福轮回,等等,都是民间最常见和最典范的道德评判模式。而大量

---

① 缪咏禾:《"三言""两拍"和〈今古奇观〉》,《中国古代通俗小说阅读提示》,江苏人民出版社 1983 年版。

的古典小说所依托的教化思想、其道德合法性的获得都源于这些基本模式。

三是故事性与传奇性因素,即遵循消费规律的"好看"原则。这既是小说兴盛于明代资本主义萌芽时期的一个根本性原因,同时也有一个久远的传统,因为中国小说的早期原型正是魏晋时期倡兴的"志怪"文体——曾为孔子所不齿的"怪力乱神"一类的奇想幻闻,"怪"与"奇"一直是小说最重要的文体特征,从魏晋到唐,虽然小说的要素逐渐具备,描写内容开始由神鬼转向人,但"志怪""传奇"的特性却依旧明显;再到宋元话本,"说话"形式对小说内容的根本要求也是故事情节的吸引力;这种特征一直持续到明代的拟话本,所谓"警世""奇观""拍案惊奇"都是这种特征的表现;直到清代文言笔记体小说(如《聊斋》)的复兴,如蒲松龄者,所推崇的仍是"干宝之才""幽冥之录""披萝带荔"之"牛鬼蛇神"。[1]"奇",由消费需要变成小说美学观念的最重要的因素,因为"奇",便满足了受众观赏性、娱乐性、消闲性和刺激性的需要,也满足了出版商好看好卖好传播有好效益的需求。正像清人袁于令称赞《西游记》时所说的,"闲居之士,不可一日无此书"。[2] 以消闲为第一目的,同时又不

---

[1] 参见《聊斋志异·自志》。
[2] 袁于令(幔亭过客):《西游记题词》。

致"为风俗人心之害"(清·闲斋老人:《儒林外史序》),可以说是传统小说整体的艺术宗旨,这样的宗旨无疑是民间性的。

上述对传统小说的民间特性做了一个简单的概说,当然不是说传统小说中没有统治者意识形态的东西在,但总体上,它们之所以还有活力,还有着可贵的自由的思想源泉与艺术魅力,首先得益于其诸多的民间特性。

将小说提升至社会文化的"中心"位置者,始于近代的康梁等启蒙思想者。他们借鉴西方近代文化与文学发展之路径,重视大众文化媒体在传播新思想、推动社会文化变革方面的作用,而小说就是这样的大众媒体之一,康有为认为,"仅识字之人,有不读经,无有不读小说者。"另一个同时期的小说家邱炜萲亦说,"天下最足移易人心者,其惟传奇小说乎!"[①] 所以要传播新思想,必须利用小说有力的传媒作用,因为它在所有的艺术形式之中同大众的距离最近,而且还"有不可思议之力支配人道"的作用,所以"欲新一国之民,不可不先新一国之小说"。[②] 不过,即使是在维新派的主张发生了强大影响力的年代,也仍然有人出来坚持小说的民间艺术性质,如王国维、徐念慈等,徐说:"小说者,文学中之以娱乐的,促社会之发展,深性情之刺戟者也。"但

---

① 参见《客云庐小说话·卷四》。
② 梁启超:《论小说与群治之关系》,见《新小说》1902年第1期。

"所谓风俗改良,国民进化,咸惟小说是赖,又不免誉之失当"。[①]他仍然把"娱乐"放在第一位,把"性情刺激"亦放在重要位置。作为新文学与白话小说奠基人的鲁迅,虽然特别强调小说改良人生的启蒙作用,但他在小说史的研究中却非常敏锐地注意到传统小说固有的民间特性,以至于"民间"一词在他的《中国小说史略》中出现的频率非常之高。

不过,这里有必要说明的是,重新梳理传统小说中的民间文化与审美基质,并非要否定新文学小说中的改良社会人生的作用,只是旨在说明两个问题:第一,当代小说的民间价值倾向是有其历史依据与精神传统的;第二,过分强调小说的社会主流文化作用,将之变成意识形态的工具,是从晚清维新派的主张演变而来的,它虽曾起过许多有益的作用,但最终中断了古典小说亲和于民间文化精神的传统,致使当代小说走向了畸形和贫困,最终再度引起了人们的警觉、反省和改造。这是一个总体的背景。

二 民间理念的当代复活与拓展

"民间"一词作为一个当代性的文化立场与美学范畴的提出,

[①] 徐念慈:《余之小说观》,见《小说林》1908年第9期。

当然是 20 世纪 80 年代以来的事情。在诗歌中,它的最早的提出者应当是海子,在他完成于 1984 年 12 月的一首长诗《传说》的前面,他作了一篇题为《民间主题》的序言,这应该是"民间"一词作为诗学概念在当代的首次被提出。海子用他诗意的话语方式对这一概念做了这样的阐释:

……在隐隐约约的远方,有我们的源头、大鹏鸟和腥日白光。……回忆和遗忘都是久远的。对着这块千百年来始终沉默的天空,我们不回答,只生活。这是老老实实的、悠长的生活……

在老人与复活之间,是一段漫长的民间主题,那是些辛苦的、拥挤的,甚至是些平庸的日子,是少数人受难而多数人也并不幸福的日子,是故乡、壮士、坟场陌桑与洞窟全身的日子,是鸟和人挣扎的日子。……清风披发,白鸟如歌,地面上掠过一群低低的喃语和叹息。老树倒下的回声,月光下无数生灵的不眠之夜,醉酒与穷人的诗思……反正我怎么也叙述不尽这一切。遥远了,远了——[1]

---

[1] 海子:《民间主题》(《传说》原序),《海子诗全编》,上海三联出版社 1997 年版,第 873 页。

无疑，海子对民间的理解和阐释是非常有深意和远见的，这一段阐述直到今天也仍然是准确和丰富的。它体现了民间的原发性、自在性、自然性、日常性，未被修改和装饰的一系列本真与本然的特性。然而在 80 年代的语境中，他的想法却不会立即为很多人所认同，虽然在"第三代"的诗歌运动中，某种"边缘的"、破坏性的，甚至"反正统""反主流"的写作已成为其先锋性的标志，但这类极端即时性和策略化的写作态度与立场，同民间性的原生、自在、本然与博大却仍有根本的差异。

民间理念在小说中的复活是在 80 年代初，但作为理论观念的提出却已迟至 1985 年，并且其本身是很暧昧的和很"主流化"的，这很有意思，因为它是在 80 年代启蒙主义色彩很浓的特殊语境中出现的，所以难免不被主流思潮和时尚话语所覆盖。

民间理念出现的契机是"风俗文化小说"在 1980 年前后的悄悄出现。风俗文化小说的意义在以往我们总是未能给予应有的阐释，现在看来，当代小说的许多重大变革都是悄悄地从它开始的。这是一次意义深远的"搬家"。在此之前，当代小说虽然做出了巨大的变革努力，但总是摆脱不了当前话语与意识形态主题的强大遮覆，小说虽然爆发出巨大的社会能量，但其艺术与文化底蕴却总是显得虚弱和瘠薄，小说缺少真正的生命力，无法同整个民族的文化与艺术的传统链条相连接，无法真正汇入它应在的那个久远的血脉和精神的谱系之中。无论是"伤痕""反思"，还是"改革"主题，它们都是典型的"即时性"的主题，小说的艺术和精神品质一直没有建立起来。在这样的背景下，汪曾祺、邓友梅、陆文夫乃至冯骥才等人的风俗文化小说的出现就具有了特殊的意义。在汪曾祺的《受戒》《大淖记事》、邓友梅的《那五》《烟壶》、陆文夫的《小贩世家》《美食家》和冯骥才的《神鞭》《三寸金莲》中，与当代社会生活"无关"的乡间民俗和市井生活场景，成了具有自足意义的存在，乡村和城市，两种民间景致都一并浮现出来。在汪曾祺的小说中，氤氲着一种特有的民间的宽容精神：当了和尚照样可以娶老婆，失了女儿身也不要紧，虽然这些都近乎作家自己的臆想，是"四十年前的一个梦"，但他毕竟写出了民间的自在和本原的一面。邓友梅的小说不像汪曾祺那样富有桃源的风神和理想的气质，但毕竟小说中出现了"身份暧昧"的人物，出现了市井闲人、落魄贵族、纨绔子弟，还有古董商、旧艺人，等等，可谓三教九流、形形色色，由此他勾画出了一幅幅古老的中国式城市民间社会的风俗画卷。

小说由此开始"回家"，离开社会政治与意识形态的急流，而接近于许多恒久长在的东西，接近于生存、人性，永恒不变的风景，开始关注那些在古老的家族谱系上生长出来的人物，这些人物的社会特性、阶级身份都逐渐模糊化了，而他们的种族文化特性却逐渐清晰起来。而小说家对他们的观察与表现的态度也"中性"化了，主流道德对他们也难以再发生框定作用。由此小说的主流教化功能开始变弱,而其可观赏性、娱乐与消费性的功能则开始凸现出来。这一切都取决于民间因素的潜滋暗长。

1985年小说的"爆炸性"的革命,在很大程度上取决于民间意识的复活,尽管这复活由于主潮式的"寻根"文学运动的遮覆,还没有成为最显在的问题,但它却在深层的内在意义上成为一个真正的变革动因。正如李杭育所梳理的文学的精神之"根",不是属于主流的"中原规范",而是这中心之外的"老庄的深邃,吴越的幽默",以及楚人的"讴歌鬼神"。它们才是"我们需要的'根',因为他们分布在广阔的大地,深植于民间的沃土"。[①]韩少功也在他的《文学的"根"》中反复强调那些"还未纳入规范的民间文化"和"乡土中所凝结的传统文化":"俚语、野史、传说、笑料、民歌、神怪故事、习惯风俗、性爱方式,等等,其中大部分鲜见于经典、不入正宗",但它们却"像巨大无比、暧昧不明、炽热翻腾的大地深层","承托着地壳——我们的规范文化"。显然,取向于非主流、原生、乡野、大地、民间,这些概念与这种思路在寻根小说家那里已经接近于一种共识。不过总体上看,在80年代启蒙主义语境占据了绝对优势、知识话语具有特定强势的情形下,民间性更多的还是一个隐喻,一

[①] 李杭育:《理一理我们的"根"》,见《作家》1985年第9期。

个既具有本源性又具有功利性,既接近小说本体又更具有文化启蒙意义的概念,它的民俗性暂时得到夸大,但消闲性却被排除在外,作家们表面上强调了它的边缘性,但骨子里却充满了宏伟理念和精英意识。因此它事实上只是小说革命的一个潜在因素,而难以成为直接浮出地表的显在的命题,其表现也比较初步,比如在乡村,它更多的是表现为某种"古老风情"性的东西,在城市空间,它也多是着眼于某种边缘性的人格模式或道德理念。而且人们对民间因素的误读也是严重的,比如王朔的小说,它也可以说是在主流的文学空间之外辟出了一方新的天地,并且由于其特有的反主流话语风格而培育了一大批特定的读者,由此对原有当代主流社会话语的解构也起到了巨大的作用,但来自两方面的误读却硬是将它变成了另外的东西,或是将它看作纯粹"痞子"的文学,或是将之读为"后现代"的先锋,人们唯独对它的民间性质很少有客观的认识。逼得王朔无法,只好大声求饶:我不过是个码字的匠人罢了!

民间问题之所以在90年代浮出,首先是由于社会情境的巨大变迁,原有启蒙语境的瓦解,使知识强力话语失去了优势,小说的启蒙主题与精英话语叙事的独立合法性已经面临难以成立的危境。在此情境下,小说必须借助于另一个支撑点,同时对自身的价值立足点做出新的解释,在它无法建立自己独立自足的宏伟叙事与巨人式的启蒙思想主体,同时也无法依附于旧式政治理念的处境下，它的"进步性"或现实批判性何在？其必不可缺的意义与精神何在？这不单纯是一个小说艺术所面临的问题，同样也是一个知识分子在精神上的一个归属问题。像现代史上经常出现的情况一样，他们又赋予"民间"一词以特殊的内涵——"民间"又成了一个与"庙堂"相对应的精神世界与空间的特殊概念，成了个性与自由的载体，本源和理想的象征。这当然首先是一个意愿，一个言不及义的"隐喻"，因为无论怎样，"民间"一词在20世纪中国所特有的政治合法性也是难以动摇的，它在以往曾被做过各种各样的解释，"为工农兵服务""向民歌学习"都曾是这种解释的某种变相形式，但它们又都同时被"主流化"了，背离了真正的民间。而"回到民间"，正是在启蒙话语受挫，并同时受到市场语境的挤压之时，对当代文学精神价值的一种重新寻找和定位，这样一种定位包含了当代知识分子深切的忧思、智慧与责任感。陈思和的民间理论的提出正是应和了这样的背景，并且生发出深远的含义和影响。他先是对民间意识的浮沉与20世纪中国文学的兴衰的关系作了细致和独到的梳理，由此对抗战以来一直到"文革"时期的文学作了一种新的解释，即，这是一部由民间文化与政治意识形态之间的复杂对立又互为纠结渗透的关系所演出的文学史，在这一部文学史中，民间文化的潜在力量是使许多文本能够葆有历经磨洗而后存的价值的主要原因，"文学史又一次证明了民间的力量"。[①] 在另一篇文章中,陈思和又对"文革"后文学当中民间文化因素的增长与民间美学形态的浮出进行了探讨和梳理,他认为以寻根文学为标志,"广场上的知识分子重返庙堂的理想"即被终结了,嗣后的作家开始以"来自中国传统农村的村落文化的方式,或来自现代经济社会的世俗文化的方式,来观察生活",或者"虽然站在知识分子的传统立场上说话,但所表现的却是民间自在的生活状态和民间审美趣味"。由于他们注意到民间世界的存在,"并采取尊重的平等对话而不是霸权态度,使这些文学创作中充满了民间的意味"。[②] 他把"新历史小说"的崛起,以及张炜的《九月寓言》、张承志的《心灵史》、贾平凹的《废都》等小说都看作是相关的例证。

无疑,陈思和的上述理论同 90 年代以来思想文化界的新视界是有着一致性的关系的,它既阐释了文学的一般规律,同时也基于当代中国现实的敏感语境,因而必然产生广泛而深刻的影响。

---

① 陈思和:《民间的浮沉:从抗战到"文革"文学史的一个解释》,见《上海文学》1994 年第 1 期。

② 陈思和:《民间的还原:"文革"后文学史某种走向的解释》,见《文艺争鸣》1994 年第 1 期。

三　当代小说中的三种民间美学形态

当代文学中的民间文化与美学倾向有着相当复杂的表现，它依托于几个不同的空间，并且与传统小说中的民间文化内涵相比又有许多新质。因此，要想对其特征进行阐释，必须加以离析与区分。在我看来，民间理念与民间立场在当代的实现大致呈现了三种形态，即"乡村民间"、"城市民间"和"大地民间"。它们在互相联系的同时确实具有比较明显的不同内涵和向度，并产生了相关的文学流向与大量作品。不过必须说明，划分这三种形态并非意味着它们都已发育成熟，而首先是为了说明的方便。实际上具体到每个作家那里可能又是兼而有之的，而且三种形态也都还在形成过程之中，与其说"形态"也许还不如说"趋向"。

（一）城市民间

"城市民间"可以说有着古老的渊源，中国古代的小说基本上是一种城市民间的消费文本。小说之所以在明代崛起，主要是因为资本主义在明代出现了萌芽，城市民间社会的发育，为出版印刷业作为商业活动提供了现实基础，小说的消费群体与传播载体由此得以形成。这在西方也是有着同样背景的，西方近代小说的兴起也是始自文艺复兴时期资本主义生产方式的萌芽，《十日谈》《坎特伯雷故事集》等小说同中国的"三言""二拍"可以说是有着惊人的相似。很显然，城市社会空间与城市生活方式的出现与扩展，是小说发育的最根本的动力，作为一种城市社会的"民间意识形态"，小说不仅主导着城市的文化消费，而且成为新型价值观念的传播媒介，它们以新的道德理念诠释着市民阶层的生活方式，使之合法化，这也是它们在"推动社会发展"方面所做出的重要贡献。我们通常也正是在这样的意义上肯定市民小说的价值的——不是去苛刻地批评它们的那些不无"诲淫诲盗"意味的放纵描写，而是着眼于它们对主流道德观念的瓦解与冲击。

但小说植根于"民间意识形态"的最初状态很快就被改变了，它很快就受到了"知识分子意识形态"的利用和修改。小说在19世纪的欧洲达到了高峰时期，但却基本上变成了社会批判与思想启蒙的工具、知识分子进行人性与道德探求的方式。这种"过分"的知识分子意识形态的改造，在20世纪取得了最辉煌的成就，但显然也已经穷尽了小说的活力与可能性。在20世纪的中国，小说被命定地选择为推动社会变革、改良人生状况的工具，知识分子很自然地将传统的主流文学观念套到了小说的头上，同时"社会政治意识形态"又将庸俗化了的社会学认识论观念塞入其中，小说不堪重负地变成了"经国之大业"，思想之阵地。在逻辑上这固然是合理的，可是从小说艺术发展的实际看，其作用就不仅仅是正面的了。20世纪初启蒙知识界对"鸳蝴派"和"礼拜六"等娱乐性小说的批判当然是有道理的，然而问题的另一面则是将小说变成主流文化的一个分支,使小说原有的古老民间传统逐渐被阉割。

但这仍然有一个过程。二三十年代,在北京、上海和其他城市,仍然有着民间化的城市空间,虽然这个空间也正日益遭受着污染。在老舍、张爱玲等作家的作品中都或多或少地含有城市民间文化精神的因素,在《骆驼祥子》《四世同堂》等小说里,可以比较明显地看到原生的市井人物与民间生活场景。

在当代,由于意识形态的作用,城市小说演化成了"工业题材"小说,变成了一个文化和文学的特定部门。原有的城市小说概念不复存在,从欧阳山的《三家巷》到周而复的《上海的早晨》,再到艾芜的《百炼成钢》,所遵循的都是苏联式的社会学反映论模式,着眼于表现城市社会或"工业战线"上的社会矛盾和阶级斗争。小说完全变成了一定时期政治理念的演绎与演示。这种情形实际上一直延续到80年代初的"工业改革题材"类小说,只是改头换面,原来的阶级斗争主题被置换成了改革。蒋子龙、张洁、李国文、柯云路的改革小说基本上都未触及过城市文化本身。

城市民间社会及其文化价值的显形始自王朔的小说。王朔小说中的城市民间倾向大致表现在这样几个方面:一是人物社会政治身份的模糊化,他们被称为城市的边缘人、游走者、文化闲人或"精神痞子",这样一些人,其身份同传统小说中的三教九流市井人物之间具有了某种很微妙的血缘联系；二是人物所表现的特别"扎眼"的反正统道德倾向，"千万别把我当人""玩主""玩的就是心跳"这类具有挑战意味的字眼，成为他小说价值与道德倾向的标志；三是叙述风格的大众俗文化倾向，小说的主导性话语选择了一种"文革后"色彩很浓的城市市民话语，在喜剧式的语境中杂糅了大量已经被遗弃的政治话语，以及相应的红色宏伟叙事的习惯性语气，变成了一种市民主体对庄严政治话语的"嬉戏"，这一方面引发人们对历史悲剧的"喜剧回忆"，营造出非常富有历史内涵的戏剧情境，同时在潜在层面上也暗合了当代文化中的解构主义倾向，通过对语言的"施虐"而最终触及文化，产生了对"文革"及"文革后"意识形态的"软性消除"的作用。而且非常奇妙的是，这种"政治话语的嬉戏"居然成了一种新的城市市民意识形态与边缘性话语的有效载体。在他的小说中，"文革"时代的革命话语被有效地转化成了喜剧的噱头——一种"语言鞭尸"的游戏，新的市民娱乐的消费品。这是他的小说曾经得到广泛欢迎，并同时得到先锋批评家的赞同和推崇的原因。由于上述几个原因，我以为可以说王朔重新续接并开启了城市市民小说的传统，尽管事实上还带有浓厚的后"文革"时代的历史与政治印痕。

90年代的城市小说呈现了从未有过的兴盛局面。伴随着新生代小说家个人性叙事的崛起和主流化写作的衰微、意识形态写作的终结,城市市民小说开始以非常多样的形式出现在人们面前。总体上看,90年代的城市小说大致出现了这样一些新的趋向:一是形形色色的"城市新人类"作为故事的主体次第登台表演,如邱华栋笔下的身份飘忽的"城市游走者"和"寄生族"式的人物;何顿笔下出入于黄黑二道、搏击于商海风浪的"新淘金者"与"暴发户"式的人物;张欣笔下的珠光宝气与在交易场上游刃有余的"白领一族";以及更为晚近的"70年代出生的作家",尤其是女性作家如卫慧、棉棉者,她们笔下的身份更加暧昧,出入于舞厅酒吧、私人party,行为乖张,恋爱随便,有歇斯底里症,甚至吸毒、与外国佬上床等,非常具有"边缘"或"另类"道德色彩的"新新人类",上述他们构成了几乎是我们这个时代最自由、最富有、最刺激、最快活、最没有负担和最令人瞠目震惊的一群"新人"。二是他们的叙事共同复活了一个传统的市民社会,及其承载了市民生活理想与价值观念的"市民意识形态",这其中虽有生活方式与生活内容的新变化,但从精神与观念的角度看,却完全是古老的城市市民社会精神谱系与价值链条的自然延伸,比如他们的生活观念已经完全"非正统化"了,他们无论是同主流意识形态还是同知识分子的传统人文理念之间,几乎都是格格不入的,他们是一些地地道道的个人主义者、利己主义者、现世主义者和享乐主义者,他们共同完成了一个对历史的遗忘和对现实的拥有。三是他们的叙事已经完成了从

第十二章
民间理念在当代的流变及其形态

先锋小说叙事中的分裂与蜕变,特别是在90年代中期以后,他们仅有的一点被阐释为"前卫"的特点实际上仅剩下了"裸露的大胆",与商业时代文化经营方式已经完全"接轨",小说不再具有认真的生存思虑与意义追问,也不再具有形而上学的精神与艺术探求趣味,而只是一味地迎合读者。形象一点说,他们(她们)的"另类"已经完全商业化了,成了一种角色定位和商业包装的需要,成了一种对市场份额的谋算。从叙事特点上看,他们(尤其是她们)基本上把先锋小说的意识探险、潜意识场景和乌托邦叙事变成了一种"身体写作"与行为写作,不再追求艺术上的智慧含量,而是极尽强化其刺激性与惯性滑动的力量,以将读者诱入其间。因此"公共的玫瑰"就成了她们新的毫不避讳的信条,"可能的话,我努力做一条小虫,像钻进一只苹果一样钻进年轻孩子们的时髦头脑里,钻进欲望一代的躁动而疯狂的下腹。"[①]应该说,就这一点而言,城市小说及其所负载的城市民间精神正在接近于一种迷途。

1995年问世的王安忆的《长恨歌》,是迄今为止体现出强烈的城市民间倾向的小说的典范之作。这部小说用极优美和哀伤的笔触,复活了一个逝去时代的城市的民间记忆。王琦瑶,一个完

---

① 卫慧:《公共的玫瑰》,《"七十年代以后"小说选》,上海文艺出版社2000年版,第245页。

全与时代的洪流割断了联系的旧上海的市民女性,一个生错了时代的女人,能够在红色的年代里默默地地下"蛰居"般地生存了几十年,完全是因为上海这座现代中国的商业城市中的民间社会的庇护。这是一个完全不同于林道静式的"现代知识女性"的人物,甚至也不同于茅盾、丁玲等现代作家笔下的"时代女性"或叛逆的知识女性,她走的是一条古老的女人之路,像历史上所有的薄命红颜一样,她向往着富贵和安闲的生活,盲目地把希望寄托于男人,然而她又总是错过了一切的机缘。她是一个按照市民的生存理念走完自己一生的特殊人物,通过她的命运,作家完成了一个对传统文化精神、形象谱系与美学意念的修复,复活了一个古老的市民社会,一个从白居易的诗歌那里延伸下来的感人母题,一个永恒的悲剧美学理念。可以说,同样的题材和相近的人物,由于完全不同的写作立场与理念,才导致了如此不同的内容、主题以及美学情调。从杨沫到王安忆,从《青春之歌》到《长恨歌》,从林道静到王琦瑶,之所以会发生如此大的转折与对比,根本在于从主流到民间的观念的变化。

与城市民间相邻的是一种属于历史或"历史乌托邦"的城市民间。这种流向同80年代末90年代初的先锋小说曾有着密切的关系,在苏童的"妇女生活""香椿树街"等系列小说中,在长篇小说《米》、中短篇小说《妻妾成群》《红粉》中,在余华的《呼喊与细雨》《许三观卖血记》等长篇中,在叶兆言的《状元境》《追月楼》等"夜泊秦淮"系列小说中,甚至在方方的《桃花灿烂》《祖父在父亲心中》等作品中,都氤氲着浓重的城市民间氛围。陈思和在他的《民间的还原:"文革"后文学史某种走向的解释》一文中,曾把这些"新历史小说"看作是小说民间走向的例证。不过,历史氛围中的城市民间同现实情境中的城市民间毕竟还是有着很大不同的,它更重于风俗与文化意义上的民间生活场景,而不是从"行为"与道德意义上去认同和张扬它们。迄今为止,先锋新历史小说仍然标志着城市民间在小说中所达到的精神与文化深度。

(二)乡村民间

"乡村民间"在古代小说传统中不像"城市民间"那么丰富,这是由于小说的基本消费群体主要是城市市民而造成的。在中国古代小说中,似乎只有《水浒传》中有较多的描写,但也基本上呈现为"江湖民间"。在20世纪的中国小说中,乡村民间似乎一直未能成为一种成熟的文化与美学形态,而仅仅是表现出了较明显的"民间性"倾向,这同"农村题材"的小说特别发达、特别多的事实之间,正好形成了一个很大的反差。

鲁迅和文学研究会的作家首倡乡土文学写作,叶绍钧、许地山、王统照、王鲁彦、许钦文等都写过较多乡土题材的作品,但以鲁迅为代表,他们对乡土农村社会的描写,主要是为了实践他们"为人生"的文学理想，以拯救受难者的眼光关注民生与乡村的苦难，基于这样的启蒙主义文化立场，他们笔下的乡村是破败的、荒凉的，作品的格调基本都是悲剧性的，人物大都是愚昧和可怜的，乡村生活被打上浓重的悲剧与拯救的主题印记，而很少呈现过自足的乡村文化与生活景观。由于十足的知识分子视角，乡村文化本身被较多地遮蔽和修改了。再到后来的左翼作家笔下，乡村社会又进一步变成了表现阶级斗争的场所。

在一些自由主义作家那里，乡村社会生活也曾得以表现，但又走向了另一个端点——文人化，即浪漫主义化了。以沈从文为例，他的湘西小说中含有大量的对民间道德、民间文化的崇尚与赞美的因素，但他的审美态度则是纯粹文人趣味的，是典型的浪漫主义式的民间——对风俗描写的注重、传奇色调的强化、道德理想的灌注，等等。这样，文人的乌托邦的理念色彩实际又置换和消除了小说本身的民间生活特性。

显然，"乡村民间"是"站在农民的立场上看农民"的一个视角，无论是对乡村的现实的悲悯还是浪漫的诗化，都不能看作是真正"乡村的民间"，而是"文人（或人文）的民间"，而从本质上来说，它们已经不是民间了。

真正富有某种"原创"色彩的乡村民间叙事的首创者是赵树理。虽然赵树理一向被解释为"二为方向"的代表作家，是《在延安文艺座谈会上的讲话》以后最典范的"主流"作家，但他的小说的活力和鲜明的喜剧式的叙事风格，无疑是源自其对民间文化与民间艺术精神的吸纳，在他最具代表性的作品如《小二黑结婚》《李有才板话》中，虽然也注入了社会变革、人的解放的主题，但实际上作家在面对这些政治内容的时候，并没有简单化地套用意识形态的表现方式，而完全是以原生的民间叙事的形式来点活他笔下的人物的。为什么他小说中前台的主要人物给读者的印象还不及那些次要人物深刻？为什么像"三仙姑"和"二诸葛"这样的人物不过三言两语就栩栩如生，让人过目难忘？这些小说为什么让人百读不厌？这是因为作家对纯粹的而没有经过"修改"和扭曲的、未经主流意识形态的解释的民间文化因素与民间艺术传统的特别地道和抓住了神髓的把握，类似"米烂了"和"不宜栽种"等这样的民间叙事因素是其小说充满活力的最重要的原因。他在50年代发表的《登记》《三里湾》《锻炼锻炼》之所以还能够在一定程度上保留他的一贯风格，还具有活力，也是因为这一点，"小飞蛾""糊涂涂""常有理""铁算盘""惹不起""翻得高""小腿疼""吃不饱"……这些鲜活的人物形象和他们那些生动有趣的故事才依旧具有让人忍俊不禁的喜剧性的神采与魅力。但也很明显，由于作家不得不对其原有的纯粹民间性的叙事方式有所改变——以表示其"进步"性和"自觉服务"的立场——《登记》要逊色于《小二黑结婚》；《锻炼锻炼》如果不是作家刻意表现了两个喜剧式人物的话，也会要平淡得多。至于

《套不住的手》和《实干家潘永福》这样几近沦为"先进人物通讯或特写"的小说,则已全不见了赵树理所本有的天分与活力。一个新文学史上出色的特色作家就这样江郎才尽,写不下去了。为什么?原因就在于真正的乡村民间社会空间随着主流意识形态的全面覆盖,已经不再有存在的可能,而赵树理所赖以依托的民间性的文化因素——那些古老农业家族谱系上的人与事、情与态也就随之消亡殆尽了。

赵树理是一个天才的作家,他的小说是很传统的,几乎是前无古人的。在此之前,没有哪一个新文学作家是以农民的眼睛看农民的,以农民的审美趣味写农民的,他对农人心理的细腻的洞察,对农民文化的富有神韵的把握,实际上并不是仅仅从风俗场景的意义上去看待和描写的,而是在最深层的,也即是文化心理和精神传统的层面上去理解的。而且他还把小说看成是一种有着古老的民间血缘联系的艺术,而不是意识形态的一种工具。比如他很乐意采用诸如"板话"、说书、故事(真正的民间故事)的形式,完全以事件带动叙事,以讲述人物作为中心,等等。

但赵树理的局限也在于他没有能够写出真正具有本源性的文化性格的人物,他只是着眼于一些细节场景的描摹,漫画式的人物情态,甚至没有一个可以与鲁迅笔下的阿Q、祥林嫂一样相媲美的人物。因此他的乡村民间实际上也还不能算作成熟的形态。

在赵树理之后的当代作家中,真正能够"下降"到民间意义上的乡村题材写作的作家几乎是难觅其踪的,在赵树理的影响下所形成的山西"山药蛋派"作家们虽然继承了赵树理小说中写人记事的白描手法、刻画人物的喜剧式的笔调,但在整体意识上却很难能够接近民间文化的根系,并写出具有恒久艺术魅力和真正具有农民文化内涵的人物。仅仅是在民间性的因素上也是越来越少的,早期在周立波的《暴风骤雨》中还有一些踪迹(如老孙头一类人物等),再到梁斌的《红旗谱》中就已经把最初朱老巩一代的传奇故事装饰成了革命家族历史了,再到浩然这一代作家那里,乡村生活已经必须完全按照阶级分析和意识形态的对立模式来安排了。

80年代以后,先后有一些作家如高晓声、刘绍棠、路遥、贾平凹、郑义、刘玉堂、刘恒等在其作品当中开始注入一些民间性的内容,一些农民性格的因素开始不再经过意识形态的修改和包装而直接表现在作品中,也可以说,乡村生活叙事的"非意识形态化"一直是一个总的趋势。但"非意识形态化"的走向主要又表现在其"人文化"的理解方式上,而真正能够接近"纯粹民间"性的乡村叙事者还尤为少见。这里我想举出刘玉堂的例子,在上述作家中,也许只有刘玉堂的新乡土小说能够称得上是民间叙事的范例,在一篇评论中我曾归纳过他的叙事的两个民间性特征:"一是站在农民的认识方法与情感立场上来写农民,作为叙事者,他在小说中顽固地持守着站在农民之中而不是之外、之间而不是之上的视角，以朴素的内心去观照、理解和书写他们本真和原色的那些喜怒哀乐与生活场景。他将这种写作态度谦称为'不深刻'，因为他没有在叙事人与叙事对象之间设置悲悯、拯救、批判或皈依等复杂的关系；第二，他用农民的语言写农民，放弃知识者在语言上的优越感，实际上也即意味着放弃知识分子叙事中根深蒂固的自我意识。这一点最需要勇气，在《乡村温柔》中，刘玉堂干脆采用了让主要人物作为叙事人直接出场自述的方式，来实现其完全采用农民语言叙事的目的，这不光是构思上的奇思异想，更是一种民间叙事立场的自觉追求。"[①] 也难怪有人将刘玉堂看作"赵树理的传人"，他的小说就其叙事人与叙事对象的关系看的确是最接近的，"主体降解"到民间的水准，这是最重要的。但刘玉堂与赵树理又有不同，这不同就在于刘玉堂赋予了他的乡村叙事以很深的文化思考——即表面的"浅显"与内在的深意有一个很好的结合，在这方面他的意义近似于王朔：王朔是以接近于城市民间的叙事风格，对城市民间意识形态同主流文化之间纠结缠绕的复杂关系进行了生动的描摹；而刘玉堂则是对乡村民间意识形态同主流文化之间的互动关系做了最精彩的展示，而且他们两人都是通过"语言的戏仿"这样富有"解构

---

① 张清华：《大地上的喜剧——〈乡村温柔〉与刘玉堂新乡村小说的意义诠释》，见《小说评论》1999年第3期。

主义"色彩的方式来完成的,简言之即是在民间化的语境中进行"意识形态的话语嬉戏"的方式,就这一点而言,刘玉堂的意义应该值得进一步探讨和肯定。

贾平凹似乎是一个从"乡村民间"误入了"城市民间"的作家,陈思和曾经专门对此做过分析,他早期的"商州系列"以及《小月前本》《鸡窝洼人家》一类小说所赖以依托的叙事方式基本上是一种民间文化风情与民间性言情叙事,不过那时批评界对此基本上是好评如潮的,而到了写城市社会和市井生活场景的《废都》,则由于"一步迈出了新传统的界限"而"一失足而成千古恨",遭到了知识界尖锐的批评。但陈思和指出,"《废都》虽然有一股浊气,但其对政治话语和知识分子人文主义的反讽,对人生困扰之绝望及其表达的方式,都显然得之民间的信息",而"民间的浑浊物对政治一体化的专制主义的解构仍然有独特的功效"。①

(三)大地民间

"大地民间"是一个特殊的民间概念。这个概念是当代文化情境下的特殊产物,是一个各种意义交叉混合的产物。它的生产

---

① 陈思和:《民间的还原:"文革"后文学史某种走向的解释》,见《文艺争鸣》1994年第1期。

大致有这样几个基础和原因：第一，海德格尔的关于存在的诗性哲学思想的影响，在海氏的哲学中，"大地"是其关于存在的抽象理念的一个总体的象征，是存在的表象、本体和源泉的三位一体，这一理念在当代作家的意识里产生了普遍的影响，因此，对大地的归属变成了一种具有某种终极哲学意义的审美之境；第二，由于主流意识形态长期对文学的限制与捆绑，文学失去了与大地——存在的本源之间的诗性联系，失去了与民间文化与艺术精神之间的血缘纽带，文学本体的玄远高迈的形而上学之境不复存在，这样，在挣脱这种困境的过程中，大地自然成为一个依托和凭借的象征；第三，它也根源于知识分子文化在80年代以来的一个转型，即更加亲和于非主流文化的倾向，因为此前当代文化与文学的发展历史表明，过分倚重于对主流文化的附庸，或者它的反面——抗争与对峙——来建立写作的意义是不明智的，难以建立文学独立的精神内涵与审美价值。而"大地"作为本源世界和民间世界的一个象喻，为作家的审美理想的建立提供了一个广阔而独立的空间。因此，大地民间的出现，不仅意味着80年代以来文学的现代性内涵又获得了新质，具备了至为高迈和玄远和境界，而且也更加直接地体现了人文知识分子的独立的审美情怀。

因此，简言之，"大地民间"即是诗性的民间，是知识分子的民间，是哲学意义上的民间，也是一个文化隐喻的民间。

最早在小说中体现出这一哲学与审美理念的作家是莫言。1986年前后,他的"红高粱系列"小说相继问世,并结集为《红高粱家族》。在这一系列作品中,莫言以它特有的激情、诗意和灵性,以他敏感深厚的乡村生活经验,以及对农业自然的热爱与皈依情怀,构建了一个壮阔而深邃的、激荡着蓬勃昂扬的生命意志与酒神精神的"红高粱大地",使之从寻根文学过于沉重的理念中解脱出来,变成了一个生命哲学的乌托邦。不仅如此,另一方面它还以其鲜明强烈的反正统道德的立场,确立了这个大地乌托邦的民间属性,其主人公"爷爷"余占鳌作为绿林土匪的身份,同古代小说中的英雄侠士、绿林豪杰具有一脉相承的属性,他们出入于乡村野地和青纱帐中的生存方式和"杀人越货又精忠报国"的反正统道德立场,显然具有强烈的民间性质。这样,大地—生命—自然—民间—野性—酒神—诗性等这些相关因素,就成了一个相依相生的有机链环。应该说,作为诗学概念,大地和民间虽然曾经出现在韩少功和李杭育等人的寻根理论宣言中,但在写作实践中,这是第一次在结合中得以诠释和确立。

莫言的大地民间同乡村民间的情境与概念不同,同传统知识分子所刻画的乡村的浪漫"风情"与破败现实也都有不同。它的精神内核是在生存和存在的层面上展开的,而不是在现实或理想的层面上展开的,这构成了它特有的精神与哲学的高度,莫言在他早期的小说中就已初步具有了"民间/大地"的统一的理念,

《民间音乐》《秋水》《枯河》《球状闪电》等小说可以说都表现了对原始自然的体味与守护的思想，这是其一；其二，人类学思想是莫言红高粱大地的另一哲学支撑，其中的生命、死亡、性爱、生殖、杀伐，等等，一系列事件与场景构成了一个人类学意义上的大地景象，这使他笔下的乡村生活具有了知识者特有的诗性情怀，同一般的乡土理念与场景构成了鲜明的区别。

1995年莫言又推出了他最为用力的鸿篇巨制《丰乳肥臀》，这部小说的封底上赫然写着："献给母亲和大地。"有人曾困惑不解，认为这是作家的闪烁其词，其实这句话是非常准确的，它精确地说明了这部小说历史与人类学的双重主题——母亲对应着历史与苦难，大地对应着哲学和永恒。人类学主题是表层叙事，肉体、生殖与家族的生存景象（丰乳肥臀）构成壮美与自然的大地理念；历史主题则是隐线叙事，战争、杀伐、政治的争斗，20世纪的所有灾难与悲剧，最终的承受者只有一个，即母亲——民间和人民的化身，她对一切苦难的迎候、接纳和收藏，她的自在、顽强、博大和饱经沧桑都使得她成为永恒的民间精神及其力量的象征。从另一方面说，母亲本身也是大地，是大地的化身之一，这不但是诗性的隐喻，而且也对应着古代的神话，海德格尔说，大地独立而不待，它永恒的自在充满了自我归闭的特性。应该说，《丰乳肥臀》是典型的"大地民间"和"知识分子民间"的诗性文本。

张炜是另一个例子。他1992年发表的长篇《九月寓言》，称得上是诗性与哲学意义上的民间的典范之作，它所构造的大地寓言与民间神话比之《红高粱家族》似更具有纯粹哲学理念的色彩，也更接近海德格尔的思想，同期发表的诗体散文《融入野地》可以看作一个旁证。张炜早期的作品就刻意注重表现乡土诗意，但那些作品离通常的"田园诗"更近些，而《九月寓言》则近似于一个关于"存在的本源"的哲学命题。它不但表达了一个在现代生存的危机下"拯救大地"（郜元宝语）的忧患主题，在哲学关怀的高度上创造了当代小说中少见的范例，而且更加深化和凸现了此前莫言小说中所初步营造出的诗性的民间文化精神。可以说，这是一部关于人类生存本源的探询的悲剧抒情乐章，其核心主题即是对民间文化与民间生存方式的玄思、认同与悲悯。在这部小说中，民间的生存景象，同大地自然和谐相处的一切，与现代社会的掠取式的开采、现代文明的暴力的和道德堕落的种种丑恶之间，发生了激烈的冲突，而这冲突的结局是以民间世界的毁灭和这大地上的人最终无家可归而告结的。

"大地民间"在《九月寓言》中获得了十分和谐和完美的统一。作家有意删减和剥离了当代历史，特别是意识形态在乡村民间生活中的种种印记，将那些农人的生存行为、挣扎与苦难还原为民间永恒的生存悲歌与壮剧；同时在其形而上的层面上，它又超越了对田园劳作、土地生存的悲悯与挽留，而达到了对生命与存在本源的追思诘问与冥想体验的高度,并以"大地"作为它的原型、母体和象喻进行了诗性的整合,使其统一为一个关于存在理念的诗化载体,确立了大地作为存在母体的诗性内涵。由于这一点,它变得非常"单纯"和富有形式感。

　　作为知识分子回归民间的典型例子的还有张承志。他在80年代即辞去了公职,他从《黄泥小屋》《海骚》《西省暗杀考》等中篇小说到1991年的长篇小说《心灵史》都反映了他彻底回归民间的写作态度与精神立场。只不过像《心灵史》这样的作品不是以纯粹哲学意义上的"大地"为精神背景,而是以回族民间伊斯兰的宗教精神与他们的生存苦难、生存意志的依存关系作为其精神支点的。所以,它似乎还不能看作是海德格尔式的、玄学的大地象喻,但是从另一方面说,民间本身就是大地,况且西北黄土高原的巨大背景和"哲和忍耶"世代的苦难与信仰也在某种意义上构成了这个"民间的大地"的巨大载体。作为生命的实践,张承志堪称以身相许民间大地的第一人。

　　"回归民间"已成为90年代最重要和最响亮的口号。这当然首先取决于这个年代迅速变化了的语境,文学的悲壮、寥落、出走甚至下坠都与此有着密切的关系。回到民间,续接上了文学与民族文化古老的传统,使小说回到了古老的常态;回到民间,使走出主流意识形态写作之后的作家重新找到了其必需的精神依托与合法名义，使具有忧患与拯救意识情结的中国作家牢牢地把住了文学所必须具有的精神价值；回到民间，使 90 年代的小说充满平民性与消费性的活力，彻底瓦解了长久以来根深蒂固的宏伟话语与巨型叙事；回到民间，既可以是一种现实情境中的策略，也可以是一种形而上意义上的终极境界，至少它已使当代小说真正找到了自己的起点……当然，回到民间并不就是意味着文学的福地与唯一归宿，民间化也使小说出现了种种前所未有的问题，出现了下降、混乱、虚浮和弥散。对此，优秀的作家应当保持应有的清醒。同时力量界也必须要避免另一个极端，要对那种把一切粗劣的东西都解释为"民间"，并以此对其肯定或攻讦的不良倾向保持足够的警惕。

历史的回声：关于张炜的《家族》

作为当代中国最重要的作家之一，张炜在西方的学者这里应该并不陌生。我个人觉得，张炜一直是以一个诗人的姿态和情怀进入小说世界的，他的作品具有不可思议的敏感与诗的激情，他并不长于构造情节，或者说他的兴趣始终不在于讲"故事"，而在于表达他对这个世界，对这个世界的伦理，对人的生存、情感、精神以及意义的思考，在这个意义上，他也是一个具有哲人气质的作家，俄罗斯和19世纪的那些伟大的作家们给了他丰厚的营养。极少见到像他那样睿智、健谈、广博和使用自己的一套独特的语言的作家——一般作家常常是"不健谈"的，而他总是滔滔不绝。他有大量的思想随笔、演讲和对话录，他还有极好的理论修养，这源于他阅读的广博和思考的深度。

当然张炜也是会讲故事的，他是一个好的小说家，不会不擅长讲故事，他早期的很多中短篇小说，还有《古船》《九月寓言》

这些代表作品其实都有着丰富的故事要素，但正像托尔斯泰、屠格涅夫的小说都很少把重心放在故事上一样，张炜是把小说的重心放在了发现、探求和表现人的心灵的深度上。

今天我要讲的是张炜的另一部小说《家族》，因为我以为它和 90 年代前期大量出现的新历史小说可能有某种关系，它也是讲历史的，尤其是讲了历史中的"人"，讲了人与历史之间的关系，个人在历史之中的遭际——非常意识形态化。这会有助于使我们了解一段很少能够在其他人的作品中看到的历史。

一 对"革命"的重写

在大量"新历史小说"纷纷在遥远的时空做体验与冥想的游戏的时候，面对更具"真实"时空特点的，与当代人的生存命运密切相关的历史的写作态度，是否更需要勇气、毅力、史识、智慧和判断力？是否也要冒更大的风险？作为 50 年代出生的作家，张炜具有这一代人特有的执着和对历史的不倦探求的精神。在人们时常对新历史主义小说中过分虚化的历史寓言抱以怀疑，对它们有意无意地疏离现代历史的倾向抱以失望的时候，《家族》这样的作品却给了我们很多，它对"革命"的重写，对现代历史以及历史中人的具体处境，对人性的分裂与变异的细腻描写，同样具有某种历史的"揭密"性质。

  从方法或者风格的角度,也许《家族》很难看作一部典范的"新历史主义小说",但对历史的富有"新"意的思索,却构成了这部小说的核心。在进入这部作品时,首先可以感到的是一种对原有的某些历史文本(包括文学文本)匡正的激情与义愤,正是这种激愤,驱动着张炜从另一些角度去探寻历史深层的那些质与核的部分。另一方面,在切入历史的时候,张炜把定了自己的方法和角度,即个人化的对历史的"寻思者"的视角,从"家族"这样一个具有血缘、人性、精神选择等多重内涵的观照角度,去审视历史中的"人"和由人所写下的历史,这也是我们在新历史主义的叙事中所经常可以看到的那种追索和重构的冲动——历史上究竟发生了什么?比之作为存在的历史,作为文本的历史也许永远是不可靠的,但哪一种文本是相对接近于存在的?是更能够有利于揭示存在的真谛和本原的?这是新历史主义者所力图回答的。而从这个意义上,说《家族》是一部更加严肃的新历史主义小说,也未尝不可。

  如果简单化地说,《家族》应该是一部十分"敏感"的小说,它可以看作是一部重写"革命"的书。"革命"在现代中国纠缠了太多的意义、过于繁杂的矛盾与问题,当代的作家们都小心翼翼地回避着它——或者不愿意写它,或者害怕写到它。"不愿意"是因为担心写了它会改变自己作为作家的艺术纯粹性,"害怕"

是因为担心触到政治上的麻烦。然而要想真正触及现代中国的历史，这却是很难绕过去的问题，而且也只有从革命入手，现代中国的诸多历史问题，也才会有答案。在这点上，《家族》是弥足珍贵的，如张炜所自视的，"它不仅是一部文学作品，而且可以称为'一部书'"①。"一部书"的概念意味着什么？意味着它承载了更多的历史与人性的内容，意味着它是一部超越了"虚构"与"故事"的因素而力图成为"见证"或者"记录"的书。

因此，张炜没有从一个极端走向另一个极端式地去否定"革命"，也没有仅从"历史进步中的二律背反"这样比较省力气的视角，去解释革命历史行为中的"不可避免"的某些悲剧因素，它甚至也没有简单地否定革命在局部与末端的种种表现，相反它是对"革命"概念做了一次认真的重新擦拭。表现在主人公宁珂身上，他所向往和理解的革命，其合法与神圣的理由及其不可抗拒的引力，首先是因为它在理念上的正义性，它的原始的和根本的意义。这个意义就在于"民众"——它的令人愿意为之去献身的理念，而不是那个"胜利的结果"。美国的文化批评家丹尼尔·贝尔说得好，"所有的问题都发生在革命的第二天"，为什么呢？因为在革命的"第一天"是充满了理想主义与献身的激情的，是人们对于革命之后的社会的美好图景的一个想象的时期，

---

① 张炜：《心中的交响——与编者谈〈家族〉》，见《当代》1995年第5期。

因而这是一个置身于运动与狂欢之中的时刻,人们在这时感受到的是共同的理想、利益和一致的话语;而到了革命的"第二天",情形可能就大为不同,有人回了家,有人做了官,狂欢节结束了,社会又回到了常态和秩序之中,因此,丹尼尔·贝尔说,人们会发现,原来的特权与利益的差别会"依然如故"。

这是非常具有悲剧性的,革命者不幸会遇到这样的问题,在现代中国,多少精神和肉体的悲剧就是这样发生的,因为"革命"好比是一只出笼的猛兽,它一旦奔跑起来,由理念转化为实在的暴力,其最初的意志难免会发生偏转。而这样的偏转往往是不依个人的意志为转移的。"民众"的概念始终是激励宁珂去为"革命"献身的一个最重要的理由所在,为此他曾经和他所敬重的、对他有过养育之恩的叔伯爷爷宁周义之间发生了一场激烈的争论。在这个人物身上,寄托了作家关于革命的理念,它是永恒向善和神圣的,正如宁珂和革命的互相选择一样是天然和无条件的。然而作为历史过程和具体行为的革命,在其局部或某一过程中却会背离这种原则,并成为某种不可控制的异己力量。在革命即将胜利时宁周义的被盲目审判、被处死,和宁珂最终的被诬陷冤屈,就是这种矛盾的表现。革命的理念原则与革命的局部行为之间无法回避的悲剧冲突,是这部小说所思索的一个根本问题。这样一个悲剧冲突不免令人想起许多前代大师的名作,如雨果的《九三年》、狄更斯的《双城记》及至肖洛霍夫的《静静的顿河》,

很明显，张炜像他们一样面临着一个主体立场取向的难题。在这样一个矛盾面前，张炜便不能不把他的人物与主题引向另一个领域：人性——因在某种意义上也可以说是人性的弱点导致了疯狂、愚昧、黑白颠倒，导致了欲望的恶性膨胀，也导致革命走向了它的最初理念的反面。因此,《家族》对现代革命历史的重新解读的结果，便是还原了另一个"人性分析"的历史文本。

革命是排斥基本人性的吗？如果不是，这种人性——甚至人性的弱点应如何给予定性？这一命题是《家族》在描写作为革命的"主体"的人时着墨最多的。小说中所描写的许多可爱的革命者如宁珂、许予明甚至李胡子等，他们个个非但不是冷血铁面，相反，他们既是坚定的革命者，同时又有着自己的侠骨柔肠，义气私情。宁珂虽然是一个十足的温情主义者，但他的革命原则无论是在亲情的牵扯还是敌人的刑具面前却从未有过动摇；许予明，这是一个相当有"实验"意味的争议人物，他的一个致命的弱点是"作风随便"，对女性毫无节制的"泛爱"与肉体情感的泛滥，这在以往"革命者"的概念中是不可想象的，而他却同时是一个身经百战、勇敢坚定、坦诚忠实的革命战士；还有李胡子，本是土匪出身，时而露出一些匪气，但殷弓命令他前去杀死已倾向敌人的战聪少爷时，他却出于义气和对战聪人格的钦服而拒绝了这项命令。作品满怀理解地写出了这些人物身上的个性乃至弱点。相反，在另外一些人物身上，当他们有意压抑和掩饰自己的人性的时候，反而变得比较阴鸷和虚伪，如殷弓和飞脚，飞脚在宁府表面上的豁达和背后的偷窥与猥亵行为，殷弓对曲清与宁珂的结婚所表现出的压抑的妒忌，都为后来他们作为合谋者使宁珂陷于冤狱埋下了伏笔。所有这些都表明了作家的一个基本立场，即革命与人性中向善的部分不应是冲突而应是并行不悖的，而同阴鸷和变态的人性恶则不能两立，革命本身的悲剧往往是由此造成的。在我看来，这一主题的描写，也是整部作品中最富有感性色彩的内容，它让我们看到了板结和严峻的历史背后所隐含的丰富的人性内涵。

今天同历史的互证，也是《家族》历史"交响"主题的一部分。革命、文明和进步决不能以牺牲人性中美好的东西，牺牲正义原则、善的理想，牺牲人的共同的生存利益为代价，否则便会走向它的反面。朱亚、陶明、"我"这些捍卫科学、正义、保护自然环境和全体人民根本的生存利益的知识分子，他们同昨天那些为了正义的理念而流血牺牲的革命者遥相呼应，构成了一种历史进步的延续力量与必然逻辑，而与此对立，作品也写到了那些违反科学的盲目的所谓"开发"所造成的恶果，它们同昨天上演的那些历史悲剧一样，应引起人们的警思与忧患。

二 另一种"家族史"

家族史或家族叙事是近些年来小说,特别是新历史主义小说所广泛采用的视角。但大量的家族历史小说并不在"伦理""血缘""亲情"这样一些"社会学"意义上的家族特征上做文章,而是在"人类学"意义上做文章。前面所讲的那些家族历史叙事,多是以"文化"的因素消解其"社会"性质,很少从道德判断上思考问题。从最早的莫言的《红高粱家族》到1990年格非的《敌人》,家族基本上是一个纯粹文化的概念和范畴。另外,有些作品中的家族史仅具有某种寓言的意义,是一种叙述的需要,如苏童的《米》《我的帝王生涯》等。作家们成功地避开了社会学的陷阱,拓宽了"家族"结构这种叙事模式的自由度。然而张炜是执拗的,他冒了很大的风险,执意要在一个社会学的层面上来讨论"家族"的问题,对它内部所构成的各种矛盾对立的力量,其内部关于道德精神、人性优劣、血缘纽带、生命意志与伦理的冲突等内容进行描写和表达。从这一点上说,《家族》对"家族视角"的把握不但独具匠心,而且还富有勇气。

在中国传统叙事中,家族视角是世情小说最常见的叙述角度,而且其中具有一定"长度"的叙事还堪称中国传统叙事的典范——《金瓶梅》和《红楼梦》都是例证。这种家族叙事一般都是一个悲剧的模型,或荒诞,或哀婉,或叫人叹息,或发人警醒。所讲述的大都是由聚到散,由盛至衰的故事,所写的人物大都是由年轻时代到死亡或者衰败的老年。总之只要是家族历史,没有例外的。因为中国人的生命本体论的历史观与哲学观必然会导致这样的结局,这几乎是"先验"的。按照中国人的这种历史观,家族的盛衰变迁也隐喻和影射了更长和更大跨度的历史本身,正像个人的生命里程就暗示了历史的盛衰变迁一样,"家族"本身必然具有的"戏剧性的构造",也隐含了社会历史内部的复杂结构与戏剧性的冲突,所以,高明的作家往往要通过家族叙事的视角,来传达其关于历史、人生与艺术的理念。不过,在传统的家族叙事中,家族悲剧的原因往往不是来自外部,而是其内部的自身的力量,这不难理解,贾府的衰败和西门大家族的破灭虽然有外在因素的影响,但究其根本是因为一个为中国人所信仰的"盛极必衰"的至理,一个难以以人的意志为转移的天意和法则。在现代人的叙事中,比较习惯的是描写个人或者家族与历史之间的冲突的悲剧,比如巴金的家族叙事的小说便是这样。在当代的新历史主义作家那里,他们似乎恢复了中国传统叙事中的那种观念,比如在格非的《敌人》中,真正导致家族的悲剧的不是外面的"敌人",而是这个家族中人的"关于敌人的恐惧",是这个家族中的"父亲"赵少忠自己。

《家族》正是在这样两种不同的家族叙事中试图找到某种"结合"。首先,它试图表现一个"外部的冲突",它构造了一个理想与事实相悖、目的与代价相抵的悲剧,立足于现代中国历史的一个侧面,突出了一个社会学的历史评判视角。表面看起来这似乎是相对于文化学视角的一个"蜕变",但事实上却是一次真正意义上的历史重构与评判。这是一个看似不可思议的悲剧:为什么一个向往、支持并身体力行了革命的家庭,最终竟成了这场革命(局部的)中的失败者?在作家看来,这个谜一样的问号,仅靠以往习惯的阶级的、政治的、军事的或单一人性的意义等原因与角度来理解,是远远不够和未触及根本的。因此,他又一次强化了"精神的血缘"这个概念,正像有的评论家所指出的,"家族"是由两类具有不同性质、不同精神选择的人群组成的,他们的分裂是悲剧的原因。但在我看来,仅仅这样理解还是不够的。在小说中,"家族"事实上是一个多重交叉的、相当具体又极为抽象的概念。一方面,在表层叙事上,宁、曲两户家族人物的历史命运形成了小说发展的基本脉络;另一方面,在精神立场的区分上,不同家族的代表人物宁周义和曲予的不同选择,象征了中国现代知识者精神选择与价值定位的重大命题,宁周义身上体现更多的是传统知识分子直接依附某种政治力量,以获得权力和实现自己价值的一面;曲予身上则具有了现代知识分子谋求精神独立,并承担社会良知与精神批判者的素质。同时,"家族"也是一个充满爱意的亲情意念,由宁、曲两家几代女性所营造的充满关怀、疼爱和激励的家庭氛围,构成了作品主要人物的重要的活动背景与空间；当然，更重要的，家族也是一个超乎于血缘纽带之上的"类聚"的亲和力，它是对"阶级"概念的一个颠覆和取代，宁可、许予明、李胡子，尽管他们性情各异，但坦诚和忠实则使他们的心灵得以共振，朱亚、陶明、"我"，这个当代知识分子所构成的精神链条，在一定意义上他们可以共同构成区别于殷弓、瓷眼的一个家族。另外，即使是作为政治对手与军事敌人的战聪，他"为信仰去死"的信念同宁珂他们"不是为了胜利的结果，而是理由"的信念，不也是更为接近的吗？他们虽然是敌人，但在人性上却是相似的一类人。从这个意义上，"家族"既是对同一血缘集合中人们的分裂倾向的悲愤与思索，同时也是对不同血缘与集合中的人予以"类"的划归与评定。因此，"家族"的概念也是不断变动的，是一个辨识的过程，是不断分离和重新聚合的过程。

如何认识"家族"的悲剧？首先这源自"家族"和"革命"之间所信奉的不同原则。激励家族的精神力量源自纯粹的向善理想，它所遵循的是实现社会正义和自由意志的抽象观念；而革命所体现的是一种变动法则，是你死我活，一个阶级战胜另一个阶级（而阶级的划分有时又是硬性、抽象和不合理的）的暴力行动。当两者处于重合阶段时，它们是互纳的，当它们趋于分裂时，家族的悲剧就是不可避免的。尤其是，暴力是最容易被私利、愚昧和某些人性恶的因素所利用的，在这种情况下，革命和进步就在事实上走向了它的反面。在作品中，这种冲突还体现在两种语境的格格不入，宁珂所沉浸的是一个深深浸淫着具体的温情、鲜活的人性和抽象的正义理念的一个充分"知识分子化"了的语境，而宁周义和殷弓则构成了两种对他形成"夹击"之势的社会化和政治化的语境。在宁珂看来，从宗族血缘与信仰血缘上，他与叔伯爷爷和这位革命领导都是同属于一个血缘，但宁、殷二人事实上在政治方面的阶级对立，却形成了对宁珂情感和观念的"车裂"作用，陷他于深深的痛苦之中。而现代中国的价值变动，事实上又完全是在这样两种截然对立的政治语境中进行的，在殷弓的庸俗社会学和宁周义对宁珂所从事的事业的"最有力的诽谤"所形成的夹击中，宁珂总是失落于虚空的夹缝之中，这是"家族"理想必然失败的一个原因。庸俗政治的权力语境和知识与科学的人文语境的尖锐对立，一直持续到当代，他们的无法对话也是构成当代许多社会悲剧的原因，陶明教授的被侮辱殴打，同宁珂的被冤屈拷打是多么相似的悲剧。如果不能实现人文语境对庸俗权力语境的取代，更大的民族生存悲剧将无法避免，这是《家族》所提出的一个命题。

在作品的局部，也体现了暴力语境中"家族"概念所命定的悲剧性，宁珂目睹叔伯爷爷被失去理性控制的盲目群众力量所杀死的时候，他意识到不仅辩解是毫无用处的，而且他还怀着深深地被硬加上的"原罪"感——这是一个最富有历史深度的描写，由"被虐的痛苦"变成"受虐的需要",被硬加的罪名,成了自愿赎罪的理由。在稍后的攻城战斗中,他拼死向前,"渴望这次能焚毁自己的肉躯",以解除"血缘"与革命事实上已构成的冲突,这也从主体上揭示出家族原则的弱小。

很显然,"家族"的悲剧事实上也构成了20世纪中国一个重大的主题,本世纪所有的历史进步、精神代价、价值逆变、现实忧患都由此得以透示,家族的失败即是对历史进步的一个反照,这种主体与历史的价值分裂,既透示出人类历史的一种普遍和永恒的悲剧,同时它也引起人们深深的警觉与反思。在历史与它的创造主体,还有主体自身的双重分裂中,在逆变、颓败和深陷于愚昧的消极社会力量面前,置身于当代的人们应当怎样以自审的警觉,去清理历史并正视现实的境遇,以为民族的生存原则与利益重新定位?在浓浊的历史迷雾里,《家族》竖起了一面冷峻的给人以悲剧震撼与启示的岩壁,使人们不能不面对它陷入深思。

三 "非常态"的叙事

《家族》是一部典型的"非常态叙事"作品,关于它的结构特征、叙事风格已产生了很大的争议。究其原因,一则在于它的"三重奏"式的交响叙事结构,打破了纵向时间顺序中的叙事,把家族历史、当下现实和主人公（似宁珂和"我"两代人合一的声音）的抒情的诉说三个不同的板块，以共时态的断片予以交叠展开，这种"非线性的叙述"给阅读——确切地说，给急于介入故事情节发展的读者带来了阻碍，这一点是显在的；第二个原因相当复杂，即叙事过程本身的沉重滞涩和过分"自我化"，也令读者感到某种不适，这又是何原因？我觉得，这主要是由于张炜采用了"写真性"的叙事基调与"描写"话语——而不是"寓言"叙事——所造成的。一方面，叙事者（作者）与叙事所凭借的符号（人物）的距离太近，常常直接切入叙事之中，从阅读心理上就产生了一种十分逼近的视点；另一方面，由于叙事视角的自我体验性（"我"讲述自己家族的历史，而且这种历史又被"暗示"为具有真实性质的叙述），叙述就必然带上了"写真"意味，因此，对叙事者和读者来说，"真实"就变成了一副无形的锁链捆束着他们。这不能不让人疑问，张炜为什么如此偏执，为什么不继续发扬他在《古船》和《九月寓言》（特别是后者）中那种优雅高迈的叙事风格和技巧？从《柏慧》到《家族》，他执意要把"我"这个"第一主体"的声音插入到作品中，这是为什么呢？作为一个有二十多年叙事经验的成熟作家，如果不是他的叙述能力发生了问题，那就是他在做一种偏执的冒险？

不然。张炜并非没有意识到这些问题，况且《家族》实际上的直接的追问与回应。这正是他对"用什么写"的一个回答,对"用生命去感悟"的一个实践。

由此我意识到,张炜的写作立场正在从根本而非技术层面上发生转折,他一再地强调反对"职业化的写作",强调"不是为了让人听到自己的声音、显示自己才发言,而是为了还一个真实才发言",[①]这是对写作意义的一个认真的回答。某种意义上,它也反证了新历史主义叙事过于虚拟化、漂浮化和"无所指"等问题。

当前话语终究要交付于时间,在此在与现实的语境中,《家族》的写真性叙述也许会令人感到它缺少柔韧与光滑度的坚硬,感到它叙述过程中某种板结与僵滞,感到它抒情与叙述的"游离",但时间的厚爱可能会使它变得越来越具有光泽,因为当前语境终究要成为未来人们的遥远记忆,写真性的叙述也会因此变为"神话",而人们考察一部作品的经久价值时,总是首先要看它在多大程度上表现了它自己的时代。对未来人们而言,他们所钦敬的,将是这个时代里最富有硬度的思想、勇气和评判力,这种荣誉,将可能属于《家族》这样的作品——我愿意做这种预言。

---

① 张炜:《创作随笔三题·存在的执拗》,见《当代作家评论》1995年第5期。

也是他构思时间最长的一部作品,"我不允许它失败",[①]这部小说可以说收集和汇聚了他最重要的个人经验,最宝贵的心灵财富,如果说《古船》和《九月寓言》更多的是表达了他的思想,因而它们也更多地属于社会的话,《柏慧》和《家族》则更多的是表达了张炜的经验,因而它们也更多地属于他"个人",张炜不可能让它的整个姿态离自己的心灵世界的真实更远。如果说《古船》是写给"过去",《九月寓言》是写给"未来"(农业文明的最后毁灭),《柏慧》是写给当下现实和自己"心灵"的话,《家族》则是同时面对三者,因此它有现实、历史和倾诉三个声部,无论是就当下的现实还是心灵,他都不能去做超脱的叙事,而必须直接介入,表达出自己的立场,因为他深深地为一位丹麦语法学家克利斯托夫·尼罗普的那句"不抗议的人,则是同谋"的名言所警醒和震动,沉默即是对悲剧和丑恶的屈服与认可。因此,他富有冒险意味地采取了写真性的叙事,不惜给自己的写作带来诸如处理细节,交代必要背景,酌思"真实性"、生活逻辑,判断立场等麻烦(显然,如果采用"寓言性"的叙述就会省去这些麻烦),也要让它成为一部不仅诉诸文化与人性,而且更诉诸社会历史、现实境况、个人道德的富有冲击性的作品,成为一部具有当代意义的精神界碑,成为他对历史岩壁的一次燃烧着激情

[①] 张炜:《心中的交响——与编者谈〈家族〉》,见《当代》1995年第5期。

《乡村温柔》中的乡村历史叙事

今天要讲的这部作品,对西方的学者来说是非常陌生的,作为西方人,你们对中国的农村可能是所知甚少的,对当代中国农村的历史状况和特定历史当中的语境,更是无法想象。此时我只觉得有一种巨大的"文化的沟壑感",不同的民族和完全不同的生活与居住方式,会使你们感到惊奇或者迷惑。但不管是什么感觉,你们应该都能够想象到遥远的中国村庄,那里的人民所承受和创造的历史,他们的苦难和欢乐。

这部小说的作者刘玉堂是一个非常"乡土化"的作家,在一些人的评论中,他被称为是"赵树理的当代传人"。但我以为他只是在幽默和喜剧化的风格方面与赵树理有些相似,作品中所含的思想意识则很不一样。虽然他不像先锋派的作家那样被西方人所熟知,但他同样是一个非常富有"当代性"的作家,在这部作品中你们甚至会看到一种"王朔式的风格"——他是用了类似于

"解构主义"的喜剧的方法，来叙述农村的历史的，虽然我不认为刘玉堂"研究"过西方理论家的解构主义，但他却在非常巧妙和富有戏剧性地运用它们，这也是很有意思的。

另外，刘玉堂小说中的农村，和苏童、余华、格非、莫言笔下的农村是很不一样的——谁写得更加接近"原始的真实"？当然是刘玉堂。他是用最"土"的风格写中国的农村的，因而也写得最真实——这并不是说在其他作家那里"不真实"，而是他们把乡村寓言化了，是"寓言化的真实"，而刘玉堂则是"完全的真实"。

但是如果据此以为刘玉堂的小说中没有"诗意"那可就错了。我同样认为他的小说中充满着与土地相通的诗意——与前面那些作家完全不同的诗意。他的故事、他的人物和语言，越来越使一块土地得以确立。他并不仅仅是一个民间风情的描绘者，或者一个乡村话语的纯熟的饶舌者，他的作品已触及了历史的根部，凭着他对当代社会与乡村民间的生活的深入理解和精确观察，构建起深厚而独特的历史内涵，并因之获得了相当丰富的喜剧美学意蕴。《乡村温柔》在我看来不仅在现代乡村生活叙事的历史链条上获得了新的意义，树立了一个以纯粹民间与喜剧性视角"重构"当代乡村历史的文本范例，还通过对当代民间话语特征的精细生动的模拟再现，喻示了当代中国主流文化与乡村民间文化之间复杂的历史关系。

一 关于乡村的"第三种叙事"

仅从叙事技巧的层面上看,《乡村温柔》就堪称是一部妙不可言的新奇之作。究竟是妙手偶得还是冥思苦索的产物？不得而知。它的讲述方式在当代长篇小说中是绝无仅有的：它让一个出身穷苦、经历坎坷的农民企业家——牟葛彰，这是个谐音，意思是"木格杖"，即"木头人"——在成功之后又把企业献给国家之际，以不高的文化和很可笑的"演讲"水平，在郊外的小河边搜肠刮肚、面对"虚拟的听众"准备讲演稿的方式，用"土话说官话"的口吻，叙说了他的家族历史、个人童年经历、奋斗与成功之路、情感与心路历程。

但这种"自述"形式又不单纯是一种"第一人称"叙事，而是借助了戏剧中人物"道白"方式，兼容了"独白"与"旁白"两种话语形式——"独白"基本上是一种自我追忆性的讲述，基调基本上是庄重的；而"旁白"则主要是讲述眼下的心理活动、对事情的比较与评价，基调是喜剧性的。这样实际上就形成了一种"叙述解构"的富有张力的"复调性"叙事。加上主人公性格里的喜剧要素，诸如，虽然发了家——但还是个小人物；虽然把企业献给了公家——但也还有点想做官的"小想法"；虽然是个心地朴素善良的人——但也还有点小狡猾；虽然人生经历中有许多的挫折和坎坷——但生性中的快乐却使这些经历化作了"温柔"的回忆,充满了喜剧色彩……这一人物的近乎"弱智"的精神特征与内心性格,也决定了这部小说整体的喜剧性叙事风格。

不过对《乡村温柔》而言,最重要的还不是它叙事的技巧和风格问题,而是叙事的立场——这是关于这部长篇,乃至刘玉堂写作的独特意义所在的根本问题。当"民间叙事"在其他作家那里还只是一种理念,一种"未完成"的倾向时,或者说,在他们的笔下只是流露出某种"民间性"的价值选择时,"民间"还只是他们的口号、比喻、装饰、语言策略或生存策略时,在刘玉堂这里已变成了一种生动的事实。固然,戏谑、幽默等喜剧要素和"土气"的乡村俚语,会增加叙事的民间风情与色彩,但关键的还是看写作者的精神立场与文化姿态——他是民间文化与民间价值立场的审视者(警惕的、蔑视的、批判的、赏玩的)还是认同者?我认为刘玉堂与现代以来与当代书写乡村生活场景的众多作家的最大区别,正是在这里。他不是以一个高于乡村民间的写作者的姿态出现的,他拒绝(或者说逐步消除?)以任何高于乡村民间的生存优越感和文化优越感,来俯视乡村生活——尽管在生存的层面上他本人是一个乡村文化逃离者。他既没有把乡村看成是绝望的"悲惨世界",同时也没有将之幻化为"精神家园"的诗性比喻。他是一个平视者,一个乡村世界的认同者,没有怜悯也没有拯救,没有批判也没有崇拜,而自认为是其中的自足自乐、一直置身其间的一员。基于这样的体验与言说立场,才形成了他小说中完全不同于以往作家的农人性格与生活场影,构成了他的"第三种叙事"。

何以将刘玉堂的小说称为"第三种"或"另一种"叙事的范例呢?这需要一个简单的追溯。自"五四"以来,关注乡村社会与生活的小说,大致形成两种叙事模式:一类可以概括为"关于乡村生活的知识分子叙事",在这类作品中,作家大都是站在启蒙拯救者和精英知识分子的立场上,怀着悲悯、感叹、分析和批判的态度去看乡村,因而,乡村生活在他们笔下多是黯淡破败、荒凉和凋敝的,作品的风格也多呈现为悲剧性的。这在鲁迅与文学研究会作家的早期乡土小说中,表现最为明显,在当代的许多关注乡村生活主题的作家,如周克芹、张弦、路遥等人的作品中,也相当典型。在这类叙事中也还有另一种倾向,即相当一批作家同样是以知识分子式的情感与价值取向去写乡村,但他们更多的不是写乡土的苦难,而是将之"诗化"了,将乡村变成了一个形而上与象征色彩的"精神家园",以寄托其对现代工业文明情境下生存异化的诘疑与批判。在这里乡村生活已抽象成另一种符号,它不再是知识者匡时救世的场所和对象,而是自我拯救的精神庇护所。这在 30 年代作家沈从文,在当代作家莫言、张炜、张承志、韩少功等人的作品中也都有典范的例证。

第二类可以概括"关于乡村生活的红色叙事"。由于主流文化和政治军事斗争对乡村生活的不断介入,20 世纪的中国乡村也成了政治生活的舞台。自20年代后期的革命文学运动开始，关于乡村的叙事就开始越来越多地打上革命政治的印记。从茅盾、叶紫、蒋光慈等左翼作家，到40年代解放区的丁玲、周立波，再到新中国成立后整整三十年间，包括梁斌、柳青、浩然等人在内的几代作家，他们无不是从政治和革命的视角去写乡村的。这类作品发展的过程，实际上也就是乡村生活本身被红色政治覆盖的过程。如果说前者"关于乡村生活的知识分子叙事"由于较多地强化了对文化意蕴、启蒙主题等人文内涵的表达，而具有了久远的生命力的话，后者则由于过分地强化了政治因素，而削弱了作品内在的文化含量和艺术质地。

在上述两种叙事之外，当然也曾有过"第三种"的努力，赵树理就是个范例，他早期的作品之所以能够独立于意识形态的遮覆之外，之所以还有历经淘汰而后存的特有魅力，首先即得益于其小说中活跃的民间因素——不是因为他书写了民间生活的场景，而是因为他使用了接近于民间本色的叙事方式：主体消湮于民间的立场，民间喜剧式的叙式风格，民间式的故事与结构，朴素而本色的语言，等等。这些已经在近年得到许多评论者的共识与阐释，无须我再多言。后期赵树理生命力的渐趋衰竭，最根本的原因也在于他的民间性叙事立场的逐渐丧失。

自80年代以来，"现代性"向度成为小说变革的显赫而核心的命题。而现代性的内涵又被做了一维的西化的理解，现代性成了知识精英叙事的同义语。这样，民间性的叙事便又压缩到仅仅作为一种"文化立场"而存在了——并且只是到了90年代，才在评论家的笔下被诠释出来。"民间性"不过是知识精英叙事的一种变相，一种不得已而选择的"策略"，而不具备独立自主的品质与内涵。似乎只有王朔的小说，才有比较明显的同时反对或疏离主流文化叙事和知识精英叙事的"另类"色彩，并被涵盖解释为一种"都市民间"的叙事。但有关这一点仍比较暧昧，即，究竟是像王朔自己标榜的"不过是个码字的"职业作家，还是像某些人阐释的那样，是一种时髦的"后现代主义"的写作？如果是或接近是后者的话，他的叙事还是民间性的吗？

刘玉堂的独特性就显示出来了。在当代作家中，他应当是真正称得上用民间立场写作的作家——在80年代后期到90年代初形成了他的"乡土风格"，在近年来则形成了这一与众不同的写作立场。《乡村温柔》是一个显在的标志。在近年的写作中，他很自觉地做到了这两点：一是站在农民的认识方法与情感立场上来写农民。作为叙事者，他在小说中顽固地持守着站在农民之中而不是之外、之间，更不是之上的视角，以朴素的内心去观照、理解和书写他们本真和原色的那些喜怒哀乐与生活场景。他自己将这种写作态度谦称为"不深刻"，因为他没有在叙事人与叙事对象之间设置悲悯、拯救、批判或皈依等复杂的关系；第二，他用农民的语言写农民，放弃知识者在语言上的优越感，实际上也即意味着放弃知识分子叙事根深蒂固的自我意识。这一点最需要勇气,在当代作家中只有赵树理曾朝此做过不懈的努力,但他的小说仍有一个"局外的"叙事者角色。在《乡村温柔》中,刘玉堂干脆采用了让主要人物作为叙事人直接出场自述的方式,来实现其实完全采用农民语言叙事的目的,这不光是构思上的奇思异想,更是一种民间叙事立场的自觉追求。

当然,真正使《乡村温柔》具有深层的民间文化精神与民间美学内涵的,还是它所描绘的大量生动的民间社会风情、人物活动与历史场景。

二 乡村的"温柔":对历史／现实的喜剧重构

德里达说,历史不过是"在一如既往的黑夜中的叙述游戏"。果真是这样的话,刘玉堂的游戏是率真、质朴和最富喜剧意味的。而在当代小说中,关于乡村的真正的喜剧性叙事正在消失。《乡村温柔》这样的小说重新让我们看到了从赵树理那里延伸过来的喜剧传统,并且它还由于某些文化和语言(叙述)新质的注入,而使这种传统得到了创造性的发展。个人—民间—喜剧,构成了刘玉堂乡村生活小说关于历史与现实的叙事的三个相关要素。个人性,使他把所谓宏大的历史场景"缩微"或还原为个人的生存处境与心灵历程；民间性，使他把当代主流政治生活所虚构和染指的现实场景落实到了它的末端的"真"——乡村那古老而顽固的生活情态与逻辑；喜剧性，使他将自己的叙事感觉归从于农人的心灵与经验方式。

当这一切呈现为一个故事的时候，就成了一个叫"牟葛彰"的、内心比较淳朴、智力不高（用山东沂蒙的"土话"叫作有点"潮"）、"历史和社会关系有点小复杂"的农民，以及他的父辈——站在"解放"之前和之后，"新"与"旧"两个时代重叠处的一代，同中国现代的历史之间说不清、道不明、拆不开的各种纠葛。甚至还可以再简单些：一个农民与五个或至少四个女性的"恋爱史"。它成了一个农民对当代中国历史与现实的全部精神感受的线索、过程与象征。以往为我们所司空见惯的那些复杂而沉重的历史场景，在这里演化成浪漫温馨、诙谐滑稽的纯粹的民间生活场景。有的评论者把这种演化看作是"主体"叙事风格或个性的产物，认为作者是对历史进行某种有意识的"消解"。这当然也是一种理解与评价的角度，但这样似乎又意味着是在说，刘玉堂是在有意无意地回避苦难与血腥，乃至"美化"了历史和生活。实际上，这仍是一个"关于历史的先验的形而上学"在作怪的历史意识——认为历史必然是生存苦难、悲剧和血腥。而从德里达的逻辑出发，除了具体文本中作为"修辞想象"的叙事形态的历史，并不存在一个"先验的真实"的历史——谁能完全复原"历史的存在"？任何作为文本的历史，都不可能说出历史的全部，而只能是关于一种历史的观念的"假识"、一种历史的隐喻形式而已。从这个意义上，刘玉堂的小说，正是让我们在一种多年来少见的视角中对历史有了新的认识：世世代代的农人是由于生活的苦难而顽强地生存的吗？或许恰恰是相反的，他们必然是因为有自己"化解苦难"的特殊的生存方式和经验方式而生存的，历史和生活在他们的眼里即使是贫穷和悲剧性的，也必定会转化为"温柔"和喜剧的场景，否则生存的乐趣与动力何在？从根本上说，农民的基本经验方式是喜剧的，愚昧不过是他们抵抗贫困与苦难的必要方式，所以他们苦中作乐。他们恋爱、生儿育女、打情骂俏、滑稽调侃，他们以彻悟之心坦然面对生死财劫，把生死得失的大事叫作"红白喜事"，大事化小，小事化了……正是基于这样的生命与历史意识，纯然民间性的叙事也就成了喜剧性的叙事。《乡村温柔》正是以这种农民固有的喜剧性经验方式，完成了一次历史叙事，重构了一部当代农民的"人间喜剧"。

首先，《乡村温柔》作为历史叙事的新质，在于它如实摹写了民间的历史模糊性。实际上不但没有一个界限和壁垒分明的"阶级斗争史"，甚至一部正义与邪恶、进步与愚昧、光明与黑暗的二元对立的历史，也在很大程度是基于作家的解释。在刘玉堂看来，在农民那里一切原本是含混的、偶然的、自然而然的。

每个人都有明显的优点与缺点，而这优点与缺点加在一起，又使彼此显得模糊不清。牟葛彰的父亲牟子铃被村长刘乃厚策划抓了丁，当了"伪军"，可后来被八路军俘虏，又当了几天八路军，被打瞎了一只眼睛，抗战胜利部队整编时复了员。离家时他年轻貌美的妻子被鬼子翻译官糟蹋，刘乃厚在其间充当了为虎作伥的角色。可牟子铃回乡后听言此事，却不以为意，竟然不恨刘乃厚，说"一个毛孩子能造多大的孽！"这不是因为牟子铃的心胸"特别宽广"，而实在是因为在农民那里，有许多事情很难弄得清是非界限。刘乃厚不过是一个年仅十四岁、看上去却只有十一二岁的毛孩子，"乃天下第一大糊涂虫"，根本就没有任何政治上的是非敌我的鉴别能力，"只要是吃公粮的，甭管是哪部分，他通通都往村里请"。让这样一个孩子当村长，一方面是情势上的迫不得已，战争时期村上的青壮劳力不多了；另一方面也体现了农民的智慧，也只有刘乃厚这样一个糊涂虫，才好应付你来我往、各种政治力量"拉锯式"争夺的局势，因为孩子式的简单、戏谑和糊涂也许是最有效的调和化解方式。

或许与个人的生活经历与个性气质有关系，刘玉堂笔下的乡村生活总是充满了喜剧的温馨，《乡村温柔》中从牟子铃、杏姑娘、刘乃厚、韩作爱到牟葛彰、刘复员、小笤等两代农人，他们生活的方式无不遵循着一种农民特有的"快乐原则"，不论是来自战争还是来自政治运动的暴力干扰，都无法阻止他们用自己特有的平和、幽默与知足常乐的方式营造生活的乐趣，随时随地随遇而安地坠入自设的温柔之乡。牟葛彰之所以在并不有利的生存处境中顽强地生存，并且还因为几度不期而至的"艳遇"而颇有些色彩，概由于他憨厚加幽默、傻气加俏皮的喜剧性情。这种性格成了他命运中最有效的"润滑剂"，使他与挫折、困境总能滑肩而过，而在一个个情感的温柔乡里，却能久久地逗留，并且能给人带来许多快乐，因此他也总是"招人喜欢"。可以说，喜剧性格中的弱点和其本质上的善良，既是牟葛彰后来"事业成功"的基础，同时又注定了他永远不会摆脱作为一个农民的世界观、思维方式与性格逻辑。这一主要人物的价值立场，实际上也就规定了整部作品叙事的喜剧与民间立场。正如第十三章《革命时期》中牟葛彰的一段自言自语的道白所说的：

你听出我喜欢说一些美好的事物、温暖的故事、轻松的话题，而极力回避痛苦、残酷、丑恶、尴尬之类的事情了吧？对了，我就是这么个人，这与我的性格、心地及周围环境的熏陶也有关。痛苦是肯定都有的了，谁没痛苦，我只是不说。

即便是说到特别令人伤心的事情——比如说到母亲被鬼子翻译官糟蹋后变成了"潮巴二嫂"时，他那种作为农民乃至"草民"式的质朴心理也跃然纸上,"操它的,说着说着还有点小沉重哩!这会儿(指练习演讲时)可以说一下,到时候(真正演讲的时候)就不一定说这个。"类似这样的心理活动,都特别有效地突现了作品整体的喜剧性民间视角。

另一方面,《乡村温柔》还特别匠心地通过乡村生活与主流政治之间发生的频繁的纠葛,来展现民间生活与历史的独立性与封闭性。尽管政治本身经常是严酷的,但当它们漫延到乡村时便完全民间化了。这一点在其他人的小说里似很少涉及,有的作家曾写了现代历史上许多政治运动在民间衍化为愚昧的暴力与杀戮的悲剧,但问题的另一面却被忽略了。在更多的时候,民间生活其恒在和封闭的逻辑与法则,根本上就是拒绝来自官方和政治的外力作用的,它们对政治的接纳,只不过是一种戏仿、借用,一种"假代"和"演义"。政治生活在许多时候变成了民间生活的"引子"、佐料、触媒或假面,成了新的民间喜剧上演的借口,从"识字班"一直到"文革",尽管政治的风云变来变去,农民的生活内容实际上却从未改变。只不过是"语言的空壳"在嬉戏。农民——典型的"刘老茄"之流虽然满嘴的政治话语,可生活还是原始内容。不过这却给农民贫乏的精神生活带来了新鲜的刺激,使他们从中得到了极大的乐趣。不难想象,正是在类似沂蒙山这样的特别封闭的地方,民间却有着最出人意料的政治热情,或许正可从这里得到解释。牟子铃看到海上开来个"小火轮",不假任何思索，就欣然下海将船上的人——日本鬼子背上岸；儿子牟葛彰好不容易创了业，办起了一个厂子，最终还是寻思着把它献给"公家"，这两件事性质虽有天壤之别，但思维逻辑却是相似的。概源于沂蒙山人的朴素、淳厚和善良，源于他们在封闭的生活方式中对外界的渴望。用小说中牟葛彰的话讲即是，"我们沂蒙山人对意识形态之类的事情特别感兴趣，没他的事儿他也乱激动""逮着个机会就乐呵乐呵，搞个政治运动什么的也特别有积极性，文化活动更甭说，有时甚至就不惜代价"。这不仅是对当代社会生活中农民心理的深刻解析，同时也是对现当代历史的另一个角度的阐释。民间社会正是用这样的"参与"方式，起到了"拒绝"现代政治文化的作用，并延续了他们的民间社会的活力。

三 "解构"状态的语言／文化活力

忍俊不禁、会心微笑、不觉哑然，甚至于捧腹、喷饭，几乎所有读者对刘玉堂的小说产生兴趣都是从其语言开始的，这和王朔有相似之处。所有的读者都对刘玉堂的小说独有的语言活力怀着赞叹和激赏，认为它有不可抗拒的魅力。的确，刘玉堂的小说让人喜读、耐读，具有喜剧一样的轻松、幽默与活泼，它们并不以离奇的情节取胜，甚至也不刻意地完全围绕刻画人物去进行写作,而是将笔力集中于人物的语言活动,将这些语言活动编进细节性的生活场景与人物关系之中,他自己对此也非常得意,得心应手地戏称为"编织生活"——的确,生活就是被语言"编织"出来的。刘玉堂以他独特的语言方式,复活和再现了一幕幕民间生活情景和一个个生存着的乡间人物。

那么,刘玉堂小说语言的活力与魅力究竟来自何处呢?首先,我认为在于他对作品中人物——那些土生土长的农民、乡镇市井人物——的话语方式、生话语境的认同,以及对叙事"主体"习惯的知识优势、语言优势与角色心理优势的自觉消除。这一点,在他以往的中短篇小说中就已有明显的表现,他基本上放弃了叙事者所拥有的评判、分析、审视、归类自己笔下的人物的种种"特权",消除了叙事者与人物之间支配与驱遣的紧张关系,而一任他们作为"草民"或种种有缺陷的小人物自由地表现、言说他们自己。人物处在"自动生长"和无压制的状态,他们源自民间的语言活力与风格就得到了完整的表现。所以,农民式的狡黠、机智,乡野间的俚语、调笑,来自泥土的幽默和尖刻,便如出岫的流云薄雾,自如而轻巧地弥漫开来。然而,仅具以上特点还构不成刘玉堂小说语言的深层意义与特殊魅力。一个更加重要的原因,在于他对当代中国乡村社会语言状态的深刻体悟与理解。概括地说,"农民说官话"是刘玉堂小说基本的话语方式——用农民的民间语境、理解方式来讲述政治的、战争的、意识形态的,甚至是人文知识的话语,所产生的效果是奇特的"嬉戏"式的误读、戏仿、"驴唇不对马嘴"式的拼接。而这种对语言的处理,正是从深层的意义上隐喻了当代中国文化,特别是乡村民间文化,同权力主流文化之间奇特的戏剧性的关系,语言的"离间"化、变形化的复杂状态,正是中国当代社会主流与民间(乡村民间)两种文化之间亲和又离间、共用又互拒、融合又独立、施暴又游戏的复杂关系的集中映现。可以说,刘玉堂小说中语言的活力并不仅仅是一个语言风格问题,而是一个关乎中国当代民间社会及其文化状况的深层命题。

为了说明的方便,这里我把上述语言/文化的复杂关系分为暴力、误读、嬉戏和敞开等几种情形。

首先是暴力问题。民间社会是各种外来暴力与控制力量的最终承受者,其语言的变迁就记录了这种被控与受虐的过程。正如刘乃厚从日本鬼子的镁光灯上知道了"照相"和"洗照片"是"怎么个概念",杏姑娘一见"公家人"就本能地发昏乱喊"睡觉觉","钓鱼台"人是从战时拉锯式的政治局势中开始惊醒,并感受到世道的变迁的。这种情形在中华人民共和国成立前尚比较单纯,但新中国成立后就变得复杂起来。事实上,自"识字班"时期开始,钓鱼台人就深刻地感受到了他们的语言和生活被改造的命运,识字就是学习新的意识形态语言的过程,"封建尾巴不割的不准参加识字班",识字班随着"剪辫子、铰髻子"之类的革

406

命行动,从革命行动中妇女们知道"团结""统一战线""模范"一类的新词儿,也知道了"韩作爱"不是什么好名字。不过,奇怪的是"钓鱼台"人对外来语言与文化的强势与暴力倾向几乎从不抗拒,相反他们似乎很乐意接受这种改造,各个时期的政治话语都在他们的语言中留下了重重的擦痕,和严重的政治"后遗症"。牟葛彰的语言整个就是这样一种有着严重后遗症的语言,他的不伦不类的"演讲",以及令人忍俊不禁的心理"旁白"中,都夹杂了大量无法融解的政治话语,而这些话语都形象地标识着他成长过程中,所受到的意识形态的深刻的影响印记:"同志们好?吃饭了?"这是他的开场白中的第一句话,表面的滑稽背后,掩藏了深刻的语言离间与权力统治。"同志们好"显然是官腔,是政治话语,它从一个本来只会说"吃饭了"的农民企业家嘴里说出来,十分形象地表明政治意识在他头脑中根深蒂固的统治——他既是很自愿的,牟葛彰很愿意耍此类的贫嘴;但他又是被强加的,按照这种逻辑他又将自己的厂子献给了"公家",这种复杂的关系很难做单面的解释。

二是误读。误读是《乡村温柔》的语言中最具活力和趣味的因素。它体现为官方和民间双向的误解,以及民间对知识人文话语的误用三种情形。这一点最集中形象地反映在刘老茄这一人物身上,他继承了他爹刘乃厚"吹牛扒蛋又装腔作势"的性格,又逢上一个政治话语随着政治运动铺天盖地的时代,模仿政治话语和城里人说话,便成了占据"优越权"的神妙之法。刘老茄敏感地意识到这点,他无所不用其极地发挥他的小聪明,到处滥用"官方话语"——可他的话实在都是建立在误读基础上的模仿,所以免不了滑稽可笑:他喜欢用城里人的口吻,喝问村里的陌生人"是哪个单位的";他本是一个放猪的,张口却总爱吹"形势大好,表现有三","沂蒙山好,原子弹扔到这里白搭吊",他认为信仰共产主义就是"晚上也敢到坟地里走一圈儿"。他的这些话虽然大都属鹦鹉学舌、驴唇不对马嘴,但却很有代表性。而且在工作队的"鲁同志"那里他还被误认为是"幽默"。鲁同志认为他"跟他探讨形势大好表现有三和沂蒙山好原子弹扔到这里白搭吊的问题",是"爱开玩笑,挺好玩儿"。这种双向的语言误读,实际上深刻地反映了意识形态与民间文化之间无法真正对接和沟通的一面。所谓的"响应",在农民那里不过是一场充满喜剧色彩的深刻误会、艺术化解和最终的拒绝。中国社会特别是农村的当代历史的许多问题,似都可以从这里寻找答案。还有牟葛彰与韩香草之间的对话,牟葛彰喜欢咬文嚼字,也反映了农民文化与知识分子之间的深刻距离。不过,作为知识女性的韩香草,倒是对牟葛彰的内心世界看得比较清楚透彻,而且作品的结局是他们两人的结合,这是否暗示出了作者对民间文化选择走向知识和现代的一种寓意?

　　以误读为前提的使用,会导致话语语意的解构或滑移状态,实现语言的嬉戏、戏谑、戏仿、游戏等效果。这同样寓示着三种文化要素在当代中国乡村复杂的和常常无效的，又在无效中带给他们很多乐趣的碰撞和交流，也最大限度地给这部小说带来了喜剧色彩。语言在刘玉堂笔下几乎呈现了"狂欢"的状态。不说刘复员将青萝卜和胡萝卜叫作"老胡、小罗"，不说韩作爱这一普通的乡村妇女名字无意中与文明语意中的"做爱"一词的巧合，单是叙事中常常冒出的"日出江花红似火"一句，就同时潜在着三种语意可能，在不同语境里，它兼具"红色话语"、"白色话语"和"黄色话语"三种功能，夹杂着形容革命、文人式抒情和恶作剧式地骂人多重意思。生动地透示出当代中国乡村文化语境的多重性。

语言的狂欢状态，还极大地增加了作品深入和敏锐地触及历史痕迹的效能。诸如"小河流水清悠悠，庄稼盖满了沟；小河流水哗哗响，小芹我到河边洗衣裳；小河流水哗啦啦，巧儿找合作社缴棉花……"之类，不仅仅是"杂糅"式地引用了三段为人们所熟的歌词，而且深刻地唤起了人们各个时期的历史记忆，并产生出不无沧桑感怀的喜剧意念。

总体看来，刘玉堂是通过对中国乡村语言的政治历史"后遗症"的自觉关注，而从纵深处触及了当代中国乡村民间的历史，触及了政治与知识与民间三种文化之间的历史关系，触及了当代农民精神心理的构造。像王朔对清理城市民间中的文化/语言中的历史后遗症所做出的贡献一样，刘玉堂小说价值应当被予以充分的阐释和承认。

后记

1999年9月的某天，我在济南接待了专程从北京赶来的德国籍的学者安德丽娅·雷曼施乃特女士，那时她还是海德堡大学汉学系的研究员，现在已经是瑞士苏黎世大学的教授了。她的中文名字叫洪安瑞，是一位非常认真和博学的学者，汉语也说得极好。大概是看了我在《钟山》上的一篇题为《十年新历史主义文学思潮回顾》的文章，也许还有作家莫言的推荐——因为她此前在北京访问了莫言——这个话题与她正在进行的研究课题显然有些关系，出于德国人特有的"认真"，她专程来与我讨论这方面的问题。彼此的理论旨趣当然是有差别的，但因为对作品的阅读和理论背景方面都有很多共同东西，所以我们的讨论非常深入和融洽。她在济南过了一天，第二天晚上冒着滂沱的秋雨，又乘车去南京造访作家苏童去了。

然后在1999年的年底，我突然接到了她的电话，问我有没有兴趣去海德堡大学讲一个学期的课，我感到意外，兴奋之余也颇有些茫然，因为说实话此前我没有一点出国进行学术交流的经验，对能否成行，一直将信将疑。但我终于领教了德国人的认真，在她的促成下，我在次年的7月份终于接到了海德堡大学的副校长、古代学与东方学学院的主任苏姗妮·魏格林教授的正式邀请，是用授予我一笔学术奖学金的形式，请我到海德堡讲授一个学期的题为"新历史主义与中国当代文学"的课程。经过一段时间的周折，在德方住北京的中德学术交流中心（DAAD）的帮助下才办理了快速签证，并于10月份"迟到"德国海德堡。

我关注当代的"新历史小说"大约是从1993年前后开始的，但最初的几年中，并没有对这些现象做出比较整体和"学术"视点的研究，只是在其间的一些文章中顺便有一些粗浅的提及。直到1996年写《中国当代先锋文学思潮论》（江苏文艺出版社1997年版）一书时，才真正结合西方的新历史主义理论，对当代中国出现的大量的新历史小说做了比较全面的研读，在此书中专门设了"新历史主义文学思潮"一章。内容主要包括"第三代诗歌"中的新历史主义意识、新历史小说思潮的现象与脉络，还有新历史主义的叙事特征三部分。当时自己也没有什么把握，对贸然提出"新历史主义文学思潮"这一说法，也有些不踏实，所以直到1997年才将这一部分内容做了一些推敲修改，先后投寄了两家重要的杂志，结果先遭拒，后被拖延。到1998年春时才忽然注意到《钟山》杂志当年正以"思潮反思录"的栏目发表系列文章，觉得正好合适，就投寄了该刊，结果很快在第4期就发出了。

至今我也不觉得这篇粗糙的文章有多么成功，但是作为一种提法，它的确引起了一些反响。后来我在网上读到了莫言的一篇大约是在台湾举行的两岸作家大会上的演讲，叫作《我与新历史主义文学思潮》，其中戏引了关于评价他的作品的一些段落，后来又陆续有其他一些引用或诘问。这篇文章引发了我进一步的思考。特别是在海德堡大学给我提出了课程的题目之后，更不得不做了进一步的系统阅读，欧洲学者，特别是洪安瑞女士对新历史主义与叙事学问题的一些研究思想，也给了我许多有益的启示。在为期四个多月的授课过程中，我陆续写下了一些讲义，对有些问题也有了重新的认识。回国后，又蒙友人和兄长李延青先生的敦促和花山文艺出版社的厚爱，陆续对这些讲稿做了整理。成文之时不免诚惶诚恐，期待读者对此进行鉴定和批评。

　　我很难说对西方的新历史主义理论有多少深入的研究，但我确信在中国人的经验和学理中早即富含着类似的因素。我不是一个历史的虚无主义论者，但却对历史的文本与书写方式怀着深深的疑虑，这样我相信对自己的东西也应该抱有反思和警惕，这并不妨碍我们对历史的存在去做执着的追寻，对于一个现今的学人来说，这样的一个理性意识是应该坚持的。在这样的研究中，与其是在思考某些文学问题，还不如说是对自己的思想方法和意识，甚至是人生的记忆进行检视，它给我的思想与精神的滋养可以说是良多的。我由此能够对过去的很多知识进行一次重新梳理,同时我也坚信,任何的"方法"在本质上都不应当仅仅从方法的层面上去理解,它的真髓其实都是一种理想和情怀,不从这样的角度去理解历史、历史主义和新历史主义,那都是舍本求末。

因此,我试图把我的研究变成一个精神的实践,一个在文学、美学和历史领域中贯穿着的人文理想与情怀的活动。但能否变成现实,我则完全没有把握了,只能让读者去检验。

在最后,我要再次对促成这本书诞生和出版的朋友们致以诚挚的谢意,没有你们的帮助就没有现在的这些文字。

2002年冬日
于济南舜耕山下

又版后记

这是本书的第三版。

第一版于2004年由花山文艺出版社出版,出版时题目被定为《境外谈文:中国当代文学中的历史叙事》,是作为"中国学者海外演讲丛书"的一种,故有此名。第二版于2012年由北京大学出版社出版,是作为笔者与张健教授主编的"中国文学海外传播研究书系"的一种,书名也改回了《中国当代文学中的历史叙事——海德堡讲稿》。

此次为第三版,是在第二版的基础上做了少许修订,删掉了一些须要删除的内容。

本书作为较早专题研究当代文学中的历史叙事的著作,在出版以后曾受到一些读者的肯定和欢迎,但毕竟因为印数不多,故流布也并不广泛。在后来的研究中,也似乎没有产生太大的影响。主要原因是"新历史小说""新历史主义文学""新历史主义文学思潮"作为批评话题,在1990年代热了一阵子之后,迅速趋冷,后来竟然寂寂无闻了,那么随之相关的研究也就渐渐被遗忘了。

但毕竟这些现象都曾热极一时,那些作品也还都在当代文学史上留下了深深的印痕，所以相信这些谈论就不会完全被埋没，有朝一日也还会回来，作为新的历史书写，也许还会有热起来的一天。

所以也希望这些文字能够被后来的研究者记起。因为在当代批评实践的意义上，本人是较早，也是最系统的研究与思考者之一，希望这些文字不会被屏蔽和无视。

感谢多马先生，感谢"纯粹Pura"，感谢广西师范大学出版社。我相信一本书是有命运的，一旦遇到他们，便是这本书重见天日的时候。

2022年初冬日

北京清河居

参考文献

1. 戴卫·赫尔曼主编：《新叙事学》，马海良译，北京大学出版社，2002。
2. 田汝康、金重远选编：《现代西方史学流派文选》，上海人民出版社，1982。
3. 王逢振等编：《最新西方文论选》，漓江出版社，1991。
4. 张京媛主编：《新历史主义与文学批评》，北京大学出版社，1993。
5. 庄锡昌等编：《多维视野中的文化理论》，浙江人民出版社，1987。
6. 保罗·康纳顿：《社会如何记忆》，纳日碧力戈译，上海人民出版社，2000。
7. 弗兰克·克默德：《结尾的意义——虚构理论研究》，刘建华译，辽宁教育出版社，2000。
8. 米歇尔·福柯：《知识考古学》，谢强、马月译，生活·读书·新知三联书店，2003。
9. 巴赫金：《小说理论》，白春仁、晓河译，河北教育出版社，1998。
10. 巴赫金：《巴赫金文论选》，佟景韩译，中国社会科学出版社，1996。
11. 张京媛主编：《当代女性主义文学批评》，北京大学出版社，1992。
12. 伊恩·P. 瓦特：《小说的兴起》，高原、董红钧译，生活·读书·新知三联书店，1992。
13. 米歇尔·福柯：《词与物——人文科学考古学》，莫伟民译，上海三联书店，2001。
14. 德里达：《一种疯狂守护着思想——德里达访谈录》，包亚明主编、何佩群译，上海人民出版社，1997。
15. 弗雷德里克·詹姆逊：《政治无意识》，王逢振、陈永国译，中国社会科学出版社，1999。

16. J. 希利斯·米勒：《重申解构主义》，郭英剑等译，中国社会科学出版社，1998。
17. 保罗·德曼：《解构之图》，李自修译，中国社会科学出版社，1998。
18. 雅克·德里达：《文学行动》，赵兴国等译，中国社会科学出版社，1998。
19. 理查德·扎克斯：《西方文明的另类历史》，李斯译，海南出版社，2002。
20. W. 考夫曼编著：《存在主义》，陈鼓应等译，商务印书馆，1987。
21. 韦恩·布斯：《小说修辞学》，华明译，北京大学出版社，1987。
22. 罗伯特·休斯：《文学结构主义》，刘豫译，生活·读书·新知三联书店，1988。
23. 梅列金斯基：《神话的诗学》，魏庆征译，商务印书馆，1990。
24. M. 杜拉斯：《杜拉斯文集·写作》，曹德明译，春风文艺出版社，2000。
25. 黄仁宇：《中国大历史》，生活·读书·新知三联书店，2007。
26. 郑云波、吴汝煜主编：《中国古代通俗小说阅读提示》，江苏人民出版社，1983。
27. 许怀中：《中国现代小说理论批评的变迁》，上海文艺出版社，1990。
28. 方正耀：《中国小说批评史略》，中国社会科学出版社，1990。
29. 杨义：《杨义文存·中国叙事学》，人民出版社，1997。
30. 许志英、丁帆主编：《中国新时期小说主潮》，人民文学出版社，2002。
31. 朱德发主编：《跨进新世纪的历程：中国文学由古典向现代转换》，明天出版社，2000。
32. 叶朗：《中国小说美学》，北京大学出版社，1982。
33. 葛剑雄等著：《历史学是什么》，北京大学出版社，2002。